ALICE MUNRO

FERNE VERABREDUNGEN

Die schönsten Erzählungen

Aus dem Englischen
von Heidi Zerning

Mit einem Nachwort
von Manuela Reichart

S. FISCHER

Erschienen bei S. FISCHER

Für die deutschsprachige Ausgabe:
© 2016 S. Fischer Verlag GmbH, Hedderichstr. 114,
D-60596 Frankfurt am Main

Für das Nachwort:
© 2016 Manuela Reichart

Satz: Dörlemann Satz, Lemförde
Druck und Bindung: CPI books GmbH, Leck
Printed in Germany
ISBN 978-3-10-002484-8

INHALT

JAKARTA

KATH UND SONJE haben einen eigenen Platz am Strand, hinter großen Baumstämmen. Den haben sie sich ausgesucht, weil er ihnen Schutz bietet, nicht nur vor dem gelegentlich stark auffrischenden Wind – sie haben Kaths Baby dabei –, sondern auch vor den Blicken einer Gruppe von Frauen, die jeden Tag den Strand bevölkern. Sie nennen diese Frauen die Monicas.

Die Monicas haben zwei oder drei oder vier Kinder pro Nase. Angeführt werden sie von der richtigen Monica, die über den Strand gelaufen kam und sich vorstellte, sobald sie Kath und Sonje und das Baby entdeckt hatte. Sie lud sie ein, sich dem Rudel anzuschließen.

Sie folgten ihr und schleppten die Babytragetasche mit. Was blieb ihnen anderes übrig? Aber seitdem verschanzen sie sich hinter den Baumstämmen.

Das Feldlager der Monicas besteht aus Sonnenschirmen, Badelaken, Windeltaschen, Picknickkörben, aufblasbaren Flößen und Walfischen, Spielsachen, Sonnenschutzmitteln, Kleidungsstücken, Sonnenhüten, Thermosflaschen mit Kaffee, Plastikbechern und -tellern und Kühlboxen, die hausgemachte Eislutscher aus Fruchtsaft enthalten.

Die Monicas sind entweder unverhohlen schwanger oder sehen so aus, als könnten sie schwanger sein, denn sie haben ihre Figur verloren. Sie watscheln ans Wasser und brüllen die Namen ihrer Kinder, die auf Baumstämmen oder den aufblasbaren Walfischen reiten oder gerade davon herunterfallen.

»Wo ist deine Mütze? Wo ist dein Ball? Du bist jetzt lange genug auf dem Ding gewesen, lass Sandy mal ran.«

Sogar wenn sie sich miteinander unterhalten, müssen sie trompeten, um den Lärm und das Geschrei ihrer Kinder zu übertönen.

»Wenn du zu Woodward's gehst, da sind die Frikadellen so billig wie Hamburger.«

»Ich hab's mit Zinksalbe versucht, aber die Wirkung war null.«

»Jetzt hat er einen Abszess in der Leiste.«

»Du darfst kein Backpulver nehmen, du musst Soda nehmen.«

Diese Frauen sind gar nicht viel älter als Kath und Sonje. Aber sie haben ein Lebensstadium erreicht, vor dem ihnen graut. Sie verwandeln den ganzen Strand in eine Plattform. Ihre Probleme, ihr zappeliger Nachwuchs, ihre mütterlichen Pfunde und ihre Lebenstüchtigkeit können alles zunichtemachen, das glitzernde Wasser, die traumhafte kleine Bucht mit den rotstämmigen Erdbeerbäumen und den Zedern, die krumm aus den hohen Felsen ringsum wachsen. Kath fühlt sich besonders von ihnen bedroht, denn sie ist jetzt selbst Mutter. Wenn sie ihr Baby stillt, liest sie oft ein Buch und raucht manchmal sogar eine Zigarette, um nicht im Schlamm des Animalischen zu versinken. Und sie stillt, damit ihre Gebärmutter schrumpft und ihr Bauch wieder flach wird, nicht nur, um das Baby – Noelle – mit den wertvollen mütterlichen Abwehrstoffen zu versorgen.

Kath und Sonje haben ihre eigenen Thermosflaschen mit Kaffee und ihre Badelaken, die sie schützend um Noelle drapiert haben. Sie haben ihre Zigaretten und ihre Bücher. Sonje hat ein Buch von Howard Fast. Ihr Mann hat ihr gesagt, wenn sie schon Romane lesen muss, dann wenigstens die von dem. Kath liest die Kurzgeschichten von Katherine Mansfield und die Kurzgeschichten von D. H. Lawrence. Sonje hat sich angewöhnt, ihr eigenes Buch hinzulegen und zu demjenigen zu greifen, das Kath gerade nicht liest. Sie beschränkt sich auf eine Kurzgeschichte und kehrt dann zu Howard Fast zurück.

Wenn sie Hunger bekommen, macht eine von ihnen sich auf den Weg und steigt die lange Holztreppe empor. Häuser umringen die Bucht, oben auf den Felsen zwischen den Kiefern und Zedern. Es sind ehemalige Ferienhäuser, aus der Zeit vor dem Bau der Lions Gate Bridge, als Leute aus Vancouver auf dem Wasserweg herkamen, um hier ihren Urlaub zu verbringen. Einige Häuschen – wie die von Kath und Sonje – sind immer noch ziemlich primitiv und billig zu mieten. Andere wie das der richtigen Monica sind ausgebaut worden. Aber niemand hat vor, hier lange zu bleiben; alle planen, in ein richtiges Haus zu ziehen. Bis auf Sonje und ihren Mann, dessen Pläne undurchsichtiger sind als die aller anderen.

Eine ungepflasterte Ringstraße verbindet die Häuser und mündet an beiden Enden in den Marine Drive. Sie umschließt eine Waldung, um deren hohe Bäume Farn und Brombeersträucher wuchern und die von zahlreichen Pfaden durchschnitten wird, auf denen man den Weg zum Supermarkt am Marine Drive abkürzen kann. Im Supermarkt holen Kath und Sonje sich immer Pommes zum Mitnehmen. Häufiger ist es Kath, die sich auf diese Expedition begibt, denn sie genießt es, unter den Bäumen zu laufen – etwas, was sie mit dem Kinderwagen nicht mehr kann.

Als Kath herzog, war Noelle noch nicht geboren, und sie benutzte fast täglich die Abkürzung durch den Wald, ohne über ihre Freiheit nachzudenken. Eines Tages lernte sie Sonje kennen. Beide hatten bis vor kurzem in der Stadtbücherei von Vancouver gearbeitet, allerdings nicht in derselben Abteilung, so dass sie nie miteinander ins Gespräch gekommen waren. Kath hatte im sechsten Monat der Schwangerschaft aufgehört, wie es von ihr verlangt wurde, damit ihr Anblick die Benutzer nicht verstörte, und Sonje hatte wegen eines Skandals aufgehört.

Oder zumindest wegen einer Geschichte, die in die Zeitungen gelangt war. Cottar, ihr Mann, ein Journalist bei einer Zeitschrift, von der Kath noch nie gehört hatte, war nach Rotchina gereist. Er wurde in den Zeitungen als linkslastig bezeichnet. Sonjes Foto erschien neben seinem, zusammen mit der Information, dass sie in der Stadtbücherei beschäftigt war. Man befürchtete, sie könnte dort kommunistische Bücher empfehlen und Schulkinder beeinflussen, die anschließend womöglich Kommunisten wurden. Niemand sagte, dass sie das getan hatte – nur, dass die Gefahr bestand. Auch verstieß es nicht gegen die Gesetze, wenn Kanadier China besuchten. Aber wie sich herausstellte, waren Cottar und Sonje US-Amerikaner, also ihr Verhalten unter Umständen sorgfältig geplant und umso bedenklicher.

»Ich kenne die Frau«, hatte Kath zu Kent, ihrem Mann, gesagt, als sie das Foto sah. »Wenigstens vom Sehen. Sie hat auf mich immer ziemlich schüchtern gewirkt. Das wird ihr peinlich sein.«

»Ach, kein Stück«, sagte Kent. »Die Sorte, die lieben das Gefühl, verfolgt zu werden, dafür leben die.«

Die Leiterin der Stadtbücherei hatte angeblich gesagt, Sonje hätte gar keine Gelegenheit gehabt, Bücher auszusuchen oder junge Menschen zu beeinflussen, sondern den größten Teil ihrer Zeit damit verbracht, Listen zu tippen.

»Was komisch war«, sagte Sonje zu Kath, nachdem sie sich erkannt und angesprochen und auf dem Waldweg eine halbe Stunde lang miteinander unterhalten hatten. Das Komische war, dass sie überhaupt nicht tippen konnte.

Sie war nicht entlassen worden, aber von sich aus gegangen. Sie fand es angebracht, da auf sie und Cottar in der Zukunft ohnehin Veränderungen zukamen.

Kath fragte sich, ob eine der Veränderungen ein Kind sein konnte. Für ihr Gefühl ging das Leben nach dem Schulabschluss als eine Reihe fortgesetzter Prüfungen weiter, die bestanden werden mussten. Die Erste war, zu heiraten. Wenn eine Frau das nicht mit spätestens fünfundzwanzig getan hatte, dann war diese Prüfung im Grunde nicht bestanden worden. (Sie unterschrieb stets mit »Mrs Kent Mayberry«, wobei sie Erleichterung und ein leises Hochgefühl verspürte.) Dann musste sie daran denken, das erste Kind zu bekommen. Ein Jahr zu warten, bevor sie schwanger wurde, war eine gute Idee. Zwei Jahre zu warten war ein bisschen vorsichtiger als nötig. Und drei Jahre brachten die Leute auf komische Gedanken. Dann ging es irgendwann weiter mit dem zweiten Kind. Danach lag der Weg zunehmend im Dunkeln, und es ließ sich schwer sagen, wo das Ziel lag und wann es erreicht war.

Sonje war keine von den Freundinnen, die erzählten, wie sehr sie versuchten, ein Kind zu kriegen, und wie lange sie es schon versuchten und welche Techniken sie benutzten. Sonje redete nie in dieser Weise über Sex oder über ihre Regel oder ihren Körper – obwohl sie Kath bald Dinge erzählte, die für die meisten Leute wesentlich schockierender gewesen wären. Sie besaß eine würdevolle Grazie – eigentlich hatte sie Balletttänzerin werden wollen, doch dann war sie dafür zu groß geworden, was sie immer bedauerte, bis sie Cottar kennenlernte, der sagte: »Ach, noch so eine höhere Tochter, die hofft, aus ihr wird mal ein sterbender Schwan.« Ihr Gesicht war breit, still, rosig – sie trug nie Make-up, Cottar war gegen Make-up –, und ihr kräftiges blondes Haar war zu einem buschigen Knoten gebunden. Kath fand, sie sah wundervoll aus – engelhaft und dabei intelligent.

Kath und Sonje essen am Strand ihre Pommes und sprechen über Personen in den Erzählungen, die sie gelesen haben. Wie kommt es, dass keine Frau Stanley Burnell lieben kann? Was hat Stanley an sich? Ein großes Kind ist er, mit seiner bedrängenden Liebe, seiner Gier bei Tisch, seiner Selbstzufriedenheit. Wohingegen Jonathan Trout – ach, Stanleys Frau Linda hätte Jonathan Trout heiraten sollen, Jonathan, der durchs Wasser glitt, während Stanley planschte und prustete. »Sei mir gegrüßt, meine himmlische Pfirsichblüte«, sagt Jonathan mit seiner samtigen Bassstimme. Er verfügt über Ironie, er ist feinsinnig und elegisch. »Die Kürze des Lebens, die Kürze des Lebens«, sagt er. Und Stanleys dreiste, laute Welt fällt entlarvt in sich zusammen.

Etwas macht Kath zu schaffen. Sie kann nicht darüber reden oder darüber nachdenken. Ist Kent so ähnlich wie Stanley?

Eines Tages geraten sie in Streit. Kath und Sonje geraten unerwartet in einen erbitterten Streit über eine Erzählung von D. H. Lawrence. Die Erzählung hat den Titel »Der Fuchs«.

Am Ende dieser Erzählung sitzen die Liebenden – ein Soldat und eine Frau namens March – auf den Klippen an der Atlantikküste und schauen nach Westen, hin zu ihrem zukünftigen Heim in Kanada. Sie werden England verlassen, um ein neues Leben zu beginnen. Sie haben sich gebunden, aber sie sind nicht wahrhaft glücklich. Noch nicht. Der Soldat weiß, dass beide erst dann wahrhaft glücklich sein werden, wenn die Frau ihm ihr Leben hingibt, in einer Weise, wie sie es bisher noch nicht getan hat. March kämpft immer noch gegen ihn an, um sich von ihm abzugrenzen, macht alle beide mit ihrem Bemühen, an ihrer Frauenseele, ihrem Frauenbewusstsein festzuhalten, insgeheim unglücklich. Sie muss damit aufhören – sie muss aufhören zu denken und aufhören zu wollen und ihren Geist untergehen lassen, bis er völlig in seinen eingetaucht ist. Wie das Seegras, das unter der Wasseroberfläche hin und her wogt. Schau hinunter, schau hinunter – schau, wie das Seegras im Wasser wogt, es lebt, doch es durchbricht nie die Oberfläche. Und so muss ihr weibliches Wesen in seinem männlichen Wesen leben. Dann wird sie glücklich sein und er stark und zufrieden. Dann wird ihnen die wahre Ehe gelungen sein.

Kath sagt, sie findet das blöde.

Sie macht sich an die Begründung. »Er redet doch von Sex, ja?«

»Nicht nur«, sagt Sonje. »Von ihrem ganzen Leben.«

»Ja, aber Sex. Sex führt zu Schwangerschaft. Ich meine, normalerweise. Also bekommt March ein Kind. Wahrscheinlich noch weitere. Und um die muss sie sich kümmern. Wie kann sie das, wenn ihr Geist unter der Meeresoberfläche hin und her wogt?«

»Das ist allzu wörtlich genommen«, sagt Sonje in leicht überlegenem Tonfall.

»Entweder kannst du dir Gedanken machen und Entscheidungen treffen, oder du kannst es nicht«, sagt Kath. »Zum Beispiel, das Baby greift nach einer Rasierklinge. Was machst du? Sagst du bloß: Ach, ich werde einfach hier schweben, bis mein Mann nach Hause kommt, und dann kann er sich den Kopf zerbrechen, das heißt, unseren Kopf, ob das eine gute Idee ist?«

Sonje sagt: »Das ist jetzt aber auf die Spitze getrieben.«

Ihrer beider Stimmen sind scharf geworden. Kath ist forsch und spöttisch, Sonje ernst und eigensinnig.

»Lawrence wollte keine Kinder«, sagt Kath. »Er war eifersüchtig auf Friedas Kinder aus erster Ehe.«

Sonje schaut zwischen ihren Knien zu Boden und lässt Sand durch ihre Finger rieseln.

»Ich glaube einfach, es wäre schön«, sagt sie. »Ich glaube, es wäre schön, wenn eine Frau das könnte.«

Kath weiß, dass etwas schiefgegangen ist. Etwas stimmt nicht an ihrem Argument. Warum ist sie so wütend und aufgebracht? Und warum hat sie das Thema gewechselt und über Kinder geredet? Weil sie ein Kind hat und Sonje nicht? Hat sie das über Lawrence und Frieda gesagt, weil sie den Verdacht hegt, dass es teilweise auch bei Cottar und Sonje so ist?

Wenn eine Frau auf der Grundlage von Kindern argumentiert, um die sie sich kümmern muss, ist sie aus allem raus. Unangreifbar. Aber wenn Kath das tut, will sie etwas vertuschen. Sie kann den Teil über das Seegras und das Wasser nicht ertragen, sie hat das Gefühl, an unklarem Protest zu ersticken. Also denkt sie dabei an sich selbst und nicht an Kinder. Sie selbst ist genau die Frau, über die Lawrence herzieht. Und sie kann das nicht geradeheraus zugeben, denn es könnte Sonje auf den Verdacht bringen – und nicht nur Sonje, sondern auch Kath selbst –, dass Kaths Leben an einer Verarmung leidet.

Sonje, die in einem anderen ärgerlichen Gespräch gesagt hat: »Mein Glück steht und fällt mit Cottar.«

Mein Glück steht und fällt mit Cottar.

Diese Feststellung hat Kath erschüttert. Sie hätte das nie von Kent gesagt. Sie wollte nicht, dass es auch auf sie zutraf.

Andererseits sollte Sonje nicht denken, sie sei eine Frau, die es in der Liebe nicht geschafft hatte. Die sie nicht angestrebt hatte, der sie nicht angeboten worden war, die Unterwerfung in der Liebe.

II

Kent erinnerte sich an den Namen der kleinen Stadt in Oregon, in die Cottar und Sonje gezogen waren. Oder in die Sonje gezogen war, am Ende jenes Sommers. Sie war dorthin gegangen, um Cottars Mutter zu versorgen, während Cottar sich auf eine weitere seiner als journalistische Dienstreisen getarnten Vergnügungsfahrten in den Fernen Osten begeben hatte. Nach seiner Chinareise war ein reales oder eingebildetes Problem mit seiner Rückkehr in die Vereinigten Staaten aufgetaucht. Er hatte geplant, sich nach seiner Rückkehr mit

Sonje in Kanada zu treffen und vielleicht auch seine Mutter dorthin zu holen.

Es bestand nicht viel Aussicht, dass Sonje immer noch in der Stadt lebte. Höchstens vielleicht die Mutter. Kent sagte, dass es sich nicht lohnte, dafür anzuhalten, aber Deborah sagte: Warum nicht, wäre doch interessant, das herauszufinden? Und eine Nachfrage auf dem Postamt erbrachte eine Wegbeschreibung.

Kent und Deborah fuhren aus der Stadt heraus und durch die Sanddünen – Deborah saß am Steuer wie meistens auf dieser langen, gemächlichen Reise. Sie hatten Kents Tochter Noelle besucht, die in Toronto lebte, und seine beiden Söhne von Pat, seiner zweiten Frau – den einen in Montreal und den anderen in Maryland. Sie waren ein paar Tage bei alten Freunden von Kent und Pat geblieben, die jetzt in einer bewachten Wohnanlage in Arizona lebten, und bei Deborahs Eltern – die ungefähr in Kents Alter waren – in Santa Barbara. Jetzt fuhren sie die Westküste hoch, heim nach Vancouver, ließen sich aber jeden Tag Zeit, um Kent nicht übermäßig zu ermüden.

Die Dünen waren mit Gras bewachsen. Sie sahen wie ganz normale Hügel aus, bis auf entblößte sandige Schultern, die der Landschaft etwas Verspieltes gaben. Das Werk eines Kindes, aufgequollen ins Gigantische.

Die Straße endete bei dem Haus, das ihnen beschrieben worden war. Gar nicht zu verfehlen. Da war das Schild – pazifik-tanzschule. Und Sonjes Name, und darunter ein Schild: zu verkaufen. Eine alte Frau machte sich mit einer Heckenschere an einem der Sträucher im Garten zu schaffen.

Also lebte Cottars Mutter immer noch. Aber dann fiel Kent ein, dass Cottars Mutter blind war. Deshalb musste ja damals jemand zu ihr ziehen, als Cottars Vater starb.

Was trieb sie also mit der Heckenschere, wenn sie blind war?

Er hatte den üblichen Fehler begangen, sich nicht klarzumachen, wie viele Jahre – Jahrzehnte – vergangen waren. Und wie steinalt die Mutter inzwischen sein musste. Wie alt Sonje sein musste, wie alt er selbst war. Denn es war Sonje, und anfangs erkannte sie ihn auch nicht. Sie bückte sich, um die Heckenschere in den Boden zu spießen, sie wischte sich die Hände an ihren Jeans ab. Er spürte die Steifheit ihrer Bewegungen in den eigenen Gelenken. Ihr Haar war weiß und spärlich, es wehte in der leichten Meeresbrise, die zwischen den Dünen ihren Weg hierherfand. Die feste Fleischhülle um ihre Knochen war verschwunden. Sie war immer flachbrüstig gewesen, aber in der Taille nicht so dünn. Breiter Rücken, breites Gesicht, ein Mädchen nordischen Typs. Obwohl ihr Vorname nicht daher stammte – er erinnerte sich an eine Geschichte, dass sie den Namen Sonja erhalten hatte, weil ihre Mutter die Filme mit Sonja Henie liebte. Sie änderte von sich aus die Schreibweise und verachtete die Oberflächlichkeit ihrer Mutter. Alle verachteten sie damals ihre Eltern für irgendetwas.

Er konnte in der grellen Sonne ihr Gesicht nicht genau erkennen. Aber er sah mehrere glänzende, silberweiße Flecke, wo wahrscheinlich Hautkrebs entfernt worden war.

»Also Kent«, sagte sie. »So was Komisches. Ich dachte, du wärst jemand, der mein Haus kaufen will. Und das ist Noelle?«

Nun hatte auch sie ihren Fehler begangen.

Deborah war sogar noch ein Jahr jünger als Noelle. Aber sie hatte nichts von einem Püppchen an sich. Kent hatte sie nach seiner ersten Operation kennengelernt. Da war er Witwer und sie eine unverheiratete Physiotherapeutin. Eine abgeklärte, ruhige Frau, die der Mode und der Ironie misstraute – sie trug ihr Haar zu einem langen Zopf geflochten. Sie hatte ihm Yoga beigebracht, wie auch die vorgeschriebenen Übungen, und jetzt sorgte sie dafür, dass er Vitamine nahm und Ginseng. Sie war taktvoll und frei von Neugier bis hin zur Gleichgültigkeit. Vielleicht war es für eine Frau ihrer Generation selbstverständlich, dass jeder eine reichbevölkerte und unübertragbare Vergangenheit besaß.

Sonje bat ihre Besucher ins Haus. Deborah sagte, sie werde die beiden ihren Erinnerungen überlassen – sie wolle zu einem Naturkostladen (Sonje sagte ihr, wo einer war) und einen Strandspaziergang machen.

Als Erstes fiel Kent an dem Haus auf, wie kalt es darin war. An einem strahlenden Sommertag. Aber Häuser an der Nordwestküste sind selten so warm, wie sie aussehen – man braucht nur aus der Sonne zu gehen, und sofort spürt man einen klammen Hauch. Nebelschwaden und regnerische Winterkälte mussten seit langer Zeit fast ohne Gegenwehr in dieses Haus eingedrungen sein. Es war ein großer, aus Holz erbauter Bungalow, stark reparaturbedürftig, aber nicht schmucklos mit seiner Veranda und seinen Dachgauben. In West Vancouver, wo Kent immer noch lebte, hatte es früher viele solche Häuser gegeben. Aber die meisten waren mit Abrissgenehmigung verkauft worden.

Die beiden großen, ineinander übergehenden Wohnzimmer standen bis auf ein Klavier leer. Der Fußboden war in der Mitte grau abgetreten und in den Ecken schwarzbraun gebohnert. An einer Wand war eine Ballettstange angebracht und gegenüber ein staubiger Spiegel, in dem er zwei hagere, weißhaarige Gestalten vorbeigehen sah. Sonje sagte, dass sie versuchte, das Haus zu verkaufen – das sah man ja an dem Schild –, und da dieser Teil als Tanzstudio eingerichtet worden war, fand sie, sie konnte es ruhig so lassen.

»Man kann immer noch was Gutes draus machen«, sagte sie. Sie erzählte, sie hätten die Schule um 1960 eingerichtet, bald nachdem sie gehört hatten, dass Cottar tot sei. Cottars Mutter Delia spielte Klavier. Sie spielte, bis sie fast neunzig Jahre alt war und einen Dachschaden bekam. (»Entschuldige«, sagte Sonje, »aber irgendwann wird man mit so was salopp.«) Sonje musste sie in ein Pflegeheim geben und ging jeden Tag hin, um sie zu füttern, obwohl Delia sie nicht mehr erkannte. Und sie holte sich neue Leute fürs Klavier, aber das klappte nicht recht. Außerdem konnte sie selber allmählich den Schülerinnen nichts mehr zeigen, sondern nur noch was sagen. Also sah sie ein, dass es Zeit war aufzugeben.

Was war sie früher für eine stattliche junge Frau gewesen, allerdings nicht sehr mitteilsam. Nicht besonders entgegenkommend, war wenigstens sein Eindruck gewesen. Und jetzt huschte und schwatzte sie nach Art von Menschen, die zu viel allein waren.

»Es lief gut, als wir anfingen, kleine Mädchen begeisterten sich damals fürs Ballett, aber dann kam das alles aus der Mode, weißt du, es war zu förmlich. Aber nie völlig, und dann in den achtziger Jahren zogen viele junge Familien her, die offenbar eine Menge Geld hatten, woher hatten die so viel Geld? Und es hätte wieder toll laufen können, aber ich hab's irgendwie nicht gepackt.«

Sie sagte, dass vielleicht die Luft heraus war oder der Antrieb weg war, als ihre Schwiegermutter starb.

»Wir waren die allerbesten Freundinnen«, sagte sie. »Immer.«

Die Küche war ein weiterer großer Raum, den die Schränke und Haushaltsgeräte nicht richtig füllten. Der Fußboden bestand aus grauen und schwarzen Fliesen – oder vielleicht aus schwarzen und weißen Fliesen, deren Weiß von schmutzigem Aufwischwasser grau war. Sie gingen durch einen von Regalen gesäumten Flur, Regalen, die bis zur Decke reichten und mit Büchern und zerfledderten Illustrierten vollgestopft waren, vielleicht sogar mit Zeitungen. Ein Geruch nach mürbem, altem Papier. Hier war der Boden mit Sisalläufern ausgelegt, die bis auf eine Seitenveranda reichten, wo Kent endlich die Möglichkeit bekam, sich hinzusetzen. Rattansitzbank und -sessel, und zwar echte, die einiges wert sein könnten, wenn sie nicht unmittelbar vor dem Zerfall stünden. Bambusjalousien, auch nicht im besten Zustand, aufgerollt oder halb heruntergelassen, und draußen verwilderte Sträucher, die an die Fenster drückten. Kent kannte nicht viele Pflanzennamen, aber er erkannte diese Sträucher als eine Sorte, die auf sandigem Boden wuchs. Ihre Blätter waren hart und glänzend – als wären sie in Öl getaucht.

Als sie durch die Küche gingen, hatte Sonje den Kessel für Tee aufgesetzt. Jetzt sank sie in einen der Sessel, als wäre auch sie froh zu sitzen. Sie hielt ihre schmutzigen, grobknochigen Hände hoch.

»Ich geh gleich mich waschen«, sagte sie. »Ich hab dich gar nicht gefragt, ob du Tee willst. Ich kann auch Kaffee kochen. Oder wenn du magst, lass ich beides weg und mach uns gleich einen Gin Tonic. Warum eigentlich nicht? Hört sich doch gut an.«

Das Telefon klingelte. Ein aufstörendes, lautes, altmodisches Klingeln. Es klang, als käme es aus der Diele gleich nebenan, aber Sonje eilte in die Küche.

Sie redete eine Weile, unterbrach nur kurz, um den Kessel vom Herd zu nehmen, als er pfiff. Er hörte sie »gerade Besuch« sagen und hoffte, sie wimmelte nicht jemanden ab, der sich das Haus ansehen wollte. Ihr genervter Tonfall erweckte bei ihm den Eindruck, dass der Anruf nicht nur ein freundschaftlicher Plausch war und vielleicht etwas mit Geld zu tun hatte. Er gab sich Mühe, nichts mehr davon aufzuschnappen.

Die im Flur gestapelten Bücher und Zeitschriften hatten ihn an Sonjes und Cottars Haus über der Bucht erinnert. Es war das Unwohnliche, Verwahrloste, was ihn daran erinnerte. Das große Zimmer im Erdgeschoss war von einem Kamin beheizt worden, und obwohl – bei seinem einzigen Besuch – ein Feuer darin brannte, quoll er über von alter Asche, verkohlten Apfelsinenschalen und Abfallresten. Überall lagen Bücher und Broschüren. Statt einer Couch stand eine Liege da – man musste entweder mit den Füßen auf dem Boden und nichts im Rücken dasitzen oder raufkrabbeln, sich an die Wand lehnen und die Beine anziehen. So saßen Kath und Sonje. Sie hielten sich aus dem Gespräch fast ganz heraus. Kent saß in einem Sessel, den er von einem Buch befreit hatte, einem Band mit abgegriffenem Umschlag und dem Titel *Der Bürgerkrieg in Frankreich*. So nennen sie also jetzt die Französische Revolution, dachte er. Dann sah er den Namen des Autors, Karl Marx. Aber schon davor fühlte er die Feindseligkeit, die Verurteilung im Raum. So, wie man sich in einem Raum voller frommer Traktate und Jesusbilder, Jesus auf einem Esel, Jesus auf dem See Genezareth, fühlen würde, vor Gericht gestellt und verurteilt. Nicht nur von den Büchern und Druckschriften – es steckte auch in der Kaminschweinerei und dem stark abgetretenen Teppich und den Rupfenvorhängen. Kents Hemd mit Krawatte war falsch. Er hatte das schon an den Blicken geahnt, die Kath darauf geworfen hatte, aber er hatte es nun einmal angezogen und behielt es an. Sie trug eins seiner alten Hemden über Jeans, die von etlichen Sicherheitsnadeln zusammengehalten wurden. Er hatte das anlässlich einer Einladung zum Abendessen für einen reichlich schlampigen Aufzug gehalten, war aber zu dem Schluss gekommen, dass sie vielleicht in nichts anderes mehr hineinpasste.

Das war unmittelbar, bevor Noelle geboren wurde.

Cottar bereitete das Essen zu. Es war ein Curry und, wie sich herausstellte, sehr gut. Sie tranken Bier. Cottar war über dreißig, älter als Sonje und Kath und Kent. Hochgewachsen, schmalschultrig, hohe, kahle Stirn und spärlicher Backenbart. Hastige, leise, heimlichtuerische Sprechweise.

Ein älteres Ehepaar war auch da, eine Frau mit Hängebusen und ergrauendem, im Nacken zusammengerolltem Haar und ein kleiner, sich kerzengerade haltender Mann in schmuddeliger Kleidung, der aber etwas Adrettes an sich hatte durch seine scharf artikulierende, gereizte Stimme und seine Angewohnheit, mit den Händen säuberliche Quadrate zu formen. Und dann war noch ein junger Mann da, ein Rotschopf mit hervorquellenden, wässrigen Augen und pickeliger Haut. Er machte ein Abendstudium und verdiente sein Geld damit, in einem Lastwagen die für die Botenjungen bestimmten Zeitungsbündel auszufahren. Offenbar hatte er gerade erst damit angefangen, und der ältere Mann, der ihn kannte, hänselte ihn mit der Schande, solch eine Zeitung auszuliefern. Werkzeug der kapitalistischen Klassen, Sprachrohr der Elite.

Obwohl das mit scherzhaftem Unterton gesagt wurde, konnte Kent es nicht durchgehen lassen. Besser gleich hineinspringen, dachte er, und nicht erst später. Er sagte, er finde an der Zeitung nicht viel auszusetzen.

Auf so etwas hatten sie nur gewartet. Der ältere Mann hatte schon herausbekommen, dass Kent Pharmazeut war und bei einer der Drugstore-Ketten arbeitete. Und der junge Mann hatte schon gefragt: »Laufen Sie auf der Management-Schiene?«, und zwar so, dass die anderen das als Witz verstanden, nur Kent verstand es nicht so. Kent hatte geantwortet, das hoffe er.

Das Curry wurde aufgetragen, und sie aßen und tranken weiter Bier, und das Feuer erhielt frisches Holz, und der Frühlingshimmel wurde dunkel, und die Lichter von Point Grey erschienen auf der anderen Seite des Burrard Inlet, und Kent nahm es auf sich, den Kapitalismus zu verteidigen, den Koreakrieg, die Kernwaffen, John Foster Dulles, die Hinrichtung der Rosenbergs – alles, was sie ihm an den Kopf warfen. Er hatte nur Hohn für den Gedanken, dass amerikanische Konzerne afrikanische Mütter dahin brachten, Trockenmilch zu kaufen, anstatt ihre Babys zu stillen, und dass die Königlich-Kanadische Berittene Polizei Indianer brutal misshandelte, und vor allem für die Vorstellung, Cottars Telefon könnte abgehört werden. Er zitierte aus dem Nachrichtenmagazin *Time* und kündigte diese Zitate an.

Der jüngere Mann klatschte sich auf die Knie und schüttelte den Kopf und brach in ungläubiges Gelächter aus.

»Das ist doch nicht zu fassen! Könnt ihr das fassen? Ich nicht.«

Cottar ließ ein Argument nach dem anderen aufmarschieren und versuchte, seine Verärgerung in Zaum zu halten, denn er hielt sich für einen vernünftigen Menschen. Der ältere Mann erging sich in professoralen Abschweifungen, und die Frau mit dem Hängebusen warf in einem Ton giftgetränkter Höflichkeit Bemerkungen ein.

»Warum ist Ihnen so viel daran gelegen, die Obrigkeit zu verteidigen, wo immer sie ihr entzückendes Haupt erhebt?«

Kent wusste nicht, was ihn anstachelte. Er nahm diese Leute nicht einmal ernst. Die drückten sich an den Rändern des wirklichen Lebens herum, hielten flammende Reden und nahmen sich ungeheuer wichtig, wie es Fanatiker jeglicher Couleur taten. Ihnen ging alles Solide ab, im Vergleich zu den Männern, mit denen Kent zu tun hatte. An Kents Arbeitsplatz hatte jeder Fehler Folgen, stand jeder Mitarbeiter ständig in der Verantwortung, man hatte einfach keine Zeit, mit solchen Gedanken herumzuspielen, ob nun Drugstore-Ketten etwas Schlechtes waren oder ob Pharmakonzerne an verbrecherischen Machenschaften beteiligt waren. Das war die wirkliche Welt, und jeden Tag ging er mit der Last seiner und Kaths Zukunft auf den Schultern in diese Welt hinaus. Er bejahte das, er war sogar stolz darauf, und er dachte gar nicht daran, sich bei einer Handvoll Quenglern zu entschuldigen.

»Das Leben wird besser trotz allem, was Sie vorbringen«, hatte er ihnen gesagt. »Sie brauchen sich nur umzuschauen.«

Er distanzierte sich jetzt durchaus nicht von seinem jüngeren Ich. Er fand, er war vielleicht ein bisschen nassforsch gewesen, aber nicht im Unrecht. Doch er machte sich Gedanken über den Zorn in jenem Zimmer, all diese verletzende Energie, was wohl daraus geworden war.

Sonje telefonierte nicht mehr. Sie rief ihm aus der Küche zu: »Den Tee lass ich endgültig weg, es gibt Gin Tonic.«

Als sie die Getränke brachte, fragte er sie, wie lange Cottar schon tot war, und sie antwortete ihm, über dreißig Jahre. Er seufzte und schüttelte den Kopf. So lange schon?

»Er starb sehr schnell an irgendeinem tropischen Virus«, sagte Sonje. »Das passierte in Jakarta. Er war schon unter der Erde, bevor ich überhaupt erfuhr, dass er krank war. Jakarta hieß früher Batavia, hast du das gewusst?«

Kent sagte: »So in etwa.«

»Ich erinnere mich noch an euer Haus«, sagte sie. »Das Wohnzimmer war eigentlich eine Veranda, ging übers ganze Haus, wie unseres. Mit Rollos aus Markisenstoff, grüne und braune Streifen. Kath mochte das Licht, das hindurchfiel, sie nannte es das Urwaldidyll. Du nanntest es die Bruchbude. Jedes Mal, wenn du von dem Haus gesprochen hast. Die Bruchbude.«

»Es stand auf einzementierten Pfählen«, sagte Kent. »Die faulten schon durch. Ein Wunder, dass es nicht eingestürzt ist.«

»Du und Kath, ihr gingt euch immer Häuser ansehen«, sagte Sonje. »An deinem freien Tag seid ihr mit Noelle im Kinderwagen durch irgendwelche Neubausiedlungen gepilgert. Und habt euch alle neuen Häuser angesehen. Du weißt ja, wie diese Neubausiedlungen damals aussahen. Keine Bürgersteige, weil angeblich niemand mehr zu Fuß ging, und alle Bäume abgeholzt, und die Häuser, eins ans andere geklatscht, starrten sich aus ihren Panoramafenstern an.«

Kent sagte: »Was konnte man sich denn damals anderes leisten?«

»Ich weiß, ich weiß. Aber du hast immer gefragt: ›Welches gefällt dir?‹, und Kath hat dir nie geantwortet. Bis du schließlich ausgerastet bist und gefragt hast, ›gibt es überhaupt ein Haus, das dir gefällt‹, und sie gesagt hat: ›Ja, die Bruchbude.‹«

Kent konnte sich nicht daran erinnern. Aber er nahm an, dass es stimmte. Jedenfalls hatte Kath es Sonje so erzählt.

III

Cottar und Sonje gaben eine Abschiedsparty, bevor Cottar auf die Philippinen oder nach Indonesien oder sonst wohin flog und Sonje nach Oregon fuhr, um für seine Mutter zu sorgen. Alle, die an der Bucht wohnten, waren eingeladen – da die Party draußen im Freien stattfinden sollte, war das die einzig vernünftige Lösung. Außerdem einige Leute, mit denen Sonje und Cottar in einer Kommune gewohnt hatten, bevor sie an die Küste zogen, dann noch Journalisten, die Cottar kannte, und Leute, mit denen Sonje in der Stadtbücherei zusammengearbeitet hatte.

»Einfach alle«, sagte Kath, und Kent fragte fröhlich: »Lauter Linke?« Sie sagte, das wisse sie nicht, eben einfach alle.

Die richtige Monica hatte ihre Babysitterin bestellt, und alle Kinder wurden in ihrem Haus abgeliefert, wobei die Eltern sich an den Kosten beteiligten. Kath brachte Noelle in ihrer Babytragetasche hin, als es anfing, dunkel zu werden. Sie sagte der Frau, dass sie vor Mitternacht zurück sein würde, wenn Noelle wahrscheinlich Hunger bekam und aufwachte. Sie hätte das Fläschchen, das sie vorbereitet hatte, mitnehmen können, aber sie ließ es zu Hause. Sie war unsicher wegen der Party und dachte, vielleicht würde sie froh sein über eine Gelegenheit wegzukommen.

Sie hatte nie mit Sonje über das Abendessen in Sonjes Haus geredet, als Kent sich mit allen angelegt hatte. Es war Sonjes erste Begegnung mit Kent gewesen, und hinterher sagte sie nur, dass er wirklich fabelhaft aussah. Kath hatte das Empfinden, Kents Aussehen war in Sonjes Augen nur ein läppischer Trostpreis.

Sie hatte an jenem Abend mit dem Rücken an der Wand

gesessen und ein Kissen umklammert. Sie hatte sich angewöhnt, ein Kissen an die Stelle zu halten, wo das Baby strampelte. Das Kissen war ausgeblichen und staubig, wie alles in Sonjes Haus (sie und Cottar hatten es möbliert gemietet). Sein Muster blauer Blüten und Blätter sah inzwischen silbrig aus. Kath heftete den Blick darauf, während Kent von den anderen in die Enge getrieben wurde und es nicht einmal merkte. Der junge Mann redete auf ihn mit der melodramatischen Wut eines Sohnes gegenüber seinem Vater ein, und Cottar sprach mit der strapazierten Geduld eines Lehrers gegenüber einem seiner Schüler. Der ältere Mann amüsierte sich verbittert, und die Frau war voll moralischen Abscheus, als wäre Kent persönlich verantwortlich für Hiroshima und asiatische Mädchen, die in zugesperrten Fabriken verbrannten, für jede üble Lüge und hohltönende Heuchelei. Und Kent forderte das meiste davon heraus, war Kaths Eindruck. Sie hatte etwas Ähnliches befürchtet, als sie sein Hemd mit Krawatte sah, und beschlossen, Jeans anzuziehen, und nicht den schicklichen Umstandsrock. Und als sie dann dort war, musste sie es aussitzen, das Kissen hierhin und dorthin verdrehen, um das silbrige Glitzern einzufangen.

Alle im Raum waren sich in allem so sicher. Kurze Atempausen legten sie nur ein, um aus einem nie versiegenden Quell reiner Tugend, reiner Gewissheit zu schöpfen.

Außer vielleicht Sonje. Sonje sagte nichts. Aber Sonjes Quell war Cottar; er war ihre Gewissheit. Sie stand auf, um noch von dem Curry anzubieten, sie sprach in eine der kurzen, wuterfüllten Schweigepausen.

»Offenbar wollte niemand Kokosnuss.«

»Ach, Sonje, spielst du die taktvolle Gastgeberin?«, fragte die ältere Frau. »Wie jemand bei Virginia Woolf?«

Wie es schien, stand Virginia Woolf also auch in Misskredit. Da war so vieles, was Kath nicht verstand. Aber zumindest wusste sie, dass es da war; sie erklärte es nicht kurzerhand für Unsinn.

Trotzdem wünschte sie, ihre Fruchtblase würde platzen. Ihr war alles recht, Hauptsache, es brachte Erlösung. Wenn sie aufsprang und eine Pfütze unter sich machte, mussten sie aufhören.

Hinterher schien Kent vom Verlauf des Abends überhaupt nicht verunsichert zu sein. Zumal er meinte, gewonnen zu haben. »Das sind alles Linke, die müssen so reden«, sagte er. »Das ist das Einzige, was sie machen können.«

Kath wollte auf keinen Fall weiter über Politik reden, deshalb wechselte sie das Thema und erzählte ihm, dass das ältere Paar mit Sonje und Cottar in einer Kommune zusammengelebt hatte. Mit noch einem weiteren Paar, das inzwischen weggezogen war. Und es hatte regelmäßiger Partnertausch stattgefunden. Der ältere Mann hatte zudem noch eine Geliebte, die nicht in der Kommune wohnte, aber zeitweilig am Partnertausch teilnahm.

Kent fragte: »Du willst sagen, junge Männer sind mit der Alten ins Bett gestiegen? Die muss doch fünfzig sein.«

Kath sagte: »Cottar ist achtunddreißig.«

»Trotzdem«, sagte Kent. »Ist ja ekelhaft.«

Aber Kath fand die Vorstellung von solchem vertraglich festgesetzten und obligatorischen Beischlaf mindestens so erotisierend wie ekelhaft. Sich gehorsam und schuldfrei jedwedem hinzugeben, der laut Liste an der Reihe war – das war wie Tempelprostitution. Lust im Gewande der Pflicht. Daran zu denken versetzte sie in tiefe, obszöne Erregung.

Sonje hatte es nicht in Erregung versetzt. Sie hatte keinerlei sexuelle Befreiung erlebt. Cottar fragte sie immer danach, wenn sie zu ihm zurückkam, und sie musste mit Nein antworten. Er war enttäuscht, und sie war um seinetwillen enttäuscht. Er erklärte ihr, dass sie zu sehr auf eine Person fixiert und zu sehr in der Vorstellung von sexuellem Eigentum befangen war, und sie sah ein, dass er recht hatte.

»Ich weiß, er denkt, wenn ich ihn mehr liebte, könnte ich es besser«, sagte sie. »Dabei liebe ich ihn bis zum Wahnsinn.«

Trotz der verführerischen Gedanken, die ihr in den Kopf kamen, war Kath überzeugt, dass sie einzig mit Kent schlafen konnte. Sex war wie etwas, das sie miteinander erfunden hatten. Es mit jemand anderem zu versuchen hieße, auf einen anderen Stromkreis umzuschalten – ihr ganzes Leben würde ihr um die Ohren fliegen. Und doch konnte sie nicht von sich sagen: Ich liebe Kent bis zum Wahnsinn.

Als sie am Strand entlang von Monicas Haus zu Sonjes Haus ging, sah sie Leute auf die Party warten. Sie standen in kleinen Grüppchen herum oder saßen auf Baumstämmen und sahen sich den Rest des Sonnenuntergangs an. Sie tranken Bier. Cottar und ein anderer Mann wuschen einen Abfalleimer aus, um darin den Punsch zu machen. Miss Campo, die Leiterin der Stadtbücherei, saß allein auf einem Baumstamm. Kath winkte ihr fröhlich zu, ging aber nicht hin, um sich ihr anzuschließen. Wenn man sich in diesem Stadium jemandem anschloss, saß man fest. Dann blieb man zu zweit. Das Beste war, sich einer Gruppe von drei oder vier Leuten anzuschließen, selbst wenn man das Gespräch – das aus der Ferne so lebhaft gewirkt hatte – dann fürchterlich mühsam fand. Aber das konnte sie schlecht tun, nachdem sie Miss

Campo zugewinkt hatte. Sie musste den Anschein erwecken, ein Ziel zu haben. Also ging sie weiter, an Kent vorbei, der sich mit Monicas Mann darüber unterhielt, wie lange es wohl dauern würde, einen der Baumstämme am Strand zu zersägen, die Treppe zu Sonjes Haus hinauf und in die Küche.

Sonje rührte in einem großen Topf mit Chili, und die ältere Frau aus der Kommune legte Roggenbrotschnitten mit Salami und Käse auf einen großen Teller. Sie hatte dasselbe an wie bei dem Curry-Abendessen, einen pluderigen Rock und einen missfarbenen, aber dafür enganliegenden Pullover, in dem die Brüste, die er so eng umschloss, bis zur Taille hingen. Das hatte offenbar etwas mit Marxismus zu tun, dachte Kath – Cottar wollte nicht, dass Sonje einen Büstenhalter trug oder Nylonstrümpfe oder Lippenstift. Außerdem hatte es mit ungehemmtem, eifersuchtslosem Sex zu tun, mit dem ursprünglichen, unverdorbenen Verlangen, das auch vor einer Fünfzigjährigen nicht zurückschreckte.

Eine junge Frau aus der Stadtbücherei war auch da, sie schnitt grüne Paprikaschoten und Tomaten klein. Und eine Frau, die Kath nicht kannte, saß auf dem Küchenhocker und rauchte eine Zigarette.

»Also mit Ihnen haben wir ja ein Hühnchen zu rupfen«, sagte die junge Frau aus der Stadtbücherei zu Kath. »Wir alle in der Bibliothek. Wir hören, Sie haben das süßeste Baby der Welt, aber wir kriegen es nicht zu sehen. Wo ist es denn jetzt?«

Kath sagte: »Schläft hoffentlich.«

Die junge Frau hieß Lorraine, aber Sonje und Kath hatten sie in ihren Gesprächen über die Zeit bei der Bücherei Debbie Reynolds getauft. Sie stand immer unter Dampf.

»Och«, sagte sie.

Die Hängebusenfrau warf ihr und auch Kath einen Blick nachdenklichen Abscheus zu.

Kath machte eine Flasche Bier auf und gab sie Sonje, die sagte: »Oh, danke. Ich war so mit dem Chili beschäftigt, dass ich ganz vergessen habe, mir was zu trinken zu nehmen.« Sie war unsicher, weil sie nicht so gut kochen konnte wie Cottar.

»Bloß gut, dass Sie das nicht selber trinken wollten«, sagte die junge Frau aus der Stadtbücherei zu Kath. »Das ist tabu, wenn Sie stillen.«

»Ich habe die ganze Zeit über Bier geschluckt, als ich gestillt habe«, sagte die Frau auf dem Hocker. »Ich glaube, es wurde sogar empfohlen. Das meiste davon pinkelt man sowieso wieder aus.«

Die Augen der Frau waren mit schwarzem Lidstrich umrandet, der die Augenwinkel verlängerte, und ihre Lider waren bis zu den glänzenden schwarzen Brauen mit rotstichigem Blau angemalt. Ihr übriges Gesicht war kreidebleich oder so geschminkt, und ihre Lippen waren so blassrosa, dass sie fast weiß wirkten. Kath hatte solche Gesichter schon gesehen, aber nur in Modezeitschriften.

»Das ist Amy«, sagte Sonje. »Amy, das ist Kath. Entschuldigt, ich habe euch nicht vorgestellt.«

»Sonje, du entschuldigst dich andauernd«, sagte die ältere Frau.

Amy nahm sich ein Stück Käse, das gerade abgeschnitten worden war, und aß es.

Amy war der Name der Geliebten. Der Geliebten von dem Mann der älteren Frau. Plötzlich wollte Kath sie gern kennenlernen, sich mit ihr anfreunden, wie sie sich einmal mit Sonje hatte anfreunden wollen.

Inzwischen war es Nacht geworden, und die Grüppchen am Strand waren nicht mehr so deutlich zu erkennen; sie zeigten stärkere Neigung zusammenzufließen. Unten am Rand des Wassers hatten Frauen die Schuhe ausgezogen, streiften die Strümpfe herunter, falls sie welche trugen, und stippten die Zehen ins Wasser. Die meisten tranken nicht mehr Bier, sondern Punsch, und der Punsch machte bereits eine Reihe von Wandlungen durch. Anfangs hatte er hauptsächlich aus Rum und Ananassaft bestanden, doch inzwischen waren andere Fruchtsäfte und Mineralwasser und Wodka und Wein hinzugefügt worden.

Die, die ihre Schuhe auszogen, wurden angefeuert, mehr auszuziehen. Manche rannten fast vollständig angezogen ins Wasser, legten dann die Sachen ab und warfen sie Fängern am Ufer zu. Andere zogen sich aus, wo sie waren, und machten sich gegenseitig damit Mut, dass es zu dunkel sei, um etwas zu sehen. Aber man konnte sehr wohl nackte Körper ins dunkle Wasser rennen und hineinstürzen und herumplanschen sehen. Monica hatte einen großen Stapel Handtücher aus ihrem Haus geholt und rief allen zu, sich eins umzuwickeln, wenn sie herauskamen, damit sie sich nicht den Tod holten.

Der Mond ging hinter den schwarzen Bäumen oben auf den Klippen auf und sah so riesengroß aus, so feierlich und atemberaubend, dass es Ausrufe des Erstaunens gab. Was ist denn das? Und auch, als er höher am Himmel stand und zu normaler Größe geschrumpft war, sprachen viele immer wieder von ihm und sagten: »Der Vollmond zu Herbstanfang« oder »Hast du ihn gesehen, als er aufgegangen ist?«

»Ich habe wirklich gedacht, es wäre ein gigantischer Ballon.«

»Ich bin gar nicht drauf gekommen, was das war. Ich hätte nie gedacht, dass der Mond so riesig sein kann.«

Kath stand unten am Wasser und unterhielt sich mit dem Mann, dessen Frau und dessen Geliebte sie vorher in Sonjes Küche gesehen hatte. Seine Frau badete jetzt, ein wenig abseits von den Kreischern und Planschern. In einem anderen Leben, sagte der Mann, sei er Geistlicher gewesen.

»Einst wogte auch das Meer des Glaubens auf der höchsten Flut«, sagte er scherzhaft. »Und schmiegte rings sich um die irdischen Gestade wie ein lichter Gürtel‹ – damals war ich mit einer völlig anderen Frau verheiratet.«

Er seufzte, und Kath dachte, er suchte nach dem Rest des Verses.

»Doch nun«, sagte sie, »vernehm ich weithin nur sein trostlos Brausen fernab der öden Ufer und steinig nackten Küsten dieser Welt.‹« Dann verstummte sie, denn was danach kam, war ihr zu viel: »O Liebe, lass uns treu sein –«

Seine Frau schwamm auf sie zu, bis das Wasser ihr nur noch an die Knie reichte, dann richtete sie sich auf. Ihre Brüste schwangen hin und her und schleuderten Wassertropfen um sich, als sie herauswatete.

Ihr Mann breitete die Arme aus. »Europa«, rief er im Tonfall kameradschaftlicher Begrüßung.

»Dann sind Sie Zeus«, sagte Kath kühn. Sie wollte auf der Stelle von einem solchen Mann geküsst werden. Von einem Mann, den sie kaum kannte und an dem ihr nichts lag. Und wirklich küsste er sie, fuhr mit seiner kühlen Zunge in ihrem Mund herum.

»Man stelle sich vor, ein Erdteil, benannt nach einer Kuh«, sagte er. Seine Frau stand dicht vor ihnen und atmete dankbar nach ihrem anstrengenden Bad. Sie stand so nah, dass Kath

Angst hatte, von ihren langen, dunklen Brustwarzen oder ihrem Mopp schwarzer Schamhaare gestreift zu werden.

Jemand hatte ein Feuer gemacht, und die, die im Wasser gewesen waren, standen jetzt herum, in Decken oder Handtücher gewickelt, oder hockten hinter Baumstämmen und krabbelten in ihre Sachen.

Und Musik spielte. Die Leute, die neben Monica wohnten, besaßen einen Anlegesteg und ein Bootshaus. Ein Plattenspieler war heruntergeholt worden, und einige fingen an zu tanzen. Auf dem Bootssteg und, mühsamer, im Sand. Sogar auf einem Baumstamm machte jemand ein oder zwei Tanzschritte, bevor er stolperte und herunterfiel oder -sprang. Frauen, die sich wieder angezogen oder nie ausgezogen hatten, Frauen, die zu ruhelos waren, um an einem Ort zu verharren – wie Kath auch –, gingen am Wasserrand spazieren (niemand badete mehr, Baden war völlig vorbei und vergessen), und wegen der Musik gingen sie anders. Sie wiegten sich in den Hüften, anfangs noch gehemmt, im Scherz, dann frecher, wie schöne Frauen im Film.

Miss Campo saß immer noch an derselben Stelle und lächelte.

Die junge Frau, die Kath und Sonje Debbie Reynolds nannten, saß an einen Baumstamm gelehnt im Sand und weinte. Sie lächelte Kath zu und sagte: »Glauben Sie ja nicht, dass ich traurig bin.«

Ihr Mann hatte für ein College Football gespielt und besaß jetzt eine Karosseriewerkstatt. Wenn er in die Bücherei kam, um seine Frau abzuholen, sah er immer aus wie ein gestandener Footballspieler, den der Rest der Welt ein wenig anwiderte. Aber jetzt kniete er neben ihr und spielte mit ihren Haaren.

»Schon gut«, sagte er. »So ist das jedes Mal bei ihr. Nicht wahr, Schatz?«

»Ja, stimmt«, sagte sie.

Kath fand Sonje beim Feuer, sie ging herum und verteilte Marshmallows. Manche schafften es, sie auf Stöckchen zu spießen und zu toasten, andere warfen sie hin und her und verloren sie im Sand.

»Debbie Reynolds weint«, sagte Kath. »Aber alles in Ordnung. Sie ist glücklich.«

Beide fingen an zu lachen, sie umarmten sich und drückten die Tüte mit Marshmallows zwischen sich platt.

»Ach, du wirst mir fehlen«, sagte Sonje. »Unsere Freundschaft wird mir fehlen.«

Beide nahmen sich ein kaltes Marshmallow und aßen es, lachten und sahen einander an, erfüllt von süßer Wehmut.

»Tue dies zum Gedenken an mich«, sagte Kath. »Du bist meine wahrste, echteste Freundin.«

»Und du meine«, sagte Sonje. »Die wahrste, echteste. Cottar sagt, er will heute Nacht mit Amy schlafen.«

»Verbiet es ihm«, sagte Kath. »Verbiet es ihm, wenn du dich schlecht dabei fühlst.«

»Ach, das ist keine Frage des Verbietens«, sagte Sonje tapfer. Sie rief: »Wer möchte Chili? Cottar teilt da drüben das Chili aus. Chili? Chili?«

Cottar hatte den Kessel mit Chili die Treppe heruntergetragen und in den Sand gestellt.

»Vorsicht, heiß«, sagte er immer wieder mit väterlicher Stimme. »Vorsicht, der Kessel ist heiß.«

Er hockte da, um den Gästen aufzutun, nur mit einem Handtuch bekleidet, das aufklappte. Amy stand neben ihm und gab Näpfe aus.

Kath trat vor Cottar und wölbte die Hände zu einer Schale.

»Bitte, Hochwürden«, sagte sie, »ich bin eines Napfes nicht würdig.«

Cottar sprang auf, ließ die Schöpfkelle fallen und legte ihr die Hände auf den gesenkten Kopf.

»Sei gesegnet, mein Kind, die Letzten werden die Ersten sein.« Er küsste sie auf den Nacken.

»Ahh«, sagte Amy, als erhielte oder gäbe sie diesen Kuss selbst.

Kath hob den Kopf und sah an Cottar vorbei.

»Ich würde zu gern solchen Lippenstift auflegen«, sagte sie.

Amy sagte: »Komm mit.« Sie stellte die Näpfe ab und legte Kath sanft den Arm um die Taille und zog sie zur Treppe.

»Hier hinauf«, sagte sie. »Wir werden dich komplett schminken.«

Im winzigen Badezimmer hinter Cottars und Sonjes Schlafzimmer legte Amy Näpfchen und Tuben und Stifte aus. Es gab dafür keinen anderen Platz als den Klodeckel. Kath musste sich auf den Rand der Badewanne hocken, ihr Gesicht berührte beinahe Amys Bauch. Amy verteilte eine Flüssigkeit auf ihren Wangen und rieb eine Paste auf ihre Augenlider. Dann tupfte sie Puder auf. Sie bürstete und tuschte Kaths Augenbrauen und pinselte drei Schichten Mascara auf ihre Wimpern. Sie umrandete ihre Lippen mit einem Konturstift und trug Lippenstift auf und tupfte ihn ab und trug noch einmal Lippenstift auf. Sie nahm Kaths Gesicht in die Hände und neigte es zur Lampe.

Jemand klopfte an die Tür und rüttelte dann daran.

»Moment«, rief Amy. Dann: »Was ist los mit dir, kannst du nicht hinter einen Baumstamm pinkeln?«

Sie ließ Kath erst in den Spiegel schauen, als alles fertig war. »Und nicht lächeln«, sagte sie. »Das verdirbt die Wirkung.« Kath zog die Mundwinkel herunter und starrte finster ihr Spiegelbild an. Ihre Lippen waren wie fleischige Blütenblätter, Lilienblütenblätter. Amy zog Kath fort. »So doch nicht«, sagte sie. »Besser, du siehst dich überhaupt nicht, versuch nicht, irgendwie auszusehen, du siehst gut aus.«

»Kneif deine Pobacken zusammen, wir kommen raus«, brüllte sie der neuen Person oder vielleicht derselben Person zu, die an die Tür hämmerte. Sie stopfte ihre Siebensachen in ihr Schminktäschchen und schob es unter die Badewanne. Sie sagte zu Kath: »Komm, meine Schöne.«

Lachend und einander herausfordernd tanzten Amy und Kath auf dem Bootssteg. Männer versuchten, sich zwischen sie zu drängen, aber für eine Weile gelang es ihnen, das zu verhindern. Dann gaben sie auf, sie wurden getrennt, blickten verzweifelt und flatterten mit den Armen wie im Boden feststeckende Vögel, als jede von einem Partner in dessen Umlaufbahn gezogen wurde.

Kath tanzte mit einem Mann, den sie an dem Abend bislang noch nicht gesehen hatte. Er schien etwa in Cottars Alter zu sein. Er war groß, mit den Anfängen eines Schmerbauchs, einem Wust stumpfer, krauser Haare und einem kaputten, verprügelten Ausdruck um die Augen.

»Ich falle gleich runter«, sagte Kath. »Mir ist schwindlig. Ich falle gleich über Bord.«

Er sagte: »Ich fange Sie auf.«

»Mir ist schwindlig, aber ich bin nicht betrunken«, sagte sie.

Er lächelte, und sie dachte, das sagen Betrunkene immer.

»Ist wahr«, sagte sie, und es stimmte, denn sie hatte nicht mal eine Flasche Bier ausgetrunken oder gar den Punsch angerührt.

»Es sei denn, ich hab's durch die Haut aufgenommen«, sagte sie. »Osmose.«

Er antwortete nicht, zog sie nur an sich und ließ sie wieder los, schaute ihr aber unverwandt in die Augen.

Sex mit Kent war gierig und zielstrebig, aber zugleich zurückhaltend. Sie hatten einander nicht verführt, sondern waren in eine intime Beziehung oder das, was sie dafür hielten, mehr oder weniger hineingestolpert und dann dort geblieben. Wenn es nur den Einen oder die Eine im Leben geben soll, braucht nichts zu etwas Besonderem gemacht zu werden – es ist es schon. Sie hatten einander nackt betrachtet, sich aber dabei – außer durch Zufall – nicht in die Augen geschaut.

Genau das tat Kath jetzt mit ihrem unbekannten Partner ohne Unterlass. Sie näherten und entfernten und umkreisten und entschlüpften sich, setzten sich füreinander in Szene und schauten sich in die Augen. Ihre Augen behaupteten, alles das sei nichts im Vergleich zu der wilden Balgerei, die sie veranstalten könnten, wenn sie nur wollten.

Dabei geschah alles im Spaß. Sobald sie sich berührten, ließen sie wieder los. Wenn sie sich nahe waren, öffneten sie den Mund und fuhren sich sinnlich mit der Zunge über die Lippen und wichen sofort zurück, in gespielter Lustlosigkeit.

Kath trug einen kurzärmeligen Angorapullover mit tiefem V-Ausschnitt, vorn zu knöpfen, was für das Stillen praktisch war.

Als sie sich das nächste Mal nahe kamen, hob ihr Partner

wie zum Schutz den Arm und streifte mit dem Handrücken und dem bloßen Unterarm über ihre unter der elektrisch aufgeladenen Wolle steifen Brüste. Beide taumelten, brachen beinahe ab. Tanzten weiter – Kath schwach und mit weichen Knien.

Sie hörte jemanden ihren Namen rufen.

Mrs Mayberry. Mrs Mayberry.

Es war die Kinderfrau, auf der Treppe vor Monicas Haus. »Ihr Baby. Ihr Baby ist wach. Können Sie kommen und es stillen?«

Kath erstarrte. Auf unsicheren Beinen bahnte sie sich einen Weg durch die Tanzenden. Außerhalb des Lichtkegels sprang sie herunter und stolperte durch den Sand. Sie wusste, ihr Partner war hinter ihr, sie hörte ihn herunterspringen. Sie war bereit, ihm ihren Mund oder ihre Kehle darzubieten. Aber er packte sie bei der Hüfte, drehte sie herum, fiel auf die Knie und küsste durch die Baumwollhose ihre Scham. Dann stand er auf, behände für einen Mann seiner Größe, und beide wandten sich im gleichen Augenblick voneinander ab. Kath hastete ins Licht und stieg die Treppe zu Monicas Haus empor. Keuchend zog sie sich am Geländer hoch, wie eine alte Frau.

Die Kinderfrau war in der Küche.

»Ach, Ihr Mann«, sagte sie. »Ihr Mann ist gerade mit der Flasche gekommen. Ich wusste nicht, wie die Absprache war, sonst hätt ich mir die Brüllerei sparen können.«

Kath ging weiter in Monicas Wohnzimmer. Das einzige Licht dort kam aus der Diele und der Küche, aber sie konnte erkennen, dass es ein richtiges Wohnzimmer war, keine umgebaute Veranda wie bei ihr und bei Sonje. Sie sah einen modernen skandinavischen Couchtisch und Polstermöbel und Vorhänge.

Kent saß in einem Sessel und gab Noelle die Flasche.

»Hi«, sagte er und sprach leise, obwohl Noelle viel zu kräftig nuckelte, um auch nur halb zu schlafen.

»Hi«, sagte Kath und setzte sich aufs Sofa.

»Ich dachte mir, das wäre vielleicht ganz vernünftig«, sagte er. »Falls du was getrunken hast.«

Kath sagte: »Ich habe nichts getrunken.« Sie hob die Hand, um zu erkunden, wie milchgefüllt ihre Brüste waren, aber die Berührung der Wolle versetzte ihr solch einen Schock des Verlangens, dass sie nicht weitertasten konnte.

»Jetzt kannst du, wenn du willst«, sagte Kent.

Sie blieb vorgebeugt auf der Sofakante sitzen und hätte ihn zu gern gefragt, ob er auf dem vorderen oder dem hinteren Weg hergekommen war. Also auf der Straße oder über den Strand. Wenn er über den Strand gekommen war, hätte er sie eigentlich tanzen sehen müssen. Aber auf dem Bootssteg tanzten jetzt viele, so dass ihm einzelne Tänzer vielleicht nicht aufgefallen waren.

Immerhin hatte die Kinderfrau sie erspäht. Und er musste deren Rufe gehört haben. Dann brauchte er nur zu schauen, in welche Richtung sie rief.

Falls er über den Strand gekommen war. Denn wenn er von der Straße hergekommen und durch die Diele, nicht durch die Küche, ins Haus gegangen war, hatte er die Tanzenden überhaupt nicht sehen können.

»Hast du gehört, dass sie mich gerufen hat?«, fragte Kath. »Bist du deshalb nach Hause gegangen und hast die Flasche geholt?«

»Ich hatte schon vorher daran gedacht«, sagte er. »Ich dachte, es wäre an der Zeit.« Er hielt die Flasche hoch, um zu sehen, wie viel Noelle getrunken hatte.

»Hungrig«, sagte er.

Sie sagte: »Ja.«

»Das ist jetzt deine Gelegenheit. Wenn du dir einen ansaufen willst.«

»Und du? Hast du dir einen angesoffen?«

»Ich habe mein Quantum intus«, sagte er. »Geh ruhig, wenn du willst. Mach dir einen netten Abend.«

Sie fand, seine Großspurigkeit klang traurig und vorgetäuscht. Er musste sie tanzen gesehen haben. Denn sonst hätte er gefragt: »Was hast du denn mit deinem Gesicht angestellt?«

»Ich warte lieber auf dich«, sagte sie.

Er sah stirnrunzelnd das Baby an und hielt die Flasche schräg.

»Fast leer«, sagte er. »Von mir aus können wir.«

»Ich muss nur mal auf die Toilette«, sagte Kath. Und im Badezimmer, wie sie es in Monicas Haus nicht anders erwartet hatte, fand sie einen reichlichen Vorrat an Kleenextüchern. Sie ließ das Wasser laufen, bis es heiß war, weichte und wischte, weichte und wischte, und von Zeit zu Zeit warf sie einen Klumpen schwarzer und violetter Tücher in die Toilette und spülte.

IV

Beim zweiten Gin Tonic, als Kent über die heutzutage horrenden, geradezu unanständigen Immobilienpreise in West Vancouver redete, sagte Sonje: »Weißt du, ich habe eine Theorie.«

»Diese Häuser, in denen wir mal gewohnt haben«, sagte er.

»Die sind lange verkauft. Für ein Butterbrot, im Vergleich zu heute. Jetzt würde man wer weiß was für sie kriegen. Nur für das Grundstück und die Abrissgenehmigung.«

Was hatte sie für eine Theorie? Über die Immobilienpreise?

Nein. Über Cottar. Sie glaubte nicht, dass er tot war.

»Anfangs natürlich schon«, sagte sie. »Es kam mir nie in den Sinn, daran zu zweifeln. Und dann bin ich plötzlich aufgewacht und habe gesehen, dass es nicht unbedingt zu stimmen brauchte. Es brauchte überhaupt nicht zu stimmen.«

»Bedenke die Umstände«, sagte sie. Ein Arzt hatte ihr geschrieben. Aus Jakarta. Das heißt, der Mann, der ihr schrieb, behauptete, Arzt zu sein. Er schrieb, dass Cottar gestorben war und woran er gestorben war, er benutzte einen medizinischen Fachausdruck, den sie vergessen hatte. Jedenfalls war es eine ansteckende Krankheit. Aber woher wusste sie, dass dieser Mann wirklich Arzt war? Oder selbst wenn er vielleicht Arzt war, woher wusste sie, dass er die Wahrheit geschrieben hatte? Es wäre für Cottar nicht schwer gewesen, einen Arzt kennenzulernen. Sich mit ihm anzufreunden. Cottar hatte alle möglichen Freunde.

»Oder ihn sogar dafür zu bezahlen«, sagte sie. »Das ist auch nicht außerhalb des Möglichen.«

Kent fragte: »Warum sollte er so was tun?«

»Er wäre nicht der erste Arzt, der so was getan hat. Vielleicht brauchte er das Geld für ein Armenkrankenhaus, woher sollen wir das wissen? Vielleicht wollte er es einfach für sich selbst. Ärzte sind keine Heiligen.«

»Nein«, sagte Kent. »Ich meinte Cottar. Warum sollte Cottar das tun? Und hatte er überhaupt Geld?«

»Nein. Er selbst hatte keins, aber – ich weiß nicht. Es ist

sowieso nur eine Hypothese. Das Geld. Und ich war hier, weißt du. Ich war hier, um für seine Mutter zu sorgen. An seiner Mutter hing er wirklich. Er wusste, ich würde sie nie im Stich lassen. Also war das geregelt.

Und das war es wirklich«, sagte sie. »Ich mochte Delia sehr. Sie war mir keine Last. Ich habe mich vielleicht wirklich besser dazu geeignet, für sie zu sorgen, als mit Cottar verheiratet zu sein. Und weißt du, etwas Merkwürdiges. Delia dachte dasselbe wie ich. Über Cottar. Sie hatte denselben Verdacht. Und sie hat nie mit mir darüber gesprochen. Ich habe ihr auch nie etwas gesagt. Jede dachte, es würde der anderen das Herz brechen. Dann eines Abends, gar nicht lange, bevor sie – gehen musste, habe ich ihr einen Krimi vorgelesen, der in Hongkong spielte, und sie sagte: ›Da ist Cottar jetzt vielleicht. In Hongkong.‹

Sie sagte, hoffentlich hätte sie mich nicht erschreckt. Dann habe ich ihr erzählt, was ich die ganze Zeit gedacht hatte, und sie hat gelacht. Wir haben beide gelacht. Man sollte erwarten, dass es eine alte Mutter todtraurig macht, davon zu reden, dass ihr einziges Kind auf und davon ist und sie verlassen hat, aber nein. Vielleicht sind alte Leute gar nicht so. Sehr alte Leute. Sie werden nicht mehr todtraurig. Sie denken wohl, es lohnt sich nicht.

Er wusste, ich würde mich um sie kümmern, obwohl er nicht wissen konnte, wie lange das dann gedauert hat«, sagte sie. »Ich würde dir gern den Brief von dem Arzt zeigen, aber ich habe ihn weggeworfen. Das war sehr dumm von mir, aber ich war zu der Zeit verzweifelt. Ich wusste überhaupt nicht, wie ich den Rest meines Lebens bewältigen sollte. Ich habe nicht daran gedacht, dass ich dem nachgehen und mich nach seiner Approbation erkundigen oder einen Totenschein verlangen müsste oder irgendwas. An so was habe ich erst später gedacht, und da hatte ich die Adresse nicht mehr. Ich konnte nicht an die amerikanische Botschaft schreiben, denn das waren die Letzten, mit denen Cottar irgendwas zu tun haben wollte. Und er war kein kanadischer Staatsbürger. Vielleicht hatte er sogar einen anderen Namen. Eine falsche Identität, in die er schlüpfen konnte. Falsche Papiere. Er hat immer wieder so was angedeutet. Das war für mich ein Teil seiner Faszination.«

»Einiges davon könnte eine Art Selbstinszenierung gewesen sein«, sagte Kent. »Meinst du nicht?«

Sonje sagte: »Aber sicher.«

»Es gab keine Lebensversicherung?«

»Wo denkst du hin?«

»Wenn eine existiert hätte, dann hätte die Versicherung die Wahrheit herausgefunden.«

»Ja, aber es gab keine«, sagte Sonje. »Deshalb habe ich vor, das zu tun.«

Sie sagte, darüber hätte sie mit ihrer Schwiegermutter nie gesprochen. Dass sie, wenn sie erst allein auf der Welt stand, sich umtun würde. Bis sie Cottar fand, oder die Wahrheit.

»Du hältst das wahrscheinlich alles für ein Hirngespinst?«, sagte sie.

Nicht mehr ganz dicht, dachte Kent mit einem unangenehmen Ruck. Bei jedem Besuch auf dieser Reise hatte es für ihn einen Moment schwerer Enttäuschung gegeben. Den Moment, wenn ihm klarwurde, dass die Person, mit der er redete, die Person, die er eigens aufgesucht hatte, ihm nicht das geben würde, weswegen er gekommen war. Der alte Freund, den er in Arizona besucht hatte, war ganz von den Gefahren besessen, die das Leben bereithielt, trotz seiner kostspieligen Unterbringung in einer bewachten Wohnanlage. Die Frau seines alten Freundes, die über siebzig war, wollte ihm Fotos von sich und einer weiteren alten Frau zeigen, von einem bunten Abend, auf dem sie sich als Tanzgirls aus der Goldrauschzeit verkleidet hatten. Und seine inzwischen erwachsenen Kinder führten ihr eigenes Leben. Das war nur natürlich und für ihn keine Überraschung. Überraschend war, dass das Leben seiner Söhne und seiner Tochter recht eng geworden zu sein schien, einigermaßen vorhersehbar. Selbst die Veränderungen, die absehbar waren oder ihm angekündigt wurden – Noelle stand kurz davor, sich von ihrem zweiten Mann zu trennen –, waren nicht sonderlich interessant. Er hatte das Deborah gegenüber nie zugegeben, es kaum sich selbst eingestanden, aber so war es. Und jetzt Sonje. Sonje, die er nie besonders gemocht hatte, die ihm ein wenig unheimlich gewesen war, die er aber geachtet hatte, als etwas rätselhaft – Sonje hatte sich in eine geschwätzige alte Frau verwandelt, die genau genommen nicht mehr ganz dicht war.

Und er hatte einen Grund für seinen Besuch bei ihr gehabt, dem sie bei all dem Gerede über Cottar nicht näherkamen.

»Um ehrlich zu sein«, sagte er. »Es hört sich nicht sehr vernünftig an, um ganz ehrlich zu sein.«

»Die Jagd nach einem Phantom«, sagte Sonje fröhlich.

»Es kann auch sein, dass er inzwischen ohnehin tot ist.«

»Stimmt.«

»Und er hätte überallhin gehen und überall leben können. Vorausgesetzt, deine Theorie trifft zu.«

»Stimmt.«

»Also ist die einzige Hoffnung, nur wenn er damals wirklich gestorben ist und deine Theorie nicht zutrifft, besteht die Möglichkeit, dass du etwas herausbekommst, und das würde dich keinen Schritt weiterbringen, als du jetzt bist.«

»Oh, ich denke doch.«

»Du könntest dann ebenso gut hierbleiben und Briefe schreiben.«

Sonje sagte, sie sei anderer Meinung. Sie sagte, bei so einer Sache könne man nicht den Behördenweg nehmen.

»Du musst dich auf den Straßen bekanntmachen.«

Auf den Straßen von Jakarta – da wollte sie anfangen. In Städten wie Jakarta leben die Menschen nicht wie Maulwürfe. Sie leben auf den Straßen, und man weiß etwas über sie. Ladenbesitzer wissen etwas. Es gibt immer jemanden, der von jemand anders weiß und so weiter. Sie würde Fragen stellen, und es würde sich herumsprechen, dass sie da war. Ein Mann wie Cottar konnte sich nicht einfach unbemerkt davonstehlen. Sogar nach so langer Zeit würde es Erinnerungen geben. Informationen der einen oder anderen Art. Einige davon teuer, nicht alle wahr. Aber immerhin.

Kent dachte daran, sie zu fragen, wovon sie das bezahlen wollte. Konnte sie etwas von ihren Eltern geerbt haben? Er erinnerte sich dunkel, dass sie bei ihrer Heirat enterbt worden war. Vielleicht meinte sie, dieses Haus würde viel Geld bringen. Eher unwahrscheinlich, aber vielleicht hatte sie recht.

Doch selbst dann konnte es ihr innerhalb weniger Monate unter den Händen zerrinnen. Wie ein Lauffeuer würde sich herumsprechen, dass sie da war.

»Diese Städte haben sich stark verändert«, sagte er nur.

»Nicht dass ich den Behördenweg vernachlässigen würde«, sagte sie. »Ich würde sie alle angehen. Die Botschaft, die

Friedhofsverwaltungen, die Ärztekammer, falls es so was gibt. Ich habe sogar schon Briefe geschrieben. Aber man wird nur hingehalten. Man muss ihnen persönlich gegenübertreten. Man muss da sein. An Ort und Stelle. Immer wieder hingehen und ihnen lästig fallen und herausfinden, wo ihre Schwachstellen sind, und bereit sein, unter dem Tisch etwas zuzustecken, wenn nötig.

Zum Beispiel bin ich auf die mörderische Hitze gefasst. Es hört sich nicht so an, als hätte es eine günstige Lage – Jakarta. Rundherum Sümpfe und Flachland. Ich bin ja nicht blöd. Ich werde mich impfen lassen und alle Vorsichtsmaßregeln einhalten. Ich werde meine Vitamine nehmen, und da Jakarta von den Holländern gegründet worden ist, dürfte kein Mangel an Gin herrschen. Niederländisch-Indien. Es ist keine sehr alte Stadt, weißt du. Sie wurde, glaube ich, irgendwann um 1600 erbaut. Kleinen Moment. Ich habe alle möglichen – ich zeige dir – ich habe –«

Sie stellte ihr Glas hin, das schon seit einiger Zeit leer war, stand rasch auf, blieb nach ein paar Schritten mit dem Fuß in dem zerrissenen Sisal hängen und taumelte, hielt sich aber am Türrahmen fest und fiel nicht hin. »Muss diese alten Läufer rausschmeißen«, sagte sie und eilte ins Haus.

Er hörte sie mit klemmenden Schubladen kämpfen, dann ein Geräusch wie von einem herunterfallenden Papierstapel, und währenddessen redete sie ununterbrochen mit ihm, in der etwas hektischen, beschwichtigenden Manier von Leuten, die auf keinen Fall jemandes Aufmerksamkeit verlieren wollen. Er konnte nicht verstehen, was sie sagte, oder gab sich keine Mühe. Er ergriff die Gelegenheit, um eine Tablette zu nehmen – etwas, was er seit einer halben Stunde hatte tun wollen. Es war eine kleine Tablette, die er ohne

Wasser – sein Glas war auch leer – schlucken konnte, und er hätte sie wahrscheinlich in den Mund stecken können, ohne dass Sonje merkte, was er tat. Aber etwas wie Scheu oder Aberglaube hinderte ihn daran, es zu versuchen. Er hatte nichts dagegen, dass Deborah sich seines Zustands ständig bewusst war, und seine Kinder wussten natürlich Bescheid, aber es schien eine Art Tabu zu geben, ihn vor Gleichaltrigen offenzulegen.

Die Tablette kam gerade noch rechtzeitig. Eine Flutwelle von Schwäche, unfreundlicher Hitze, drohendem Zerfall kam heraufgekrochen und brach in Schweißtropfen auf seinen Schläfen aus. Ein paar Minuten lang spürte er diese Anwesenheit vorankommen, aber durch kontrolliertes ruhiges Atmen und bequeme Umlagerung der Glieder behauptete er sich dagegen. In dieser Zeit kam Sonje mit einem Bündel Papiere wieder – Karten und bedruckte Bogen, die sie aus Bibliotheksbüchern herauskopiert haben musste. Einige glitten ihr aus den Händen, als sie sich hinsetzte, und verteilten sich über den Sisal.

»Also, was das alte Batavia genannt wird«, sagte sie. »Das ist sehr geometrisch angelegt. Sehr holländisch. Da gibt es einen Vorort namens Weltevreden. Das bedeutet ›wohlzufrieden‹. Wäre das nicht ein Witz, wenn ich ihn da fände? Das ist die alte portugiesische Kirche. Ende des 17. Jahrhunderts erbaut. Es ist natürlich ein muslimisches Land. Sie haben dort die größte Moschee in Südostasien. Kapitän Cook ging dort vor Anker, um seine Schiffe reparieren zu lassen, er äußerte sich sehr lobend über die Werften. Aber er sagte, die Gräben draußen in den Sümpfen wären verpestet. Sie sind es wahrscheinlich immer noch. Cottar sah nie sehr kräftig aus, aber er achtete besser auf sich, als man denken würde. Er spazierte nicht einfach durch Malariasümpfe oder kaufte Getränke bei Straßenhändlern. Wenn er dort ist, wird er sich natürlich inzwischen völlig akklimatisiert haben. Ich weiß nicht, was ich erwarten soll. Ich kann ihn völlig den Eingeborenen angepasst sehen, ich kann ihn aber auch hübsch etabliert sehen, mit einer kleinen braunen Frau, die ihn bedient. Wie er am Swimmingpool Obst isst. Oder er könnte herumgehen und für die Armen betteln.«

Kent erinnerte sich an etwas. An die Nacht der Party am Strand. Cottar, der nichts weiter anhatte als ein ungenügendes Handtuch, war auf ihn zugekommen und hatte ihn gefragt, was er als Pharmazeut über Tropenkrankheiten wusste.

Aber das war ihm nicht ungewöhnlich vorgekommen. Jeder, der dorthin fuhr, wo Cottar hinfuhr, hätte das auch fragen können.

»Du denkst an Indien«, sagte er zu Sonje.

Er war jetzt stabilisiert, die Tablette hatte seinen inneren Funktionen wieder einige Verlässlichkeit gegeben und das zum Stillstand gebracht, was sich wie das Auslaufen des Rückenmarks angefühlt hatte.

»Soll ich dir einen Grund sagen, warum ich weiß, dass er nicht tot ist?«, sagte Sonje. »Ich träume nicht von ihm. Ich träume aber von Toten. Ich träume andauernd von meiner Schwiegermutter.«

»Ich träume nie«, sagte Kent.

»Jeder träumt«, sagte Sonje. »Du erinnerst dich nur nicht daran.«

Er schüttelte den Kopf.

Kath war nicht tot. Sie lebte in Ontario. Im Haliburton-Distrikt, gar nicht weit von Toronto.

»Weiß deine Mutter, dass ich hier bin?«, hatte er Noelle gefragt. Und sie hatte geantwortet: »Ich glaube schon. Doch, sicher.«

Aber die Türklingel blieb stumm. Als Deborah ihn fragte, ob er einen Umweg machen wollte, hatte er gesagt: »Lass uns nicht zu weit fahren. Es steht nicht dafür.«

Kath lebte allein in einem Haus an einem kleinen See. Der Mann, mit dem sie lange Zeit zusammengelebt hatte und mit dem sie das Haus gebaut hatte, war tot. Aber sie hatte viele Freunde, sagte Noelle. Es ging ihr gut.

Sonje hatte zu Anfang des Gesprächs Kath erwähnt, und ihm hatte sich warm und bedrohlich vermittelt, dass die beiden Frauen immer noch miteinander in Verbindung standen. Er war sich der Gefahr bewusst, etwas zu hören, was er nicht wissen wollte, hegte aber zugleich die törichte Hoffnung, Sonje werde berichten, wie gut er aussah (etwas, wovon er überzeugt war, denn er hatte einigermaßen sein Gewicht gehalten und sich unten im Südwesten Sonnenbräune geholt) und wie zufriedenstellend er verheiratet war. Noelle hätte auch etwas Derartiges sagen können, aber irgendwie hatte Sonjes Zeugnis mehr Gewicht als das von Noelle. Er wartete darauf, dass Sonje wieder auf Kath zu sprechen kam.

Aber diesen Kurs schlug Sonje nicht ein. Stattdessen drehte sich alles nur um Cottar und Schwachsinn und Jakarta.

Die Störung war jetzt draußen – nicht in ihm, sondern draußen vor den Fenstern, wo der Wind, der die ganze Zeit über die Sträucher bewegt hatte, stärker geworden war und heftig an ihnen zerrte. Und diese Sträucher gehörten nicht zu den Sorten, die ihre langen, dünnen Zweige in solchem

Wind einfach flattern ließen. Ihre Zweige waren dafür zu fest, ihre Blätter zu schwer, so dass jeder Strauch bis in die Wurzeln geschüttelt wurde. Sonnenlicht glitzerte auf dem öligen Laub. Denn die Sonne schien immer noch, Wolken waren nicht mit dem Wind gekommen, er brachte keinen Regen.

»Noch ein Glas?«, fragte Sonje. »Nicht so viel Gin?«

Nein. Nach der Tablette durfte er das nicht.

Alles war in Eile. Außer wenn alles quälend langsam war. Wenn sie fuhren, wartete er, wartete immer nur darauf, dass Deborah die nächste Stadt erreichte. Und was dann? Nichts. Aber hin und wieder kam ein Moment, da schien es, als habe einem alles etwas zu sagen. Die rüttelnden Sträucher, das gleißende Licht. Alles in einem Aufblitzen, in einem Ansturm, wenn man sich nicht konzentrieren konnte. Gerade wenn man Bilanz ziehen wollte, bot sich einem solch ein rasender, wirrer Anblick, wie aus einer Achterbahn. Also kam man auf eine falsche Idee, gewiss eine falsche Idee. Dass ein Toter am Leben und in Jakarta sein könnte.

Aber wenn man wusste, dass jemand am Leben war, wenn man bis vors Haus fahren konnte, ließ man die Gelegenheit vorübergehen.

Was stand nicht dafür? Zu sehen, dass sie ihm fremd geworden war, so fremd, dass er nicht glauben konnte, je mit ihr verheiratet gewesen zu sein, oder zu sehen, dass sie ihm niemals fremd werden konnte und ihm dennoch unerklärlich fernstand?

»Sie sind auf und davon«, sagte er. »Alle beide.«

Sonje ließ die Papiere auf ihrem Schoß zu Boden gleiten, wo sie sich zu den anderen gesellten.

»Cottar und Kath«, sagte er.

»Das passiert fast jeden Tag«, sagte sie. »Fast jeden Tag zu dieser Jahreszeit, dieser Wind am späten Nachmittag.«

Die Münzenflecke auf ihrem Gesicht warfen das Licht zurück, wie Signale in einem Spiegel.

»Deine Frau ist nun schon lange fort«, sagte sie. »Es ist absurd, aber junge Leute sind mir inzwischen unwichtig. Wie wenn sie von der Erde verschwinden könnten, ohne dass es etwas ausmachte.«

»Ganz im Gegenteil«, sagte Kent. »Von uns redest du. Du redest von uns.«

Durch die Tablette ziehen seine Gedanken sich in die Länge, werden hauchfein und leuchten auf wie Kondensstreifen. Er folgt einem Gedanken, der damit zu tun hat, hierzubleiben und Sonje von Jakarta reden zu hören, während der Wind den Sand von den Dünen weht.

Ein Gedanke, der damit zu tun hat, nicht weiterzumüssen, nur noch nach Hause.

DIE KINDER BLEIBEN HIER

VOR DREISSIG JAHREN verbrachte eine Familie die Ferien gemeinsam an der Ostküste von Vancouver Island. Ein junger Vater und eine junge Mutter, ihre beiden kleinen Töchter und ein älteres Ehepaar, die Eltern des Mannes.

Welch tadelloses Wetter. Jeder Morgen herrlich, jeder, schon in aller Frühe fällt klares Sonnenlicht durch die hohen Zweige und brennt den Dunst über dem stillen Wasser der Georgia-Meerenge fort. Es herrscht Ebbe, das Wasser hat sich weit zurückgezogen, und eine große, leere Sandfläche ist noch feucht, aber es geht sich gut darauf, wie auf Beton im allerletzten Stadium des Trocknens. Genau genommen hat sich das Wasser weniger weit zurückgezogen; jeden Morgen schrumpft der Sandstrand, erscheint aber immer noch recht breit. Für den Großvater sind die Veränderungen der Gezeiten ein Gegenstand von großem Interesse, für alle anderen weniger.

Pauline, die junge Mutter, mag den Strand eigentlich nicht so, sie mag den Weg lieber, der hinter den Ferienhäusern etwa zwei Kilometer lang nach Norden verläuft, bis er am Ufer eines Flüsschens endet, das ins Meer mündet. Wenn die Gezeiten nicht wären, könnte man leicht vergessen, dass man am Meer ist. Man blickt übers Wasser zu den Bergen auf dem Festland, den Gebirgszügen, die den westlichen Wall des nordamerikanischen Kontinents bilden. Diese Buckel und Hörner, die jetzt klar aus dem Dunst auftauchen und hier und da durch die Bäume zu sehen sind, für Pauline, während sie den Kinderwagen den Weg entlang schiebt, sind für den Großvater ebenfalls von Interesse. Und für seinen Sohn Brian, den Mann von Pauline. Die beiden Männer versuchen immer wieder festzulegen, welche was sind. Welche der Zacken sind tatsächlich Berge auf dem Festland und welche sind trügerische Gipfel auf den Inseln, die der Küste vorgelagert sind? Es fällt schwer, alles richtig einzuordnen, wenn die Anordnung kompliziert ist und Teile davon im wechselnden Licht des Tages ihre Entfernung verändern.

Aber es gibt eine Landkarte, unter Glas aufgestellt zwischen den Ferienhäusern und dem Strand. Man kann dort stehen und auf die Karte schauen, dann anschauen, was vor einem liegt, und wieder auf die Karte schauen, bis man alles richtig eingeordnet hat. Der Großvater und Brian tun das jeden Tag und geraten meistens in Streit, obwohl man meinen sollte, dass mit der Karte vor der Nase nicht viel Raum für Meinungsverschiedenheiten bleibt. Brian zieht es vor, die Karte für ungenau zu halten. Aber sein Vater will kein Wort der Kritik an irgendeinem Detail dieses Ortes hören, den er für die Ferien ausgesucht hat. Die Karte, wie die Unterbringung und das Wetter, ist tadellos.

Brians Mutter weigert sich, auf die Karte zu schauen. Sie sagt, das bringt sie durcheinander. Die Männer lachen über sie und haben sich damit abgefunden, dass sie durcheinander ist. Ihr Mann glaubt, das liegt daran, dass sie eine Frau ist. Brian glaubt, das liegt daran, dass sie seine Mutter ist. Sie sorgt sich ständig darum, ob schon jemand Hunger hat oder Durst, ob die Kinder ihre Sonnenhüte aufhaben und mit Sonnenschutzöl eingerieben sind. Und was ist das für ein merkwürdiger Stich auf Caitlins Arm, der nicht aussieht wie ein Mückenstich? Sie zwingt ihren Mann, einen lappigen Baumwollhut zu tragen, und meint, dass Brian auch einen tragen sollte – sie erinnert ihn daran, wie krank ihn die Sonne gemacht hat, in jenem Sommer am Okanagan, als er noch ein Kind war. Manchmal sagt Brian zu ihr: »Ach, halt die Klappe, Mutter.« Sein Ton ist meistens liebevoll, aber es kommt vor, dass sein Vater ihn fragt, ob er meint, so mit seiner Mutter reden zu können.

»Das macht ihr nichts aus«, sagt Brian.

»Woher weißt du das?«, sagt sein Vater.

»Ach, hört schon auf«, sagt seine Mutter.

Pauline gleitet jeden Morgen gleich nach dem Aufwachen aus dem Bett, gleitet aus der Reichweite von Brians langen, verschlafen suchenden Armen und Beinen. Aufgewacht ist sie vom ersten Quieken und Brabbeln des Babys, Mara, im Kinderzimmer, dann vom Knarren des Kinderbettchens, wenn Mara – die jetzt sechzehn Monate alt ist und aus dem Säuglingsalter herauswächst – sich am Gitter hochzieht und auf ihre Beinchen stellt. Mara fährt fort, leise und freundlich zu schwatzen, während Pauline sie heraushebt – Caitlin, fast fünf Jahre alt, dreht sich in ihrem Bett gleich daneben um, wacht aber nicht auf – und während sie in die Küche getragen wird, um dort auf dem Fußboden gewindelt zu werden. Dann wird sie in ihren Kinderwagen gesetzt, mit einem Keks und einem Fläschchen Apfelsaft, während Pauline sich ein Strandkleid und Sandalen anzieht, ins Badezimmer geht und sich das Haar kämmt – alles so rasch und leise wie möglich. Sie verlassen das Ferienhaus; an ein paar anderen Häusern vorbei geht es zu dem holperigen, unbefestigten Weg, der größtenteils noch in tiefem Morgenschatten liegt, überwölbt von Tannen und Zedern.

Der Großvater, auch ein Frühaufsteher, sieht die beiden von der Veranda seines Ferienhauses aus, und Pauline sieht ihn. Aber sie winken sich nur zu, mehr ist nicht nötig. Er und Pauline haben sich nie viel zu sagen (obwohl sie manchmal eine Wahlverwandtschaft zueinander spüren, wenn Brian wieder einmal ausgiebig mit seinen Mätzchen nervt oder die Großmutter mit ihrer demutsvollen, aber hartnäckigen Betulichkeit; sie vermeiden es bewusst, sich anzusehen, damit ihr Blickwechsel nicht eine Resignation eingesteht, die auf andere ein schlechtes Licht werfen könnte).

In diesen Ferien stiehlt Pauline Zeit, um für sich zu sein – mit Mara zusammen zu sein ist immer noch fast dasselbe wie für sich zu sein. Spaziergänge am frühen Morgen, der späte Vormittag, wenn sie die Windeln auswäscht und aufhängt. Sie hätte nachmittags noch eine weitere Stunde haben können, wenn Mara ihr Mittagsschläfchen hält. Aber Brian hat am Strand einen Wind- und Sonnenschutz errichtet, und jeden Tag trägt er das Laufställchen hinunter, damit Mara dort schlafen kann und Pauline sich nicht zurückziehen muss. Er sagt, es könnte seine Eltern kränken, wenn sie sich immer davonschleicht. Er räumt jedoch ein, dass sie etwas Zeit braucht, um ihren Text zu lernen für das Stück, in dem sie mitspielen wird, daheim in Victoria, im September.

Pauline ist keine Schauspielerin. Es handelt sich um eine

Amateuraufführung, aber sie ist nicht einmal Amateurschau-spielerin. Sie hat nicht für die Rolle vorgesprochen, obwohl sie zufälligerweise das Stück schon gelesen hatte. *Eurydike* von Jean Anouilh. Aber schließlich hat Pauline alles Mögliche gelesen.

Ein Mann, den sie im Juni auf einer Grillparty kennenlernte, fragte sie, ob sie in dem Stück mitspielen wollte. Auf dieser Grillparty waren hauptsächlich Lehrer und Lehrerinnen mit ihren Ehefrauen oder Ehemännern zu Gast – sie fand im Haus des Rektors der Highschool statt, an der Brian unterrichtet. Die Französischlehrerin war Witwe – sie hatte ihren erwachsenen Sohn mitgebracht, der den Sommer über bei ihr wohnte und als Nachtportier in einem Hotel in der Innenstadt arbeitete. Sie erzählte allen, dass er eine Dozentur an einem College im Westen des Bundesstaates Washington bekommen hatte und im Herbst anfangen würde.

Jeffrey Morgue hieß er. »Wie das Leichenschauhaus«, sagte er, als verletzte ihn die Abgedroschenheit des Witzes. Er hieß anders als seine Mutter, weil sie zweimal verwitwet und er der Sohn aus erster Ehe war. Über die Dozentur sagte er: »Keine Garantie für länger, ich habe nur einen Jahresvertrag.«

Was sollte er unterrichten?

»Schauspiel«, sagte er und zog das Wort höhnisch in die Länge.

Auch von seiner gegenwärtigen Tätigkeit sprach er abfällig.

»Ein ziemlich verkommener Laden«, sagte er. »Vielleicht haben Sie davon gehört – letzten Winter ist da eine Nutte umgelegt worden. Und dann kriegen wir die Versager rein, die sich nur anmelden, um sich den goldenen Schuss zu setzen oder die Kugel zu geben.«

Die Leute wussten nicht recht, was sie von dieser Art zu reden halten sollten, und entfernten sich von ihm. Nur Pauline nicht.

»Ich habe vor, ein Stück zu inszenieren«, sagte er. »Würden Sie gern darin mitspielen?« Er fragte sie, ob sie je von einem Stück mit dem Titel *Eurydike* gehört hätte.

Pauline sagte: »Sie meinen das von Anouilh?«, und er war ehrlich überrascht. Er sagte sofort, er wüsste nicht, ob es je zustande käme. »Ich dachte nur, könnte interessant sein, mal zu sehen, ob man hier im Lande von Noël Coward auch was anderes machen kann.«

Pauline konnte sich nicht erinnern, wann ein Stück von Noël Coward in Victoria aufgeführt worden war, obwohl es wahrscheinlich mehrere gewesen waren. Sie sagte: »Wir haben letzten Winter im College Theater *Die Herzogin von Malfi* gesehen. Und das Kleine Theater hat *Das Ping, das um die Welt ging* gespielt, aber das haben wir nicht gesehen.«

»Ah, ja«, sagte er errötend. Sie hatte ihn für älter gehalten, als sie selber war, mindestens so alt wie Brian (der dreißig war, obwohl viele Leute sagten, dass er sich nicht so benahm), aber sobald er mit ihr redete, in dieser lässigen, wegwerfenden Art, wobei er nie ihrem Blick begegnete, kam ihr der Verdacht, dass er jünger war, als er sich gab. Jetzt, bei seinem roten Kopf, war sie sich dessen sicher.

Wie sich herausstellte, war er ein Jahr jünger als sie. Fünfundzwanzig.

Sie sagte, sie könnte die Eurydike nicht spielen; sie wäre keine Schauspielerin. Aber Brian kam zu ihnen, um zu hören, worüber sie sich unterhielten, und sagte sofort, dass sie es versuchen musste.

»Sie braucht einfach einen Tritt in den Hintern«, sagte

Brian zu Jeffrey. »Sie ist wie ein kleiner Maulesel, es ist schwer, sie auf Trab zu bringen. Nein, im Ernst, sie nimmt sich zu sehr zurück, das sage ich ihr ständig. Sie ist sehr klug. Sie ist eigentlich viel klüger als ich.«

Daraufhin sah Jeffrey Pauline direkt in die Augen – frech und prüfend –, und jetzt war es an ihr, zu erröten.

Er hatte sie sofort wegen ihres Aussehens zu seiner Eurydike erkoren. Aber nicht, weil sie schön war. »Ich würde diese Rolle nie mit einem schönen Mädchen besetzen«, sagte er. »Ich weiß nicht, ob ich in irgendeiner Rolle je ein schönes Mädchen auf die Bühne bringen würde. Es ist zu viel. Es lenkt ab.«

Was meinte er also mit ihrem Aussehen? Er sagte, es wären ihre Haare, die lang und dunkel und ziemlich buschig waren (zu der Zeit überhaupt nicht in Mode), und ihre blasse Haut (»Vermeiden Sie in diesem Sommer die Sonne«) und vor allem ihre Augenbrauen.

»Die konnte ich nie ausstehen«, sagte Pauline, nicht ganz aufrichtig. Ihre Augenbrauen waren gerade, dunkel und kräftig. Sie beherrschten ihr Gesicht. Wie ihr Haar waren sie nicht in Mode. Aber wenn sie sie wirklich nicht ausstehen konnte, hätte sie sie dann nicht gezupft?

Jeffrey schien sie nicht gehört zu haben. »Sie geben Ihnen einen mürrischen Ausdruck, und das irritiert«, sagte er. »Außerdem ist Ihr Unterkiefer ein bisschen wuchtig, und das ist irgendwie griechisch. Im Film, wo ich Nahaufnahmen von Ihnen machen könnte, käm's noch besser. Das Übliche für die Eurydike wäre ein Mädchen, das ätherisch aussieht. Aber ich will nichts Ätherisches.«

Während sie Mara spazieren fuhr, arbeitete Pauline tatsächlich an ihrem Text. Ein Monolog am Ende bereitete ihr

Mühe. Sie schob den Kinderwagen über den holperigen Weg und sagte den Text her: »Weißt du, du bist schrecklich, schrecklich wie ein Engel. Du glaubst, dass alle stark und klar einhergehen wie du ... O bitte, sieh mich nicht an, Liebling, sieh mich noch nicht an ... Vielleicht bin ich nicht so, wie du mich wolltest. Aber ich bin da, und ich bin warm, ich bin sanft, und ich liebe dich. Ich werde dir alle Glückseligkeit schenken, die ich dir schenken kann. Sieh mich nicht an. Lass mich leben.«

Sie hatte etwas ausgelassen. »Vielleicht bin ich nicht so, wie du mich wolltest, aber du fühlst mich an dir, nicht wahr? Ich bin warm, und ich bin sanft ...«

Sie hatte Jeffrey gesagt, dass sie das Stück schön fand.

Er erwiderte: »Ach ja?« Was sie gesagt hatte, beeindruckte oder überraschte ihn nicht – war in seinen Augen konventionell, überflüssig. Er hätte ein Stück nie so beschrieben. Er sprach davon eher als einer Hürde, die es zu überwinden galt. Auch als einer Herausforderung, um sie etlichen Feinden entgegenzuschleudern. Den akademischen Hirnfurzern – wie er sie nannte –, die *Die Herzogin von Malfi* gemacht hatten. Und den Boulevardnulpen – wie er sie nannte – im Kleinen Theater. Er sah sich als einen Außenseiter, der sich gegen diese Leute behaupten musste und sein Stück – er nannte es seins – gegen ihre Verachtung und Ablehnung auf die Bühne brachte. Anfangs dachte Pauline, dass er sich das alles einbildete und dass diese Leute wahrscheinlich gar nichts von ihm wussten. Dann passierte immer wieder etwas, das vielleicht Zufall war, aber vielleicht auch nicht. In dem Gemeindesaal, in dem das Stück aufgeführt werden sollte, mussten Reparaturen durchgeführt werden, so dass er nicht zur Verfügung stand. Unerwartet erhöhten sich die Druckkosten der Plakate. Allmählich sah sie es wie er. Wenn man viel mit ihm zu tun hatte, war man nahezu gezwungen, es so zu sehen wie er – Widerspruch war gefährlich und anstrengend.

»Schweinehunde«, sagte Jeffrey mit zusammengebissenen Zähnen, aber nicht ohne Genugtuung. »Hätte mich auch gewundert.«

Die Proben fanden im Obergeschoss eines alten Gebäudes in der Fisgard Street statt. Der Sonntagnachmittag war die einzige Zeit, zu der sich alle einfinden konnten, obwohl es auch Einzelproben unter der Woche gab. Der pensionierte Hafenlotse, der Monsieur Henri spielte, war in der Lage, jeder Probe beizuwohnen, wodurch er eine irritierende Vertrautheit mit dem Text aller anderen erlangte. Aber die Friseuse – die bislang nur Erfahrung mit Gilbert und Sullivan besaß und nun Eurydikes Mutter darstellen sollte – konnte zu keiner anderen Zeit lange aus ihrem Laden fort. Der Busfahrer, der ihren Liebhaber spielte, ging ebenfalls werktags seiner Beschäftigung nach, wie auch der Kellner, der den Orpheus spielte (er als Einziger von ihnen hoffte, eines Tages ein richtiger Schauspieler zu werden). Pauline war auf manchmal unzuverlässige Babysitter angewiesen – denn in den ersten sechs Wochen der Sommerferien hielt Brian einen Ferienkurs ab –, und Jeffrey selbst hatte um acht Uhr abends seinen Dienst im Hotel anzutreten. Aber an den Sonntagnachmittagen waren alle da. Während andere im Thetis Lake badeten oder durch den Beacon Hill Park strömten, um sich unter den Bäumen zu ergehen oder die Enten zu füttern, oder weit aus der Stadt hinaus zu den Pazifikstränden fuhren, plagten sich Jeffrey und sein Ensemble in dem staubigen, hohen Raum in der Fisgard Street. Die Fenster hatten Rundbögen wie in einer schlichten, altehrwürdigen Kirche und wurden in der Hitze mit allem offen gehalten, was sich finden ließ, seien es Kassenbücher aus den zwanziger Jahren, die noch von dem einstmals im Erdgeschoss untergebrachten Hutgeschäft stammten, oder übriggebliebene Holzstücke von den Spannrahmen des Malers, dessen Leinwände jetzt an einer Wand lehnten, offenbar herrenlos. Die Fensterscheiben waren verrußt, aber draußen prallte das Sonnenlicht mit jener besonderen Sonntagshelligkeit auf die Bürgersteige, die leeren, kiesbedeckten Parkplätze und die flachen, mit Mörtel verputzten Gebäude. Kaum jemand war auf diesen Straßen der Innenstadt unterwegs. Nichts war offen, nur hier und da ein Kaffeebüdchen oder ein fliegenverschmutzter Kramladen.

In der Pause war es immer Pauline, die hinausging, um Brause und Kaffee zu holen. Und wenn es um das Stück und die Proben ging, hatte sie von allen am wenigsten zu sagen, obwohl sie die Einzige war, die es vorher gelesen hatte, denn sie war auch die Einzige, die noch nie auf irgendeiner Bühne gestanden hatte. Daher kam es ihr richtig vor, dass sie als Botenjunge einsprang. Sie genoss ihren kurzen Gang durch die leeren Straßen – sie fühlte sich, als wäre sie zu einer Großstädterin geworden, frei und alleinstehend, die im gleißenden Schein eines wichtigen Traums lebte. Manchmal dachte sie an Brian zu Hause, wie er im Garten arbeitete und ein Auge auf die Kinder hatte. Oder vielleicht war er mit ihnen zur Dalles Road gefahren – sie erinnerte sich an ein Versprechen –, um auf dem Teich kleine Boote segeln zu lassen. Dieses Leben erschien ihr kümmerlich und langweilig im Vergleich zu dem, was im Probenraum vorging – den Stunden der Anstrengung, der Konzentration, der scharfen Wortwechsel, des Schwitzens und der Spannung. Sogar der Geschmack des Kaffees, seine brühheiße Bitterkeit und die

Tatsache, dass fast alle ihm den Vorzug gaben vor erfrischenderem und vielleicht gesünderem eisgekühlten Fruchtsaft, stellten sie zufrieden. Und sie mochte den Anblick der Schaufenster. Dies war keine von den aufgemotzten Straßen um den Hafen – es war eine Straße von Geschäften, in denen Schuhe besohlt und Fahrräder repariert wurden, von Läden mit herabgesetzter Bettwäsche und billigen Stoffen, mit Kleidung und Möbeln, die schon so lange ausgestellt waren, dass sie gebraucht aussahen, obwohl sie es nicht waren. Hinter manchen Schaufenstern hingen Bahnen goldener Plastikfolie, so zart und verknittert wie altes Zellophan, um die Waren vor der Sonne zu schützen. Alle diese Geschäfte lagen nur an diesem einen Tag verlassen da, aber sie sahen aus, als wären sie zeitlos, wie Höhlenmalereien oder antike Ruinen.

Als sie sagte, dass sie für einen zweiwöchigen Urlaub fort musste, sah Jeffrey drein wie vom Donner gerührt, als wäre es für ihn unvorstellbar, dass es in ihrem Leben so etwas wie Urlaub geben könnte. Dann wurde er bitter und leicht sarkastisch, als wäre dies nur ein weiterer Schlag, mit dem er hätte rechnen müssen. Pauline erklärte, dass sie nur einen einzigen Sonntag versäumen würde – den in der Mitte der zwei Wochen –, da sie und Brian an einem Montag zum Norden der Insel fuhren und an einem Sonntagvormittag zurückkamen. Sie versprach, rechtzeitig zur Probe wieder da zu sein. Insgeheim fragte sie sich, wie sie das anstellen sollte – es dauerte immer viel länger, als man dachte, bis man gepackt hatte und aufbrach. Sie fragte sich, ob sie unter Umständen allein zurückfahren konnte, mit dem Bus am Morgen. Wahrscheinlich war das zu viel verlangt. Sie brachte es nicht zur Sprache.

Sie konnte ihn nicht fragen, ob es nur das Stück war, an das er dachte, nur ihre Abwesenheit von einer Probe, die diese dunkle Wolke herbeiholte. Im Augenblick war es wohl so. Wenn er auf Proben mit ihr sprach, gab es nie irgendeine Andeutung, dass er je auch anders mit ihr sprach. Der einzige Unterschied in seinem Umgang mit ihr war, dass er von ihr, in ihrer Rolle, vielleicht weniger erwartete als von den anderen. Und das würden alle verstehen. Sie war die Einzige, die ohne weiteres genommen worden war, nur aufgrund ihres Aussehens – die anderen waren alle zu dem Vorsprechen erschienen, für das er in Cafés und Buchläden rings in der Stadt Werbezettel ausgelegt hatte. Von ihr schien er eine Starre oder Unbeholfenheit zu verlangen, die er bei den anderen nicht wollte. Vielleicht, weil sie im zweiten Teil des Stückes eine Person darstellte, die schon gestorben war.

Dennoch war sie überzeugt, dass alle Übrigen im Ensemble wussten, was vorging, trotz Jeffreys achtloser, abrupter und ziemlich unhöflicher Art. Sie wussten, nachdem sie sich alle auf den Heimweg gemacht hatten, würde er durch den Raum gehen und die Tür zum Treppenhaus verriegeln. (Anfangs hatte Pauline so getan, als ginge sie mit den anderen, war sogar ins Auto gestiegen und um den Block gefahren, aber später war ihr solch ein Possenspiel beleidigend vorgekommen, nicht nur für sie und Jeffrey, sondern auch für die anderen, die sie ganz bestimmt nicht verraten würden, alle eine verschworene Gemeinschaft unter dem zeitlich befristeten, aber mächtigen Bann des Stücks.)

Jeffrey ging durch den Raum und verriegelte die Tür. Jedes Mal war das wie eine neue Entscheidung, die er zu treffen hatte. Bis es getan war, sah sie ihn nicht an. Das Geräusch des Riegels, das verhängnisvolle oder endgültig das Schicksal besiegelnde Geräusch von Metall auf Metall löste bei ihr ein gewisses Erschrecken aus. Trotzdem rührte sie sich nicht, wartete darauf, dass er zu ihr zurückkam, während die Anstrengung des Nachmittags aus seinem Gesicht wich, der Ausdruck nüchterner und erwarteter Enttäuschung sich verflüchtigte und einer lebendigen Kraft Platz machte, die sie immer wieder überraschte.

»Dann erzähl uns doch mal, worum es in deinem Stück geht«, sagte Brians Vater. »Ist es eins von denen, wo sie sich auf der Bühne ausziehen?«

»Jetzt lass sie doch«, sagte Brians Mutter.

Brian und Pauline hatten die Kinder zu Bett gebracht und waren auf ein Glas ins Ferienhaus seiner Eltern gekommen. Hinter ihnen ging die Sonne unter, hinter den Wäldern von Vancouver Island, aber die Berge vor ihnen, jetzt alle klar und scharf umrissen gegen den Himmel, leuchteten im rosigen Licht.

»Niemand zieht sich aus, Dad«, sagte Brian mit seiner dröhnenden Klassenzimmerstimme. »Und weißt du auch, warum? Weil sie gar nichts anhaben. Das ist die neueste Mode. Als Nächstes werden sie einen splitternackten *Hamlet* auf die Bühne bringen. *Romeo und Julia*, splitternackt. Mannomann, die Balkonszene, wo Romeo am Spalier hochklettert und in den Rosensträuchern festsitzt –«

»Ach, Brian«, sagte seine Mutter.

»Die Sage von Orpheus und Eurydike erzählt, dass Eurydike gestorben ist«, sagte Pauline. »Und Orpheus geht hinab in die Unterwelt und will sie zurückholen. Und sein Wunsch geht in Erfüllung, aber nur, wenn er verspricht, sie nicht anzusehen. Sich nicht nach ihr umzudrehen. Sie geht nämlich hinter ihm –«

»Zwölf Schritte«, sagte Brian. »Wie es sich gehört.«

»Es ist eine griechische Sage, aber sie spielt in der heutigen Zeit«, sagte Pauline. »Wenigstens diese Fassung. Mehr oder weniger im Heute. Orpheus ist ein Musikant, der mit seinem Vater umherzieht – beide sind Musikanten –, und Eurydike ist Schauspielerin. Und zwar in Frankreich.«

»Übersetzt?«, fragte Brians Vater.

»Nein«, sagte Brian. »Aber mach dir keine Sorgen, es ist nicht auf Französisch. Es wurde auf Transsylvanisch geschrieben.«

»Es ist so schwer, sich einen Reim auf alles zu machen«, sagte Brians Mutter mit besorgtem Auflachen. »Es ist so schwer, wenn Brian dabei ist.«

»Es ist auf Englisch«, sagte Pauline.

»Und du bist die, wie heißt sie noch?«

Sie sagte: »Ich bin Eurydike.«

»Und holt er dich zurück?«

»Nein«, sagte sie. »Er sieht sich nach mir um, und dann muss ich tot bleiben.«

»Oh, ein trauriges Ende«, sagte Brians Mutter.

»So hinreißend siehst du aus?«, fragte Brians Vater skeptisch. »Dass er nicht anders kann, er muss sich umdrehen?«

»Das ist es nicht«, sagte Pauline. Aber an diesem Punkt spürte sie, dass ihr Schwiegervater etwas erreicht hatte, er hatte getan, was in seiner Absicht lag, was nahezu immer in seiner Absicht lag, in jedem Gespräch, das sie mit ihm führte. Nämlich, das Gefüge einer Erklärung, um die er sie gebeten und die sie widerwillig, aber geduldig gegeben hatte, zu durchbrechen und mit einem scheinbar beiläufigen Tritt auf den Müll zu befördern. Er war ihr auf diese Weise lange Zeit gefährlich gewesen, heute Abend jedoch nicht besonders.

Aber das wusste Brian nicht. Brian überlegte immer noch, wie er ihr beispringen konnte.

»Pauline sieht doch hinreißend aus«, sagte Brian.

»Das stimmt«, sagte seine Mutter.

»Vielleicht, wenn sie zum Friseur gehen würde«, sagte sein Vater. Aber Paulines langes Haar war ein so alter Einwand von ihm, dass er zum Familienscherz geworden war. Sogar Pauline lachte. Sie sagte: »Das kann ich mir erst leisten, wenn das Verandadach repariert ist.« Und Brian lachte schallend, voll Erleichterung, dass sie fähig war, all dies als Scherz hinzunehmen. Genau wie er es ihr immer geraten hatte.

»Du musst einfach zurückflachsen«, sagte er. »Das ist die einzige Art, mit ihm fertigzuwerden.«

»Na ja, wenn ihr euch ein ordentliches Haus gekauft hättet«, sagte sein Vater. Aber das war wie Paulines Haar ein so altbekannter Stein des Anstoßes, dass es niemanden in Harnisch bringen konnte. Brian und Pauline hatten in einer Straße in Victoria, wo alte Villen in dürftige Mietshäuser umgewandelt wurden, ein hübsches Haus in schlechtem baulichem Zustand gekauft. Das Haus, die Straße, die viel Schmutz machenden alten Garry-Eichen, die Tatsache, dass unter dem Haus kein Keller in den Fels gesprengt worden war, all das war für Brians Vater ein Graus. Brian pflichtete ihm für gewöhnlich bei und suchte ihn noch zu überbieten. Wenn sein Vater auf das Haus nebenan zeigte, an dem sich kreuz und quer schwarze Feuerleitern spannten, und fragte, was für Nachbarn sie hatten, antwortete Brian: »Ganz arme Leute, Dad. Drogensüchtige.« Und als sein Vater wissen wollte, wie das Haus geheizt wurde, hatte er gesagt: »Kohleheizung. Gibt inzwischen kaum noch solche Öfen, Kohlen sind billig. Macht natürlich Schmutz und stinkt.«

Was sein Vater also jetzt von einem ordentlichen Haus sagte, konnte eine Art Friedenssignal sein. Oder dafür gehalten werden.

Brian war Einzelkind. Er war Mathematiklehrer. Sein Vater war Bauingenieur und Teilhaber einer Baufirma. Falls er gehofft hatte, einen Sohn zu haben, der Ingenieur wurde und vielleicht in die Firma eintrat, so erwähnte er das nie. Pauline hatte Brian gefragt, ob seiner Meinung nach das Genörgel an ihrem Haus und ihrem Haar und den Büchern, die sie las, ein Deckmantel für diese größere Enttäuschung sein konnte, aber Brian hatte gesagt: »Nein. In unserer Familie beklagen wir uns nur über das, worüber wir uns gerade beklagen wollen. Wir sind nicht raffiniert, Madame.«

Pauline wunderte sich immer noch, wenn sie seine Mutter davon reden hörte, dass Lehrer die höchstgeachteten Menschen auf der Welt sein müssten, dass sie nicht halb die Anerkennung bekamen, die sie verdienten, und dass sie nicht wusste, wie Brian es Tag für Tag schaffte. Dann sagte sein Vater wohl: »Da hast du recht« oder: »Ich würde das nicht machen wollen, das kann ich dir sagen. Und wenn sie mir noch so viel zahlen würden.«

»Keine Sorge, Dad«, sagte Brian dann. »Sie würden dir nicht viel zahlen.«

Brian war in seinem Alltagsleben eine wesentlich dramatischere Person als Jeffrey. Er beherrschte seine Schulklassen durch eine dauernde Parade von Witzen und Possen und weitete die Rolle, die er Paulines Überzeugung nach gegenüber seiner Mutter und seinem Vater immer gespielt hatte, noch aus. Er stellte sich dumm, er erholte sich rasch wieder von vorgetäuschten Demütigungen, er teilte Beleidigungen aus. Er war ein Despot zu einem guten Zweck – ein schikanierender, fröhlicher, unverwüstlicher Despot.

»Ihr Junge hat sich hervorragend bei uns gemacht«, sagte der Rektor zu Pauline. »Er hat nicht nur überlebt, was schon eine Leistung ist. Er macht sich hervorragend.«

Ihr Junge.

Brian nannte seine Schüler Holzköpfe. Sein Ton war liebevoll, fatalistisch. Er sagte, sein Vater sei der König der Philister, ein Barbar reinsten Wassers. Und seine Mutter ein Spüllappen, gutmütig und abgenutzt. Aber wie er diese Menschen auch abtat, er hielt es nie lange ohne sie aus. Er fuhr mit seinen Schülern zelten. Und er konnte sich keinen Sommer ohne diesen gemeinsamen Urlaub vorstellen. Er stand jedes Jahr entsetzliche Angst aus, Pauline könnte sich weigern mitzukommen. Oder könnte, nachdem sie eingewilligt hatte, unglücklich sein, beleidigt von einer Äußerung seines Vaters, verstimmt, weil sie so viel Zeit mit seiner Mutter verbringen musste, mürrisch, weil es keine Möglichkeit gab, etwas zu zweit zu unternehmen. Könnte beschließen, einen Sonnenbrand vorzutäuschen und den ganzen Tag in ihrem eigenen Ferienhaus mit Lesen zuzubringen.

Alle diese Dinge waren in früheren Urlauben passiert. Aber in diesem Jahr war sie entspannter. Er sagte, dass er ihr das anmerkte, und er war ihr dankbar.

»Ich weiß, das ist anstrengend«, sagte er. »Bei mir ist das etwas anderes. Es sind meine Eltern, und ich bin es gewohnt, sie nicht ernst zu nehmen.«

Pauline kam aus einer Familie, in der die Dinge so ernst genommen wurden, dass ihre Eltern sich scheiden ließen. Ihre Mutter war inzwischen tot. Sie hatte ein herzliches, wenn auch distanziertes Verhältnis zu ihrem Vater und ihren beiden wesentlich älteren Schwestern. Sie sagte, dass sie nichts miteinander gemein hatten. Sie wusste, Brian war außerstande zu verstehen, wie das ein Grund sein konnte. Sie sah, wie gut es ihm tat, dass in diesem Jahr alles so glatt lief. Sie hatte das, was ihn daran hinderte, das Abkommen zu brechen, für Faulheit oder Feigheit gehalten, aber jetzt erkannte sie, dass es etwas weitaus Positiveres war. Er brauchte es, seine Frau und seine Eltern und seine Kinder so aneinanderzuketten, er brauchte es, Pauline an seinem Leben mit seinen Eltern teilhaben zu lassen und ihr bei seinen Eltern Anerkennung zu verschaffen – obwohl die Anerkennung von seinem Vater, wenn überhaupt, nur verhüllt und widerborstig gewährt wurde und von seiner Mutter zu verschwenderisch, zu billig, um viel zu bedeuten. Außerdem wollte er, dass Pauline, dass die Kinder zu seiner eigenen Kindheit in Verbindung traten – er wollte diese Ferien mit den Ferien seiner Kindheit verknüpfen, mit ihrem günstigen oder ungünstigen Wetter, mit ihren Autopannen, Bootshavarien, Bienenstichen und endlosen Monopolyspielen, mit all den Dingen, die ihn angeblich zu Tode langweilten, wenn seine Mutter davon erzählte. Er wollte, dass von diesem Sommer Fotos gemacht und in das Album seiner Mutter eingeklebt wurden, eine Fortsetzung all der anderen Fotos, bei deren Erwähnung er aufstöhnte.

Die einzige Zeit, in der sie miteinander reden konnten, war spätabends, im Bett. Aber dann redeten sie wirklich miteinander, mehr, als sie es sonst zu Hause taten, wo Brian so müde war, dass er oft sofort einschlief. Und bei Tage ließ sich wegen seiner Witze oft nur schwer mit ihm reden. Sie konnte sehen, wie der Witz seine Augen aufhellte (sein Farbtypus ähnelte stark dem ihren – dunkles Haar und blasse Haut und graue Augen, aber ihre Augen waren wolkig und seine waren hell, wie klares Wasser über Steinen). Sie konnte sehen, wie es an seinen Mundwinkeln zog, während er ihre Worte durchstöberte, auf der Suche nach einem Wortspiel oder einem Reim – alles, wenn es nur vom Gespräch wegführte ins Absurde. Sein ganzer Körper, hoch aufgeschossen und schlaksig und immer noch fast so mager wie der eines Halbwüchsigen, zuckte von seinem Drang zum Komischen. Vor ihrer Heirat mit ihm hatte Pauline eine Freundin namens Gracie, ein mürrisch dreinschauendes Mädchen, das Männer vom Sockel holen wollte. Brian hatte sie für jemanden gehalten, der aufgeheitert werden musste, also strengte er sich noch mehr an als sonst. Und Gracie sagte zu Pauline: »Wie hältst du die Nonstop-Show aus?«

»Das ist nicht der wahre Brian«, hatte Pauline gesagt. »Wenn wir allein sind, ist er anders.« Aber in der Rückschau kamen ihr Zweifel, wie weit das je gestimmt hatte. Hatte sie es nur gesagt, um ihre Wahl zu verteidigen, wie man es tut, wenn man sich zur Heirat entschlossen hat?

Im Dunkeln miteinander reden hatte also etwas damit zu tun, dass sie sein Gesicht nicht sehen konnte. Und dass er wusste, sie konnte sein Gesicht nicht sehen.

Aber sogar inmitten der ungewohnten Dunkelheit und der Stille der Nacht, die durch das geöffnete Fenster eindrang, neckte er sie ein wenig. Er musste von Jeffrey als Monsieur le Directeur sprechen, was das Stück oder den Umstand, dass es ein französisches Stück war, ein wenig ins Lächerliche zog. Oder vielleicht war es Jeffrey selbst, der Ernst, mit dem er an das Stück heranging, der in Frage gestellt werden musste.

Pauline kümmerte das nicht. Für sie war es ein großer Genuss und eine Erleichterung, Jeffreys Namen zu erwähnen. Meistens jedoch erwähnte sie ihn nicht; sie umkreiste den Genuss. Sie beschrieb stattdessen alle anderen. Die Friseuse und den Hafenlotsen und den Kellner und den alten Mann, der behauptete, früher mal bei einem Hörspiel mitgewirkt zu haben. Er spielte den Vater von Orpheus und bereitete Jeffrey die meisten Schwierigkeiten, da er hartnäckig an eigenen Vorstellungen von der Schauspielerei festhielt.

Monsieur Dulac, der angejahrte Theaterdirektor, wurde von einem Vierundzwanzigjährigen gespielt, der in einem Reisebüro arbeitete. Und Mathias, Eurydikes früherer Freund und vermutlich in ihrem Alter, wurde von dem Geschäftsführer eines Schuhgeschäfts gespielt, der verheiratet war und mehrere Kinder hatte.

Brian wollte wissen, warum Monsieur le Directeur die beiden nicht umgekehrt besetzt hatte.

»Das ist eben seine Art«, sagte Pauline. »Er sieht in uns etwas, das nur er sehen kann.«

Zum Beispiel, sagte sie, war der Kellner ein unbeholfener Orpheus.

»Er ist erst neunzehn und so schüchtern, dass Jeffrey ihm ständig zusetzen muss. Er sagt ihm, er soll sich nicht aufführen, als hätte er nicht die Frau, die er liebt, sondern seine Großmutter vor sich. Er muss ihm sagen, was er tun soll. *Lass die Arme ein bisschen länger um sie, streichle sie da ein bisschen.* Ich weiß nicht, wie es werden wird – ich muss eben Jeffrey vertrauen, dass er weiß, was er tut.«

»Streichle sie da ein bisschen?«, fragte Brian. »Vielleicht sollte ich vorbeikommen und ein Auge auf die Proben haben.«

Als Pauline Jeffreys Worte zitierte, hatte sie in ihrem Schoß oder ihrem Unterleib einen Ruck gespürt, eine Schockwelle, die sich seltsam nach oben fortpflanzte und ihre Stimmbänder befiel. Um dieses Beben zu verbergen, raunzte sie, als ahmte sie ihn nach (obwohl Jeffrey niemals raunzte oder schnauzte oder sich sonst wie theatralisch gebärdete).

»Aber es hat was für sich, dass er so unschuldig ist«, sagte sie hastig. »Nicht so körperbewusst. So unbeholfen.« Und statt vom Kellner begann sie von Orpheus im Stück zu reden. Orpheus hat ein Problem mit der Liebe oder der Wirklichkeit. Orpheus will sich mit nichts Geringerem als der Vollkommenheit zufriedengeben. Er will eine Liebe, die außerhalb des normalen Lebens liegt. Er will eine vollkommene Eurydike.

»Eurydike ist realistischer. Sie hat schon was mit Mathias und mit Monsieur Dulac gehabt. Sie hat ihre Mutter und deren Liebhaber erlebt. Sie weiß, wie die Menschen sind. Aber sie liebt Orpheus. In gewisser Weise liebt sie ihn mehr als er sie. Sie liebt ihn mehr, weil sie nicht so verblendet ist. Sie liebt ihn wie ein Mensch.«

»Aber sie hat mit den anderen geschlafen«, sagte Brian.

»Also mit Monsieur Dulac musste sie, da blieb ihr keine Wahl. Sie wollte nicht, aber nach einer Weile hat es ihr wahrscheinlich gefallen, weil sie ab einem gewissen Punkt gar nicht anders konnte.«

Also hat Orpheus unrecht, sagte Pauline entschieden. Er sieht Eurydike absichtlich an, um sie zu töten und loszuwerden. Weil sie nicht vollkommen ist. Seinetwegen muss sie ein zweites Mal sterben.

Brian, auf dem Rücken und mit weit offenen Augen (sie hörte das an seiner Stimme) sagte: »Aber stirbt er nicht auch?«

»Ja. Er entscheidet sich dazu.«

»Und dann sind sie vereint?«

»Ja. Wie Romeo und Julia. *Orpheus ist bei Eurydike. Endlich!* Das sagt Monsieur Henri. Das sind die letzten Worte im Stück. Das ist der Schluss.« Pauline drehte sich auf die Seite und legte ihre Wange an Brians Schulter – nicht um ihn zu animieren, sondern um zu betonen, was sie als Nächstes sagte. »Einerseits ist es ein schönes Stück, aber andererseits ist es so banal. Und eigentlich gar nicht wie *Romeo und Julia*, denn sie scheitern nicht an den Umständen. Sie tun es mit Absicht. Damit sie nicht gezwungen sind, weiterzuleben und zu heiraten und Kinder zu kriegen und ein altes Haus zu kaufen und es in Ordnung zu bringen und –«

»Und Affären zu haben«, sagte Brian. »Schließlich sind es Franzosen.«

Dann sagte er: »Wie meine Eltern zu werden.«

Pauline lachte. »Haben die Affären? Kann ich mir kaum vorstellen.«

»Und ob«, sagte Brian. »Ich meinte ihr Leben. Vom Verstand her begreife ich, dass man sich umbringt, damit man nicht wie seine Eltern wird. Ich glaube nur nicht, dass irgendwer es tut.«

»Jeder hat mehrere Möglichkeiten«, sagte Pauline verträumt. »Ihre Mutter und sein Vater sind beide in mancher Hinsicht verachtenswert, aber Orpheus und Eurydike müssen nicht wie sie werden. Sie sind nicht verderbt. Dass Eurydike mit diesen Männern geschlafen hat, heißt noch lange nicht, dass sie verderbt ist. Sie hat sie nicht geliebt. Sie kannte Orpheus noch nicht. An einer Stelle sagt er ihr, dass alles, was sie getan hat, an ihr kleben bleibt, und das ist widerwärtig. Die Lügen, die sie ihm aufgetischt hat. Die anderen Männer.

Alles bleibt für immer an ihr kleben. Und dann bestärkt Monsieur Henri ihn natürlich darin. Er sagt Orpheus, dass er genauso schlimm werden wird und dass er eines Tages mit Eurydike die Straße entlanggehen wird und dass er aussehen wird wie ein Mann mit einem Hund, den er loswerden will.«

Zu ihrer Überraschung lachte Brian.

»Nein«, sagte sie. »Das ist eben dumm. Es ist nicht unausweichlich. Es ist überhaupt nicht unausweichlich.«

So grübelten und diskutierten sie gemütlich weiter, in einer Weise, die nicht üblich, ihnen aber auch nicht ganz fremd war. Sie hatten das in ihrer Ehe schon früher getan, in langen Abständen – die halbe Nacht geredet, über Gott oder Angst vor dem Tod oder wie man Kinder erziehen soll oder ob Geld wichtig ist. Schließlich gaben sie zu, dass sie zu müde waren, um noch klar denken zu können, legten sich kameradschaftlich zurecht und schliefen ein.

Endlich ein verregneter Tag. Brian und seine Eltern fuhren nach Campbell River, um Lebensmittel und Gin einzukaufen und um das Auto von Brians Vater in die Werkstatt zu bringen wegen eines Defekts, der sich auf der Fahrt von Nanaimo hierher eingestellt hatte. Ein sehr geringfügiger Defekt, da aber auf dem Neuwagen noch Garantie war, wollte Brians Vater ihn so schnell wie möglich durchsehen lassen. Brian musste mit seinem Auto hinterherfahren, falls die Werkstatt den Wagen seines Vaters dabehielt. Pauline sagte, sie müsse wegen Maras Mittagsschläfchen zu Hause bleiben.

Sie überredete Caitlin, sich auch hinzulegen, wobei sie ihr erlaubte, ihre Spieldose mit ins Bett zu nehmen, wenn sie sie nur ganz leise laufen ließ. Dann legte Pauline das Textbuch aufgeschlagen auf den Küchentisch und trank Kaffee und ging die Szene durch, in der Orpheus sagt, dass es am Ende unerträglich ist, in zwei Hüllen zu stecken, jeder in seiner Haut mit seinem Blut und seinem Sauerstoff eingesiegelt in Einsamkeit, und Eurydike ihm sagt, dass er schweigen soll.

»Denk nicht. Sprich nicht. Lass deine Hand über mich gleiten, lass wenigstens sie glücklich sein.«

Deine Hand ist in diesem Augenblick glücklich, sagt Eurydike. Nimm es doch hin. Nimm es hin, glücklich zu sein.

Natürlich sagt er, er kann es nicht.

Caitlin rief oft, um zu fragen, wie spät es war. Sie drehte die Spieldose laut. Pauline eilte zur Schlafzimmertür und zischte sie an, die Spieluhr leise zu stellen, Mara nicht aufzuwecken.

Aber Mara raschelte schon in ihrem Bettchen, und in den nächsten paar Minuten waren leise ermunternde Worte von Caitlin zu hören, die ihre Schwester vollends wach machen sollten. Auch Musik, die laut und dann rasch leise gestellt wurde. Dann Geräusche von Mara, die am Bettgitter rüttelte, sich daran hochzog, ihr Fläschchen auf den Boden warf und mit den Vogelpiepsern anfing, die immer verzweifelter wurden, bis sie ihre Mutter herbeiriefen.

»Ich hab sie nicht geweckt«, sagte Caitlin. »Sie ist von ganz allein aufgewacht. Es regnet nicht mehr. Können wir an den Strand?«

Sie hatte recht. Es regnete nicht mehr. Pauline wechselte Maras Windeln und trug Caitlin auf, ihren Badeanzug anzuziehen und ihr Eimerchen zu suchen. Sie zog auch ihren Badeanzug an und darüber ihre Shorts, falls die anderen zurückkamen, während sie unten am Strand war. (»Dad mag es gar nicht, wie einige Frauen nur im Badeanzug aus ihren

Ferienhäusern kommen«, hatte Brians Mutter zu ihr gesagt. »Wahrscheinlich sind wir beide in einer anderen Zeit aufgewachsen.«) Sie griff nach dem Textbuch, um es mitzunehmen, legte es dann wieder hin. Sie hatte Angst, sich zu sehr darin zu vertiefen und die Kinder einen Moment zu lange aus den Augen zu lassen.

Die Gedanken, die ihr kamen, an Jeffrey, waren eigentlich gar keine Gedanken – eher waren es Veränderungen in ihrem Körper. Das konnte ihr passieren, wenn sie am Strand saß (und versuchte, im Halbschatten eines Strauchs zu bleiben, um ihre Blässe zu behalten, wie Jeffrey es befohlen hatte) oder wenn sie Windeln auswrang oder wenn sie mit Brian drüben bei seinen Eltern war. Mitten in Monopolyspielen, Scrabblespielen oder Kartenspielen. Sie fuhr fort zu reden, zuzuhören, zu arbeiten, auf die Kinder zu achten, während eine Erinnerung an ihr geheimes Leben sie durchfuhr wie eine strahlend helle Explosion. Dann senkte sich eine warme Schwere in ihr, füllte besänftigend alle ihre Hohlräume. Aber das hielt nicht vor, dieser Trost versickerte, und sie war wie ein Geizhals, dessen unverhoffter Gewinn sich verflüchtigt hat und der überzeugt ist, dass ihm solch ein Glück nie wieder zuteilwird. Sehnsucht schnürte sie ein und trieb sie dazu, die Tage zu zählen. Manchmal zerteilte sie den Tag sogar in Schnipsel, um sich genauer ausrechnen zu können, wie viel Zeit schon vergangen war.

Sie dachte daran, unter einem Vorwand nach Campbell River zu fahren, damit sie ihn von einer Telefonzelle aus anrufen konnte. Die Ferienhäuser hatten kein Telefon – der einzige öffentliche Fernsprecher befand sich in der Empfangshalle des Hauptgebäudes. Aber sie wusste die Nummer von dem Hotel, in dem Jeffrey arbeitete, nicht auswendig.

Außerdem konnte sie unmöglich abends weg nach Campbell River. Und wenn sie ihn tagsüber zu Hause anrief, konnte seine Mutter, die Französischlehrerin, den Hörer abnehmen. Sie ging im Sommer kaum je aus dem Haus. Ein einziges Mal hatte sie mit der Fähre einen Tagesausflug nach Vancouver gemacht. Jeffrey hatte Pauline angerufen und sie gebeten herüberzukommen. Brian gab Unterricht, und Caitlin war in ihrer Spielgruppe.

Pauline sagte: »Ich kann nicht. Ich habe Mara.«

Jeffrey sagte: »Wen? Ach, tut mir leid.« Dann: »Kannst du sie nicht mitbringen?«

Sie sagte Nein.

»Warum nicht? Kannst du ihr nicht ein paar Spielsachen mitnehmen?«

Nein, sagte Pauline. »Das kann ich nicht«, sagte sie. »Das kann ich einfach nicht.« Sie fand es zu gefährlich, das Kleinkind auf solch einen sündigen Ausflug mitzunehmen. In ein Haus, in dem Reinigungsflüssigkeiten nicht auf hohe Borde verbannt und Tabletten und Hustentropfen und Zigaretten und Knöpfe nicht außer Reichweite waren. Und selbst wenn Mara sich nicht vergiftete und nicht erstickte, konnte sie Zeitbomben speichern – Erinnerungen an ein fremdes Haus, wo sie seltsam unbeachtet blieb, an eine verschlossene Tür, an Geräusche auf der anderen Seite.

»Ich wollte dich einfach«, sagte Jeffrey. »Ich wollte dich einfach in meinem Bett haben.«

Noch einmal, schwächer, sagte sie: »Nein.«

Seine Worte kamen ihr immer wieder in den Kopf. *Ich wollte dich in meinem Bett haben.* Eine halb scherzhafte Dringlichkeit in der Stimme, aber auch eine Entschiedenheit, eine Endgültigkeit, als bedeutete »in meinem Bett« weitaus mehr, als nähme das Bett, von dem er sprach, größere, weniger stoffliche Dimensionen an.

Hatte sie mit dieser Ablehnung einen großen Fehler begangen? Mit dieser Mahnung daran, wie eingeengt sie in dem war, was jeder ihr wirkliches Leben nennen würde?

Der Strand war fast leer – die Leute hatten sich daran gewöhnt, dass der Tag verregnet war. Der Sand war zu schwer für Caitlin, um eine Burg zu bauen oder ein Bewässerungssystem zu graben – Projekte, die sie ohnehin nur mit ihrem Vater in Angriff nahm, denn sie spürte, dass er mit Leib und Seele dabei war und Pauline nicht. Sie bummelte ein wenig verloren am Wasser entlang. Wahrscheinlich vermisste sie die anderen Kinder, die namenlosen spontanen Freunde und die gelegentlichen mit Steinen werfenden, mit Wasser spritzenden Feinde, das Kreischen und Planschen und Herumtoben. Ein Junge, ein bisschen größer als sie und offenbar ganz allein, stand weiter unten am Strand knietief im Wasser. Wenn es den beiden gelang, zusammenzukommen, dann war vielleicht alles gut; dann war das Stranderlebnis vielleicht gerettet. Pauline konnte nicht erkennen, ob Caitlin jetzt seinetwegen kurze, platschende Ausflüge ins Wasser unternahm und ob er sie mit Interesse oder Verachtung beobachtete.

Mara brauchte keine Gespielen, zumindest im Moment nicht. Sie stolperte auf das Wasser zu, spürte, wie es ihre Füße benetzte, entschied sich neu, blieb stehen, sah sich um und entdeckte Pauline. »Pao. Pao«, sagte sie, beglückt vom Wiedererkennen. »Pao« war ihr Wort für »Pauline«, statt »Mutter« oder »Mammi«. Der Blick zurück kostete sie das Gleichgewicht – sie setzte sich halb auf den Sand und halb ins Wasser, stieß einen Quieklaut der Überraschung aus, der zu einer Ankündigung wurde, dann stellte sie sich mit Hilfe einiger entschlossener, ungelenker Manöver, bei denen sie ihr Gewicht auf die Hände verlagern musste, auf die Füße, schwankend und triumphierend. Sie lief schon seit einem halben Jahr, aber die Fortbewegung im Sand war immer noch eine Herausforderung. Sie kam jetzt zu Pauline zurück und machte dabei einige vernünftige, beiläufige Bemerkungen in ihrer eigenen Sprache.

»Sand«, sagte Pauline und hielt einen Klumpen davon hoch. »Schau, Mara. Sand.«

Mara verbesserte sie und nannte ihn anders – es klang wie »Wopp«. Ihr dickes, windelgepolstertes Hinterteil, ihre drallen Bäckchen und Schultern und die wichtige Miene, mit der sie zur Seite schaute, verliehen ihr etwas von einer schelmischen Matrone.

Pauline merkte, dass jemand ihren Namen rief. Schon zum zweiten oder dritten Mal, aber da die Stimme ihr nicht vertraut war, hatte sie ihn nicht gleich erkannt. Sie stand auf und winkte. Es war die Frau, die in dem Laden im Hauptgebäude arbeitete. Sie beugte sich über den Balkon und rief: »Mrs Keating. Mrs Keating? Telefon, Mrs Keating.«

Pauline lud sich Mara auf die Hüfte und rief Caitlin. Sie und der kleine Junge hatten inzwischen voneinander Notiz genommen – beide hoben Steine vom Grund auf und warfen sie hinaus ins Wasser. Anfangs hörte sie Pauline nicht oder tat zumindest so.

»Laden«, rief Pauline. »Caitlin. Laden.« Als sie sicher war, dass Caitlin ihr folgen würde – es war das Wort »Laden«, das dafür sorgte, die Erinnerung an den winzigen Laden im Hauptgebäude, in dem man Eis und Süßigkeiten und Zigaretten und Limonade kaufen konnte –, lief sie durch den

Sand und die Holztreppe hinauf, die über den Sand und die Gaultheriensträucher führte. Auf halber Höhe blieb sie stehen, sagte: »Mara, du wiegst eine Tonne«, und verlagerte das Baby auf die andere Hüfte. Caitlin schlug mit einem Stock gegen das Geländer.

»Kann ich einen Lutscher haben? Mutter? Kann ich?«

»Mal sehen.«

»Kann ich bitte einen Lutscher haben?«

»Warte.«

Das öffentliche Telefon befand sich neben einer Anschlagtafel am anderen Ende der Empfangshalle und gegenüber der Tür zum Speisesaal. Dort wurde ein Bingospiel veranstaltet, wegen des Regens.

»Hoffentlich ist er noch dran«, rief die Frau, die in dem Laden arbeitete. Sie war inzwischen hinter dem Ladentisch verschwunden.

Pauline, die immer noch Mara trug, nahm den baumelnden Hörer und sagte atemlos: »Hallo?« Sie erwartete, Brian zu hören, der ihr berichtete, er sei in Campbell River aufgehalten worden, oder sie fragte, was er ihr aus dem Drugstore mitbringen sollte. Es war nur ein Artikel – Zinksalbe –, deshalb hatte sie es nicht aufgeschrieben.

»Pauline«, sagte Jeffrey. »Ich bin's.«

Mara strampelte und stieß Pauline in die Seite, wollte heruntergelassen werden. Caitlin kam durch die Halle und ging in den Laden, unter Hinterlassung nasser, sandiger Fußstapfen. Pauline sagte: »Augenblick, Augenblick.« Sie ließ Mara hinuntergleiten und eilte, um die Tür zur Treppe zu schließen. Sie erinnerte sich nicht, Jeffrey den Namen des Hotels genannt zu haben, obwohl sie ihm ungefähr gesagt hatte, wo es war. Sie hörte die Frau im Laden mit Caitlin in schärferem

Ton sprechen, als sie es mit Kindern tun würde, die von ihren Eltern begleitet waren.

»Hast du vergessen, deine Füße unter dem Hahn abzuspülen?«

»Ich bin hier«, sagte Jeffrey. »Ich bin ohne dich nicht gut zurechtgekommen. Ich bin überhaupt nicht zurechtgekommen.«

Mara machte sich auf den Weg in den Speisesaal, als wäre der Ausruf der Männerstimme »Unter der N...« eine persönliche Einladung an sie.

»Hier? Wo?«, fragte Pauline.

Sie las die Zettel, die an die Tafel neben dem Telefon gepinnt waren.

DIE BENUTZUNG VON RUDERBOOTEN ODER KANUS IST PERSONEN UNTER VIERZEHN JAHREN NUR IN BEGLEITUNG ERWACHSENER GESTATTET. ANGELWETTBEWERB. BASAR MIT SELBSTGEBACKENEM UND KUNSTHANDWERK, ST. BARTHOLOMEW'S CHURCH. IHR LEBEN LIEGT IN IHRER HAND. LESE AUS DER HAND UND AUS KARTEN. PREISWERT UND ZUVERLÄSSIG. RUFEN SIE MICH AN. CLAIRE.

»In einem Motel. In Campbell River.«

Pauline wusste, wo sie war, noch bevor sie die Augen aufschlug. Nichts überraschte sie. Sie hatte geschlafen, aber nicht tief genug, um alles loszulassen.

Sie hatte auf dem Parkplatz beim Hauptgebäude auf Brian gewartet, mit den Kindern, und ihn um die Autoschlüssel gebeten. Sie hatte ihm vor seinen Eltern gesagt, dass sie noch etwas aus Campbell River brauchte. Er fragte: Was denn? Und hatte sie Geld dabei?

»Nichts Besonderes«, sagte sie, damit er dachte, es waren Tampons oder Verhütungsmittel, die sie nicht nennen mochte. »Ja.«

»Ist gut, aber du musst tanken«, sagte er.

Später musste sie am Telefon mit ihm sprechen. Jeffrey sagte, sie musste es tun.

»Denn mir wird er es nicht abnehmen. Er wird denken, ich hätte dich gekidnappt oder so. Er wird es nicht glauben.«

Aber am seltsamsten von allen Ereignissen an diesem Tag war, dass Brian es sofort zu glauben schien. Er stand an derselben Stelle, wo noch vor wenigen Stunden sie gestanden hatte, in der Empfangshalle des Hauptgebäudes – das Bingospiel war inzwischen beendet, aber Menschen gingen vorbei, sie konnte sie hören, Menschen auf dem Weg aus dem Speisesaal nach dem Abendessen, und er sagte: »Aha. Aha. Aha. Ist gut«, mit einer Stimme, die er gut in der Gewalt hatte und die sich aus einem ungeahnten Vorrat an Fatalismus und Vorauswissen zu speisen schien.

Als hätte er längst, von Anfang an, gewusst, was mit ihr passieren konnte.

»Ist gut«, sagte er. »Was ist mit dem Auto?«

Er sagte noch etwas anderes, etwas Unmögliches, und legte auf, und sie kam aus der Telefonzelle neben ein paar Benzinpumpen in Campbell River.

»Das ging aber schnell«, sagte Jeffrey. »Leichter, als du erwartet hast.«

Pauline sagte: »Ich weiß nicht.«

»Vielleicht hat er es unterschwellig gewusst. Die meisten wissen es.«

Sie schüttelte den Kopf, damit er schwieg, und er sagte: »Entschuldige.« Sie gingen die Straße hinunter, ohne sich zu berühren oder miteinander zu reden.

Sie hatten hinausgehen und eine Telefonzelle suchen müssen, weil es in dem Motelzimmer kein Telefon gab. Als Pauline sich jetzt am frühen Morgen in Muße umschaute – die erste Muße oder Freizeit, die ihr zuteilwurde, seit sie dieses Zimmer betreten hatte –, sah sie, dass das Zimmer auch mit anderen Dingen nur dürftig ausgestattet war. Nichts als eine Kommode vom Sperrmüll, ein Bett ohne Kopfteil, ein Sessel ohne Armlehnen, am Fenster eine Jalousie mit kaputten Lamellen und ein Vorhang aus orangegelbem Plastik, das wie Netzgewebe aussehen sollte und nicht gesäumt zu werden brauchte, sondern unten einfach abgeschnitten war. Schließlich eine geräuschvolle Klimaanlage – Jeffrey hatte sie in der Nacht abgestellt und die Tür mit vorgelegter Kette einen Spaltbreit geöffnet, da das Fenster nicht aufging. Die Tür war jetzt zu. Er musste in der Nacht aufgestanden sein und sie geschlossen haben.

Dies war alles, was sie hatte. Ihre Verbindung zu dem Ferienhaus, in dem Brian lag und schlief oder auch nicht, war abgebrochen, ebenso ihre Verbindung zu dem Haus, das Ausdruck ihres Lebens mit Brian gewesen war, der Art, wie sie leben wollten. Sie besaß keine Möbel mehr. Sie hatte sich abgeschnitten von all den großen, soliden Anschaffungen wie der Waschmaschine und dem Trockner und dem Eichentisch und dem aufgearbeiteten Schrank und dem Kronleuchter, der eine Kopie eines Lüsters auf einem Bild von Vermeer war. Und ebenso von den Dingen, die eigentlich ihr gehörten – die Pressglasbecher, die sie gesammelt hatte, und der Gebetsteppich, der natürlich nicht echt war, aber schön. Besonders von diesen Dingen. Sogar ihre Bücher konnte sie verloren haben. Sogar ihre Kleidung. Der Rock und die Bluse und die Sandalen, die sie für die Fahrt nach Campbell River angezogen hatte, waren womöglich alles, was sie jetzt auf der Welt besaß. Sie würde nie zurückkehren, um irgendetwas zu beanspruchen. Falls Brian sich mit ihr in Verbindung setzte, um sie zu fragen, was mit den Sachen werden sollte, würde sie ihm sagen, er sollte damit machen, was er wollte – alles in Müllsäcke stopfen und auf die Deponie schaffen, wenn ihm danach der Sinn stand. (Dabei wusste sie, dass er wahrscheinlich einen großen Koffer packen würde, was er auch tat, und ihr gewissenhaft nicht nur ihren Wintermantel und die warmen Schuhe nachschickte, sondern auch Sachen wie den Miedergürtel für die Wespentaille, den sie nur an ihrer Hochzeit getragen hatte und seitdem nie wieder, obendrauf hatte er den Gebetsteppich gelegt wie eine letzte Demonstration seiner Großzügigkeit, entweder echt oder berechnet.)

Sie glaubte, dass ihr nie wieder wichtig sein würde, in welchen Räumen sie lebte und was für Sachen sie anzog. Sie würde nicht danach trachten, anderen mit solchen Dingen eine Vorstellung davon zu geben, wer sie war, wie sie war. Oder sich selbst eine Vorstellung davon zu geben. Was sie getan hatte, würde genug sein, würde alles sein.

Was sie gerade tat, war das, wovon sie gehört und gelesen hatte. Das, was Anna Karenina getan hatte und Madame Bovary hatte tun wollen. Was ein Lehrer in Brians Schule getan hatte, mit der Schulsekretärin. Er war mit ihr durchgebrannt. So wurde es genannt. Durchgebrannt. Davongelaufen. Es wurde abfällig, scherzhaft oder auch neidisch davon gesprochen. Es war Ehebruch, einen Schritt weiter vorangetrieben. Die Menschen, die das taten, hatten nahezu immer vorher bereits ein Verhältnis gehabt und schon einige Zeit lang Ehebruch begangen, bis sie verzweifelt oder mutig genug wurden, um diesen Schritt zu tun. Einmal alle Jubeljahre mochte solch ein Paar behaupten, dass seine Liebe nicht vollzogen und körperlich rein war, aber diese Menschen wurden – falls ihnen überhaupt jemand glaubte – nicht nur für sehr ernsthaft und hochgesinnt gehalten, sondern auch für absolut tollkühn, fast auf einer Stufe mit denen, die es wagten, alles aufzugeben, um in irgendeinem armen und gefährlichen Land zu arbeiten.

Die Übrigen, die Ehebrecher, galten als verantwortungslos, unreif, selbstsüchtig oder sogar grausam. Auch als vom Glück begünstigt. Vom Glück begünstigt, weil der Sex, den sie in geparkten Autos oder in hohem Gras oder in ihren besudelten Ehebetten oder höchstwahrscheinlich in Motelzimmern wie diesem genossen hatten, ganz bestimmt überwältigend gewesen sein musste. Denn sonst wären sie nicht von solcher Sehnsucht gepackt, von solchem Verlangen nach einander, koste es, was es wolle, oder sie hätten nicht solch ein Vertrauen, dass ihre gemeinsame Zukunft insgesamt besser und ganz anders sein würde als das, was sie bislang gehabt hatten.

Ganz anders. Das musste Pauline jetzt glauben – dass es diesen wesentlichen Unterschied im Leben oder in der Ehe oder in der Verbindung von Menschen gab. Dass einigen Beziehungen eine Notwendigkeit, eine Schicksalhaftigkeit innewohnte, die anderen fehlte. Natürlich hätte sie das genau so auch vor einem Jahr gesagt. Die Menschen sagten das eben, sie schienen das zu glauben, und sie schienen zu glauben, dass ihr eigener Fall selbstverständlich zu der ersten, der besonderen Kategorie zählte, wo doch alle sehen konnten, dass dem nicht so war und dass diese Menschen gar nicht wussten, wovon sie redeten. Pauline hätte nicht gewusst, wovon sie redete.

Es war zu warm im Zimmer. Jeffreys Körper war zu warm. Er schien sogar im Schlaf Überzeugungskraft und Streitlust auszustrahlen. Sein Brustkorb war breiter als der von Brian; er war fülliger um die Taille. Mehr Fleisch auf den Knochen, dabei fester anzufassen. Im Ganzen nicht so gutaussehend – sie war sicher, die meisten würden das sagen. Und nicht so heikel. Im Bett roch Brian nach nichts. Jeffreys Haut hatte jedes Mal, wenn sie mit ihm geschlafen hatte, einen eingebrannten, leicht öligen oder nussigen Geruch gehabt. Er hatte sich gestern Abend nicht gewaschen – aber sie sich auch nicht. Es war keine Zeit dafür. Hatte er wenigstens eine Zahnbürste dabei? Sie nicht. Aber sie hatte nicht gewusst, dass sie bleiben würde.

Als sie Jeffrey hier traf, hatte sie noch im Hinterkopf, dass sie sich eine gigantische Lüge ausdenken musste, die sie erzählen konnte, wenn sie nach Hause kam. Und sie – beide – mussten sich beeilen. Als Jeffrey ihr sagte, er habe beschlossen, dass sie zusammenbleiben mussten, dass Pauline ihn in den Bundesstaat Washington begleitete, dass das Stück gestorben war, weil die Dinge in Victoria für sie beide zu schwierig werden würden, hatte sie ihn nur in der verdutzten Weise angesehen, in der man jemanden im allerersten Augenblick eines Erdbebens ansieht. Sie war bereit, ihm alle Gründe zu nennen, warum das unmöglich war, sie dachte immer noch, sie würde ihm das sagen, doch in diesem Moment geriet ihr Leben aus den Fugen. Zurückkehren wäre wie sich einen Sack über den Kopf stülpen.

So sagte sie nur:»Bist du sicher?«

Er sagte:»Ganz sicher.« Er sagte aufrichtig:»Ich werde dich nie verlassen.«

Es war nicht seine Art, so etwas zu sagen. Dann wurde ihr klar, dass er – vielleicht ironisch – aus dem Stück zitierte. Orpheus sagt das zu Eurydike, wenige Augenblicke, nachdem sie sich in der Bahnhofswirtschaft zum ersten Mal begegnet sind.

Ihr Leben stürzte also vorwärts; sie wurde zu einer dieser Personen, die durchbrannten. Zu einer Frau, die unbegreiflicher- und erschreckenderweise alles aufgab. Aus Liebe, würden Beobachter süffisant sagen. Und Sex meinen. Das wäre alles nicht passiert, ginge es nicht um Sex.

Aber welche großen Unterschiede gibt es da schon? Der Vorgang bleibt sich ziemlich gleich, trotz allem, was darüber erzählt wird. Haut an Haut, Bewegungen, Berührungen, Ergebnisse. Pauline ist keine Frau, bei der es schwerfällt, Ergebnisse zu erzielen. Brian ist es gelungen. Wahrscheinlich gelänge es jedem, der nicht extrem unbeholfen oder abstoßend wäre.

Doch nichts gleicht sich völlig. Mit Brian – besonders mit Brian, dem sie mit einer Art eigennützigem Wohlwollen begegnet ist, mit dem sie in verheirateter Komplizenschaft gelebt hat – kann es das nie geben, dieses Abwerfen von allem, den unvermeidlichen Höhenflug, die Gefühle, um die sie sich nicht bemühen muss, sondern denen sie nur nachzugeben braucht wie dem Atmen oder dem Sterben. Die ihrer Meinung nach nur kommen, wenn die Haut zu Jeffrey gehört, die Bewegungen von Jeffrey gemacht werden und der Leib, der auf ihr lastet, Jeffreys Herz umschließt, auch seine Gewohnheiten, Gedanken, Eigenheiten, seinen Ehrgeiz und seine Einsamkeit (die, soweit sie weiß, auch mit seiner Jugend zu tun haben können).

Soweit sie weiß. Denn es gibt vieles, was sie nicht weiß. Sie weiß kaum etwas darüber, was er gern isst oder welche Musik er gern hört oder welche Rolle seine Mutter in seinem Leben spielt (zweifellos eine geheimnisvolle, aber wichtige, wie die Rolle von Brians Eltern). In einem ist sie sich ziemlich sicher – was er auch für Vorlieben oder Abneigungen hat, er wird daran festhalten.

Sie gleitet unter Jeffreys Hand und unter dem Überlaken hervor, das einen strengen Geruch nach Bleichmitteln verströmt, sie lässt sich auf den Boden herunter, wo die Tagesdecke liegt, und wickelt sich rasch in diesen Lumpen aus grünlich gelber Chenille. Sie will nicht, dass er die Augen aufschlägt und sie von hinten sieht und ihren Hängepopo bemerkt. Er hat sie schon nackt gesehen, aber meistens in einem günstigeren Augenblick.

Sie spült sich den Mund aus und wäscht sich, sie benutzt das Seifenstück, das ungefähr so groß wie zwei dünne Schokoladenstückchen ist und so hart wie Stein. Sie ist wund zwischen den Beinen, geschwollen und übelriechend. Wasserlassen ist mühsam, und sie ist offenbar verstopft. Gestern Abend sind sie hinausgegangen und haben sich Hamburger geholt, die sie dann aber nicht essen konnte. Vermutlich wird sie all diese Dinge wieder lernen, sie werden wieder ihre natürliche Bedeutung in ihrem Leben einnehmen. Im Augenblick ist es, als könnte sie keine Aufmerksamkeit dafür erübrigen.

Sie hat etwas Geld in der Handtasche. Sie muss hinausgehen und eine Zahnbürste kaufen, Zahnpasta, Deo, Shampoo. Auch Gleitcreme. Gestern Nacht haben sie die ersten beiden Male Kondome benutzt, aber beim dritten Mal nichts mehr.

Sie hat ihre Armbanduhr nicht mitgenommen, und Jeffrey trägt keine. Im Zimmer gibt es natürlich keine Uhr. Sie meint, es ist früh – das Licht hat trotz der Hitze noch eine frühe Färbung. Die Geschäfte sind wahrscheinlich noch nicht auf, aber es wird etwas geben, wo sie Kaffee bekommen kann.

Jeffrey hat sich auf die andere Seite gedreht. Sie muss ihn für einen kurzen Augenblick geweckt haben.

Sie werden ein Schlafzimmer haben. Eine Küche, eine Adresse. Er wird zur Arbeit gehen. Sie wird in den Waschsalon gehen. Vielleicht wird sie auch zur Arbeit gehen. Dinge verkaufen, in Restaurants bedienen, Nachhilfestunden geben. Sie kann Französisch und Latein – gibt es in amerikanischen Highschools Französisch- und Lateinunterricht? Kann man ohne amerikanische Staatsangehörigkeit Arbeit bekommen? Jeffrey ist auch kein Amerikaner.

Sie lässt ihm den Schlüssel da. Sie wird ihn aufwecken müssen, um wieder hineinzugelangen. Es ist nichts da, um eine Nachricht zu hinterlassen, weder Stift noch Papier.

Es ist früh. Das Motel liegt am Highway am Nordende der Stadt, neben der Brücke. Der Verkehr hat noch nicht eingesetzt. Sie geht schlurfend eine ganze Weile lang unter den Pappeln dahin, ehe ein Fahrzeug über die Brücke rumpelt –

obwohl der Verkehr auf der Brücke bis spät in die Nacht regelmäßig ihr Bett erschütterte.

Jetzt kommt etwas. Ein Laster. Aber nicht nur ein Laster – eine riesige, trostlose Tatsache kommt auf sie zu. Und sie kommt nicht aus dem Nichts – sie hat gewartet, sie grausam gestupst, seit sie wach ist oder vielleicht sogar die ganze Nacht hindurch.

Caitlin und Mara.

Gestern Abend am Telefon, nachdem er mit ausdrucksloser und beherrschter und fast angenehmer Stimme geredet hatte – als wäre er stolz darauf, nicht außer sich zu sein, nicht zu widersprechen oder zu flehen –, brach es aus Brian heraus. Er sagte voll Verachtung und Zorn und ohne jede Rücksicht darauf, wer ihn hören konnte: »Und – was ist mit Caitlin und Mara?«

Der Hörer an Paulines Ohr begann zu zittern.

Sie sagte: »Wir müssen reden –«, aber er schien sie nicht zu hören.

»Die Kinder«, sagte er mit derselben knirschenden und rachsüchtigen Stimme. Der Wechsel von »Caitlin und Mara« zu »Kinder« war, als schlüge er ihr ein Brett auf den Kopf – eine schwere, förmliche, selbstgerechte Drohung.

»Die Kinder bleiben hier«, sagte Brian. »Pauline. Hast du mich verstanden?«

»Nein«, sagte Pauline. »Ja. Ich habe dich verstanden, aber –«

»Gut. Du hast mich verstanden. Denk dran. Die Kinder bleiben hier.«

Mehr konnte er nicht tun. Um ihr zu zeigen, was sie da tat, was sie beendete, und um sie zu bestrafen, falls sie es wirklich tat. Niemand würde ihm einen Vorwurf machen. Vielleicht gelang es ihr, etwas herauszuschlagen durch Gerichtsprozesse oder flehentliche Bitten, aber erst einmal war es da, wie ein kalter, runder Stein in ihrem Hals, wie eine Kanonenkugel. Und würde nicht weggehen, es sei denn, sie änderte ihren Entschluss. Die Kinder bleiben hier.

Das Auto, das sie sich mit Brian teilte, stand immer noch auf dem Parkplatz des Motels. Brian würde seinen Vater oder seine Mutter bitten müssen, ihn heute herzufahren, um es zu holen. Sie hatte die Schlüssel in ihrer Handtasche. Es gab Ersatzschlüssel – er würde sie bestimmt mitbringen. Sie schloss die Autotür auf und warf die Schlüssel auf den Sitz und verriegelte die Tür von innen und schlug sie zu.

Jetzt konnte sie nicht mehr zurück. Sie konnte nicht ins Auto steigen und zurückfahren und sagen, dass sie von allen guten Geistern verlassen gewesen war. Wenn sie das tat, würde er ihr verzeihen, aber er würde es nie verwinden, und sie auch nicht. Dennoch würden sie weiterleben, wie Menschen es eben tun.

Sie verließ den Parkplatz, sie ging auf dem Bürgersteig in die Stadt.

Das Gewicht von Mara auf ihrer Hüfte, gestern. Der Anblick von Caitlins Fußstapfen auf dem Boden.

Pao. Pao.

Sie braucht die Schlüssel nicht, um zu ihnen zurückzugelangen, sie braucht das Auto nicht. Sie kann sich auf dem Highway von jemandem mitnehmen lassen. Nachgeben, nachgeben, irgendwie zu ihnen zurückgelangen, wie kann sie anders?

Ein Sack über dem Kopf.

Eine Flüssigkeit, eine Wunschvorstellung, wird auf den Boden geschüttet und erhärtet sofort; nimmt eine endgültige Form an.

Akuter Schmerz. Er wird chronisch werden. Chronisch bedeutet, dass er ohne Ende, aber vielleicht nicht ohne Unterlass sein wird. Es kann auch bedeuten, dass du daran nicht stirbst. Du wirst nicht frei davon, aber du stirbst nicht daran. Du wirst ihn nicht jede Minute spüren, aber du wirst nicht viele Tage ohne ihn zubringen. Und du wirst einige Tricks lernen, um ihn zu betäuben oder zu vertreiben, ohne dabei am Ende das zu zerstören, wofür du diesen Schmerz auf dich genommen hast. Es ist nicht seine Schuld. Er ist noch im Stand der Unschuld oder der Wildheit, er weiß noch nicht, dass es einen so dauerhaften Schmerz auf der Welt gibt. Sage dir: Du verlierst sie sowieso. Sie werden groß. Auf eine Mutter wartet immer diese ein wenig lächerliche Verlassenheit. Sie werden diese Zeit vergessen, dich auf die eine oder andere Art verstoßen. Oder kleben bleiben, bis du nicht weißt, was du mit ihnen anfangen sollst, so wie Brian es getan hat.

Und dennoch, welcher Schmerz. Den sie herumtragen und an den sie sich gewöhnen muss, bis sie nur noch um die Vergangenheit trauert und nicht um irgendeine mögliche Gegenwart.

Ihre Kinder sind groß geworden. Sie hassen sie nicht. Dafür, dass sie fortgegangen oder fortgeblieben ist. Sie vergeben ihr auch nicht. Vielleicht hätten sie ihr ohnehin nicht vergeben, aber dann wegen etwas anderem.

Caitlin ist noch ein wenig von dem Sommer im Ferienhotel in Erinnerung geblieben, Mara nichts. Eines Tages erwähnt Caitlin es Pauline gegenüber und nennt es »das Hotel, in dem Oma und Opa waren«.

»Das Hotel, in dem wir waren, als du weggegangen bist«,

sagt sie. »Aber wir haben erst später erfahren, dass du mit Orpheus weggegangen bist.«

Pauline sagt: »Es war nicht Orpheus.«

»Es war nicht Orpheus? Dad hat das immer gesagt. Er hat immer gesagt: ›Und dann ist eure Mutter mit Orpheus durchgebrannt.‹«

»Das sollte ein Witz sein«, sagt Pauline.

»Ich dachte immer, es wäre Orpheus gewesen. Dann war es also jemand anders.«

»Es war jemand, der mit dem Theaterstück zu tun hatte. Jemand, mit dem ich eine Weile zusammengelebt habe.«

»Nicht Orpheus.«

»Nein. Der bestimmt nicht.«

HASST ER MICH,
MAG ER MICH, LIEBT ER MICH,
HOCHZEIT

VOR JAHREN, als die Züge noch auf vielen Nebenstrecken verkehrten, betrat eine Frau mit hoher, sommersprossiger Stirn und rötlichem Kraushaar den Bahnhof und erkundigte sich nach dem Versand von Möbeln.

Der Stationsvorsteher liebte es, mit Frauen seine Späßchen zu machen, insbesondere mit den unscheinbaren, denen das auch zu gefallen schien.

»Möbel?«, sagte er, als wäre noch nie jemand auf eine derartige Idee verfallen. »Tja. Na. Um was für Möbel geht's denn?«

Ein Esszimmertisch und sechs Stühle. Eine komplette Schlafzimmereinrichtung, ein Sofa, ein Couchtisch, Beistelltische, eine Stehlampe. Außerdem eine Vitrine und ein Büfett.

»Halt mal, stopp. Sie meinen, ein Haus voll.«

»So viel dürfte es kaum sein«, sagte sie. »Es sind keine Küchensachen dabei, und es reicht nur für ein Schlafzimmer.«

Ihre Zähne drängten sich in ihrem Mund vor, als machten sie sich auf einen Streit gefasst.

»Sie brauchen einen Möbelwagen.«

»Nein. Ich will sie mit der Bahn aufgeben. Sie sollen in den Westen, nach Saskatchewan.«

Sie sprach laut, als wäre er taub oder blöde, und etwas an ihrer Aussprache stimmte nicht. Eine Einfärbung. Er dachte an Holländisch – die Holländer zogen jetzt in die Gegend –, aber sie war nicht so drall wie die holländischen Frauen und hatte auch nicht deren hübsche rosa Haut und deren blondes Haar. Sie mochte noch keine vierzig sein, aber was half das? Sie war eben keine Schönheit.

Er wurde dienstlich.

»Erst einmal brauchen Sie einen Lastwagen, um sie von da, wo sie jetzt sind, hierherzubringen. Und wir wollen mal schauen, ob es ein Ort in Saskatchewan ist, der an der Bahnstrecke liegt. Sonst müssen Sie dafür sorgen, dass sie abgeholt werden. Beispielsweise in Regina.«

»Es ist Gdynia«, sagte sie. »Das liegt an der Bahnstrecke.«

Er holte ein speckiges Kursbuch herunter, das an einem Nagel hing, und fragte sie, wie man das buchstabierte. Sie nahm sich den Bleistift, der auch an einer Schnur befestigt war, und schrieb auf einen Zettel aus ihrer Handtasche: GDYNIA.

»Aus welchem Land kommt das denn?«

Sie sagte, das wisse sie nicht.

Er griff sich den Bleistift, um die Zeilen im Kursbuch durchzugehen.

»Da gibt's ja viel, wo nur Tschechen sind oder Ungarn oder Ukrainer«, sagte er. Im selben Moment fiel ihm ein, dass sie zu denen oder jenen gehören konnte. Aber schließlich sprach er nur die Wahrheit.

»Da haben wir's, stimmt, es liegt an der Strecke.«

»Ja«, sagte sie. »Ich möchte die Möbel am Freitag aufgeben – lässt sich das machen?«

»Wir können sie dann verladen, aber ich kann Ihnen nicht

mit Bestimmtheit sagen, an welchem Tag sie ankommen«, sagte er. »Das hängt davon ab, welcher Zug Vorrang hat. Ist jemand da, um sie in Empfang zu nehmen, wenn sie eintreffen?«

»Ja.«

»Am Freitag geht ein gemischter Zug, um vierzehn Uhr achtzehn. Der Lastwagen kann die Sachen Freitag früh abholen. Wohnen Sie hier in der Stadt?«

Sie nickte und schrieb die Adresse auf. Exhibition Road 106.

Die Häuser in der Stadt waren erst vor kurzem nummeriert worden, und er konnte sich von dem angegebenen Ort kein Bild machen, obwohl er wusste, wo die Exhibition Road lag. Wenn sie zu dem Zeitpunkt den Namen McCauley genannt hätte, wäre sein Interesse vielleicht größer gewesen, und die Dinge hätten unter Umständen einen ganz anderen Lauf genommen. Da draußen standen neue Häuser, nach dem Krieg erbaut, obwohl sie »Kriegshäuser« genannt wurden. Er nahm an, dass es eines von denen war.

»Bezahlen Sie, wenn Sie die Sachen aufgeben«, sagte er.

»Außerdem möchte ich eine Fahrkarte für mich für denselben Zug. Freitagnachmittag.«

»Zum selben Fahrtziel?«

»Ja.«

»Sie können im selben Zug bis Toronto fahren, aber dann müssen Sie auf den Transcontinental warten, Abfahrt zweiundzwanzig Uhr dreißig. Möchten Sie Schlafwagen oder zweiter Klasse? Im Schlafwagen haben Sie ein Bett, zweiter Klasse sitzen Sie im Personenwagen.«

Sie wollte einen Sitzplatz.

»In Sudbury warten Sie auf den Zug von Montreal, aber

Sie steigen da nicht aus, Sie werden abgekoppelt und an den Montreal-Zug angehängt. Dann weiter nach Port Arthur und dann nach Kenora. Sie bleiben im Zug bis Regina, und da müssen Sie aussteigen und die Regionalbahn nehmen.«

Sie nickte, als sollte er sich beeilen und ihr endlich die Fahrkarte geben.

Er ließ sich Zeit und sagte: »Aber ich kann Ihnen nicht versprechen, dass Ihre Möbel zur selben Zeit ankommen wie Sie, die werden wohl erst ein oder zwei Tage später eintreffen. Das hat mit dem Vorrang zu tun. Werden Sie abgeholt?«

»Ja.«

»Gut. Denn wahrscheinlich ist da kaum so was wie ein Bahnhof. Die Städte da draußen, die sind nicht wie hier. Das sind meistens ziemlich primitive Nester.«

Sie bezahlte nun ihre Fahrkarte, von einer Rolle Geldscheine aus einem Stoffbeutel in ihrer Handtasche. Wie eine alte Dame. Sie zählte auch ihr Wechselgeld nach. Aber nicht, wie eine alte Dame es zählen würde – sie hielt es in der Hand, ihre Augen huschten rasch darüber hin, und trotzdem, das merkte man, registrierte sie jeden Penny. Dann wandte sie sich unhöflich ab, ging grußlos.

»Also bis Freitag«, rief er ihr nach.

Sie trug an diesem warmen Septembertag einen langen, graubraunen Wollmantel, dazu derbe Schnürschuhe und Söckchen.

Er goss sich gerade Kaffee aus seiner Thermosflasche ein, als sie zurückkam und ans Schalterfenster klopfte.

»Die Möbel, die ich verschicke«, sagte sie. »Das sind alles wertvolle Stücke, so gut wie neu. Ich will nicht, dass sie verkratzt oder angeschlagen oder sonst wie beschädigt werden. Ich will auch nicht, dass sie anschließend nach Vieh stinken.«

»Ach, wissen Sie«, sagte er. »Die Eisenbahn ist ganz gut darauf eingestellt, alles Mögliche zu transportieren. Und wir benutzen auch nicht dieselben Güterwagen für Möbel wie für Schweine.«

»Es ist mir nur darum zu tun, dass die Sachen so einwandfrei ankommen, wie sie hier abgehen.«

»Tja, ich sage mal, wenn Sie sich Möbel kaufen, dann stehen die im Geschäft, stimmt's? Aber haben Sie je darüber nachgedacht, wie die dahin gekommen sind? Die sind nicht in dem Geschäft angefertigt worden, oder? Nein. Die sind irgendwo in einer Fabrik angefertigt worden und in das Geschäft transportiert worden, und das höchstwahrscheinlich mit dem Zug. Da dem so ist, leuchtet es doch wohl ein, dass die Eisenbahn weiß, wie sie damit umzugehen hat?«

Sie sah ihn immer noch an, ohne ein Lächeln oder irgendein Eingeständnis ihrer weiblichen Unvernunft.

»Das hoffe ich«, sagte sie. »Das will ich sehr hoffen.«

Der Stationsvorsteher hätte, ohne darüber nachzudenken, gesagt, dass er alle in der Stadt kannte. Was hieß, dass er ungefähr die Hälfte kannte. Und die meisten von denen, die er kannte, waren Alteingesessene, »richtige« Städter in dem Sinne, dass sie nicht erst gestern angekommen waren und keine Pläne hatten weiterzuziehen. Die Frau, die nach Saskatchewan wollte, kannte er nicht, weil sie weder in seine Kirche ging noch in der Schule seine Kinder unterrichtete noch in irgendeinem Geschäft oder Restaurant oder Büro arbeitete, das er aufsuchte. Sie war auch nicht mit irgendeinem der Männer im Elks oder Oddfellows oder Lions Club oder im Veteranenverein verheiratet. Ein Blick auf ihre linke Hand, als sie das Geld hervorholte, hatte ihm verraten – und ihn nicht überrascht –, dass sie unverheiratet war. Mit den Schuhen und mit Söckchen anstelle von Strümpfen und am Nachmittag ohne Hut und Handschuhe hätte sie eine Farmersfrau sein können. Aber sie hatte nicht das Zögernde, das die im Allgemeinen an sich hatten, die Verlegenheit. Sie hatte keine ländlichen Manieren – sie besaß überhaupt keine Manieren. Sie hatte ihn behandelt, als wäre er ein Auskunftsautomat. Außerdem hatte sie eine Stadtadresse aufgeschrieben – Exhibition Road. Eigentlich erinnerte sie ihn an eine Nonne in Zivil, die er im Fernsehen gesehen hatte und die von ihrer Missionsarbeit irgendwo im Urwald berichtete – wahrscheinlich hatte sie ihre Nonnentracht abgelegt, damit sie da leichter herumklettern konnte. Diese Nonne hatte hin und wieder mal gelächelt, um zu zeigen, dass ihr Glaube die Menschen glücklich machte, aber die meiste Zeit hatte sie ihr Publikum angeblickt, als glaubte sie, dass andere Menschen hauptsächlich auf der Welt waren, um von ihr herumkommandiert zu werden.

* * *

Johanna hatte sich noch etwas vorgenommen und immer wieder hinausgeschoben. Sie musste in das Modegeschäft Milady's und sich etwas zum Anziehen kaufen. Sie hatte dieses Geschäft noch nie betreten – wenn sie etwa Socken kaufen musste, ging sie zu Callaghans Herren-, Damen- und Kinderkleidung. Sie hatte viele Sachen von Mrs Willets geerbt, Sachen wie diesen Mantel, der unverwüstlich war. Und Sabitha – das Mädchen, für das sie in Mr McCauleys Haus sorgte – wurde von ihren Cousinen mit teuren abgelegten Kleidern überschüttet.

In der Auslage vom Milady's standen zwei Schaufensterpuppen in Kostümen mit ziemlich kurzem Rock und kastenförmiger Jacke. Ein Kostüm hatte die Farbe von rostigem Gold, das andere war grün, ein weiches Dunkelgrün. Große grelle Ahornblätter aus Papier lagen um die Füße der Puppen verstreut und pappten hier und da an der Scheibe. Zu einer Jahreszeit, in der die meisten Menschen bemüht waren, die Blätter zusammenzuharken und zu verbrennen, waren sie hier der Clou. Ein Schild mit schwarzer Schreibschrift klebte diagonal auf dem Glas. Darauf stand: *Schlichte Eleganz, die Mode für den Herbst.*

Sie machte die Tür auf und ging hinein.

Direkt vor ihr zeigte ein Standspiegel sie in Mrs Willets' gutem, aber unförmigem langen Mantel, mit ein paar Zentimetern stämmiger, bloßer Beine über den Söckchen.

Das machten die Ladenbesitzer natürlich mit Absicht. Sie stellten den Spiegel da hin, damit man gleich eine Vorstellung von seinen Mängeln bekam und sofort – so hofften sie – daraus den Schluss zog, dass man etwas kaufen musste, um das Bild zu verändern. Ein so durchsichtiger Trick, dass er sie veranlasst hätte, auf dem Absatz kehrtzumachen, wenn sie nicht mit einem festen Ziel hereingekommen wäre und gewusst hätte, was sie brauchte.

Entlang einer Wand war eine Stange mit Abendkleidern, alle passend für Ballköniginnen mit ihrem Tüll und Taft, ihren träumerischen Farben. Und dahinter, in einer Vitrine, damit profane Finger sie nicht berühren konnten, ein halbes Dutzend Hochzeitskleider, rein weißer Schaum oder vanillegelber Satin oder elfenbeinfarbene Spitze, bestickt mit silbrigen Perlen oder mit Staubperlen. Winzige Oberteile, langettierte Ausschnitte, verschwenderische Röcke. Auch als sie noch jünger war, wäre eine solche Extravaganz nie in Betracht gekommen, nicht nur wegen des Geldes, sondern auch wegen der Erwartungen, der unsinnigen Hoffnung auf Verwandlung und Seligkeit.

Es dauerte zwei oder drei Minuten, bis jemand kam. Vielleicht hatten sie ein Guckloch und musterten sie, meinten, sie sei nicht ihre Art von Kundin, und hofften, sie würde wieder gehen.

Das tat sie nicht. Sie ging an ihrem Spiegelbild vorbei – vom Linoleum an der Tür auf einen weichen Teppich –, und endlich öffnete sich der Vorhang am Ende des Ladens, und Milady persönlich trat hervor, in einem schwarzen Kostüm mit Glitzerknöpfen. Stöckelschuhe, schlanke Fesseln, der Hüftgürtel so eng, dass ihre Nylons schabten, goldenes Haar straff zurückgekämmt von ihrem geschminkten Gesicht.

»Ich würde gern das Kostüm im Schaufenster anprobieren«, sagte Johanna mit einstudiertem Tonfall. »Das grüne.«

»Ach, das ist ein reizendes Kostüm«, sagte die Frau. »Das im Schaufenster ist zufällig eine Achtunddreißig. Sie sehen eher aus wie – vielleicht eine Zweiundvierzig?«

Sie schabte voran in den hinteren Teil des Ladens, wo die gewöhnlichen Sachen hingen, die Kostüme und Kleider für den Tag.

»Sie haben Glück. Da ist die Zweiundvierzig.«

Als Erstes sah Johanna auf das Preisschild. Mehr als doppelt so viel, wie sie erwartet hatte, und sie dachte nicht daran, das zu verbergen.

»Es ist reichlich teuer.«

»Es ist sehr feine Wolle.« Die Frau suchte herum, bis sie das

Etikett fand, dann las sie eine Materialbeschreibung vor, der Johanna nicht richtig zuhörte, weil sie sich den Saum vorgenommen hatte, um die Verarbeitung zu prüfen.

»Es fühlt sich leicht wie Seide an, aber es trägt sich wie aus Eisen. Wie Sie sehen, ist es ganz gefüttert, ein hübsches Seide-mit-Kunstseide-Futter. Sie werden feststellen, dass es sich nicht aussitzt oder die Form verliert wie die billigen Kostüme. Sehen Sie den Samt an den Ärmelaufschlägen und am Kragen und die Samtknöpfchen an den Ärmeln.«

»Ich seh sie.«

»Das sind die Feinheiten, für die Sie bezahlen, die sind anders einfach nicht zu bekommen. Ich liebe diese Samtbesätze. Die sind übrigens nur am grünen – das aprikosenfarbene hat sie nicht, obwohl der Preis genau derselbe ist.«

Es war tatsächlich der Samt auf dem Kragen und an den Ärmeln, der dem Kostüm in Johannas Augen diesen dezenten Hauch von Luxus verlieh und sie zum Kauf reizte. Aber sie dachte nicht daran, das zu sagen.

»Ich kann es ja mal anprobieren.«

Darauf hatte sie sich schließlich vorbereitet. Saubere Unterwäsche und frischer Körperpuder unter den Achseln.

Die Frau besaß genug Takt, sie in der hellen Kabine allein zu lassen. Johanna mied den Spiegel wie Gift, bis sie den Rock zurechtgezogen und die Jacke zugeknöpft hatte.

Anfangs betrachtete sie nur das Kostüm. Es war gut. Es passte gut – der Rock ungewohnt kurz, aber an der ungewohnten Machart lag es nicht. Das Problem war nicht das Kostüm, sondern das, was daraus hervorschaute. Ihr Hals und ihr Gesicht und ihre Haare und ihre großen Hände und ihre dicken Beine.

»Wie kommen Sie zurecht? Darf ich mal schauen?«

Schauen Sie, so viel Sie wollen, dachte Johanna, aus grober Wolle wird nie ein feines Tuch, das werden Sie gleich sehen.

Die Frau betrachtete sie erst von einer Seite, dann von der anderen.

»Dazu brauchen Sie natürlich Ihre Nylons und Ihre hohen Absätze. Wie fühlt es sich an? Bequem?«

»Das Kostüm fühlt sich gut an«, sagte Johanna. »An dem Kostüm ist nichts auszusetzen.«

Das Gesicht der Frau veränderte sich im Spiegel. Sie hörte auf zu lächeln. Sie sah enttäuscht und müde aus, aber freundlicher.

»Manchmal ist das eben so. Man merkt es erst, wenn man etwas anprobiert. Der Haken ist«, sagte sie, wobei in ihrer Stimme neue, wenn auch gemäßigtere Überzeugung aufklang, »der Haken ist, Sie haben eine gute Figur, aber eine kräftige Figur. Sie sind grobknochig, na und? Zierliche Samtknöpfchen sind nichts für Sie. Quälen Sie sich nicht mehr damit. Ziehen Sie es einfach aus.«

Dann, als Johanna wieder in ihrer Unterwäsche dastand, pochte es, und eine Hand reichte durch den Vorhang.

»Ziehen Sie das mal über, einfach so.«

Ein braunes Wollkleid, gefüttert, mit hübsch gerafftem Glockenrock, Dreiviertelärmeln und schlichtem runden Ausschnitt. Schlichter ging es nicht, bis auf den schmalen goldenen Gürtel. Nicht so teuer wie das Kostüm, dennoch ein stolzer Preis, wenn man bedachte, dass so gut wie nichts dran war.

Wenigstens hatte der Rock eine schicklichere Länge, und der Stoff wirbelte elegant um ihre Beine. Sie wappnete sich und schaute in den Spiegel.

Diesmal sah sie nicht aus, als wäre sie zum Scherz in dieses Kleidungsstück gesteckt worden.

Die Frau kam und stand neben ihr und lachte, aber vor Erleichterung.

»Es liegt an der Farbe Ihrer Augen. Sie brauchen keinen Samt zu tragen. Sie haben Samtaugen.«

Solchem Schmus wäre Johanna sonst mit Hohn begegnet, in diesem Moment allerdings schien er zu stimmen. Ihre Augen waren nicht groß, und wenn sie nach der Farbe gefragt worden wäre, hätte sie gesagt: »Wohl so ein Braunton.« Aber jetzt sahen sie wirklich dunkelbraun aus, weich und leuchtend.

Nicht dass ihr plötzlich in den Kopf gekommen wäre, sie sei hübsch oder dergleichen. Nur dass ihre Augen eine hübsche Farbe hätten, wenn sie ein Stück Stoff wären.

»Ich möchte wetten, dass Sie nicht oft Pumps tragen«, sagte die Frau. »Aber wenn Sie Nylons anhätten und nur ein bisschen Absatz … Und ich wette, Sie tragen auch keinen Schmuck, und Sie haben ganz recht, das brauchen Sie auch nicht bei dem Gürtel.«

Um das Verkaufsgeschwafel zu beenden, sagte Johanna: »Dann ziehe ich es mal aus, damit Sie es einpacken können.« Sie bedauerte, dass sie das sanfte Gewicht des Rocks und das dezente goldene Band um ihre Taille nicht mehr spürte. Sie hatte noch nie in ihrem Leben dieses komische Gefühl gehabt, von dem, was sie anzog, verschönt zu werden.

»Ich hoffe doch, es ist für einen besonderen Anlass«, rief die Frau, als Johanna rasch in ihre jetzt schäbig wirkenden Alltagssachen schlüpfte.

»Es ist wahrscheinlich das Kleid, in dem ich heiraten werde«, sagte Johanna.

Sie war überrascht, das aus ihrem Mund kommen zu hören. Es war kein schlimmer Fehler – die Frau wusste nicht, wer sie war, und würde wahrscheinlich auch mit niemandem reden, der es wusste. Trotzdem, sie hatte sich vorgenommen, absolutes Stillschweigen zu bewahren. Es war wohl das Gefühl, dieser Person etwas zu schulden – dass sie zusammen die Katastrophe des grünen Kostüms und die Entdeckung des braunen Kleides erlebt hatten und dadurch einander verbunden waren. Was Unsinn war. Diese Frau hatte die Aufgabe, Kleidung zu verkaufen, und das war ihr gerade gelungen.

»Oh!«, rief die Frau aus. »Oh, das ist ja wunderbar.«

Ja, vielleicht, dachte Johanna, aber vielleicht auch nicht. Schließlich konnte sie irgendwen heiraten. Einen armseligen Farmer, der ein Arbeitstier brauchte, oder einen röchelnden alten Halbkrüppel, der eine Pflegerin suchte. Diese Frau hatte keine Ahnung, was für einen Mann sie im Visier hatte, und es ging sie auch nichts an.

»Ich weiß schon, es ist eine Liebesheirat«, sagte die Frau, als hätte sie diese missmutigen Gedanken gelesen. »Darum haben Ihre Augen im Spiegel so geleuchtet. Ich habe es in Seidenpapier eingeschlagen, Sie brauchen es nur herauszunehmen und aufzuhängen, und der Stoff wird wunderbar fallen. Sie können es leicht aufbügeln, wenn Sie wollen, aber wahrscheinlich wird das gar nicht nötig sein.«

Dann musste das Geld die Besitzerin wechseln. Beide gaben vor, nicht hinzuschauen, aber beide schauten hin.

»Das ist es auch wert«, sagte die Frau. »Man heiratet nur einmal im Leben. Na ja, so ganz stimmt das nicht immer …«

»In meinem Fall stimmt es«, sagte Johanna. Ihr Gesicht hatte sich heiß gerötet, denn von Heirat war genau genommen nicht die Rede gewesen. Nicht einmal im letzten Brief. Sie hatte dieser Frau etwas anvertraut, was sie sich erhoffte, und vielleicht brachte das Unglück.

»Wo haben Sie ihn kennengelernt?«, fragte die Frau, immer noch in diesem Ton sehnsüchtiger Fröhlichkeit. »Wie sind Sie sich zum ersten Mal begegnet?«

»Durch die Familie«, sagte Johanna wahrheitsgemäß. Sie hatte nicht vor, mehr zu sagen, hörte sich aber weiterreden. »Auf dem Volksfest. In London.«

»Auf dem Volksfest«, sagte die Frau. »In London.« Sie hätte genauso gut »auf dem Opernball« sagen können.

»Wir hatten seine Tochter und deren Freundin bei uns«, sagte Johanna und dachte, eigentlich wäre es zutreffender gewesen, zu sagen, dass er und Sabitha und Edith sie, Johanna, bei sich hatten.

»Jedenfalls kann ich sagen, mein Tag war nicht verloren. Ich habe für das Kleid gesorgt, in dem jemand eine glückliche Braut sein wird. Das genügt, um meine Existenz zu rechtfertigen.« Die Frau wickelte ein schmales rosa Band um den Kleiderkarton, knotete eine große, überflüssige Schleife und schnitt mit einem bösen Schnipp ihrer Schere das Ende ab.

»Ich bin den ganzen Tag hier«, sagte sie. »Und manchmal weiß ich gar nicht, was ich hier eigentlich mache. Ich frage mich, was machst du hier eigentlich? Ich dekoriere das Schaufenster neu, ich tue dies, ich tue das, um die Leute anzulocken, aber es vergehen Tage – ganze *Tage* –, da kommt kein Mensch zur Tür herein. Ich weiß – die Leute meinen, diese Kleider sind zu teuer – aber sie sind *gut*. Es sind gute Kleider. Qualität hat eben ihren Preis.«

»Die Leute müssen hereinkommen, wenn sie solche da wollen«, sagte Johanna mit Blick auf die Abendkleider. »Wo sollen sie denn sonst hingehen?«

»Das ist es ja eben. Sie gehen woandershin. Sie fahren in

die Stadt – da gehen sie hin. Sie fahren fünfzig Meilen, hundert Meilen, auf das Benzin kommt's ihnen gar nicht an, und sagen sich, auf die Weise kriegen sie was Besseres, als ich hier habe. Dabei gibt's nichts Besseres. Nicht an Qualität, nicht an Auswahl. Nichts. Bloß weil sie sich genieren würden zu sagen, sie hätten ihr Hochzeitskleid hier im Ort gekauft. Oder sie kommen herein und probieren etwas an und sagen, sie müssen es sich überlegen. Ich komme wieder, sagen sie. Und ich denke bei mir: Ach ja, ich weiß, was das heißt. Es heißt, sie werden versuchen, dasselbe billiger in London oder in Kitchener aufzutreiben, und auch wenn's nicht billiger ist, kaufen sie's da, wenn sie erst so weit gefahren sind und keine Lust mehr haben, länger zu suchen.«

»Ich weiß auch nicht«, sagte sie dann. »Vielleicht wäre alles anders, wenn ich von hier wäre. Hier bleiben die Leute sehr unter sich, finde ich. Sie sind wohl nicht von hier?«

»Nein«, sagte Johanna.

»Finden Sie nicht, dass die Leute hier sehr unter sich bleiben? Außenstehende haben es schwer, an sie heranzukommen, meine ich.«

»Ich bin's gewohnt, für mich zu sein«, sagte Johanna.

»Aber Sie haben jemanden gefunden. Sie werden nicht mehr für sich sein, und das ist doch herrlich? An manchen Tagen denke ich, wie schön es wäre, verheiratet zu sein und zu Hause zu bleiben. Ich war natürlich früher verheiratet, aber gearbeitet habe ich trotzdem. Ach ja. Vielleicht kommt der Mann im Mond hereinspaziert und verliebt sich in mich, und ich habe ausgesorgt!«

Johanna musste sich beeilen – das Bedürfnis der Frau, mit jemandem zu reden, hatte sie aufgehalten. Sie wollte wieder im Haus sein und ihren Einkauf wegpacken, bevor Sabitha aus der Schule kam.

Dann fiel ihr ein, dass Sabitha gar nicht da war, da sie am Wochenende von der Cousine ihrer Mutter, ihrer Tante Roxanne, geholt worden war, um in Toronto wie ein reiches Mädchen zu wohnen und eine Schule für reiche Mädchen zu besuchen. Aber sie ging weiterhin schnell – so schnell, dass ein Klugschwätzer, der sich beim Drugstore herumdrückte, ihr zurief: »Wo brennt's denn?«, worauf sie ein wenig langsamer ging, um nicht aufzufallen.

Der Kleiderkarton war lästig – woher sollte sie auch wissen, dass das Geschäft seine eigenen rosa Kartons hatte, auf denen in violetter Schreibschrift *Milady's* stand? Der verriet sie sofort.

Es war dumm von ihr gewesen, von Hochzeit zu reden, obwohl er nichts dergleichen erwähnt hatte, und daran hätte sie denken müssen. So viel anderes war gesagt – oder geschrieben – worden, von so viel Zuneigung und Sehnsucht war die Rede gewesen, dass es schien, als wäre die Hochzeit selbst nur aus Versehen nicht zur Sprache gekommen. So, wie man davon spricht, am Morgen aufzustehen, und nicht davon, zu frühstücken, obwohl man es sicherlich vorhat.

Trotzdem hätte sie den Mund halten sollen.

Sie sah Mr McCauley auf der anderen Straßenseite entgegenkommen. Das war nicht weiter schlimm – selbst wenn er direkt auf sie zugegangen wäre, hätte er den Karton bestimmt nicht bemerkt. Er hätte einen Finger an den Hut gelegt und wäre an ihr vorbeigegangen, und vermutlich hätte er sie als seine Haushälterin erkannt, aber vielleicht auch nicht. Er hatte anderes im Kopf, hatte wahrscheinlich eine ganz andere Stadt vor Augen als alle Übrigen. An jedem Arbeitstag – und manchmal versehentlich auch an Feiertagen oder Sonntagen – legte er einen seiner dreiteiligen Anzüge an, seinen Sommer- oder Wintermantel, seinen grauen Filzhut und seine blankgeputzten Schuhe und ging von der Exhibition Road zu seinem Büro in der Innenstadt, das er immer noch unterhielt, über einer ehemaligen Sattlerei. Es galt immer noch als Versicherungsagentur, obwohl er schon seit geraumer Zeit keine Versicherungen mehr verkauft hatte. Manchmal stiegen Leute die Treppe hinauf, um ihn aufzusuchen, ihm vielleicht eine Frage über ihre Policen zu stellen oder eher noch über Grundstücksgrenzen, die Geschichte einer Liegenschaft in der Stadt oder einer Farm im Umland. Sein Büro war mit alten und neuen Karten vollgestopft, und er kannte kein größeres Vergnügen, als sie auszubreiten und sich auf eine Erörterung einzulassen, die weit über die gestellte Frage hinausging. Drei- oder viermal am Tag kam er heraus und spazierte die Straße entlang, wie jetzt. Während des Krieges hatte er den McLaughlin-Buick in der Scheune aufgebockt und war überallhin zu Fuß gegangen, um ein Beispiel zu geben. Fünfzehn Jahre später schien er immer noch ein Beispiel geben zu wollen. Die Hände auf dem Rücken verschränkt, wirkte er wie ein freundlicher Grundbesitzer, der sein Eigentum besichtigte, oder wie ein Pfarrer, der beglückt seine Gemeinde betrachtete. Natürlich hatte die Hälfte aller Menschen, denen er begegnete, keine Ahnung, wer er war.

Die Stadt hatte sich verändert, sogar in der Zeit, seit Johanna hier lebte. Der Handel zog hinaus an die Fernstraße, wo ein neuer Discountladen aufgemacht hatte, dazu ein Canadian Tire und ein Motel mit einer Bar und Oben-ohne-Tänzerinnen. Manche Geschäfte in der Innenstadt hatten versucht, sich mit rosa oder lila oder olivgrüner Farbe herauszuputzen, aber diese Farbe blätterte auf den alten Ziegelsteinen bereits ab, und einige standen leer. Dem Milady's drohte nahezu mit Sicherheit dasselbe Schicksal.

Wenn Johanna die Frau da drin gewesen wäre, was hätte sie getan? Vor allem hätte sie nie so viele kostbare Abendkleider hereingenommen. Sondern was? Wenn man sich auf billigere Kleidung umstellte, geriet man unweigerlich in Konkurrenz zu Callaghans und dem Discountladen, und wahrscheinlich reichte die Nachfrage nicht für alle. Wie wäre es dann mit hübschen Babysachen, Kindersachen, um die Großmütter und Tanten zu ködern, die das Geld besaßen und für so etwas ausgeben würden? Die Mütter konnte man abschreiben, denn die würden zu Callaghans gehen, weil sie weniger Geld und mehr Verstand hatten.

Aber wenn sie – Johanna – das Geschäft zu führen hätte, würde es ihr nie gelingen, Kundschaft hereinzulocken. Sie konnte erkennen, was getan werden musste und in welcher Weise, und sie konnte andere dazu anstellen und beaufsichtigen, aber sie konnte beim besten Willen nicht schöntun und umgarnen. Entweder – oder, war ihre Haltung. Entweder Sie kaufen's oder Sie lassen's. Ohne Zweifel würden die Leute es lassen.

Es kam nur selten vor, dass jemand sich zu ihr hingezogen fühlte, und sie war sich dessen seit langem bewusst. Sabitha hatte jedenfalls keine Tränen vergossen, als sie sich verabschiedete – obwohl man sagen konnte, dass Johanna für sie einer Mutter noch am nächsten kam, seit Sabithas eigene Mutter gestorben war. Mr McCauley würde außer sich sein, wenn sie ging, denn sie hatte ihre Arbeit ordentlich getan, und es würde nicht leicht sein, sie zu ersetzen, aber das war auch schon alles, was ihm durch den Kopf gehen würde. Er war genauso verwöhnt und ichbezogen wie seine Enkeltochter. Und die Nachbarn, die würden zweifellos jubeln. Johanna hatte auf beiden Seiten des Grundstücks Schwierigkeiten gehabt. Auf der einen Seite war es der Nachbarshund, der in ihrem Garten Löcher buddelte, seinen Vorrat an Knochen vergrub und bei Bedarf herausholte, was er besser zu Hause getan hätte. Und auf der anderen Seite war es der Süßkirschenbaum, der auf Mr McCauleys Grundstück stand, aber die meisten Kirschen an Zweigen trug, die in den Nebengarten hingen. In beiden Fällen hatte sie sich mit den Nachbarn angelegt und gewonnen. Der Hund wurde an die Leine gelegt, und gegenüber ließ man die Kirschen in Ruhe. Wenn sie auf die Leiter stieg, konnte sie gut hinüberlangen, aber die Nachbarn verscheuchten die Vögel nicht mehr aus den Zweigen, und die Ernte fiel deutlich geringer aus.

Mr McCauley hätte die Nachbarn die Kirschen pflücken lassen. Er hätte auch den Hund buddeln lassen. Er hätte sich ausnutzen lassen. Zum Teil, weil es neue Leute waren, die in neuen Häusern wohnten, und so zog er es vor, sie nicht zu beachten. Früher einmal hatten in der Exhibition Road nur drei oder vier größere Häuser gestanden. Auf der anderen Straßenseite war das Ausstellungsgelände der Landwirtschaftsmesse im Herbst gewesen (die offiziell Agricultural Exhibition hieß, daher der Straßenname), und dazwischen hatten Obstgärten und Viehweiden gelegen. Vor etwa zwölf Jahren war dieses Land verkauft und in Baugrundstücke aufgeteilt worden, und Häuser waren darauf errichtet worden, kleine Häuser verschiedener Bauart, die einen mit Obergeschoss, die anderen ohne. Einige sahen bereits ziemlich heruntergekommen aus.

Es gab nur zwei Häuser, deren Bewohner Mr McCauley kannte und grüßte – die Lehrerin Miss Hood mit ihrer Mutter und das Ehepaar Shultz von der Schuhmacherei. Deren Tochter Edith war, zumindest bis dahin, Sabithas engste Freundin. Was nahelag, da beide in dieselbe Klasse gingen – wenigstens im letzten Jahr, seit Sabitha sitzengeblieben war – und nicht weit voneinander wohnten. Mr McCauley hatte nichts dagegen gehabt – vielleicht schon aus der Vorahnung, dass Sabitha binnen kurzem fort sein würde, um in Toronto ein anderes Leben zu führen. Johanna hätte Edith nicht gewählt, obwohl das Mädchen nie ungezogen war, nie störte, wenn es ins Haus kam. Und Edith war nicht dumm. Vielleicht lag da das Problem – Edith war schlau, und Sabitha war nicht so schlau. Durch sie war Sabitha hinterhältig geworden.

Doch damit hatte es inzwischen ein Ende. Seit die Cousine Roxanne – Mrs Huber – aufgekreuzt war, gehörte die Shultz-Tochter zu Sabithas kindlicher Vergangenheit.

Ich werde dafür sorgen, dass Ihre Möbel Ihnen mit der Bahn zugehen, sobald die den Auftrag annehmen kann, und zwar vorausbezahlt, sobald ich erfahren habe, was es kosten wird. Ich habe mir gedacht, Sie werden sie jetzt brauchen. Vielleicht wird es Sie gar nicht so sehr überraschen, dass ich mir gedacht habe, Sie werden nichts dagegen haben, wenn ich mitfahre, um Ihnen zur Hand zu gehen, was ich hoffentlich tun kann.

Das war der Brief, den sie auf die Post gebracht hatte, bevor sie zum Bahnhof ging, um die übrigen Vorkehrungen zu treffen. Es war der erste Brief, den sie ihm je direkt geschickt hatte. Die anderen hatte sie den Briefen beigefügt, die Sabitha unter ihrer Anleitung schreiben musste. Und seine Briefe an sie waren auf demselben Weg gekommen, säuberlich zusammengefaltet und mit ihrem Namen, Johanna, auf die Rückseite getippt, damit es keine Irrtümer gab. Dadurch bekam niemand im Postamt etwas mit, und außerdem konnte es nie schaden, Briefmarken zu sparen. Sabitha hätte das natürlich ihrem Großvater erzählen oder sogar vorlesen können, was an Johanna geschrieben wurde, aber Sabitha war ebenso wenig an Gesprächen mit dem alten Mann interessiert wie an Briefen – ob es nun galt, welche zu schreiben oder welche zu bekommen.

Die Möbel lagerten hinten in der Scheune, die nur ein städtischer Schuppen war, keine richtige Scheune mit Tieren und einem Kornspeicher. Als Johanna vor etwa einem Jahr zum ersten Mal einen Blick darauf geworfen hatte, fand sie die Sachen staubverkrustet und voller Taubenkot vor. Die Möbelstücke waren achtlos übereinandergestapelt worden, ohne etwas, um sie abzudecken. Sie hatte alles, was sie tragen konnte, in den Hof hinausgeschleppt und so in der Scheune Platz geschaffen, um an die großen Stücke heranzukommen, die sie nicht tragen konnte – das Sofa und das Büfett und die Vitrine und den Esstisch. Das Bett ließ sich auseinandernehmen. Sie bearbeitete das Holz mit weichen Staubtüchern, dann mit Zitronenöl, und als sie fertig war, glänzte es wie Kandis. Ahornkandis – die Möbel waren aus Vogelaugen-Ahorn. Sie fand, sie sahen wunderschön aus, wie Satinbettdecken und blondes Haar. Wunderschön und modern, so ganz anders als das dunkle Holz und das lästige Schnitzwerk der Möbel, die sie im Haus abstaubte. Zu der Zeit waren es für sie *seine* Möbel, und das waren sie auch noch, als sie sie an diesem Mittwoch herausholte. Sie hatte alte Decken auf die unterste Schicht gelegt, zum Schutz vor dem, was sich darauf stapelte, und Bettlaken auf die oberste Schicht, zum Schutz vor den Vögeln, und dementsprechend waren die Sachen nur leicht eingestaubt. Aber sie wischte trotzdem alle ab und rieb sie mit Zitronenöl ein, bevor sie sie zurückstellte, ebenso geschützt wie vorher, bis am Freitag der Lastwagen kam.

Lieber Mr McCauley,
ich reise heute (Freitag) Nachmittag mit dem Zug ab. Ich weiß, ich tue das, ohne Ihnen gekündigt zu haben, aber ich verzichte auf meinen letzten Lohn, der kommenden Montag für drei Wochen fällig wäre. Auf dem Herd steht in dem Wasserbadtopf ein Rindfleischgericht, das nur aufgewärmt werden muss. Reicht für drei Mahlzeiten und kann vielleicht für eine vierte verlängert werden. Sobald es heiß ist und Sie sich genug genommen haben, tun Sie den Deckel drauf und stellen es dann in den Kühlschrank. Vergessen Sie nicht, sofort den Deckel drauf zu tun, damit es nicht schlecht wird. Mit Gruß an Sie und an Sabitha, und ich werde mich wahrscheinlich melden, wenn ich Fuß gefasst habe.
Johanna Parry
PS: Ich habe Mr Boudreau seine Möbel geschickt, da er sie vielleicht braucht. Vergessen Sie beim Aufwärmen nicht nachzuschauen, ob unten im Topf genug Wasser ist.

Mr McCauley hatte keine Schwierigkeiten herauszubekommen, dass Johanna eine Fahrkarte nach Gdynia in Saskatchewan gelöst hatte. Er rief nämlich den Stationsvorsteher an und fragte ihn. Er wusste nicht, wie er Johanna beschreiben sollte – sah sie alt oder jung aus, war sie schlank oder eher korpulent, welche Farbe hatte ihr Mantel? –, aber das war nicht mehr nötig, nachdem er die Möbel erwähnt hatte.

Als dieser Anruf kam, warteten gerade mehrere Leute auf den Abendzug. Der Stationsvorsteher versuchte anfangs, leise zu sprechen, aber als er von den gestohlenen Möbeln hörte (Mr McCauley sagte lediglich »und ich glaube, sie hat einige Möbel mitgenommen«), wurde er fuchtig. Er schwor, wenn er gewusst hätte, wer sie war und was sie im Schilde führte, hätte er sie nie in den Zug einsteigen lassen. Diese Beteuerung wurde mit angehört und weitererzählt und geglaubt, ohne dass sich jemand fragte, wie er eine erwachsene Frau mit gültiger Fahrkarte hätte festhalten sollen, ohne sofort beweisen zu können, dass sie eine Diebin war. Die meisten Leute, die seine Worte weitererzählten, glaubten, dass es in seiner Macht stand, sie festzuhalten – sie glaubten an die Autorität von Stationsvorstehern und von aufrecht gehenden vornehmen älteren Herren in dreiteiligen Anzügen wie Mr McCauley.

Das Rindfleischgericht war ausgezeichnet, wie alles, was Johanna kochte, aber Mr McCauley stellte fest, dass er es nicht herunterbrachte. Er missachtete die Anweisung hinsichtlich des Deckels und ließ den Topf offen auf dem Herd stehen und stellte nicht einmal die Flamme ab, bis das Wasser im unteren Teil des Topfes verkocht war und er vom Gestank qualmenden Metalls aufgescheucht wurde.

Dem Gestank des Verrats.

Er sagte sich, dass er immerhin dankbar sein konnte, Sabitha in guten Händen zu wissen und sich um sie keine Sorgen machen zu müssen. Seine Nichte Roxanne – eigentlich die Cousine seiner Frau – hatte ihm geschrieben, nach dem Eindruck, den sie von Sabitha während ihres Sommeraufenthalts am Lake Simcoe gewonnen habe, brauche das Mädchen eine feste Hand.

Offen gestanden glaube ich nicht, dass Du allein mit der Frau, die Du eingestellt hast, der Lage gewachsen sein wirst, sobald erst die Jungen das Mädchen umschwärmen.

Sie ging nicht so weit, ihn zu fragen, ob er eine weitere Marcelle am Hals haben wollte, aber genau das meinte sie. Sie schrieb, sie werde Sabitha in einer guten Schule unterbringen, wo man ihr wenigstens Manieren beibringen werde.

Er stellte den Fernseher an, um sich abzulenken, aber das half nichts.

Es waren die Möbel, die ihn in Harnisch brachten. Es war Ken Boudreau.

Tatsächlich hatte Mr McCauley vor drei Tagen – genau an dem Tag, an dem Johanna ihre Fahrkarte gekauft hatte, wie er inzwischen vom Stationsvorsteher wusste – einen Brief von Ken Boudreau erhalten mit der Bitte, ihm (a) etwas Geld auf die Möbel vorzustrecken, die ihm (Ken Boudreau) und seiner toten Frau Marcelle gehörten und in Mr McCauleys Scheune lagerten, oder (b), wenn er sich dazu nicht durchringen konnte, die Möbel so teuer wie möglich zu verkaufen und das Geld so rasch wie möglich nach Saskatchewan zu schicken. Es war keine Rede von den Darlehen, die der Schwiegervater dem Schwiegersohn bereits gewährt hatte, alle auf den Wert dieser Möbel hin und in der Summe mehr, als beim Verkauf je erzielt werden konnte. Sollte Ken Bou-

dreau das völlig vergessen haben? Oder hoffte er einfach –
was wahrscheinlicher war –, sein Schwiegervater habe sie
vergessen?

Er war jetzt offenbar Besitzer eines Hotels. Aber sein Brief
schäumte über von Anwürfen gegen den Vorbesitzer, der ihn
in vielem hinters Licht geführt habe.

»Wenn es mir gelingt, diese Hürde zu nehmen«, schrieb er,
»dann kann ich meiner festen Überzeugung nach noch etwas
daraus machen.« Welche Hürde? Er brauchte dringend Geld,
so viel war klar, aber er schrieb nicht, ob er dem Vorbesitzer
etwas schuldete oder der Bank oder einem privaten Hypo-
thekar oder sonst jemandem. Es war immer wieder dasselbe –
flehentliche, verzweifelte Bitten, unterfüttert von Arroganz,
einer Haltung, dass ihm etwas zustand, wegen der Verletzun-
gen, die ihm zugefügt worden waren, der Schande, die über
ihn gebracht worden war, durch Marcelle.

Trotz vieler Bedenken, aber mit Hinblick darauf, dass Ken
Boudreau schließlich sein Schwiegersohn war, an der Front
gekämpft und in seiner Ehe Gott weiß was durchgemacht
hatte, setzte Mr McCauley sich hin und schrieb ihm einen
Brief, des Inhalts, dass er keine Ahnung hatte, wie er den besten Preis für die Möbel erzielen sollte und sich damit sehr
schwertat, und dass er einen Scheck beifügte, den er als per-
sönliches Darlehen betrachtete. Er ersuchte seinen Schwiegersohn, ihm das als solches zu quittieren und sich die Anzahl
ähnlicher, in der Vergangenheit gewährter Darlehen in Erinnerung zu rufen – die nach seiner Überzeugung den Wert
der Möbel bereits weit überstiegen. Er fügte ferner eine Liste
der Daten und Beträge bei. Abgesehen von fünfzig Dollar,
gezahlt vor nahezu zwei Jahren (mit dem Versprechen regelmäßig folgender Zahlungen), hatte er nichts zurückerhalten.

Sein Schwiegersohn sah sicherlich ein, dass infolge dieser nicht zurückgezahlten zinsfreien Darlehen Mr McCauleys Einkommen gesunken war, denn dieses Geld hätte er sonst angelegt.

Er hatte erwogen hinzuzufügen: »Ich bin nicht so dumm, wie du anscheinend meinst«, entschied sich aber dagegen, denn das hätte seine Verärgerung und vielleicht seine Schwäche offenbart.

Und jetzt das. Der Kerl war ihm zuvorgekommen und hatte Johanna für seine Zwecke eingespannt – Frauen ließen sich von dem immer herumkriegen – und so die Möbel und dazu den Scheck ergattert. Laut Stationsvorsteher hatte sie die Frachtkosten aus eigener Tasche bezahlt. Das protzige moderne Ahorn-Zeug war bislang schon überbewertet worden, und sie würden nicht viel dafür kriegen, besonders wenn man mit einrechnete, was die Bahn verlangt hatte. Wenn sie schlauer gewesen wäre, hätte sie einfach etwas aus dem Haus genommen, einen der alten Kabinettschränke oder eines der Salonsofas, die zum Sitzen zu unbequem waren, aber dafür aus dem vorigen Jahrhundert stammten. Das wäre natürlich glatter Diebstahl gewesen. Aber was die beiden getan hatten, war nicht weit davon weg.

Er ging zu Bett mit dem Entschluss, dagegen gerichtlich vorzugehen.

Er wachte auf, ganz allein im Haus, ohne den Geruch von Kaffee oder Frühstück aus der Küche – stattdessen hing noch der Dunst vom angebrannten Topf in der Luft. Herbstkühle hatte sich in den hohen, verlassenen Zimmern eingenistet. Gestern Abend und an den Abenden zuvor war es behaglich gewesen – der Brenner für die Warmluftheizung war noch nicht an, und als Mr McCauley ihn anstellte, wurde die warme

Luft von einem Schwall Kellerfeuchte begleitet, von dem Geruch nach Moder, Erde und Verfall. Er wusch sich und kleidete sich an, langsam, mit gedankenverlorenen Pausen, und zum Frühstück schmierte er sich Erdnussbutter auf eine Scheibe Brot. Er gehörte einer Generation an, von der es hieß, dass die Männer nicht einmal Wasser kochen konnten, und auf ihn traf das zu. Er blickte zu den Vorderfenstern hinaus und sah auf der anderen Straßenseite, wie die Bäume an der Pferderennbahn vom Morgennebel verschluckt wurden, der sich über das ganze Gelände auszubreiten schien, statt sich wie sonst um diese Stunde zurückzuziehen. Es kam ihm vor, als sähe er im Nebel die alten Ausstellungshallen ragen – schlichte, geräumige Gebäude wie riesige Scheunen. Sie hatten jahrelang leer gestanden, den ganzen Krieg hindurch, und er hatte vergessen, was am Ende mit ihnen geschehen war. Wurden sie abgerissen, oder waren sie eingestürzt? Er verabscheute die Pferderennen, die jetzt stattfanden, das Menschengewühl und den Lautsprecher und den verbotenen Alkoholkonsum und den verheerenden Radau der Sommersonntage. Wenn er daran dachte, musste er an seine arme Tochter Marcelle denken, wie sie auf den Verandastufen saß und die inzwischen erwachsenen Schulkameraden zu sich rief, die aus ihren geparkten Autos gestiegen waren und es eilig hatten, zu den Rennen zu kommen. Wie sie sich aufführte, sich freute, wieder hier zu sein, wie sie alle möglichen Leute umarmte und aufhielt und ohne Punkt und Komma auf sie einredete, von Kindertagen plapperte und davon, wie sehr sie alle vermisst hatte. Das einzig Unvollkommene am Leben, hatte sie gesagt, war, dass ihr Mann Ken ihr fehlte, der wegen seiner Arbeit draußen im Westen blieb.

In ihrem seidenen Pyjama ging sie vors Haus, mit strähnigen, ungekämmten, blondgefärbten Haaren. Ihre Arme und Beine waren dünn, aber ihr Gesicht war etwas aufgedunsen, und das, was sie ihre Sonnenbräune nannte, sah eher kränklich und vergilbt aus, eine Farbe, die nicht von der Sonne herrührte. Vielleicht von Gelbsucht.

Das Kind war im Haus geblieben und hatte ferngesehen – sonntägliche Zeichentrickfilme, für die es bestimmt zu alt war.

Er vermochte nicht zu sagen, was ihr fehlte oder ob ihr überhaupt etwas fehlte. Dann fuhr Marcelle nach London, um eine Frauensache machen zu lassen, und starb im Krankenhaus. Als er ihren Mann anrief, um es ihm mitzuteilen, sagte Ken Boudreau: »Was hat sie geschluckt?«

Wäre alles anders gekommen, wenn Marcelles Mutter noch gelebt hätte? Tatsächlich war ihre Mutter zu Lebzeiten ebenso hilflos gewesen wie er. Sie hatte weinend in der Küche gesessen, und währenddessen war die in ihr Zimmer eingesperrte, pubertierende Tochter aus dem Fenster geklettert und über das Verandadach heruntergerutscht, weil ganze Wagenladungen Jungs auf sie warteten.

Das Haus war erfüllt von einem Gefühl herzloser Treulosigkeit, arglistigen Betrugs. Er und seine Frau waren sicherlich liebevolle Eltern gewesen, von Marcelle an den Rand der Verzweiflung getrieben. Als sie mit einem Flieger durchgebrannt war, hatten sie gehofft, Marcelle wäre nun endlich gut aufgehoben. Sie waren großzügig zu den beiden gewesen, wie zu einem idealen jungen Paar. Aber es ging alles zu Bruch. Zu Johanna Parry war er ebenfalls großzügig gewesen, und siehe da, auch sie hatte ihm übel mitgespielt.

Er machte sich zu Fuß auf den Weg in die Stadt und ging ins Hotel, um zu frühstücken. Die Kellnerin sagte: »Heute sind Sie aber früh dran.«

Und noch während sie ihm Kaffee eingoss, erzählte er ihr von seiner Haushälterin, die ihn ohne Anlass, ohne Vorankündigung im Stich gelassen hatte, nicht nur ohne Kündigung ihren Dienst quittiert, sondern auch noch etliche Möbel mitgenommen hatte, ursprünglich Eigentum seiner Tochter, die jetzt angeblich seinem Schwiegersohn gehörten, aber nicht wirklich, denn sie waren von der Mitgift seiner Tochter gekauft worden. Er erzählte ihr, dass seine Tochter einen Flieger geheiratet hatte, einen ansehnlichen, sympathischen Burschen, dem man nicht von hier bis da trauen konnte.

»Entschuldigen Sie«, sagte die Kellnerin. »Ich würde gerne plaudern, aber ich habe Kunden, die auf ihr Frühstück warten. Entschuldigen Sie …«

Er ging die Treppe zu seinem Büro hinauf, und auf seinem Schreibtisch lagen noch die alten Karten, die er gestern studiert hatte, um auszumachen, wo genau sich der erste Friedhof des Landkreises befunden hatte (seiner Meinung nach seit 1839 aufgelassen). Er machte das Licht an und setzte sich hin, aber er merkte, dass er sich nicht konzentrieren konnte. Nach der Zurechtweisung der Kellnerin – oder dem, was er für eine Zurechtweisung hielt – war es ihm unmöglich gewesen, sein Frühstück zu essen oder seinen Kaffee zu genießen. Er beschloss, einen Spaziergang zu machen, um sich zu beruhigen.

Aber statt in gewohnter Manier einherzuschreiten, Leute zu grüßen und mit ihnen ein paar Worte zu wechseln, merkte er, dass die Worte nur so aus ihm heraussprudelten. Sobald jemand ihn fragte, wie es ihm an diesem Morgen ging, begann er in höchst uncharakteristischer, sogar beschämender Weise sein Leid zu klagen, und wie die Kellnerin hatten diese

Leute etwas zu erledigen, und sie nickten und traten von einem Bein aufs andere und brachten Entschuldigungen vor, um wegzukommen. Der Morgen wollte nicht wärmer werden, wie es neblige Herbstmorgen sonst taten, sein Jackett war zu dünn, und er suchte Trost in den Geschäften.

Diejenigen, die ihn am längsten kannten, waren am stärksten befremdet. Sie hatten ihn nie anders als reserviert erlebt – ein Herr mit tadellosen Manieren, dessen Gedanken bei anderen Zeiten weilten und dessen Höflichkeit nichts war als eine gewandte Entschuldigung für seine privilegierte Stellung (was nicht unkomisch war, denn diese privilegierte Stellung existierte hauptsächlich in seinen Erinnerungen und war für andere nicht erkennbar). Er war der Letzte, von dem man erwartet hätte, dass er seinem Kummer Luft machte oder um Anteilnahme bat – er hatte es nicht getan, als seine Frau starb, und nicht einmal, als seine Tochter starb –, doch nun holte er irgendeinen Brief hervor und fragte, ob es nicht eine Schande sei, wie dieser Kerl ihm immer wieder das Geld aus der Tasche zog, und sogar jetzt, kaum dass er sich einmal mehr seiner erbarmt hätte, habe der Kerl mit seiner Haushälterin gemeinsame Sache gemacht, um die Möbel zu stehlen. Manche dachten, dass er von seinen eigenen Möbeln redete, und glaubten, der alte Mann stehe in seinem Haus ohne ein Bett oder einen Stuhl da. Sie rieten ihm, zur Polizei zu gehen.

»Das bringt nichts, das bringt nichts«, sagte er. »Wie soll man ein Herz aus Stein erweichen?«

Er ging in die Schuhmacherei und begrüßte Herman Shultz.

»Erinnern Sie sich noch an die Stiefel, die Sie mir neubesohlt haben, meine Stiefel, die ich in England gekauft habe? Sie haben sie vor vier oder fünf Jahren besohlt.«

Der Laden war wie eine Höhle, mit abgeschirmten Glühbirnen über verschiedenen Arbeitsplätzen. Er war entsetzlich schlecht belüftet, aber seine männlichen Gerüche – nach Leim und Leder und Schuhcreme und frisch zurechtgeschnittenen und verschimmelten alten Filzsohlen – waren für Mr McCauley tröstlich. Hier tat sein Nachbar Herman Shultz, ein bleicher, bebrillter, erfahrener Handwerker mit gebeugten Schultern, jahrein, jahraus seine Arbeit – schlug Eisennägel und Nietnägel ein und schnitt mit einem böse gekrümmten Messer aus dem Leder die gewünschten Formen aus. Der Filz wurde mit etwas geschnitten, was an eine winzige Kreissäge erinnerte. Die Poliermaschine machte ein scharrendes Geräusch, und das Schmirgelpapierrad schnarrte, und der Schleifstein sirrte wie ein mechanisches Insekt, und die Nähmaschine hämmerte auf das Leder mit ernstem Industrierhythmus ein. Alle Geräusche und Gerüche und exakten Tätigkeiten an diesem Ort waren Mr McCauley seit Jahren vertraut, aber von ihm noch nie im Einzelnen bemerkt oder gar bedacht worden. Jetzt richtete sich Herman in seiner altersschwarzen Lederschürze mit einem Schuh in der Hand auf, lächelte, nickte, und Mr McCauley sah das ganze Leben des Mannes in dieser Höhle. Er wollte ihm sein Mitgefühl ausdrücken oder seine Bewunderung oder etwas Höheres, das er nicht verstand.

»Doch, ich erinnere mich«, sagte Herman. »Das waren schöne Stiefel.«

»Gute Stiefel. Wissen Sie, ich habe sie auf meiner Hochzeitsreise gekauft. Ich habe sie in England gekauft. Ich komme nicht mehr drauf, wo, aber es war nicht in London.«

»Ja, das haben Sie mir damals erzählt.«

»Sie haben das hervorragend gemacht. Die Stiefel sind immer noch in Ordnung. Hervorragend, Herman. Sie tun hier gute Arbeit. Sie tun ehrliche Arbeit.«

»Schön.« Herman warf rasch einen Blick auf den Schuh in seiner Hand. Mr McCauley wusste, dass der Mann wieder an die Arbeit gehen wollte, aber er konnte ihn nicht loslassen. »Mir sind gerade die Augen geöffnet worden. Ein richtiger Schock.«

»Ist wahr?«

Der alte Mann zog den Brief hervor und las Stellen daraus vor, unterbrach sich immer wieder mit grimmigem Gelächter.

»Bronchitis. Er sagt, er leidet an Bronchitis. Er weiß nicht, wohin er sich wenden soll. *Ich weiß nicht, an wen ich mich wenden soll.* Dabei weiß er immer, an wen er sich wenden soll. Wenn er alles andere ausgeschöpft hat, bin ich dran. *Ein paar Hundert, nur bis ich wieder auf den Beinen bin.* Fleht und bettelt mich an, und die ganze Zeit über macht er mit meiner Haushälterin gemeinsame Sache. Haben Sie das gewusst? Die beiden haben unter einer Decke gesteckt. Diesem Mann habe ich ein ums andere Mal aus der Klemme geholfen. Und nie einen Penny zurückbekommen. Nein, nein, ich muss bei der Wahrheit bleiben und sagen: fünfzig Dollar. Fünfzig von Hunderten und Aberhunderten. Von Tausenden. Er war im Krieg bei der Luftwaffe, wissen Sie. Diese kleingeratenen Burschen, die waren oft bei der Luftwaffe. Stolzierten herum und bildeten sich ein, sie seien Kriegshelden. Ich sollte das wohl nicht sagen, aber ich glaube, der Krieg hat einige von diesen Burschen verdorben, sie konnten hinterher nicht mehr mit dem Leben zurechtkommen. Aber das ist keine ausreichende Entschuldigung. Oder? Nur wegen des Krieges kann ich ihm nicht ewig alles nachsehen.«

»Nein, das können Sie nicht.«

»Dabei wusste ich von Anfang an: Dem ist nicht zu trauen. Das ist ja das Merkwürdige. Ich habe es gewusst und mich trotzdem von ihm einseifen lassen. Es gibt solche Menschen. Man erbarmt sich ihrer, einfach weil sie nun mal Halunken sind. Ich habe ihm da draußen diese Versicherungsvertretung besorgt, ich hatte so meine Verbindungen. Natürlich hat er alles verpfuscht. Ein Nichtsnutz. So sind eben manche.«

»Da haben Sie recht.«

Mrs Shultz war an dem Tag nicht im Geschäft. Stand nicht wie sonst hinter dem Ladentisch und nahm die Schuhe an, zeigte sie ihrem Mann und berichtete, was er gesagt hatte, stellte die Reparaturscheine aus und nahm das Geld entgegen, wenn die wiederhergestellten Schuhe zurückgegeben wurden. Mr McCauley fiel ein, dass sie im Sommer wegen irgendwas operiert worden war.

»Ihre Frau ist heute nicht da? Geht es ihr gut?«

»Sie meinte, besser, sie tritt heute mal kürzer. Ich habe meine Tochter hier.«

Herman Shultz nickte zu den Regalen rechts vom Ladentisch, wo die fertigen Schuhe standen. Mr McCauley wandte den Kopf um und sah Edith, die Tochter, die er beim Hereinkommen nicht bemerkt hatte. Ein kindhaft dünnes Mädchen mit glattem schwarzen Haar, das ihm beim Umordnen der Schuhe den Rücken zuwandte. Genauso, fiel ihm auf, war sie immer in sein Blickfeld geglitten und wieder verschwunden, wenn sie als Sabithas Freundin in sein Haus kam. Nie kriegte man ihr Gesicht richtig zu sehen.

»Du wirst jetzt deinem Vater aushelfen?«, sagte Mr McCauley. »Du bist mit der Schule fertig?«

»Heute ist Samstag«, sagte Edith und wandte sich dabei mit leisem Lächeln ein wenig um.

»Ach ja. Jedenfalls ist es gut, dass du deinem Vater hilfst. Du musst dich um deine Eltern kümmern. Sie haben schwer gearbeitet, und es sind gute Menschen.« Mit leicht entschuldigender Miene, als wüsste er, wie salbungsvoll er redete, sagte Mr McCauley: »Du sollst deinen Vater und deine Mutter ehren, auf dass du lange lebest in …«

Edith sagte etwas, das nicht für seine Ohren bestimmt war. Sie sagte: »In der Schusterei.«

»Ich stehle Ihnen die Zeit, ich dränge mich auf«, sagte Mr McCauley traurig. »Sie haben zu tun.«

»Du brauchst gar nicht sarkastisch zu sein«, sagte Ediths Vater, als der alte Mann gegangen war.

Beim Abendessen erzählte er Ediths Mutter alles über Mr McCauley.

»Er ist wie verwandelt«, sagte er. »Er hat irgendwas.«

»Vielleicht einen kleinen Schlaganfall«, sagte sie. Seit ihrer Operation – Gallensteine – sprach sie sachkundig und mit sanfter Genugtuung von den Leiden anderer Leute.

Da nun Sabitha fort war, in ein anderes Leben entschwunden, das offenbar immer auf sie gewartet hatte, verwandelte Edith sich in die Person zurück, die sie vor Sabithas Aufenthalt in der Stadt gewesen war. Altklug, strebsam, naseweis. Nach drei Wochen in der Highschool wusste sie, dass sie in allen neuen Fächern – Latein, Algebra, englische Literatur – sehr gut sein würde. Sie war überzeugt, dass man ihre Klugheit erkennen und belobigen würde und dass eine bedeutende Zukunft vor ihr lag. Die Kindereien des letzten Jahres mit Sabitha gerieten langsam außer Sicht.

Doch wenn sie an Johanna und deren Aufbruch nach Westen dachte, dann spürte sie einen kalten Hauch aus ihrer Vergangenheit, eine wuchernde Furcht. Sie versuchte, dieses Gefühl zu unterdrücken, aber es wollte keine Ruhe geben.

Sobald sie mit dem Abwasch fertig war, ging sie auf ihr Zimmer und nahm das Buch für den Literaturunterricht mit, *David Copperfield*.

Sie war ein Kind, das von seinen Eltern nie Schlimmeres als sanfte Rügen erhalten hatte – ein Kind verhältnismäßig alter Eltern, was zur Erklärung ihres Wesens herangezogen wurde –, aber sie fühlte sich ganz im Einklang mit David in seiner unglückseligen Lage. Sie empfand, sie war wie er, könnte auch ein Waisenkind sein, denn sie würde wahrscheinlich weglaufen, sich verstecken, sich ganz allein durchschlagen müssen, sobald die Wahrheit ans Licht kam und ihre Vergangenheit ihr die Zukunft versperrte.

Alles hatte damit angefangen, dass Sabitha auf dem Weg zur Schule sagte: »Wir müssen beim Postamt vorbei. Ich muss einen Brief an meinen Vater aufgeben.«

Sie gingen den Schulweg jeden Tag gemeinsam. Manchmal mit geschlossenen Augen oder rückwärts. Manchmal, wenn ihnen Leute begegneten, schwatzten sie leise in einer erfundenen Sprache, um Verwirrung zu stiften. Die meisten ihrer guten Einfälle stammten von Edith. Der einzige Einfall, den Sabitha beisteuerte, war, den eigenen Namen und den eines Jungen aufzuschreiben, alle Buchstaben auszustreichen, die doppelt vorkamen, und die restlichen zu addieren. Die zählte man dann an den Fingern ab und sagte dabei *Hasst er mich, mag er mich, liebt er mich, Hochzeit*, bis man bei dem angelangt war, was einem mit diesem Jungen bevorstand.

»Das ist aber ein dicker Brief«, sagte Edith. Ihr fiel alles auf, und sie prägte sich alles ein, lernte ganze Seiten aus den Lehrbüchern so rasch auswendig, dass es den anderen Kindern unheimlich vorkam. »Hattest du deinem Vater so viel zu schreiben?«, fragte sie überrascht, denn sie konnte das nicht glauben – oder konnte zumindest nicht glauben, dass Sabitha es zu Papier bringen würde.

»Ich hab nur eine Seite geschrieben«, sagte Sabitha und befühlte den Brief.

»A-ha«, sagte Edith. »Ah. Ha.«

»Was aha?«

»Ich wette, sie hat was dazugesteckt. Johanna, meine ich.«

Es lief darauf hinaus, dass sie den Brief nicht gleich aufs Postamt brachten, sondern nach der Schule bei Edith zu Hause über Dampf öffneten. Solche Sachen konnten sie bei Edith zu Hause machen, weil ihre Mutter den ganzen Tag in der Schuhmacherei arbeitete.

Lieber Mr Ken Boudreau,

ich dachte einfach, ich schreibe Ihnen und bedanke mich bei Ihnen für die netten Worte, die Sie in Ihrem Brief an Ihre Tochter über mich geschrieben haben. Sie brauchen sich keine Sorgen zu machen, dass ich weggehe. Sie schreiben, ich wäre jemand, dem Sie vertrauen können. So habe ich es wenigstens verstanden, und soweit ich weiß, stimmt das. Ich bin Ihnen dankbar für diese Worte, denn manche Leute meinen, jemand wie ich, dessen Herkunft sie nicht kennen, ist irgendwie verdächtig. Also dachte ich, am besten erzähle ich Ihnen was über mich. Ich wurde in Glasgow geboren, aber meine Mutter musste mich weggeben, als sie geheiratet hat. Ich kam mit fünf Jahren ins Heim. Ich habe so sehr gehofft, sie holt mich zurück, aber sie hat mich nicht geholt, und dann habe ich mich da eingewöhnt, und es war gar nicht so schlimm. Aber mit elf Jahren wurde ich durch ein Programm nach Kanada geschickt und habe bei den Dixons gelebt und in ihrer Gemüsegärtnerei gearbeitet. Schule gehörte auch zu dem Programm, aber ich habe nicht viel davon gesehen. Im Winter habe ich im Haus für die Frau gearbeitet, aber Umstände veranlassten mich wegzugehen, und da ich für mein Alter groß und kräftig war, wurde ich bei einem Pflegeheim angenommen und habe alte Leute versorgt. Die Arbeit hat mir nichts ausgemacht, aber besserer Bezahlung halber bin ich gegangen und habe in einer Besenfabrik gearbeitet. Der Besitzer, Mr Willets, hatte eine alte Mutter, die vorbeikam, um nach dem Rechten zu sehen, und sie und ich, wir mochten uns irgendwie. Die Luft da machte mir Atembeschwerden, also sagte sie, ich sollte kommen und für sie arbeiten, und das habe ich getan. Ich war zwölf Jahre bei ihr an einem See namens Mourning Dove Lake oben im Norden. Wir wohnten da ganz allein, nur sie und ich, aber ich durfte mich um alles drin und draußen kümmern, sogar mit dem Motorboot und mit dem Auto fahren. Ich lernte richtig lesen, denn ihre Augen ließen nach, und sie hatte es gern, wenn ich ihr vorlas. Sie starb mit 96. Man könnte sagen, was für ein Leben für ein junges Mädchen, aber ich war glücklich. Wir haben immer zusammen gegessen, und die letzten anderthalb Jahre habe ich in ihrem Zimmer geschlafen. Aber nach ihrem Tod hat mir die Familie nur eine Woche Zeit gegeben, um meine Sachen zu packen. Sie hatte mir etwas Geld hinterlassen, und das gefiel denen wahrscheinlich nicht. Sie wollte, dass ich davon auf die Schule gehe, aber da wäre ich unter Kindern gewesen. Deshalb habe ich mich auf Mr McCauleys Anzeige im Globe beworben. Ich brauchte Arbeit, um über Mrs Willets' Tod hinwegzukommen. Jetzt habe ich Sie wahrscheinlich lange genug mit meiner Vergangen-

heit gelangweilt, und Sie sind bestimmt erleichtert, dass ich in der
Gegenwart angekommen bin. Vielen Dank für Ihre gute Meinung
und für die Mitnahme zum Volksfest. Ich bin nicht so wild auf die
Fahrten oder auf die Sachen, die es da zu essen gibt, aber es war
trotzdem eine Freude, einbezogen zu sein.
Ihre Freundin
Johanna Parry

Edith las Johannas Worte vor, mit flehentlicher Stimme und schmerzbewegtem Ausdruck.

»Ich wurde in Glasgow geboren, aber meine Mutter musste mich weggeben, sobald sie mich sah …«

»Hör auf«, sagte Sabitha. »Ich muss so lachen, mir wird gleich schlecht.«

»Wie hat sie ihren Brief zu deinem tun können, ohne dass du es gemerkt hast?«

»Sie nimmt ihn mir einfach weg und steckt ihn in einen Umschlag und schreibt die Adresse drauf, weil sie meint, ich schreibe nicht schön genug.«

Edith musste Tesafilm auf die Lasche des Umschlags kleben, damit sie zublieb, weil von dem Leim nicht mehr genug dran war. »Sie ist in ihn verliebt«, sagte sie.

»Igitt, kotz-kotz«, sagte Sabitha und hielt sich den Bauch. »Unmöglich. Die alte Johanna.«

»Was hat er eigentlich über sie geschrieben?«

»Nur dass ich Respekt vor ihr haben soll und dass es schade wäre, wenn sie weggeht, weil wir von Glück sagen können, sie zu haben, und dass er kein Zuhause für mich hat und Opa ein Mädchen nicht allein aufziehen kann und bla, bla. Er hat geschrieben, sie wäre eine Dame. Er würde so was merken.«

»Und daraufhin hat sie sich verliebt.«

Der Brief blieb über Nacht bei Edith, damit Johanna nicht entdeckte, dass er nicht abgeschickt und mit Tesafilm zugeklebt worden war. Sie brachten ihn am nächsten Morgen zur Post.

»Mal sehen, was er ihr zurückschreibt. Pass auf«, sagte Edith.

Lange Zeit kam kein Brief. Und als einer kam, war er eine Enttäuschung. Sie öffneten ihn bei Edith über Dampf, fanden aber nichts für Johanna drin.

Liebe Sabitha,

Weihnachten dieses Jahr trifft mich ein bisschen knapp bei Kasse an, tut mir leid, dass ich Dir nicht mehr als einen Zweidollarschein schicken kann. Aber ich hoffe, Du bist gesund und hast fröhliche Weihnachten und machst weiter Deine Schularbeiten. Mir selber ist es gar nicht gutgegangen, ich habe eine Bronchitis, wie offenbar jeden Winter, aber diese hat mich zum ersten Mal vor Weihnachten ans Bett gefesselt. Wie Du am Absender sehen kannst, bin ich umgezogen. Die Wohnung war in einem sehr lärmigen Haus, und zu viele Leute schauten vorbei und hofften auf eine Party. Das hier ist eine Pension, was mir ganz recht ist, da ich es nie mit dem Einkaufen und dem Kochen hatte.

Fröhliche Weihnachten und alles Liebe

Dad

»Arme Johanna«, sagte Edith. »Ihr wird das Herz brechen.«

Sabitha sagte: »Na und?«

»Es sei denn, wir tun's«, sagte Edith.

»Was?«

»Ihr *antworten*.«

Sie mussten den Brief mit der Schreibmaschine schreiben, denn Johanna würde merken, dass die Handschrift nicht die von Sabithas Vater war. Aber das war nicht schwierig. Bei Edith zu Hause stand eine auf einem Klapptisch im Vorderzimmer. Ihre Mutter hatte vor ihrer Heirat in einem Büro gearbeitet und verdiente sich manchmal immer noch ein bisschen Geld, indem sie für andere Leute Briefe schrieb, die amtlich aussehen sollten. Sie hatte Edith die Grundlagen des Tippens beigebracht, in der Hoffnung, auch Edith könnte eines Tages in einem Büro Arbeit finden.

»Liebe Johanna«, sagte Sabitha, »es tut mir leid, ich kann dich nicht lieben, weil du das ganze Gesicht voll hässlicher Pickel hast.«

»Ich meine es ernst«, sagte Edith. »Also halt den Mund.«

Sie tippte: »Ich war so froh, den Brief zu erhalten …«, sprach die Worte ihres Werkes laut, machte eine Pause, wenn sie nachdachte, und ihr Tonfall wurde immer feierlicher und zärtlicher. Sabitha räkelte sich auf dem Sofa und kicherte. Irgendwann stellte sie den Fernseher an, aber Edith sagte: »Also bitte! Wie soll ich mich bei dieser Kacke da auf meine Gefühle konzentrieren?«

Edith und Sabitha benutzten die Wörter »Kacke« und »Sau« und »Himmel Arsch«, wenn sie allein waren.

Liebe Johanna,

ich war so froh, den Brief zu erhalten, den Sie zu Sabithas getan haben, und etwas über Ihr Leben zu erfahren. Es muss oft ein trauriges und einsames Leben gewesen sein, obwohl es für Sie offenbar ein Glück war, jemanden wie Mrs Willets zu finden. Sie waren immer fleißig und haben sich nie beklagt, und ich muss sagen, ich bewundere Sie sehr. Mein Leben war recht bewegt, und ich habe mich nie häuslich niedergelassen. Ich weiß nicht, woher diese innere Ruhelosigkeit und Einsamkeit kommen, sie sind wohl einfach mein Schicksal. Ich bin immer mit Menschen zusammen und rede mit vielen, aber manchmal frage ich mich: Wer ist mein Freund? Dann kommt Ihr Brief, und Sie schreiben am Ende: Ihre Freundin. Also überlege ich: Meint sie das wirklich? Und was für ein schönes Weihnachtsgeschenk das für mich wäre, wenn Johanna mir sagen würde, dass sie meine Freundin ist. Vielleicht haben Sie einfach gedacht, dass es eine nette Art ist, einen Brief zu beenden, und dass Sie mich eigentlich nicht gut genug kennen. Jedenfalls fröhliche Weihnachten.

Ihr Freund
Ken Boudreau

Der Brief wanderte nach Hause zu Johanna. Der an Sabitha war schließlich noch abgetippt worden, denn warum sollte einer mit der Schreibmaschine geschrieben sein und der andere nicht? Sie waren diesmal sparsam mit dem Dampf umgegangen und hatten den Umschlag sehr vorsichtig geöffnet, damit kein verräterischer Tesafilm nötig war.

»Warum konnten wir nicht einen neuen Umschlag tippen? Das hätte er doch gemacht, wenn er den Brief mit der Schreibmaschine geschrieben hätte?«, sagte Sabitha und hielt sich für schlau.

»Weil auf einem *neuen* Umschlag kein Poststempel wäre, Dummchen.«

»Was, wenn sie ihn beantwortet?«

»Dann lesen wir ihn.«

»Ja, aber was, wenn sie antwortet und den Brief direkt an ihn schickt?«

Edith mochte nicht zeigen, dass sie daran nicht gedacht hatte.

»Das macht sie nicht. Die ist gerissen. Jedenfalls schreibst du ihm gleich zurück, damit sie auf die Idee kommt, sie kann ihren Brief wieder zu deinem stecken.«

»Ich hasse das, diese blöden Briefe schreiben.«

»Ach, mach schon. Du wirst nicht dran sterben. Willst du nicht wissen, was sie schreibt?«

Lieber Freund,

Sie fragen mich, ob ich Sie gut genug kenne, um Ihre Freundin zu sein, und meine Antwort ist: ja. Ich habe nur eine Freundin im Leben gehabt, Mrs Willets, die ich geliebt habe, und sie war sehr gut zu mir, aber sie ist tot. Sie war wesentlich älter als ich, und das Problem mit älteren Freunden ist, sie sterben und verlassen einen. Sie war so alt, dass sie mich manchmal mit dem Namen von jemand anderem gerufen hat. Aber das hat mich nicht gestört.

Ich möchte Ihnen etwas Merkwürdiges erzählen. Die Aufnahme, die Sie von dem Fotografen auf dem Jahrmarkt machen ließen, die habe ich vergrößern und rahmen lassen und ins Wohnzimmer gestellt. Es ist keine sehr gute Aufnahme, und er hat Ihnen mehr als genug Geld dafür abgenommen, aber sie ist besser als nichts. Und als ich vorgestern darum Staub wischte, bildete ich mir ein, ich hörte Sie Hallo zu mir sagen. Hallo, sagten Sie, und ich sah mir Ihr Gesicht an, soweit

man es auf der Aufnahme erkennen kann, und ich dachte: Jetzt ver-
liere ich den Verstand. Oder es muss ein Zeichen sein, dass ein Brief
kommt. Ich mache nur Spaß, ich glaube nicht wirklich an solche
Dinge. Aber dann kam gestern ein Brief. Sie sehen also, es ist nicht
zu viel von mir verlangt, Ihre Freundin zu sein. Ich werde immer
eine Beschäftigung finden, aber ein wahrer Freund ist etwas ganz an-
deres.

Ihre Freundin
Johanna Parry

Natürlich konnte das nicht wieder in den Umschlag gesteckt werden. Sabithas Vater würde merken, dass etwas faul war, wenn er die Anspielungen auf einen Brief las, den er nie geschrieben hatte. Johannas Worte mussten in winzige Schnipsel zerrissen und bei Edith in der Toilette heruntergespült werden.

* * *

Als der Brief kam, der von dem Hotel berichtete, waren etliche Monate vergangen. Es war Sommer. Und Sabitha fing den Brief nur durch einen glücklichen Zufall ab, denn sie war drei Wochen lang fort gewesen, im Sommerhaus am Lake Simcoe, das ihrer Tante Roxanne und ihrem Onkel Clark gehörte.

Fast das Erste, was Sabitha sagte, als sie in Ediths Haus kam, war: »Iggi-iggi. Hier stinkt's.«

»Iggi-iggi« war ein Ausdruck, den sie von ihren Cousinen aufgeschnappt hatte.

Edith schnupperte. »Ich rieche nichts.«

»Wie im Laden deines Vaters, nur nicht ganz so schlimm. Sie müssen's in ihren Sachen mit nach Hause bringen.«

Edith besorgte das Öffnen über Dampf. Auf dem Weg vom Postamt hatte Sabitha in der Bäckerei zwei Schokoladeneclairs gekauft. Jetzt lag sie auf dem Sofa und aß ihrs.

»Nur ein Brief. Für dich«, sagte Edith. »Arme alte Johanna. Allerdings hat er ihren ja gar nicht bekommen.«

»Lies ihn mir vor«, sagte Sabitha gottergeben. »Meine Hände sind voll klebriger Matsche.«

Edith las ihn hastig vor wie einen Geschäftsbrief und machte nach den Satzenden kaum eine Pause.

Ja, Sabitha, mein Schicksal hat einen anderen Lauf genommen, wie Du siehst, bin ich nicht mehr in Brandon, sondern in einer Stadt namens Gdynia. Und nicht mehr bei meinem ehemaligen Arbeitgeber beschäftigt. Ich habe einen ausnehmend schweren Winter hinter mir mit meiner Brustschwäche, und sie, nämlich meine Arbeitgeber, meinten, ich müsste draußen unterwegs sein, selbst auf die Gefahr hin, dass ich mir eine Lungenentzündung hole, also kam es zu einem ziemlich heftigen Streit, und wir beschlossen, uns zu trennen. Aber mit dem Glück ist das so eine Sache, und ausgerechnet um die Zeit bin ich in den Besitz eines Hotels gelangt. Es ist zu kompliziert, um es haarklein zu erklären, aber wenn Dein Großvater was darüber wissen will, sag ihm einfach, ein Mann, der mir Geld schuldete, es aber nicht zurückzahlen konnte, hat mir stattdessen dieses Hotel überlassen. Und so sitze ich nun nicht mehr in einem Zimmer in einer Pension, sondern in einem Haus mit zwölf Gästezimmern, eben noch hat mir nicht mal das Bett gehört, in dem ich schlief, und jetzt besitze ich mehrere. Es ist etwas Wunderbares, am Morgen aufzuwachen und zu wissen, man ist sein eigener Herr. Es

muss einiges in Ordnung gebracht werden, sogar ziemlich viel, und ich werde mich daranmachen, sobald es wärmer wird. Ich werde jemanden einstellen müssen, der mir hilft, und später werde ich einen guten Koch einstellen, damit ich neben der Schankstube ein Restaurant betreiben kann. Das müsste gehen wie warme Semmeln, da es in dieser Stadt sonst keins gibt. Ich hoffe, es geht Dir gut und Du machst Deine Schularbeiten und gewöhnst Dir gute Manieren an.
Alles Liebe
Dein Dad

Sabitha fragte: »Hast du Kaffee?«

»Pulverkaffee«, sagte Edith. »Wieso?«

Sabitha sagte, im Sommerhaus sei immer Eiskaffee getrunken worden, und alle seien ganz verrückt danach gewesen. Sie sei auch ganz verrückt danach. Sie stand auf und kramte in der Küche herum, machte Wasser heiß und rührte Milch und Eiswürfel in den Kaffee. »Eigentlich brauchen wir dafür Vanilleeis«, sagte sie. »Hach, Eiskaffee ist einfach gigantisch. Willst du nicht dein Eclair?«

Gigantisch.

»Doch. Das ganze«, sagte Edith anzüglich.

So viele Veränderungen bei Sabitha in nur drei Wochen – in der Zeit hatte Edith im Laden gearbeitet, während sich ihre Mutter zu Hause von der Operation erholte. Sabithas Haut hatte eine appetitliche goldbraune Farbe, und ihr Haar war kürzer und um ihr Gesicht aufgebauscht. Ihre Cousinen hatten es geschnitten und ihr eine Dauerwelle gemacht. Sie trug eine Art Spielanzug in einer kleidsamen blauen Farbe mit Shorts, die wie ein Rock geschnitten waren, und mit knöpfbarem Oberteil und Rüschen auf den Schultern.

Sie war rundlicher geworden, und wenn sie sich vorbeugte, um nach ihrem Glas mit Eiskaffee zu langen, das auf dem Fußboden stand, war ein glatter, rosiger Busenansatz zu sehen.

Brüste. Sie mussten zu wachsen begonnen haben, bevor Sabitha wegfuhr, aber es war Edith nicht aufgefallen. Vielleicht waren sie einfach etwas, womit man eines Morgens aufwachte. Oder eben nicht.

Auf welche Weise sie auch zustande kamen, Brüste waren Merkmale eines völlig unverdienten und unfairen Vorteils.

Sabitha redete andauernd über ihre Cousinen und das Leben im Sommerhaus. So sagte sie immer wieder: »Hör zu, das *muss* ich dir erzählen, das ist zum Kreischen …«, und dann ging es los, was Tante Roxanne zu Onkel Clark gesagt hatte, als sie sich gestritten hatten, wie Mary Jo mit offenem Verdeck und ohne Führerschein mit Starrs Auto gefahren war (wer war Starr?) und sie alle zu einem Drive-in mitgenommen hatte – aber was nun zum Kreischen oder der Witz an der Geschichte war, das wurde nie ganz klar.

Aber dafür nach einer Weile andere Dinge. Die wahren Abenteuer des Sommers. Die älteren Mädchen – darunter Sabitha – schliefen im Obergeschoss des Bootshauses. Manchmal machten sie Kitzelschlachten – sie taten sich alle gegen eine zusammen und kitzelten sie, bis sie um Gnade schrie und einwilligte, ihre Schlafanzughose herunterzuziehen und zu zeigen, ob sie schon Haare hatte. Sie erzählten sich Geschichten über Mädchen im Internat, die mit den Griffen von Haarbürsten und Zahnbürsten so Sachen machten. *Iggi-iggi.* Einmal gaben zwei Cousinen eine Vorstellung – die eine krabbelte auf die andere und tat so, als wäre sie ein

Junge, und beide schlangen die Beine umeinander und keuchten und stöhnten und trieben es.

Onkel Clarks Schwester und ihr Mann waren auf ihrer Hochzeitsreise zu Besuch gekommen, und er war dabei gesehen worden, wie er die Hand in ihren Badeanzug steckte.

»Sie haben sich wirklich geliebt, sie waren Tag und Nacht zugange«, sagte Sabitha. Sie drückte ein Kissen an die Brust. »Wenn zwei sich so lieben, können sie nicht anders.«

Eine der Cousinen hatte es schon mit einem Jungen getan. Er war eine der Sommeraushilfen im Kurpark weiter unten an der Straße. Er ruderte sie in einem Boot hinaus und drohte damit, sie ins Wasser zu stoßen, bis sie ihm erlaubte, es zu tun. Es war also nicht ihre Schuld.

»Konnte sie nicht schwimmen?«, fragte Edith.

Sabitha stopfte sich das Kissen zwischen die Beine. »Uaah«, sagte sie. »Fühlt sich das gut an.«

Edith wusste alles über die süßen Qualen, die Sabitha durchmachte, aber sie war entsetzt, dass jemand sie aussprach. Sie selbst hatte große Angst davor. Schon vor Jahren, bevor sie wusste, was sie tat, war sie mit der Decke zwischen den Beinen eingeschlafen, und ihre Mutter hatte sie dabei erwischt und ihr von einem Mädchen erzählt, das andauernd so etwas machte und schließlich deswegen operiert werden musste.

»Sie haben die Kleine mit kaltem Wasser übergossen, aber das hat sie nicht geheilt«, hatte ihre Mutter gesagt. »Also musste sie geschnitten werden.«

Sonst hätten sich ihre Organe verstopft, und sie hätte daran sterben können.

»Hör auf«, sagte sie zu Sabitha, aber Sabitha stöhnte trotzig und sagte: »Das ist nichts. So haben wir's alle gemacht. Hast du kein Kissen?«

Edith stand auf und ging in die Küche und füllte ihr leeres Eiskaffeeglas mit kaltem Wasser. Als sie zurückkam, lag Sabitha entspannt auf dem Sofa, sie lachte und hatte das Kissen auf den Boden geworfen.

»Was hast du denn gedacht, was ich da tue?«, sagte sie. »Hast du nicht gewusst, dass ich nur Quatsch mache?«

»Ich hatte Durst«, sagte Edith.

»Du hast gerade ein ganzes Glas Eiskaffee getrunken.«

»Ich hatte Durst auf Wasser.«

»Mit dir kann man keinen Spaß haben.« Sabitha richtete sich auf. »Wenn du solchen Durst hast, warum trinkst du's dann nicht?«

Sie saßen in verdrossenem Schweigen da, bis Sabitha in versöhnlichem, aber enttäuschtem Ton sagte: »Schreiben wir Johanna nicht noch einen Brief? Komm, wir schreiben ihr einen richtigen Liebesbrief.«

Edith hatte eigentlich kein großes Interesse mehr an den Briefen, aber es tat ihr wohl, dass Sabitha sich noch dafür interessierte. Das Gefühl, Macht über Sabitha zu haben, kehrte zurück, trotz Lake Simcoe und der Brüste. Seufzend, als täte sie es widerwillig, stand sie auf und nahm die Haube von der Schreibmaschine.

»Meine heißgeliebte Johanna …«, sagte Sabitha.

»Nein. Das ist zu eklig.«

»Sie findet das bestimmt nicht.«

»Doch, sie auch«, sagte Edith.

Sie überlegte, ob sie Sabitha etwas von der Gefahr verstopfter Organe sagen sollte. Sie entschied sich dagegen. Zum einen gehörte diese Information in eine bestimmte Kategorie von Warnungen ihrer Mutter, denen Edith skeptisch gegenüberstand: Sollte sie ihnen trauen oder nicht? Die Geschichte mit den Organen war nicht von so geringer Glaubwürdigkeit wie die Überzeugung, dass das Tragen von Gummigaloschen die Augen verdarb, aber wer weiß – eines Tages vielleicht doch.

Und zum anderen – Sabitha würde bloß lachen. Sie lachte über Warnungen – sie würde sogar lachen, wenn man ihr sagte, dass Schokoladeneclairs dick machten.

»Ihr letzter Brief hat mich so glücklich gemacht …«

»Ihr letzter Brief hat mich in Verzückung versetzt …«, sagte Sabitha.

»… hat mich so glücklich gemacht, denn nun weiß ich, ich habe eine wahre Freundin auf der Welt, nämlich Sie …«

»Ich konnte die ganze Nacht nicht schlafen, weil ich mich danach gesehnt habe, Sie in die Arme zu schließen …« Sabitha schlang die Arme um sich und schaukelte vor und zurück.

»*Nein.* Trotz eines extrovertierten Lebens habe ich mich oft sehr einsam gefühlt und nicht gewusst, an wen ich mich wenden soll …«

»Was heißt das – ›extrovertiert‹? Sie wird nicht wissen, was das bedeutet.«

»*Sie* schon.«

Das brachte Sabitha zum Schweigen, und vielleicht kränkte es sie auch. Deshalb las Edith am Schluss vor: »Ich muss auf Wiedersehen sagen, und das schaffe ich nur, wenn ich mir vorstelle, wie Sie das lesen und rot werden …« »Ist das eher das, was du willst?«

»Wie Sie das im Bett nur mit dem Nachthemd an lesen«,

sagte Sabitha, die sich immer rasch erholte, »und daran denken, wie gern ich Sie in die Arme schließen würde, und ich würde an Deinem Busen lutschen ...«

Meine liebe Johanna,
Ihr letzter Brief hat mich so glücklich gemacht, denn nun weiß ich, ich habe eine wahre Freundin auf der Welt, nämlich Sie. Trotz eines extrovertierten Lebens habe ich mich oft sehr einsam gefühlt und nicht gewusst, an wen ich mich wenden soll.
Ich habe ja Sabitha in meinem Brief schon von meinem Glück berichtet und dass ich nun Hotelbesitzer bin. Ich habe ihr nicht geschrieben, wie krank ich im letzten Winter wirklich war, weil ich sie nicht beunruhigen wollte. Ich will Sie auch nicht beunruhigen, liebe Johanna, will Ihnen nur sagen, wie oft ich an Sie gedacht und mich danach gesehnt habe, Ihr liebes Gesicht zu sehen. Als ich Fieber hatte, meinte ich, dass ich wirklich sah, wie Sie sich über mich beugten, und dass ich Ihre Stimme zu mir sagen hörte, ich würde bald gesund werden, und dass ich die Fürsorglichkeit Ihrer liebevollen Hände spürte. Ich befand mich da noch in der Pension, und als das Fieber vorbei war, musste ich mir viele Hänseleien anhören, vor allem: Wer ist denn diese Johanna? Aber ich war todtraurig, als ich aufwachte und merkte, Sie sind nicht da. Ich habe mich tatsächlich gefragt, ob Sie vielleicht durch die Luft geflogen kamen und bei mir waren, obwohl ich natürlich weiß, dass so etwas unmöglich ist. Glauben Sie mir, glauben Sie mir, der schönste Filmstar wäre mir nicht so willkommen gewesen wie Sie. Ich weiß nicht, ob ich Ihnen schreiben soll, was Sie sonst noch zu mir gesagt haben, denn das waren sehr liebe und intime Worte, aber sie könnten Ihnen peinlich sein. Ich beende diesen Brief nur äußerst ungern, weil ich jetzt das Gefühl habe, Sie in meinen Armen zu halten und leise mit Ihnen in unserem

dunklen Zimmer zu reden, aber ich muss auf Wiedersehen sagen,
und das schaffe ich nur, wenn ich mir vorstelle, wie Sie das lesen und
rot werden. Es wäre wunderbar, wenn Sie das im Bett nur mit dem
Nachthemd an lesen und daran denken würden, wie gern ich Sie in
die Arme schließen möchte.
In L-b-
Ken Boudreau

Überraschenderweise gab es auf diesen Brief keine Antwort. Als Sabitha ihre halbe Seite vollgeschrieben hatte, steckte Johanna sie in den Umschlag, schrieb die Adresse drauf und fertig.

* * *

Als Johanna aus dem Zug stieg, war niemand da, um sie abzuholen. Sie machte sich deswegen keine Gedanken – sie hatte schon überlegt, dass der Brief unter Umständen gar nicht vor ihr hier eingetroffen war. (Tatsächlich war er schon da und lag unabgeholt auf dem Postamt, denn Ken Boudreau, der im letzten Winter nicht ernstlich krank gewesen war, litt jetzt wirklich an einer Bronchitis und hatte seit mehreren Tagen seine Post nicht geholt. An diesem Tag war ein weiteres Kuvert hinzugekommen, das den Scheck von Mr McCauley enthielt. Der allerdings schon gesperrt war.)

Was ihr mehr Sorge bereitete, war, dass es keine Stadt zu geben schien. Der Bahnhof war eine geschlossene Wartehalle mit Bänken an den Wänden und einem heruntergezogenen Rollladen vor dem Fenster des Fahrkartenschalters. Es gab auch einen Güterschuppen – oder etwas, was sie dafür hielt –, aber die Schiebetür ließ sich nicht öffnen. Sie spähte durch einen Spalt zwischen den Brettern, bis ihre Augen sich an das Dunkel im Innern gewöhnt hatten, dann sah sie, dass der Sandboden des Schuppens leer war. Keine Möbelkisten. Sie rief mehrmals:»Ist da jemand? Ist da jemand?«, erwartete aber keine Antwort.

Sie stand auf dem Bahnsteig und versuchte sich zu orientieren.

Ungefähr eine halbe Meile weit entfernt lag ein sanfter Hügel, der sofort auffiel, weil er von Bäumen bestanden war. Und der sandige Weg, den sie, als sie ihn vom Zug aus sah, für einen Feldweg gehalten hatte – das musste die Straße sein. Jetzt konnte sie hier und da niedrige Häuser zwischen den Bäumen ausmachen – und einen Wasserturm, der aus dieser Entfernung wie ein Spielzeug aussah, ein Zinnsoldat auf langen Beinen.

Sie nahm ihren Koffer – das müsste zu schaffen sein; schließlich hatte sie ihn schon von der Exhibition Road zu dem anderen Bahnhof getragen – und machte sich auf den Weg.

Es ging ein starker Wind, trotzdem war es sehr warm – wärmer als das Wetter, das sie in Ontario hinter sich gelassen hatte –, und auch der Wind kam ihr warm vor. Über ihrem neuen Kleid trug sie ihren alten Mantel, der im Koffer zu viel Platz beansprucht hätte. Sie schaute sehnsüchtig zu dem Schatten, den die Stadt vor ihr versprach, aber als sie dort anlangte, stellte sie fest, dass es sich bei den Bäumen entweder um Fichten handelte, die zu schlank und karg waren, um viel Schatten zu spenden, oder um schüttere, dünnblättrige Pappeln, die vom Wind gezaust wurden und ohnehin die Sonne durchließen.

Es herrschte ein abweisender Mangel an Struktur oder irgendeiner Form von Organisation in diesem Ort. Keine Bürgersteige oder gepflasterten Straßen, keine imposanten Gebäude außer einer großen Kirche wie eine Backsteinscheune. Über der Tür eine Malerei, auf der die Heilige Familie mit lehmfarbenen Gesichtern aus starren blauen Augen herabblickte. Sie hieß nach einem unbekannten Heiligen – Sankt Woitek.

Die Häuser zeigten in ihrer Lage oder Anlage nicht viel Vorbedacht. Sie standen in verschiedenen Winkeln zum Weg oder zur Straße, und die meisten hatten böse blickende kleine Fenster an unvorhergesehenen Stellen und um die Haustüren Windfänge wie Kisten. Niemand war draußen in den Vorgärten, und warum auch? Es gab nichts zu pflegen, nur Büschel braunes Gras und einmal eine riesige Rhabarberstaude, ungeerntet.

Die Hauptstraße, wenn sie es denn war, hatte einen aus Brettern gezimmerten Gehsteig, allerdings nur auf einer Seite, und war in unregelmäßigen Abständen von Läden gesäumt, von denen nur ein Lebensmittelgeschäft (das auch das Postamt beherbergte) und eine Autowerkstatt in Betrieb zu sein schienen. Ein einziges Haus hatte ein Obergeschoss, und sie dachte schon, es könnte das Hotel sein, aber es war eine Bank, und die war zu.

Der erste Mensch, den sie erblickte – bisher war sie nur von zwei Hunden angebellt worden –, war ein Mann vor der Autowerkstatt, der Ketten auf seinen Pick-up lud.

»Das Hotel?«, sagte er. »Da sind Sie hier zu weit.«

Er erklärte ihr, das sei unten beim Bahnhof, auf der anderen Seite der Gleise und dann noch ein Stück, blau angestrichen und nicht zu verfehlen.

Sie setzte ihren Koffer ab, nicht entmutigt, sondern weil sie sich kurz ausruhen musste.

Er sagte, wenn es ihr nichts ausmache, kurz zu warten, könne er sie hinfahren. Und obwohl es für sie etwas ganz Neues war, solch ein Angebot anzunehmen, saß sie bald darauf in der heißen, öligen Fahrerkabine seines Pick-ups und schaukelte auf der Schotterstraße zurück, die sie gerade zu Fuß hinter sich gelassen hatte, während auf der Ladefläche die Ketten einen Höllenlärm veranstalteten.

»Von wo haben Sie denn diese Hitzewelle mitgebracht?«.

Sie sagte, aus Ontario, in einem Ton, der nichts Weiteres versprach.

»Aus Ontario«, sagte er mitleidig. »Na ja. Da ist es. Ihr Hotel.« Er nahm eine Hand vom Steuer. Zur Begleitung machte das Auto einen Satz, als er auf ein zweigeschossiges Haus mit Flachdach wies, das ihr nicht entgangen war, sondern das sie schon vom Zug aus gesehen hatte. Vorhin hatte sie es für ein großes und ziemlich baufälliges, vielleicht leerstehendes Wohnhaus gehalten. Nachdem sie inzwischen die Häuser in der Stadt gesehen hatte, war ihr klar, sie hätte es nicht so rasch abtun dürfen. Es war mit gestanzten Blechplatten verkleidet, die Mauerwerk vortäuschen sollten und hellblau angestrichen waren. Neonröhren, die nicht brannten, bildeten über dem Eingang das Wort HOTEL.

»Ich bin zu blöd«, sagte sie und bot dem Mann für die Fahrt einen Dollar an.

Er lachte. »Halten Sie Ihr Geld zusammen. Man weiß nie, vielleicht brauchen Sie's noch mal.«

Ein ganz ordentlicher Wagen, ein Plymouth, stand vor dem Hotel. Er war völlig verdreckt, aber wie sollte das auch anders sein, bei diesen Straßen?

An der Tür hingen Reklameschilder für eine Zigarettenmarke und für Bier. Sie wartete, bis der Pick-up gewendet hatte, bevor sie anklopfte – sie klopfte an, denn man schien hier überhaupt nicht auf Gäste eingestellt zu sein. Schließlich drückte sie auf die Klinke, ob nicht doch auf war, und gelangte in einen staubigen kleinen Vorraum mit einer Treppe und dann in einen großen dunklen Raum voll abgestandenem Bierdunst, in dem auf dem schmutzigen Fußboden ein Billardtisch stand. In einem Nebenraum sah sie einen Spiegel schimmern, leere Regale, einen Tresen. Überall waren die Rollläden heruntergezogen. Das einzige Licht kam aus zwei kleinen runden Fenstern, die in eine Schwingtür eingelassen waren. Sie ging hindurch in eine Küche. In der war es heller, dank einer Reihe hoher – und schmutziger – Fenster in der einen Wand. Und hier fanden sich die ersten Lebenszeichen – jemand hatte am Tisch gegessen und einen Teller mit verkrustetem Ketchup und eine Tasse halbvoll mit kaltem Kaffee hinterlassen.

Eine der Küchentüren führte nach draußen und war abgeschlossen, eine in die Speisekammer, in der mehrere Konservendosen standen, eine in eine Besenkammer und eine zu einer zweiten Treppe. Sie stieg hinauf und stieß ihren Koffer vor sich her, denn die Treppe war schmal. Direkt vor sich im ersten Stock sah sie eine Toilette mit hochgeklappter Brille.

Die Tür zum Schlafzimmer am Ende des Flurs stand offen, und darin fand sie Ken Boudreau.

Bevor sie ihn sah, sah sie seine Sachen. Auf der Türkante hing sein Jackett, und am Türknauf hing seine Hose, so dass sie auf dem Boden schleifte. Ihr schoss sofort durch den Kopf, dass man so nicht mit guter Kleidung umging, also betrat sie kühn das Zimmer – ihren Koffer ließ sie auf dem Flur

stehen – mit dem Gedanken, die Sachen ordentlich aufzuhängen.

Er lag im Bett, nur mit dem Überlaken zugedeckt. Die
Decke und sein Hemd lagen auf dem Fußboden. Er atmete
unruhig, als wäre er kurz vor dem Aufwachen, also sagte sie:
»Guten Morgen. Guten Tag.«

Das grelle Sonnenlicht strömte durchs Fenster und fiel
beinahe auf sein Gesicht. Das Fenster war zu und die Luft
entsetzlich abgestanden – sie stank unter anderem nach dem
vollen Aschenbecher auf dem Stuhl, den er als Nachttisch benutzte.

Er hatte schlechte Angewohnheiten – er rauchte im Bett.

Er wachte von ihrer Begrüßung nicht auf – oder nur ein
wenig. Er fing an zu husten.

Sie merkte gleich, das war ein schwerer Husten, der Husten eines Kranken. Er versuchte sich aufzurichten, immer
noch mit geschlossenen Augen, und sie ging zum Bett und
half ihm. Sie sah sich nach einem Taschentuch oder nach
Kleenex um, fand aber nichts und hob sein Hemd auf, das sie
danach auswaschen konnte. Sie wollte sich seinen Auswurf
genau ansehen.

Als er abgehustet hatte, sank er murmelnd zurück und
keuchte, das hübsche, draufgängerische Gesicht, das sie in
Erinnerung hatte, zu einer angewiderten Grimasse verzogen.
Er hatte Fieber, so, wie er sich anfühlte.

Das Zeug, das er ausgehustet hatte, war gelb-grünlich –
ohne Rostflecke. Sie brachte das Hemd zum Toilettenwasch-
becken, wo sie zu ihrer Überraschung ein Stück Seife fand,
und wusch es aus und hängte es an den Türhaken, danach
wusch sie sich gründlich die Hände. Sie musste sich am Rock
ihres neuen braunen Kleides abtrocknen. Das hatte sie erst

vor ein paar Stunden in einer anderen kleinen Toilette angezogen – der Damentoilette im Zug. Sie hatte sich dabei gefragt, ob sie sich nicht besser auch Make-up besorgt hätte.

Im Flurschrank fand sie eine Rolle Toilettenpapier und nahm sie mit in sein Zimmer für den nächsten Hustenanfall. Sie hob die Decke auf und deckte ihn gut zu, zog die Jalousie bis zum Fensterbrett herunter, schob das klemmende Fenster ein paar Zentimeter hoch und arretierte es mit dem Aschenbecher, den sie geleert hatte. Dann zog sie sich draußen auf dem Flur um, schlüpfte aus dem braunen Kleid in alte Sachen aus ihrem Koffer. Was nützten ihr jetzt ein hübsches Kleid oder alles Make-up der Welt?

Sie wusste nicht genau, wie krank er war, aber sie hatte Mrs Willets – auch eine starke Raucherin – bei deren Bronchitisanfällen gepflegt, und so meinte sie, noch eine Weile auskommen zu können, ohne einen Arzt zu holen. Im selben Flurschrank lag ein Stapel sauberer, wenn auch fadenscheiniger und verwaschener Handtücher, und sie machte eines davon nass und wischte ihm damit Arme und Beine ab, um das Fieber zu senken. Er wachte davon ein wenig auf und begann wieder zu husten. Sie stützte ihn und ließ ihn in das Toilettenpapier spucken, betrachtete es wieder prüfend und spülte es in der Toilette hinunter und wusch sich die Hände. Jetzt hatte sie ein Handtuch, um sich abzutrocknen. Sie ging hinunter und fand in der Küche ein Glas sowie eine große leere Gingerale-Flasche, die sie mit Wasser füllte. Das versuchte sie, ihm einzuflößen. Er trank einen Schluck, protestierte und durfte sich zurücklegen. Nach ungefähr fünf Minuten versuchte sie es wieder. Sie fuhr damit fort, bis sie überzeugt war, dass er so viel geschluckt hatte, wie er konnte, ohne sich erbrechen zu müssen.

Immer wieder hustete er, und sie richtete ihn auf, stützte ihn mit einem Arm, während sie ihm mit der anderen Hand auf den Rücken klopfte, damit sich die Last in seiner Brust lockerte. Er schlug mehrere Male die Augen auf und schien sie ohne Angst oder Überraschung wahrzunehmen – allerdings auch ohne Dankbarkeit. Sie wischte ihn noch einmal kalt ab und achtete sorgfältig darauf, den Körperteil, den sie gerade gekühlt hatte, sofort wieder zuzudecken.

Sie sah, dass es dunkel wurde, ging in die Küche hinunter und fand den Lichtschalter. Das Licht und der alte Elektroherd funktionierten. Sie öffnete eine Dose Hühnersuppe mit Reis, machte sie heiß, trug sie nach oben und weckte ihn. Er schluckte ein paar Löffel voll. Sie nutzte seine kurze Wachphase und fragte ihn, ob er eine Flasche mit Aspirin hatte. Er nickte, wurde aber ganz wirr, als er ihr sagen wollte, wo sie stand. »Im Mülleimer«, sagte er.

»Nein, nein«, sagte sie. »Sie meinen nicht den Mülleimer.«

»Im ... im ...«

Er versuchte, etwas mit den Händen zu formen. Tränen stiegen ihm in die Augen.

»Nicht so wichtig«, sagte Johanna. »Nicht so wichtig.«

Sein Fieber sank jedenfalls. Er schlief eine Stunde lang oder länger, ohne zu husten. Dann wurde sein Körper wieder heiß. Doch inzwischen hatte sie das Aspirin gefunden – es lag in einer Küchenschublade zusammen mit solchen Dingen wie einem Schraubenzieher und Glühbirnen und einem Knäuel Schnur –, und sie brachte ihn dazu, zwei Tabletten zu schlucken. Bald danach bekam er einen heftigen Hustenanfall, behielt aber, soweit sie sah, das Aspirin bei sich. Als er sich wieder hinlegte, hielt sie das Ohr an seine Brust und horchte auf seinen pfeifenden Atem. Sie hatte schon nach

Senf gesucht, um damit ein Pflaster zu machen, doch offenbar gab es keinen. Sie ging wieder hinunter und machte etwas Wasser heiß und trug es in einer Schüssel hoch. Sie half ihm auf, bis er sich darüber beugte, und breitete Handtücher über ihn, damit er den Dampf einatmen konnte. Er machte nur kurze Zeit mit, aber vielleicht half es – er hustete eine Menge Schleim aus.

Sein Fieber sank wieder, und er schlief ruhiger. Sie zerrte einen Sessel herein, den sie in einem anderen Zimmer entdeckt hatte, und nickte auch ein, wurde immer wieder wach und wusste nicht, wo sie war, dann erinnerte sie sich und stand auf und fasste ihn an – das Fieber schien besänftigt – und deckte ihn zu. Um sich selbst zuzudecken, nahm sie den unverwüstlichen alten Tweedmantel, den sie Mrs Willets verdankte.

Er wachte auf. Die Sonne stand schon hoch. »Was machen Sie hier?«, fragte er mit heiserer, schwacher Stimme.

»Ich bin gestern angekommen«, sagte sie. »Ich habe Ihre Möbel mitgebracht. Sie sind noch nicht da, aber auf dem Weg. Als ich ankam, waren Sie krank, auch noch in der Nacht. Wie geht es Ihnen jetzt?«

Er sagte: »Besser«, und fing an zu husten. Sie brauchte ihn nicht aufzurichten, er setzte sich von allein auf, aber sie ging zum Bett und klopfte ihm auf den Rücken. Als er fertig war, sagte er: »Danke.«

Seine Haut fühlte sich jetzt so kühl wie ihre eigene an. Und glatt – keine rauen Leberflecke, kein Gramm Fett. Sie konnte seine Rippen fühlen. Er war wie ein zarter, anfälliger Junge. Er roch wie Mais.

»Sie haben den Schleim heruntergeschluckt«, sagte sie. »Tun Sie das nicht, das ist nicht gut für Sie. Hier ist Toilettenpapier, da müssen Sie reinspucken. Wenn Sie das Zeug runterschlucken, kann das Ihre Nieren angreifen.«

»Davon hatte ich keine Ahnung«, sagte er. »Könnten Sie mal nach Kaffee schauen?«

Die Kaffeemaschine war innen schwarz. Sie reinigte sie, so gut sie konnte, und setzte den Kaffee auf. Dann wusch sie sich und richtete sich her, überlegte dabei, was sie ihm zu essen geben sollte. In der Speisekammer stand eine Schachtel mit einer Backmischung für Kuchenbrötchen. Sie fürchtete schon, sie mit Wasser anrühren zu müssen, doch dann fand sie eine Dose mit Milchpulver. Als der Kaffee fertig war, hatte sie ein Blech mit Kuchenbrötchen im Backofen.

Sobald er sie in der Küche hantieren hörte, stand er auf, um auf die Toilette zu gehen. Er war schwächer, als er gedacht hatte – er musste sich vorbeugen und mit einer Hand auf dem Spülkasten abstützen. Dann suchte er sich unten im Flurschrank, wo er saubere Kleidung aufbewahrte, frische Unterwäsche. Er hatte sich inzwischen zusammengereimt, wer sie war. Sie hatte gesagt, sie sei gekommen, um ihm seine Möbel zu bringen, obwohl er weder sie noch sonst jemanden darum gebeten hatte – er hatte überhaupt nicht um die Möbel gebeten, nur um das Geld. Er müsste ihren Namen wissen, aber er konnte sich nicht daran erinnern. Deshalb machte er ihre Handtasche auf, die im Flur neben ihrem Koffer stand. Ins Futter war ein Namensschildchen eingenäht.

Johanna Parry und die Adresse seines Schwiegervaters in der Exhibition Road.

Auch anderes fand sich. Ein Stoffbeutel mit ein paar Geldscheinen. Siebenundzwanzig Dollar. Noch ein Beutel, mit

Münzgeld, das er gar nicht erst nachzählte. Ein hellblaues Kontobuch. Er blätterte es automatisch auf, ohne irgendetwas Ungewöhnliches zu erwarten.

Vor ein paar Wochen hatte Johanna endlich den Gesamtbetrag der Erbschaft von Mrs Willets ihrem Bankkonto gutschreiben können, zu dem hinzu, was sie angespart hatte. Dem Filialleiter hatte sie erklärt, sie wisse nicht, wann sie das Geld brauchen werde.

Die Summe war nicht umwerfend, aber beeindruckend. Machte sie zu jemandem. In Ken Boudreaus Kopf formte sie ein weiches Polster um den Namen Johanna Parry.

»Hatten Sie ein braunes Kleid an?«, fragte er, als sie den Kaffee heraufbrachte.

»Ja. Als ich angekommen bin.«

»Ich dachte, das war ein Traum. Aber das waren Sie.«

»Wie in Ihrem anderen Traum«, sagte Johanna, und ihre fleckige Stirn lief feuerrot an. Er verstand nicht, was das bedeuten sollte, und hatte nicht die Kraft nachzufragen. Vielleicht ein Traum, aus dem er erwacht war, als sie nachts bei ihm war – einer, an den er sich nicht mehr erinnerte. Er hustete wieder, aber nicht mehr so krampfhaft, und sie reichte ihm Toilettenpapier.

»So«, sagte sie, »wo wollen Sie den Kaffee hinhaben?« Sie rückte den Stuhl heran, den sie sich zurechtgestellt hatte, um ihm besser helfen zu können. »Dahin«, sagte sie. Sie griff ihm unter die Achseln, richtete ihn auf und stopfte ihm das Kissen in den Rücken. Ein schmutziges Kissen, ohne Bezug, aber sie hatte gestern Nacht ein Handtuch darum gewickelt.

»Könnten Sie mal nachschauen, ob unten noch Zigaretten sind?«

Sie schüttelte den Kopf, sagte aber: »Ich werde nachsehen. Ich habe Kuchenbrötchen im Backofen.«

Ken Boudreau war es gewohnt, Geld zu verleihen, und ebenso, sich welches zu borgen. Viele der Schwierigkeiten, in die er geraten war – oder in die er sich gebracht hatte, um es anders auszudrücken –, hatten damit zu tun, dass er zu einem Freund nie Nein sagen konnte. Man steht treu zu seinen Freunden. Er war nach dem Krieg nicht etwa unehrenhaft aus der Air Force entlassen worden, sondern hatte von sich aus den Dienst quittiert, aus Treue zu einem Freund, der vors Militärgericht gestellt worden war, weil er auf einem Kasinoabend den OvD beleidigt hatte. Auf einem Kasinoabend, wo doch angeblich jeder Witz erlaubt ist – das war nicht fair. Und er hatte die Stellung bei der Düngemittelfirma verloren, weil er mit einem Firmenlastwagen ohne Erlaubnis über die amerikanische Grenze gefahren war, noch dazu an einem Sonntag, um einen Kumpel abzuholen, der in eine Schlägerei verwickelt worden war und Angst hatte, festgenommen und verknackt zu werden.

Fester Bestandteil der Freundestreue war sein Problem mit Vorgesetzten. Er gestand freimütig, dass es ihm schwerfiel, auf den Knien zu rutschen. »Ja, Sir« und »Nein, Sir« waren in seinem Wortschatz keine geläufigen Ausdrücke. Er war von der Versicherungsgesellschaft nicht vor die Tür gesetzt, sondern so oft übergangen worden, dass man es auf seine Kündigung anzulegen schien, die er schließlich auch einreichte.

Alkohol hatte eine Rolle gespielt, das musste man zugeben. Und dazu die Vorstellung, das Leben müsste eigentlich viel heldenhaftere Abenteuer bereithalten, als es das heutzutage je tat.

Er erzählte allen gern, er habe das Hotel bei einem Pokerspiel gewonnen. Er war eigentlich kein Spieler, aber den Frauen gefiel das. Er mochte nicht zugeben, dass er es völlig unbesehen zur Begleichung von Schulden angenommen hatte. Und auch nachdem er es gesehen hatte, sagte er sich, dass es zu retten war. Die Vorstellung, sein eigener Herr zu sein, besaß für ihn große Anziehungskraft. Er sah es nicht als einen Ort, wo Leute übernachten würden – außer vielleicht die Jäger im Herbst. Er sah es als einen Ort, wo man sich traf, um etwas zu trinken und um etwas zu essen. Wenn er es schaffte, einen guten Koch aufzutreiben. Aber bevor sich etwas tun konnte, musste Geld ausgegeben werden. Musste viel gemacht werden – mehr, als er selbst in die Hand nehmen konnte, obwohl er nicht ungeschickt war. Wenn es ihm gelang, den Winter zu überstehen und alle Arbeiten auszuführen, die er allein verrichten konnte, seine guten Absichten unter Beweis zu stellen, vielleicht bekam er dann ein Darlehen von der Bank. Aber erst einmal brauchte er ein kleineres Darlehen, um durch den Winter zu kommen, und da kam sein Schwiegervater ins Spiel. Er hätte es lieber bei jemand anders probiert, aber niemand sonst hatte Geld zu verschenken.

Er hielt es für eine gute Idee, den Bettelbrief in die Form eines Vorschlags zum Verkauf der Möbel zu kleiden, zu dem sich, wie er wusste, der alte Mann nie aufraffen würde. Ihm war durchaus bewusst, wenn auch nicht in allen Einzelheiten, dass frühere Darlehen noch offen standen, aber er betrachtete sie inzwischen als Summen, die ihm zugestanden hatten, weil er für Marcelle in einer Phase der Haltlosigkeit (ihrer Haltlosigkeit, seine hatte da noch nicht begonnen) gesorgt hatte und weil er Sabitha trotz aller Zweifel als sein Kind anerkannt hatte. Außerdem waren für ihn die McCauleys die einzigen Leute, die Geld besaßen, das niemand der jetzt Lebenden verdient hatte.

Ich habe Ihre Möbel mitgebracht.

Er rätselte herum, was das für ihn zu bedeuten hatte, aber er kam nicht dahinter. Er war zu müde. Er mochte nichts essen, wollte lieber schlafen, als sie mit den Kuchenbrötchen kam (und ohne Zigaretten). Ihr zuliebe aß er ein halbes. Dann fiel er in Tiefschlaf. Er wurde nicht richtig wach, als sie ihn erst auf die eine Seite drehte, dann auf die andere, das schmutzige Laken abzog und ein sauberes ausbreitete, alles, ohne dass er aufstehen oder hellwach werden musste.

»Ich habe ein sauberes Laken gefunden, aber es ist dünn wie ein Putzlumpen«, sagte sie. »Es roch nicht besonders, deshalb habe ich es eine Weile auf die Leine gehängt.«

Später wurde ihm klar, dass ein Geräusch, das er lange Zeit im Traum gehört hatte, in Wirklichkeit das Geräusch der Waschmaschine war. Er überlegte, wie das angehen konnte – der Heißwasserspeicher hatte den Geist aufgegeben. Sie musste das Wasser eimerweise auf dem Herd heiß gemacht haben. Noch später hörte er das unverkennbare Geräusch seines Autos, das ansprang und wegfuhr. Sie musste sich die Schlüssel aus seiner Hosentasche genommen haben.

Möglich, dass sie mit seiner einzigen wertvollen Habe wegfuhr, ihn im Stich ließ, und er konnte nicht einmal die Polizei anrufen, um sie zu schnappen. Das Telefon war gesperrt, selbst wenn er die Kraft gehabt hätte hinzugehen.

Diese Möglichkeit gab es immer – Diebstahl und nichts wie weg –, doch er drehte sich auf dem frischen Laken um, das nach Präriewind und Gras roch, und schlief wieder ein, in der Gewissheit, dass sie nur losgefahren war, um Milch und Eier und Butter und Brot und andere Dinge zu kaufen – sogar Zigaretten –, die für ein ordentliches Leben notwendig waren, und dass sie zurückkommen und sich unten ans Werk machen würde und dass die Geräusche ihrer Tätigkeit wie ein Netz unter ihm sein würden, vom Himmel gesandt, ein wahrer Segen, den man nicht anzweifeln durfte.

In seinem Leben gab es gerade ein Frauenproblem. Nämlich zwei Frauen, eine junge und eine ältere (also eine in seinem Alter), die voneinander wussten und bereit waren, sich gegenseitig die Haare auszureißen. Alles, was er in letzter Zeit von ihnen bekommen hatte, waren Tränen und Klagen, unterstrichen von wütenden Beteuerungen, dass sie ihn liebten.

Vielleicht war auch dafür eine Lösung eingetroffen.

Als Johanna im Laden Lebensmittel kaufte, hörte sie einen Zug, und auf der Rückfahrt zum Hotel sah sie am Bahnhof ein Auto stehen. Noch bevor sie in Ken Boudreaus Auto anhalten konnte, sah sie die übereinandergestapelten Möbelkisten auf dem Bahnsteig. Sie sprach den Stationsvorsteher an – das Auto am Bahnhof gehörte ihm –, und der war von der Ankunft so vieler großer Kisten sehr überrascht und verärgert. Nachdem sie ihm den Namen eines Mannes mit einem Lastwagen – einem sauberen Lastwagen, darauf bestand sie – entlockt hatte, der zwanzig Meilen weit entfernt wohnte und manchmal Transporte machte, rief sie den Mann vom Bahnhofstelefon aus an und beschwor ihn, halb mit Bestechung, halb mit Befehlen, sofort zu kommen. Dann schärfte sie dem Stationsvorsteher ein, dass er bei den Kisten bleiben musste, bis der Lastwagen eintraf. Bevor es Zeit fürs Abendbrot wurde, war der Lastwagen gekommen, und der Mann und sein Sohn hatten alle Möbel abgeladen und in den Schankraum des Hotels getragen.

Am nächsten Tag sah sie sich das Haus gründlich an, um einen Entschluss zu fassen.

Am Tag danach hielt sie Ken Boudreau für fähig, sich aufzusetzen und ihr zuzuhören, und sagte: »Das hier ist ein Fass ohne Boden. Und die Stadt pfeift auf dem letzten Loch. Das Vernünftigste ist, alles, was noch Geld bringen kann, zu verkaufen. Ich meine nicht die Möbel, die gebracht worden sind, ich meine Sachen wie den Billardtisch und den Küchenherd. Dann sollten wir das Haus jemandem verkaufen, der Altmetall sucht und die Blechverkleidung haben will. Auch aus Zeugs, das man für völlig wertlos hält, lässt sich immer noch ein bisschen was rausschlagen. Und dann … Was wollten Sie eigentlich machen, bevor Sie an das Hotel geraten sind?«

Er sagte, dass er daran gedacht hatte, nach British Columbia zu gehen, nach Salmon Arm, wo ein Freund von ihm saß, der ihm angeboten hatte, dort als Betriebsleiter von Obstplantagen zu arbeiten. Aber er konnte nicht hinfahren, denn das Auto brauchte neue Reifen, und vor einer so weiten Reise musste einiges daran gemacht werden, und sein Geld reichte nur fürs tägliche Leben. Dann war ihm das Hotel in den Schoß gefallen.

»Wie ein Haufen Wackersteine«, sagte sie. »Die Reifen und die Autoreparaturen wären eine bessere Investition, als Geld in dieses Haus zu stecken. Ich halte es für eine gute Idee, von hier zu verschwinden, bevor der Schnee kommt.

Und die Möbel wieder mit der Bahn zu verschicken, damit sie da sind, wenn wir ankommen. Wir haben alles, was wir brauchen, um uns häuslich niederzulassen.«

»Sein Angebot ist vielleicht nicht ganz ernst gemeint.«

Sie sagte:»Ich weiß. Aber es wird schon alles gut.«

Er verstand, dass sie Rat wusste und dass es gut so war, dass alles gut werden würde. Man könnte sagen, jemand wie er war genau ihr Fall.

Nicht dass er ihr dafür nicht dankbar sein würde. Er war an einem Punkt angelangt, wo Dankbarkeit keine Last war, sondern etwas ganz Natürliches – besonders, wenn sie nicht eingefordert wurde.

Gedanken an ein neues Leben keimten auf. *Das ist die Veränderung, die ich brauche.* Er hatte das schon öfter gesagt, aber einmal musste es doch stimmen. Die milden Winter, der Geruch immergrüner Wälder und reifer Äpfel. *Alles, was wir brauchen, um uns häuslich niederzulassen.*

Er hat seinen Stolz, dachte sie. Darauf musste Rücksicht genommen werden. Vielleicht war es besser, die Briefe, in denen er ihr sein Herz ausgeschüttet hatte, nie zu erwähnen. Vor ihrer Abreise hatte sie alle vernichtet. Tatsächlich hatte sie jeden vernichtet, sobald sie ihn oft genug gelesen hatte, um ihn auswendig zu können, was nicht lange dauerte. Denn sie wollte auf keinen Fall, dass diese Briefe je der kleinen Sabitha und ihrer verschlagenen Freundin in die Hände fielen. Besonders nicht die Stelle im letzten Brief, über ihr Nachthemd und wie sie im Bett lag. Nicht dass so was nicht vorkam, aber es könnte für unanständig oder kitschig oder lächerlich gehalten werden, so was zu Papier zu bringen.

Sie bezweifelte, dass er Sabitha oft sehen würde. Aber wenn er es unbedingt wollte, würde sie ihm nichts in den Weg legen.

All das, dieses lebhafte Gefühl von Erweiterung und Verantwortung, war eigentlich keine neue Erfahrung. Sie hatte etwas Ähnliches für Mrs Willets empfunden – auch eine zartgliedrige, flatterhafte Person, die Pflege und Betreuung brauchte. Allerdings war sie nicht darauf gefasst gewesen, dass Ken Boudreau sich in dieser Hinsicht als noch bedürftiger erwies, und dann waren da die Unterschiede, mit denen man bei einem Mann rechnen musste, aber in ihm war bestimmt nichts, womit sie nicht fertigwerden konnte.

Nach Mrs Willets war ihr Herz verdorrt, und sie hatte schon für möglich gehalten, dass es immer so bleiben könnte. Und jetzt so warme Unruhe, so geschäftige Liebe.

Mr McCauley starb etwa zwei Jahre nach Johannas Weggang. Seine Beerdigung war die letzte, die in der anglikanischen Kirche abgehalten wurde. Es fand sich eine ansehnliche Trauergemeinde ein. Sabitha – die mit der Cousine ihrer Mutter, der Frau aus Toronto, kam – war jetzt zurückhaltend und hübsch und bemerkenswert, staunenswert schlank. Sie trug einen eleganten schwarzen Hut und sprach mit niemandem, es sei denn, sie wurde von anderen angesprochen. Und auch dann konnte sie sich offenbar nicht an sie erinnern.

Die Todesanzeige in der Zeitung vermerkte als Hinterbliebene von Mr McCauley dessen Enkeltochter Sabitha Boudreau und dessen Schwiegersohn Ken Boudreau mit Ehefrau Johanna und Söhnchen Omar, wohnhaft in Salmon Arm, B. C.

Ediths Mutter las das vor – Edith selbst warf nie einen Blick in die Lokalzeitung. Natürlich war die Heirat für beide keine Neuigkeit – auch nicht für Ediths Vater, der um die Ecke im Wohnzimmer vor dem Fernseher saß. Die Heirat hatte sich herumgesprochen. Die einzige Neuigkeit war Omar.

»Die und ein Baby!«, sagte Ediths Mutter.

Edith machte am Küchentisch ihre Hausaufgaben und übersetzte Latein. *Tu ne quaesieris, scire nefas, quem mihi, quem tibi …*

In der Kirche hatte sie sorgfältig darauf geachtet, Sabitha nicht in Gegenwart anderer anzusprechen.

Sie hatte eigentlich keine Angst mehr davor, erwischt zu werden – obwohl sie immer noch nicht ganz verstand, warum Sabitha und sie nicht erwischt worden waren. Und in gewisser Weise kam es ihr nur richtig vor, dass die dummen Streiche ihres früheren Ichs nicht mit ihrem jetzigen Ich in Verbindung gebracht wurden – oder gar mit ihrem wahren Ich, das bestimmt zutage treten würde, sobald sie diese Stadt hinter sich gelassen hatte und mit ihr alle Menschen, die meinten, sie zu kennen. Es war dieser ganze Lauf der Dinge, der sie verstörte – so märchenhaft, dabei gleichzeitig banal. Auch beleidigend, wie ein schlechter Scherz oder eine plumpe Warnung, die sie verunsichern sollte. Denn wo stand auf der Liste der Dinge, die sie in ihrem Leben erreichen wollte, irgendetwas davon, für das Erdendasein eines Wesens namens Omar verantwortlich zu sein?

Sie ging nicht auf ihre Mutter ein und schrieb: »Du darfst nicht fragen, es ist uns verboten, zu wissen …«

Sie hielt inne und kaute auf ihrem Bleistift herum, fuhr dann mit einem Schauder der Befriedigung fort: »… was das Schicksal bereithält, sei es für mich oder für dich …«

DER BÄR KLETTERTE
ÜBER DEN BERG

FIONA WOHNTE IM HAUS ihrer Eltern, in der Stadt, in der sie und Grant studierten. Es war ein großes Haus mit Erkerfenstern, das in Grants Augen zugleich luxuriös und unordentlich war, mit faltigen Teppichen auf dem Boden und Tassenringen in der Tischpolitur. Ihre Mutter stammte aus Island – eine kräftige Frau mit einer Schaumkrone weißer Haare und extrem linken politischen Überzeugungen. Der Vater war ein bedeutender Herzspezialist, der im Krankenhaus verehrt wurde, aber zu Hause zum Glück fügsam war und sich die sonderbaren Tiraden dort mit geistesabwesendem Lächeln anhörte. Alle möglichen Leute, reiche wie ärmlich aussehende, hielten diese Tiraden, kamen und gingen und argumentierten und konferierten, manchmal mit ausländischem Akzent. Fiona hatte ein eigenes kleines Auto und einen Stapel Kaschmirpullover, aber sie gehörte keiner Studentenverbindung an, und wahrscheinlich war der Grund dafür diese Betriebsamkeit in ihrem Haus.

Nicht dass sie etwas darauf gab. Verbindungen waren für sie ein Witz, ebenso politische Überzeugungen, obwohl sie gern die Platte mit den »Vier aufrührerischen Generälen« auflegte und manchmal auch die Internationale abspielte, sehr laut, wenn ein Gast da war, den sie ihrer Meinung nach damit nervös machen konnte. Ein krausköpfiger, finster blickender Ausländer machte ihr den Hof – sie sagte, er sei ein Westgote – und ebenso zwei oder drei recht ehrenwerte und verklemmte junge Assistenzärzte. Sie machte sich über alle und auch über Grant lustig. Sie äffte drollig seine Kleinstadtausdrücke nach. Er dachte, vielleicht sei es nur Spaß, als sie ihm einen Heiratsantrag machte, an einem kalten strahlenden Tag am Strand von Port Stanley. Sand stach ihnen ins Gesicht, und die Wellen luden krachend Ladungen kleiner Steinchen zu ihren Füßen ab.

»Fändest du es lustig …«, rief Fiona. »Fändest du es lustig, wenn wir heiraten würden?«

Er nahm sie beim Wort und rief Ja. Er wollte nie mehr ohne sie sein. Sie sprühte vor Leben.

Unmittelbar bevor sie das Haus verließen, bemerkte Fiona eine Schliere auf dem Küchenfußboden. Sie stammte von den billigen schwarzen Hausschuhen, die sie an dem Tag getragen hatte.

»Ich dachte, sie hätten damit aufgehört«, sagte sie im Tonfall normaler Verärgerung und Entrüstung und rieb an dem grauen Schmierfleck, der aussah wie mit Ölkreide gemacht.

Sie spöttelte, in Zukunft brauche sie das nie mehr zu tun, da sie diese Schuhe nicht mitnehme.

»Ich stelle mir vor, ich werde die ganze Zeit fein angezogen sein«, sagte sie. »Oder halbfein. Es wird sein wie im Hotel.«

Sie spülte den Lappen aus, den sie benutzt hatte, und hängte ihn auf die Stange an der Innenseite der Tür unter der

Spüle. Dann zog sie ihren goldbraunen pelzbesetzten Skianorak an, über einen weißen Rollkragenpullover und eine maßgeschneiderte rehbraune Hose. Sie war eine hochgewachsene, schmalschultrige Frau, siebzig Jahre alt, aber immer noch aufrecht und wohlgestaltet, mit langen Beinen und langen Füßen, schmalen Hand- und Fußgelenken und winzigen, fast komisch aussehenden Ohren. Ihre Haare, fein wie Löwenzahnflaum, ursprünglich hellblond, waren irgendwann weiß geworden, ohne dass es Grant so recht aufgefallen war, und sie trug sie immer noch schulterlang, wie ihre Mutter früher auch. (Das war es, was Grants eigene Mutter alarmiert hatte, eine Kleinstadtwitwe, die als Sprechstundenhilfe bei einem Arzt arbeitete. Die langen weißen Haare von Fionas Mutter hatten ihr, mehr noch als der Zustand des Hauses, alles verraten, was sie über diese Leute und deren politische Richtung zu wissen brauchte.)

Ansonsten ähnelte Fiona mit ihrem zarten Knochenbau und ihren Saphiraugen ihrer Mutter überhaupt nicht. Sie hatte einen etwas schiefen Mund, den sie jetzt mit rotem Lippenstift betonte – für gewöhnlich das Letzte, was sie tat, bevor sie aus dem Haus ging. Sie wirkte an diesem Tag ganz wie sie selbst – geradeheraus und dabei doch unbestimmt, liebenswürdig und ironisch.

Vor über einem Jahr waren Grant zum ersten Mal die vielen kleinen gelben Zettel aufgefallen, die überall im Haus klebten. Das war nichts völlig Neues. Sie hatte sich immer Dinge notiert – den Titel eines Buches, den sie im Radio gehört hatte, oder die Dinge, die sie an diesem Tag erledigen wollte. Sogar ihr morgendlicher Zeitplan war schriftlich festgehalten – er fand ihn rätselhaft und rührend in seiner Genauigkeit.

7.00 Yoga. 7.30–7.45 Zähne Gesicht Haare. 7.45–8.15 Spaziergang. 8.15 Grant und Frühstück.

Die neuen Zettel waren anders. An die Küchenschubladen geklebt – Besteck, Geschirrhandtücher, Messer. Konnte sie sie nicht einfach aufziehen und nachsehen, was drin war? Er erinnerte sich an eine Geschichte über deutsche Soldaten auf Grenzpatrouille in der Tschechoslowakei im Zweiten Weltkrieg. Ein Tscheche hatte ihm erzählt, dass jeder der Patrouillenhunde ein Schild trug, und auf dem stand: Hund. Warum?, fragten die Tschechen, und die Deutschen antworteten: Na, weil das ein Hund ist.

Er wollte es Fiona erzählen, dann dachte er, besser nicht. Sie lachten immer über dieselben Dinge, aber was, wenn sie diesmal nicht lachte?

Schlimmeres sollte folgen. Sie fuhr in die Stadt und rief aus einer Telefonzelle an, um ihn nach dem Heimweg zu fragen. Sie ging zu ihrem Spaziergang über die Wiese in den Wald und kam entlang der Einzäunung nach Hause – ein sehr weiter Umweg. Sie sagte, sie habe sich darauf verlassen, dass Zäune immer irgendwohin führen.

Es war schwer zu durchschauen. Sie sagte das über die Zäune, als sei es ein Scherz, und sie hatte sich ohne Mühe an die Telefonnummer erinnert.

»Ich glaube, es ist nichts, worüber man sich Sorgen machen muss«, sagte sie. »Ich nehme an, ich verliere nur den Verstand.«

Er fragte sie, ob sie in letzter Zeit Schlaftabletten genommen habe.

»Wenn ja, erinnere ich mich nicht daran«, sagte sie. Dann sagte sie, es tue ihr leid, dass sie so schnippisch gewesen sei.

»Ich bin sicher, dass ich nichts eingenommen habe. Vielleicht sollte ich was einnehmen. Vielleicht Vitamine.«

Vitamine halfen nicht. Sie stand in der Tür und versuchte sich zu erinnern, was sie vorgehabt hatte. Sie vergaß, die Flamme unter dem Gemüse auszumachen oder Wasser in die Kaffeemaschine zu füllen. Sie fragte Grant, wann sie in dieses Haus gezogen seien.

»War es letztes Jahr oder im Jahr davor?«

Er sagte, es sei zwölf Jahre her.

Sie sagte: »Das ist ja entsetzlich.«

»So war sie schon immer ein wenig«, sagte Grant dem Arzt. »Einmal hat sie ihren Pelzmantel zur Aufbewahrung gebracht und dann einfach vergessen. Das war, als wir den Winter immer irgendwo verbracht haben, wo es warm ist. Dann sagte sie, das sei ungewollt Absicht gewesen, sie sagte, es sei wie eine Sünde, die sie hinter sich lasse. Bei dem schlechten Gewissen, das ihr einige Leute wegen des Pelzmantels gemacht hatten.«

Er versuchte erfolglos, etwas Weiteres zu erklären – dass Fionas Erstaunen über all das und ihre Entschuldigungen etwas von einer mechanischen Höflichkeit an sich hatten, die eine geheime Belustigung nicht völlig verbarg. Als sei sie auf ein Abenteuer gestoßen, das sie nicht erwartet hatte. Oder als spiele sie ein Spiel, das er hoffentlich irgendwann begreifen werde. Sie hatten immer ihre Spiele gehabt – Nonsenssprachen, Personen, die sie erfanden. Manche von Fionas verstellten Stimmen, flötend oder umgarnend (das konnte er dem Arzt nicht erzählen), hatten in geradezu unheimlicher Weise die Stimmen seiner Freundinnen nachgeäfft, denen sie nie begegnet war und von denen sie nie etwas gewusst hatte.

»Tja«, sagte der Arzt. »Es kann anfangs selektiv auftreten.

Wir wissen es eben nicht. Bevor wir nicht das Muster der Verschlechterung erkennen, können wir eigentlich nichts sagen.«

Nicht lange, und es kam kaum noch darauf an, mit welchem Namen man es versah. Fiona, die nicht mehr alleine einkaufen ging, verschwand aus dem Supermarkt, während Grant ihr den Rücken zukehrte. Ein Polizist griff sie auf, als sie mehrere Querstraßen entfernt mitten auf dem Damm spazieren ging. Er fragte sie nach ihrem Namen, und sie antwortete prompt. Dann fragte er sie nach dem Namen des gegenwärtigen Premierministers.

»Wenn Sie das nicht wissen, junger Mann, sollten Sie wirklich nicht einen so verantwortungsvollen Posten bekleiden.«

Er lachte. Aber dann beging sie den Fehler, ihn zu fragen, ob er Boris und Natascha gesehen habe.

Das waren die Barsois, die sie vor etlichen Jahren einer Freundin zuliebe aufgenommen und dann für den Rest deren Lebens rührend versorgt hatte. Ihre Adoption der Hunde stand womöglich in einem zeitlichen Zusammenhang mit der Diagnose, dass sie höchstwahrscheinlich keine Kinder bekommen konnte. Irgendwas mit verstopften oder verknoteten Eileitern – Grant wusste es nicht mehr genau. Er hatte es immer vermieden, sich diesen ganzen weiblichen Organismus genauer vorzustellen. Oder vielleicht geschah es nach dem Tod ihrer Mutter. Die langen Beine und das seidige Fell der Hunde, ihre schmalen, sanften, stolzen Gesichter passten bei ihren Spaziergängen gut zu ihr. Und Grant selbst, der zu jener Zeit seine erste Anstellung bei der Universität bekam (wobei ihm das Geld seines Schwiegervaters trotz des politischen Makels nicht unlieb war), schien nach Ansicht mancher Leute in einer von Fionas exzentrischen Launen ebenso aufgelesen und gehegt und gepflegt und verhätschelt worden zu sein. Obwohl er das zum Glück erst sehr viel später begriff.

Am Abend des Tages ihres Verschwindens aus dem Supermarkt sagte sie zu ihm: »Du weißt, was du jetzt mit mir tun musst, ja? Du musst mich jetzt in dieses Heim bringen. Ulmensee?«

Grant sagte: »Wiesensee. In dem Stadium sind wir noch nicht.«

»Ulmensee, Immensee«, sagte sie, als lägen sie in einem spielerischen Wettbewerb. »Irrensee. Das ist es. Irrensee.«

Er stützte den Kopf in die Hände, die Ellbogen auf den Tisch. Er sagte, wenn sie schon daran dächten, dann unbedingt als etwas, das nicht dauerhaft zu sein brauchte. Eine Art experimentelle Behandlung. Eine Ruhekur.

Es gab eine Regel, dass niemand im Dezember aufgenommen wurde. Die Weihnachtszeit hielt zu viele emotionale Fallgruben bereit. Also unternahmen sie die Fünfundzwanzig-Minuten-Fahrt im Januar. Bevor sie die Fernstraße erreichten, durchquerte die Landstraße eine sumpfige Senke, die jetzt völlig zugefroren war. Die Mooreichen und Ahornbäume warfen ihre Schatten wie Gitterstäbe auf den gleißenden Schnee.

Fiona sagte: »Ach, weißt du noch?«

Grant sagte: »Ich dachte auch gerade dran.«

»Nur dass es bei Mondlicht war«, sagte sie.

Sie sprach von dem Abend, als sie unter dem Vollmond auf dem schwarzgestreiften Schnee Ski gefahren waren, an diesem Ort, der nur im tiefsten Winter zugänglich war. Sie hatten die Äste in der Kälte knacken hören.

Wenn sie sich daran ganz richtig und so lebhaft erinnerte, konnte es dann wirklich so schlimm um sie stehen?

Er musste alle Kraft aufbieten, um nicht umzukehren und nach Hause zu fahren.

Es gab eine weitere Regel, die die Heimleiterin ihm erklärte. Neue Heimbewohner durften während der ersten dreißig Tage nicht besucht werden. Die meisten brauchten diese Zeit, um sich einzugewöhnen. Bevor diese Regel eingeführt worden war, hatte es Proteste und Tränen und Wutausbrüche sogar von denen gegeben, die bereitwillig hergekommen waren. Um den dritten oder vierten Tag herum fingen sie an zu jammern und flehten, nach Hause geholt zu werden. Und es gab Verwandte, die dafür empfänglich waren, so dass Leute wieder nach Hause verfrachtet wurden, die dort keineswegs besser zurechtkamen als zuvor. Ein halbes Jahr später oder manchmal nur ein paar Wochen später fing der ganze verstörende Zirkus von vorn an.

»Wohingegen wir feststellen«, sagte die Heimleiterin, »wenn sie sich selbst überlassen werden, sind sie am Ende meistens glücklich und zufrieden. Für einen Ausflug in die Stadt müssen sie regelrecht in den Bus gelockt werden. Das Gleiche gilt für einen Besuch zu Hause. Es ist völlig in Ordnung, sie dann nach Hause zu holen, für ein bis zwei Stunden – sie sind diejenigen, die sich Sorgen machen, ob sie rechtzeitig zum Abendbrot zurück sind. Wiesensee ist dann ihr Zuhause. Natürlich trifft das nicht auf die im ersten Stock zu, die können wir nicht gehen lassen. Es ist zu schwierig, und sie wissen sowieso nicht, wo sie sind.«

»Meine Frau wird nicht in den ersten Stock kommen«, sagte Grant.

»Nein«, sagte die Heimleiterin nachdenklich. »Ich möchte nur von Anfang an alles klarstellen.«

Sie waren vor mehreren Jahren ein paarmal nach Wiesensee gefahren, um Mr Farquar zu besuchen, den alten Junggesellen und Farmer, der ihr Nachbar gewesen war. Er hatte allein in einem zugigen Backsteinhaus gelebt, an dem seit Anfang des Jahrhunderts nichts verändert worden war, nur ein Kühlschrank und ein Fernseher waren hinzugekommen. Er hatte Grant und Fiona unangekündigte, aber zeitlich gut verteilte Besuche abgestattet, und neben lokalen Themen sprach er gerne über Bücher, die er gerade gelesen hatte – über den Krimkrieg oder Polarexpeditionen oder die Geschichte der Feuerwaffen. Aber nachdem er nach Wiesensee gegangen war, redete er nur noch über den Tagesablauf im Heim, und sie gewannen den Eindruck, dass ihre Besuche ihn zwar freuten, jedoch in seinem neuen Umfeld für ihn zugleich eine Last waren. Und besonders Fiona hasste den durchdringenden Geruch nach Urin und Desinfektionsmitteln, hasste die obligaten Plastikblumensträuße in den Nischen der dämmrigen, niedrigen Flure.

Jetzt war dieses Gebäude verschwunden, obwohl es erst aus den fünfziger Jahren gestammt hatte. Ebenso wie Mr Farquars Haus verschwunden und durch eine kitschige, schlossähnliche Villa ersetzt worden war, dem Wochenendhaus von

Leuten aus Toronto. Das neue Wiesensee war ein luftiges, gewölbtes Gebäude, in dem es angenehm ein wenig nach Tanne duftete. An vielen Stellen gediehen in großen Kübeln echte Grünpflanzen.

Trotzdem ertappte Grant sich immer wieder dabei, dass er sich Fiona im alten Gebäude vorstellte, als er den langen Monat hinter sich bringen musste, ohne sie zu sehen. Es war der längste Monat seines Lebens, dachte er – länger als der Monat, den er mit seiner Mutter bei Verwandten in Lanark County verbracht hatte, als er dreizehn war, und länger als der Monat, den Jacqui Adams mit ihrer Familie im Urlaub verbracht hatte, kurz vor dem Beginn ihrer Affäre. Er rief jeden Tag in Wiesensee an und hoffte, die Schwester an den Apparat zu kriegen, die Kristy hieß. Sie schien seine Beharrlichkeit ein wenig komisch zu finden, aber sie gab ihm ausführlicher Auskunft als jede andere Schwester, an die er geriet.

Fiona hatte sich eine Erkältung geholt, aber das war bei Neuankömmlingen nichts Ungewöhnliches.

»Wie wenn die Kinder in die Schule kommen«, sagte Kristy. »Sie werden einem ganzen Haufen neuer Bazillen ausgesetzt, und eine Zeitlang holen sie sich einfach alles.«

Dann besserte sich ihre Erkältung. Die Antibiotika wurden abgesetzt, und sie wirkte nicht mehr so verwirrt wie bei ihrer Einlieferung. (Grant hörte zum ersten Mal von den Antibiotika und der Verwirrung.) Ihr Appetit war recht gut, und sie saß offenbar gerne auf der Veranda. Und offenbar saß sie auch gerne vor dem Fernseher.

Eines der unerträglichen Dinge am alten Wiesensee waren die Fernseher gewesen, die überall liefen und die Gedanken und Gespräche überlagerten, ganz egal, wo man sich hinsetzte. Einige der Insassen (so hatten Grant und Fiona sie damals genannt, nicht Heimbewohner) schauten hinein, einige redeten mit dem Bildschirm, aber die meisten saßen nur da und ließen alles, was daraus auf sie eindrang, über sich ergehen. In dem neuen Gebäude gab es, soweit er sich daran erinnerte, nur in einem separaten Aufenthaltsraum oder in den Schlafzimmern einen Fernseher. Man hatte die Wahl, ob man schauen wollte.

Also musste Fiona ihre Wahl getroffen haben. Um sich was anzuschauen?

In den gemeinsam verbrachten Jahren in diesem Haus hatten beide ziemlich viel ferngesehen. Sie hatten das Leben eines jeden Wildtiers oder Reptils oder Insekts oder Meeresbewohners ausgespäht, das von einer Kamera eingefangen werden konnte, sie hatten die Handlungsstränge von Familienserien verfolgt, die sich ziemlich ähnlich waren und allesamt an Gesellschaftsromane aus dem 19. Jahrhundert erinnerten. Sie hatten sich in eine englische Comedyserie über das Leben in einem Warenhaus vernarrt und sich so viele Wiederholungen angesehen, dass sie die Dialoge auswendig konnten. Sie betrauerten das Verschwinden von Schauspielern, die im wirklichen Leben starben oder ausschieden, um anderswo aufzutreten, und freuten sich dann über deren Wiederkunft in alten Folgen. Sie sahen zu, wie die schwarzen Haare des Abteilungsleiters ergrauten und schließlich wieder schwarz wurden, in den immer gleichen billigen Kulissen. Aber auch die verblassten; mit der Zeit verblassten die Kulissen und die schwärzesten Haare, als dringe unter den Fahrstuhltüren hindurch der Staub von Londons Straßen ein, und das hatte eine Traurigkeit an sich, die auf Grant und Fiona ergreifender wirkte als irgendeine der Tragödien in *Meister-*

werke des Theaters, also sahen sie sich die allerletzten Folgen nicht mehr an.

Fiona war dabei, sich mit einigen anzufreunden, sagte Kristy. Sie kam offensichtlich aus ihrem Schneckenhaus heraus.

Aus welchem Schneckenhaus?, wollte Grant fragen, verbiss es sich aber, um es sich mit Kristy nicht zu verderben.

Wenn Bekannte anriefen, ließ er sie auf den Anrufbeantworter sprechen. Die Leute, mit denen sie gelegentlich verkehrten, wohnten nicht in nächster Nähe, sondern irgendwo auf dem Lande, Rentner wie sie, die oft ohne Ankündigung verreisten. In den ersten Jahren hier waren Grant und Fiona im Winter dageblieben. Ein Winter auf dem Land war eine neue Erfahrung, und sie hatten viel zu tun, um das Haus darauf einzurichten. Dann hatten sie sich in den Kopf gesetzt, Reisen zu unternehmen, solange sie es noch konnten, und sie waren nach Griechenland, Australien und Costa Rica gefahren. Ihre Bekannten würden denken, dass sie sich gerade auf einer solchen Reise befanden.

Er lief Ski, um sich Bewegung zu verschaffen, aber niemals so weit bis ins Moor. Er lief auf der Wiese hinter dem Haus im Kreis herum, während die Sonne unterging und unter einem rosigen Himmel eine Landschaft zurückließ, die von Wogen aus blaugesäumtem Eis umschlossen zu sein schien. Er zählte ab, wie oft er die Wiese umrundete, und wenn er in das dunkelnde Haus zurückkehrte, stellte er die Fernsehnachrichten an und machte sich sein Abendbrot zurecht. Sie hatten das Abendbrot meistens gemeinsam vorbereitet. Einer machte die Drinks, und der andere machte Feuer, und sie redeten über seine Arbeit (er schrieb eine Abhandlung über die Wölfe in den altnordischen Sagen und besonders über den Fenriswolf, der beim Weltuntergang Odin verschlingt), über das, was Fiona gerade las, und über alles, was sie im Laufe des nah beieinander und doch getrennt verbrachten Tages gedacht hatten. Das war ihre Zeit lebhaftester Intimität, obwohl es natürlich auch die fünf oder zehn Minuten Zärtlichkeit gleich nach dem Zubettgehen gab – etwas, das nicht oft mit Sex endete, ihnen aber bestätigte, dass Sex noch nicht vorbei war.

In einem Traum zeigte Grant einem seiner Kollegen, den er für einen Freund hielt, einen Brief. Der Brief stammte von der Zimmergenossin eines Mädchens, an das er eine Weile nicht gedacht hatte. Sein Stil war frömmlerisch und feindselig, auf weinerliche Art bedrohlich – er stufte die Schreiberin als latente Lesbe ein. Das Mädchen selbst war jemand, von dem er sich auf anständige Weise getrennt hatte, und es schien unwahrscheinlich, dass es ihr Wunsch war, Krach zu schlagen oder sich gar das Leben zu nehmen, was ihm der Brief offenbar durch die Blume zu sagen versuchte.

Der Kollege war einer jener Ehemänner und Väter, die mit als Erste ihre Krawatten weggeworfen hatten und von zu Hause fortgegangen waren, um jede Nacht mit einer betörenden jungen Geliebten auf einer Matratze auf dem Fußboden zu verbringen und dann ungepflegt und nach Kiff und Räucherstäbchen stinkend in ihren Büros, ihren Klassenzimmern zu erscheinen. Aber jetzt hielt er nicht mehr viel von solchen Kapriolen, und Grant erinnerte sich, dass er sogar eines dieser jungen Dinger geheiratet hatte, das dann dazu übergegangen war, Bekannte zum Abendessen einzuladen und Kinder zu kriegen, ganz wie eine altmodische Ehefrau.

»Ich würde nicht lachen«, sagte er zu Grant, der sich nicht entsinnen konnte, gelacht zu haben. »Und ich an deiner Stelle würde Fiona vorwarnen.«

Also machte Grant sich auf den Weg, um Fiona in Wiesensee aufzusuchen – dem alten Wiesensee –, und geriet stattdessen in einen Hörsaal. Alle warteten schon auf ihn und seine Vorlesung. Und in der letzten, höchsten Reihe saß eine Schar kaltblickender junger Frauen, alle in schwarzen Gewändern, alle in Trauer, die ihn unverwandt anstarrten und ostentativ nicht mitschrieben oder dem, was er sagte, keine Beachtung schenkten.

Fiona saß unbeschwert in der ersten Reihe. Sie hatte aus dem Hörsaal einen Winkel gemacht, wie sie ihn sich auf Partys immer suchte – ein ungestörtes Fleckchen, wo sie Wein mit Mineralwasser trank, billige Zigaretten rauchte und komische Geschichten über ihre Hunde erzählte. Wo sie sich mit einigen Leuten, die wie sie waren, gegen die Flut stemmte, als wären die Dramen, die sich in anderen Winkeln, in Schlafzimmern und auf der dunklen Veranda abspielten, nichts als kindische Komödien. Als wäre Keuschheit schick und Verschwiegenheit ein Segen.

»Ach was«, sagte Fiona. »Mädchen in dem Alter reden ständig davon, sich umbringen zu wollen.«

Aber ihre Reaktion beruhigte ihn nicht – sie jagte ihm sogar einen kalten Schauder über den Rücken. Er hatte Angst, dass sie unrecht hatte, dass etwas Schreckliches passiert war, und er sah, was sie nicht sehen konnte – dass der schwarze Ring immer enger wurde, sich zusammenzog, um seine Kehle, um die obere Hälfte des Raumes.

Er befreite sich aus seinem Traum und machte sich daran, das Wirkliche vom Unwirklichen zu trennen.

Es hatte einen Brief gegeben, und das Wort »SCHWEIN« hatte in schwarzer Farbe auf der Tür seines Dienstzimmers gestanden, und als ein Mädchen sich fürchterlich in ihn verliebt und Fiona davon erfahren hatte, war ihre Reaktion ganz ähnlich wie die im Traum gewesen. Der Kollege hatte dabei keine Rolle gespielt, die schwarzgewandeten Frauen waren nie in seinem Klassenzimmer erschienen, und niemand hatte Selbstmord begangen. Grant war nicht öffentlich gebrandmarkt worden, er war mit einem blauen Auge davongekommen, besonders wenn man bedachte, welche Folgen das nur wenige Jahre später gehabt hätte. Aber es sprach sich herum. Man zeigte ihm die kalte Schulter. Sie erhielten nur wenige Weihnachtseinladungen und verbrachten den Silvesterabend allein. Grant betrank sich und versprach Fiona, ohne dass es von ihm gefordert wurde – und Gott sei Dank ohne den Fehler, ein Geständnis abzulegen –, ein neues Leben.

Die Scham, die er damals empfand, war die Scham, als der Dumme dazustehen, der den Wandel, der stattfand, nicht bemerkt hatte. Und keine einzige Frau hatte ihn darauf aufmerksam gemacht. Es hatte schon einmal einen Wandel gegeben, als plötzlich so viele Frauen zu haben waren – oder so war es ihm wenigstens vorgekommen –, und jetzt dieser neue Wandel, nun behaupteten sie, dass das, was passiert war, überhaupt nicht ihren Wünschen entsprochen hatte. Sie hatten nur mitgemacht, weil sie hilflos und durcheinander waren, und das Ganze hatte sie verletzt und ihnen keineswegs Spaß bereitet. Sogar als sie die Initiative ergriffen hatten, war das nur geschehen, weil ihre Chancen sonst gleich null gewesen wären.

Nirgendwo fand sich eine Bestätigung, dass zum Leben eines Schürzenjägers (wenn er sich so bezeichnen musste – er, der nicht halb so viele Eroberungen und Verwicklungen auf seinem Konto hatte wie der Mann, der ihm in seinem Traum Vorwürfe gemacht hatte) auch Akte der Freundlichkeit und Großzügigkeit und sogar der Opferbereitschaft gehörten. Nicht am Anfang vielleicht, aber zumindest im weiteren Verlauf. Viele Male hatte er dem Stolz einer Frau, ihrer Verletzlichkeit, Rechnung getragen, indem er mehr Zärtlichkeit – oder auch rauere Leidenschaft – aufbot, als irgend dem entsprach, was er wirklich empfand. Alles, damit man ihn jetzt beschuldigte, zu verletzen und auszunutzen und Selbstachtung zu zerstören. Und Fiona zu betrügen – was er natürlich getan hatte –, aber wäre es besser gewesen, er hätte getan, was andere mit ihrer Ehefrau gemacht hatten, und sie verlassen?

An so etwas hatte er nie gedacht. Er hatte nie aufgehört, mit Fiona zu schlafen, trotz erschreckender Anforderungen von anderer Seite. Er war nicht eine Nacht lang weggeblieben. Kein Erfinden von ausgeklügelten Geschichten, um ein Wochenende in San Francisco oder in einem Zelt auf Manitoulin Island zu verbringen. Er hatte sich beim Konsum von Kiff und Alkohol zurückgehalten, und er hatte weiterhin wissenschaftliche Arbeiten publiziert, in Ausschüssen mitgewirkt und in seiner Karriere Fortschritte gemacht. Er hatte nie die Absicht gehabt, seine Laufbahn und seine Ehe hinzuschmeißen und aufs Land zu ziehen, um zu tischlern oder Bienen zu züchten.

Aber etwas Ähnliches war dann doch geschehen. Er war mit niedrigerer Rente vorzeitig in den Ruhestand gegangen. Der Herzspezialist war gestorben, nach einer verstörten und stoisch ertragenen Zeit allein in dem großen Haus, und Fiona hatte nicht nur diese Immobilie geerbt, sondern auch das Farmhaus, in dem ihr Vater aufgewachsen war, auf dem Land in der Nähe der Georgian Bay. Sie gab ihre Stellung auf, als Koordinatorin ehrenamtlicher Dienste in einem Krankenhaus (in jener Alltagswelt, wie sie sagte, in der die Menschen in Schwierigkeiten steckten, die nichts mit Drogen oder Sex oder intellektuellen Zänkereien zu tun hatten). Ein neues Leben war eben ein neues Leben.

Boris und Natascha waren zu der Zeit schon tot. Einer von ihnen wurde krank und starb als Erster – Grant hatte vergessen, welcher von beiden –, und dann starb auch der andere, mehr oder weniger aus Mitgefühl.

Er werkelte mit Fiona zusammen am Haus. Sie besorgten sich Langlaufskier. Sie lebten ziemlich zurückgezogen, aber nach und nach erwarben sie sich einige Freunde. Es war Schluss mit den hektischen Flirts, Schluss mit den nackten weiblichen Zehen, die unter dem Tisch in seinem Hosenbein hochkrochen. Schluss mit den Ehefrauen auf Abwegen.

Gerade noch rechtzeitig, konnte Grant sich eingestehen, als sein Gefühl, ungerecht behandelt worden zu sein, nachließ. Die Feministinnen und vielleicht das arme törichte Mädchen selbst sowie seine feigen sogenannten Freunde hatten ihn gerade noch rechtzeitig hinausgestoßen. Hinaus aus einem Leben, das inzwischen mehr Schwierigkeiten bereitet hätte, als sich lohnte. Und durch das er Fiona hätte verlieren können.

Am Morgen des Tages, an dem er zum ersten Mal nach Wiesensee zu Besuch fahren durfte, wurde Grant früh wach. Ihn erfüllte ein feierliches Prickeln, wie in den alten Zeiten am

Morgen seiner ersten Verabredung mit einer neuen Frau. Das Gefühl war nicht rein sexuell. (Später, als die Verabredungen zur Routine geworden waren, war es nur noch das.) Es lag darin auch die Erwartung von Entdeckungen, nahezu einer spirituellen Erweiterung. Auch Furchtsamkeit, Demut, Besorgnis.

Er brach zu früh auf. Besucher wurden nicht vor vierzehn Uhr eingelassen. Er wollte nicht auf dem Parkplatz herumsitzen, also zwang er sich, in eine falsche Richtung zu fahren.

Es hatte Tauwetter gegeben. Es lag noch viel Schnee, aber die blendend harte Winterlandschaft war zerbröckelt. Unter dem grauen Himmel sahen die pockennarbigen Kissen auf den Feldern wie Müllhaufen aus.

In der Stadt in der Nähe von Wiesensee fand er einen Blumenladen und kaufte einen großen Strauß. Er hatte Fiona noch nie Blumen geschenkt. Als er das Heim betrat, fühlte er sich wie ein hoffnungsloser Liebhaber oder ein schuldbewusster Ehemann in einer Witzzeichnung.

»Wow. So früh Osterglocken«, sagte Kristy. »Sie müssen ein Vermögen ausgegeben haben.« Sie ging vor ihm den Flur entlang, knipste in einer Kammer oder einer Art Küche das Licht an und suchte eine Vase. Sie war eine plumpe junge Frau, die aussah, als hätte sie in jedem Bereich aufgegeben, nur nicht bei ihrem Haar. Das war blond und bauschig. All der auftoupierte Luxus im Stil einer Bardame oder einer Stripperin auf solch einem Alltagsgesicht und -körper.

»So«, sagte sie und wies ihn mit einem Kopfnicken den Flur entlang. »Name steht auf der Tür.«

Er fand ihn, auf einem mit Rotkehlchen verzierten Namensschild. Er überlegte, ob er anklopfen sollte, tat es, machte dann die Tür auf und rief ihren Namen.

Sie war nicht da. Die Schranktür war zu, das Bett gemacht. Nichts auf dem Nachttisch, nur eine Schachtel Kleenex und ein Glas Wasser. Kein einziges Foto oder Bild, kein Buch, keine Zeitschrift. Vielleicht musste man die im Schrank aufbewahren.

Er ging zurück zum Schwesternzimmer oder zur Aufnahme oder was es nun war. »Nein?«, sagte Kristy in einem erstaunten Ton, der auf ihn unecht wirkte.

Er zögerte, hielt die Blumen vor sich. Sie sagte: »Na schön – stellen wir den Strauß hier ab.« Seufzend, als sei er ein zurückgebliebenes Kind an seinem ersten Schultag, führte sie ihn über den Flur in den hellen zentralen Aufenthaltsraum mit großen Panoramafenstern und gewölbter Decke. Mehrere Leute saßen in Sesseln entlang der Wände, andere saßen an Tischen in der Mitte des mit Teppichboden ausgelegten Raumes. Niemand von ihnen sah allzu schlimm aus. Alt – manche behindert genug, um Rollstühle zu brauchen –, aber ordentlich. Als er mit Fiona Mr Farquar besucht hatte, gab es stets unerquickliche Anblicke. Lange weiße Barthaare am Kinn alter Frauen, jemand mit einem herausgestülpten Auge wie eine verfaulte Pflaume. Leute, die sabberten, mit dem Kopf wackelten, irre vor sich hin schwatzten. Jetzt sah es aus, als seien die schlimmsten Fälle ausgesondert worden. Oder vielleicht waren Medikamente und operative Eingriffe in Gebrauch gekommen, vielleicht gab es Möglichkeiten, Entstellungen sowie verbale und andere Arten von Inkontinenz zu behandeln – Möglichkeiten, die es selbst vor diesen wenigen Jahren noch nicht gegeben hatte.

Eine völlig trostlose Frau jedoch saß am Klavier und hackte mit einem Finger auf den Tasten herum, ohne eine Melodie zustande zu bringen. Eine andere Frau, die hinter einer großen Thermoskaffeekanne und einem Stapel Plastiktassen vor sich hin starrte, sah zu Tode gelangweilt aus. Aber sie musste eine Angestellte sein – sie trug wie Kristy einen blassgrünen Hosenkittel.

»Sehen Sie?«, sagte Kristy mit leiserer Stimme. »Sie gehen einfach hin und sagen Hallo und versuchen, sie nicht zu erschrecken. Denken Sie dran, es kann sein, dass sie Sie nicht … Na ja. Gehen Sie ruhig.«

Er sah Fiona von der Seite, sie saß bei einem der Kartentische, ohne jedoch zu spielen. Ihr Gesicht sah ein wenig aufgedunsen aus, die Hautfalte einer Wange verdeckte den Mundwinkel, wie sie es bisher nicht getan hatte. Sie sah dem Mann, neben dem sie saß, beim Spielen zu. Er hielt seine Karten so, dass sie hineinschauen konnte. Als Grant an den Tisch trat, blickte sie auf. Alle blickten auf – alle Kartenspieler am Tisch blickten unwirsch auf. Dann schauten sie sofort wieder in ihre Karten, als wollten sie jede Störung abwehren.

Aber Fiona lächelte ihr schiefes, verschämtes, listiges und charmantes Lächeln, schob ihren Stuhl zurück und kam zu ihm, wobei sie den Finger an den Mund legte.

»Bridge«, flüsterte sie. »Todernst. Sie sind alle völlig besessen davon.« Sie zog ihn plaudernd zu dem Kaffeetisch. »Ich kann mich erinnern, dass ich auf dem College eine Zeitlang so war. Meine Freundinnen und ich, wir schwänzten die Kurse, hockten im Gemeinschaftsraum, pafften und spielten wie die Zocker. Eine hieß Phoebe, wie die anderen hießen, weiß ich nicht mehr.«

»Phoebe Hart«, sagte Grant. Er rief sich das kleine hohlbrüstige, schwarzäugige Mädchen ins Gedächtnis, das wahrscheinlich inzwischen tot war. In Rauchschwaden gehüllt, Fiona, Phoebe und die anderen, entrückt wie Hexen.

»Du kanntest sie auch?«, sagte Fiona und richtete jetzt ihr Lächeln an die Frau mit dem versteinerten Gesicht. »Kann ich dir was zu trinken besorgen? Eine Tasse Tee? Der Kaffee ist hier leider nicht besonders.«

Grant trank nie Tee.

Er konnte sie nicht in die Arme schließen. Etwas in ihrer Stimme und ihrem Lächeln, so vertraut sie ihm waren, etwas an der Art und Weise, wie sie die Kartenspieler und sogar die Kaffeefrau vor ihm zu schützen schien – wie auch ihn vor deren Unmut –, machte das unmöglich.

»Ich habe dir Blumen mitgebracht«, sagte er. »Ich dachte, die könnten dein Zimmer beleben. Ich bin in deinem Zimmer gewesen, aber du warst nicht da.«

»Nein«, sagte sie. »Ich bin ja hier.«

Grant sagte: »Du hast einen neuen Freund.« Er nickte mit dem Kopf in Richtung des Mannes, neben dem sie gesessen hatte. Im selben Augenblick sah der Mann zu Fiona hoch, und sie drehte sich um, entweder wegen Grants Feststellung oder weil sie den Blick im Rücken gespürt hatte.

»Das ist bloß Aubrey«, sagte sie. »Das Komische ist, ich kannte ihn schon vor vielen, vielen Jahren. Er hat im Laden gearbeitet. In dem Eisenwarenladen, in dem mein Großvater immer eingekauft hat. Ich habe oft mit ihm rumgealbert, und er hat nie den Mut aufgebracht, sich mit mir zu verabreden. Bis zum allerletzten Wochenende, da hat er mich zu einem Baseballspiel mitgenommen. Aber als es aus war, ist mein Großvater gekommen, um mich nach Hause zu fahren. Ich war den Sommer über zu Besuch da. Zu Besuch bei meinen Großeltern – sie haben auf einer Farm gewohnt.«

»Fiona. Ich weiß, wo deine Großeltern gewohnt haben. Da wohnen wir jetzt. Wohnten.«

»Ist wahr?«, sagte sie zerstreut, weil der Kartenspieler ihr seinen Blick sandte, der keine Bitte war, sondern ein Befehl. Er war ein Mann etwa in Grants Alter oder ein wenig älter. Dichte, kräftige weiße Haare fielen ihm in die Stirn, und seine Haut war ledrig, aber bleich, gelblich-weiß wie ein alter verschrumpelter Glacéhandschuh. Sein längliches Gesicht war würdevoll und melancholisch, und er hatte etwas von der Schönheit eines kraftvollen, mutlosen alten Pferdes. Aber wo es um Fiona ging, war er nicht mutlos.

»Ich muss wieder zurück«, sagte Fiona, und Röte befleckte ihr neuerdings feistes Gesicht. »Er glaubt, er kann nur spielen, wenn ich danebensitze. Es ist albern, ich kann das Spiel kaum noch. Du wirst mich leider entschuldigen müssen.«

»Seid ihr bald fertig?«

»Ich denke schon. Das kommt drauf an. Wenn du diese finster blickende Dame nett bittest, gibt sie dir einen Tee.«

»Danke, ich mag nichts«, sagte Grant.

»Also dann verlasse ich dich jetzt, kannst du dich selbst beschäftigen? Es muss dir alles merkwürdig vorkommen, aber du wirst überrascht sein, wie bald du dich daran gewöhnt hast. Dann wirst du dir gemerkt haben, wer alle sind. Bis auf einige, die so ziemlich jenseits von Gut und Böse sind, verstehst du – von denen darfst du nicht erwarten, dass sie sich merken, wer du bist.«

Sie schlüpfte wieder auf ihren Stuhl und sagte Aubrey etwas ins Ohr. Sie strich mit den Fingern über seinen Handrücken.

Grant machte sich auf die Suche nach Kristy und fand sie auf dem Flur. Sie schob einen Wagen, auf dem Krüge mit Apfelsaft und Traubensaft standen.

»Einen Moment«, sagte sie und steckte den Kopf in eine Tür. »Jemand hier drin Apfelsaft? Traubensaft? Kekse?«

Er wartete, während sie zwei Plastikbecher füllte und in das Zimmer brachte. Dann kam sie zurück und legte zwei Pfeilwurzkekse auf Pappteller.

»Na?«, sagte sie. »Sind Sie nicht froh zu sehen, wie sie teilnimmt und alles?«

Grant fragte: »Weiß sie überhaupt, wer ich bin?«

Er vermochte es nicht zu sagen. Sie konnte ihm einen Streich gespielt haben. Das sah ihr durchaus ähnlich. Sie hatte sich durch das kleine Täuschungsmanöver am Schluss verraten, wo sie mit ihm redete, als hielte sie ihn unter Umständen für einen neuen Bewohner.

Falls sie ihn damit täuschen wollte. Falls es ein Täuschungsmanöver war.

Aber wäre sie ihm nicht nachgelaufen und hätte gelacht, sobald der Streich vorbei war? Sie wäre doch nicht einfach an den Spieltisch zurückgekehrt und hätte vorgegeben, nicht mehr an ihn zu denken. Das wäre zu grausam gewesen.

Kristy sagte: »Sie haben sie gerade in einem schlechten Moment erwischt. Ins Spiel vertieft.«

»Sie spielt doch gar nicht«, sagte er.

»Ja, aber ihr Freund spielt. Aubrey.«

»Wer ist denn Aubrey?«

»Na eben Aubrey. Ihr Freund. Möchten Sie einen Saft?«

Grant schüttelte den Kopf.

»Ach, schauen Sie«, sagte Kristy. »Sie entwickeln diese Bindungen. Eine Weile steht das an erster Stelle. Busenfreunde und so. Das ist eine Phase.«

»Sie meinen, es kann tatsächlich sein, dass sie nicht weiß, wer ich bin?«

»Kann schon sein. Heute nicht. Morgen dann – man weiß es eben nicht. Das geht ständig vor und zurück, und man kann nichts daran ändern. Sie werden schon sehen, wie das so ist, wenn Sie erst mal öfter hier waren. Sie werden lernen, das nicht alles so ernst zu nehmen. Lernen, es zu nehmen, wie's Tag für Tag kommt.«

Tag für Tag. Aber es ging nicht wirklich vor und zurück, und er gewöhnte sich nicht daran, wie es war. Fiona dagegen schien sich an ihn zu gewöhnen, aber nur wie an einen hartnäckigen Besucher, der sich aus irgendeinem Grund für sie interessierte. Oder vielleicht sogar wie an jemanden, der ihr lästig fiel, den sie das aber nach ihren alten Höflichkeitsregeln nicht spüren lassen durfte. Sie behandelte ihn mit zerstreuter, umgänglicher Freundlichkeit, die ihn daran hinderte, ihr die Frage zu stellen, die sich am meisten aufdrängte. Er konnte sie nicht fragen, ob sie noch wusste, dass er seit nahezu fünfzig Jahren ihr Ehemann war. Er gewann den Eindruck, dass ihr solch eine Frage sehr peinlich wäre – peinlich nicht für sie, sondern für ihn. Sie hätte etwas geniert gelacht und ihn mit ihrer Höflichkeit und ihrem Befremden in tödliche Verlegenheit gebracht und am Ende weder Ja noch Nein gesagt. Oder sie hätte entweder das eine oder das andere auf eine Weise gesagt, die zutiefst unbefriedigend war.

Kristy war die einzige Pflegerin, mit der er reden konnte. Einige der anderen behandelten das Ganze als Witz. Ein abgebrühtes altes Schlachtross lachte ihm ins Gesicht. »Der Aubrey und die Fiona? Die hat's wirklich schlimm erwischt, was?«

Kristy erzählte ihm, dass Aubrey eine Firma vertreten hatte, die Unkrautvernichter – »und all so'n Zeugs« – an die Farmer verkaufte.

»Er war ein feiner Kerl«, sagte sie, und Grant war nicht klar, ob das bedeuten sollte, dass Aubrey früher zu den Leuten ehrlich und redlich und freundlich war oder dass er früher gut reden konnte und gut angezogen war und einen guten Wagen fuhr. Wahrscheinlich beides.

Und dann, als er noch gar nicht sehr alt und noch nicht mal im Ruhestand war – sagte sie –, hatte er sich ein ungewöhnliches Leiden zugezogen.

»Normalerweise wird er von seiner Frau versorgt. Sie pflegt ihn zu Hause. Sie hat ihn nur vorübergehend hergebracht, damit sie sich mal erholen kann. Ihre Schwester wollte, dass sie nach Florida fährt. Sie hatte eine schwere Zeit, man hätte von einem Mann wie ihm nie erwartet … Sie sind bloß irgendwohin in Urlaub gefahren, und er hat sich was geholt, irgendeinen Erreger, und bekam schrecklich hohes Fieber. Und davon ist er ins Koma gefallen, und danach war er, wie er jetzt ist.«

Er fragte sie nach den engeren Beziehungen zwischen Heimbewohnern. Gingen die je zu weit? Er war jetzt fähig, einen nachsichtigen Ton anzuschlagen, der ihm hoffentlich Zurechtweisungen ersparen würde.

»Hängt davon ab, was Sie meinen«, sagte sie. Sie schrieb weiter in ihr Stationsbuch, während sie überlegte, was sie ihm antworten sollte. Als sie mit dem, was sie notieren musste, fertig war, sah sie mit offenem Lächeln zu ihm auf.

»Die Probleme, die wir hier haben, komisch, aber die haben wir oft mit solchen, die sich gar nicht so angefreundet haben. Kennen sich eigentlich überhaupt nicht, wissen mal gerade, ist das ein Mann oder eine Frau? Man sollte meinen, es sind die alten Knaben, die versuchen, zu den alten Frauen ins Bett zu kriechen, aber meistens ist es umgekehrt. Die alten Frauen sind hinter den alten Männern her. Sind wohl noch nicht so am Ende, denk ich mal.«

Sie hörte auf zu lächeln, als fürchtete sie, zu viel gesagt zu haben oder grob gewesen zu sein.

»Verstehen Sie mich nicht falsch«, sagte sie. »Ich meine nicht Fiona. Fiona ist eine Dame.«

Aber was ist mit Aubrey?, wollte Grant schon fragen. Doch dann fiel ihm ein, dass Aubrey im Rollstuhl saß.

»Sie ist eine wirkliche Dame«, sagte Kristy in so entschiedenem und beruhigendem Ton, dass Grant überhaupt nicht beruhigt war. Im Geiste sah er Fiona vor sich, in einem ihrer langen, mit Lochstickerei und blauer Borte verzierten Nachthemden, wie sie schelmisch die Bettdecke eines alten Mannes lupfte.

»Also manchmal frage ich mich ...«, sagte er.

Kristy sagte scharf: »Was fragen Sie sich?«

»Ich frage mich, ob sie uns nicht allen etwas vormacht?«

»Was vormacht?«, sagte Kristy.

An den meisten Nachmittagen war das Paar am Kartentisch zu finden. Aubrey hatte große Hände mit dicken Fingern. Es fiel ihm schwer, seine Karten zu handhaben. Fiona mischte und gab für ihn und machte manchmal eine rasche Bewegung, um eine Karte zu retten, die ihm aus der Hand zu rutschen drohte. Grant beobachtete von der anderen Seite des Raumes ihre blitzschnelle Bewegung und ihre rasche, lachende Entschuldigung. Er sah Aubreys ehemännliches Stirnrunzeln, wenn eine Strähne von ihrem Haar seine Wange berührte. Aubrey zog es vor, sie nicht zu beachten, solange sie an seiner Seite blieb.

Aber kaum hatte sie Grant zur Begrüßung angelächelt, ihren Stuhl zurückgeschoben und war aufgestanden, um ihm Tee anzubieten – und hatte so gezeigt, dass sie sein Recht anerkannte, da zu sein, und sich vielleicht ein wenig verantwortlich für ihn fühlte –, schon nahm Aubreys Gesicht einen Ausdruck finsterer Bestürzung an. Er ließ die Karten aus den Fingern gleiten und auf den Boden fallen, um das Spiel zu verderben.

So dass Fiona gezwungen war, einzugreifen und alles in Ordnung zu bringen.

Wenn sie nicht am Bridgetisch saßen, konnte es sein, dass sie ein wenig einen der Flure entlanggingen, wobei Aubrey sich mit einer Hand an der Geländerstange festhielt und mit der anderen an Fionas Arm oder an ihrer Schulter. Die Schwestern fanden, es war ein Wunder, wie sie ihn aus dem Rollstuhl geholt hatte. Obwohl für längere Wege – zum Wintergarten am einen Ende des Gebäudes oder zum Fernsehzimmer am anderen – der Rollstuhl immer noch erforderlich war.

Im Fernsehen schien immer der Sportsender zu laufen, und Aubrey sah sich jeden Sport an, aber sein Lieblingssport war offenbar Golf. Grant hatte nichts dagegen, sich mit ihnen Golf anzuschauen. Er nahm ein paar Stühle weiter Platz. Auf dem großen Bildschirm folgte eine kleine Gruppe von Zuschauern und Reportern den Spielern über das friedliche Grün und klatschte an den geeigneten Stellen artig Beifall. Aber wenn der Spieler seinen Schlag ansetzte und der Ball seine einsame vorbestimmte Reise über den Himmel antrat, herrschte überall Schweigen. Aubrey und Fiona und Grant und vielleicht auch noch andere saßen mit angehaltenem Atem da, und dann atmete Aubrey als Erster geräuschvoll aus, befriedigt oder enttäuscht. Fiona stimmte einen Augenblick später mit ein.

Im Wintergarten herrschte kein solches Schweigen. Das Paar suchte sich einen Platz inmitten der üppigsten und dichtesten und tropischsten Pflanzen – eine Liebeslaube, wenn man so wollte –, und Grant musste all seine Beherrschung aufbieten, um nicht dort einzudringen. Umgeben vom Rascheln der Blätter und dem Geräusch plätschernden Wassers erklangen Fionas leise Stimme und ihr Gelächter.

Dann ein kehliges Gekicher. Wer von beiden konnte das sein?

Vielleicht keiner – vielleicht kam es von einem der unverschämten knallbunten Vögel, die die Käfige in den Ecken bewohnten.

Aubrey konnte sprechen, obwohl seine Stimme sich wahrscheinlich nicht wie früher anhörte. Jetzt schien es, als sagte er etwas – wenige krächzige Silben. *Vorsicht. Mein Schatz. Er ist da.*

Auf dem blauen Grund des Brunnenbeckens lagen einige Glücksmünzen. Grant hatte nie jemanden Geld hineinwerfen sehen. Er starrte auf die Fünf-, Zehn- und Fünfundzwanzigcentstücke und fragte sich, ob sie auf die Fliesen geklebt worden waren – ein weiterer Bestandteil der aufmunternden Gestaltung des Hauses.

Halbwüchsige bei einem Baseballspiel, hoch oben auf der offenen Tribüne, weit fort von den Freunden des Jungen. Ein paar Zentimeter rohes Holz zwischen ihnen, einbrechende

Dunkelheit, die rasche Kühle des Spätsommerabends. Das Geflatter der Hände, das Verlagern der Schenkel. Augen starr aufs Spielfeld gerichtet. Er wird die Jacke ausziehen, wenn er eine anhat, und sie ihr um die schmalen Schultern legen. Darunter kann er sie enger an sich ziehen, seine gespreizten Finger in ihren weichen Arm drücken.

Nicht wie heute, wenn jeder Bengel ihr wahrscheinlich gleich bei der ersten Verabredung an die Wäsche gehen würde.

Fionas magerer weicher Arm. Pubertäre Lust, die sie erstaunt und durch alle Nerven ihres zarten jungen Körpers zuckt, während die Nacht sich um den beleuchteten Staub des Spiels senkt.

Wiesensee leistete sich kaum Spiegel, also blieb ihm sein eigener Anblick bei seinen Pirschgängen erspart. Aber hin und wieder kam ihm zu Bewusstsein, wie unwürdig und lächerlich und vielleicht sogar geistesgestört er aussehen musste, wenn er Fiona und Aubrey nachschlich. Und kein Glück damit hatte, sie oder ihn zur Rede zu stellen. Immer unsicherer wurde, welches Recht er hatte, sich aufzudrängen, aber unfähig war, sich zurückzuziehen. Sogar zu Hause, wenn er an seinem Schreibtisch arbeitete oder saubermachte oder nötigenfalls Schnee schippte, blieb ein tickendes Metronom in seinem Kopf auf Wiesensee fixiert, auf seinen nächsten Besuch. Manchmal kam er sich vor wie ein störrischer Junge, der trotz aller Hoffnungslosigkeit darauf beharrt, seiner Angebeteten nachzusteigen, manchmal wie einer jener armen Teufel, die berühmten Frauen überallhin nachlaufen, überzeugt, dass diese Frauen sich eines Tages umdrehen und ihre wahre Liebe erkennen werden.

Er riss sich zusammen und reduzierte seine Besuche auf den Mittwoch und den Samstag. Außerdem nahm er sich vor, auch anderes im Heim zu beobachten, als sei er eine Art unabhängiger Besucher, jemand, der Heime inspizierte oder eine soziologische Studie erstellte.

Die Samstage brachten Wochenendunruhe und Spannungen mit sich. Familien trafen in Scharen ein. Mütter führten meistens die Oberaufsicht, sie waren wie fröhliche, aber energische Schäferhunde, die Mann und Kinder zusammenhielten. Nur die Kleinkinder waren unbeeindruckt. Sie sahen sofort die grünen und weißen Quadrate auf den Fußböden, wählten eine Farbe zum Begehen aus und die andere zum Überspringen. Die Frecheren versuchten, auf Rollstühlen mitzufahren. Einige ließen sich trotz Schelte nicht von diesen Spielen abbringen und mussten ins Auto verbannt werden. Und nur allzu gern, allzu bereitwillig übernahmen ein älteres Kind oder der Vater die Ausführung der Verbannung und entzogen sich so der Besuchspflicht.

Es waren die Frauen, die das Gespräch in Gang hielten. Männer machte die Situation unbeholfen, Teenager schien sie anzuwidern. Die Besuchten fuhren im Rollstuhl oder stapften am Krückstock oder gingen steif und ohne Hilfe der Prozession voran, stolz auf die Besucherzahl, aber unter diesem Stress mit etwas leerem Blick oder verzweifelt schwatzend. Und jetzt, umgeben von so vielerlei Bewohnern der Außenwelt, sahen die Bewohner dieser Innenwelt doch nicht so normal aus. Die Barthaare am Kinn alter Frauen mochten bis zu den Wurzeln wegrasiert sein, schlimme Augen mochten von Augenklappen oder dunklen Brillengläsern verdeckt sein, und unpassende Äußerungen mochten durch Medikamente unterdrückt werden, aber es blieb eine Eisschicht, eine gespenstische Starre – als wären sie zufrieden, Erinnerungen ihrer selbst zu werden, letzte Fotos.

Grant verstand jetzt besser, wie Mr Farquar sich gefühlt haben musste. Die Menschen hier – sogar diejenigen, die sich an keinerlei Aktivität beteiligten, sondern nur herumsaßen und auf Türen starrten oder zum Fenster hinaussahen – durchlebten im Kopf ein geschäftiges Leben (ganz zu schweigen vom Leben ihres Körpers, den unheilsamen Verlagerungen in ihren Eingeweiden, dem Stechen und Zwicken überall), und das war ein Leben, das vor Besuchern in den meisten Fällen nicht gut beschrieben oder erwähnt werden konnte. Ihnen blieb nichts weiter übrig, als sich irgendwie voranzubewegen und zu hoffen, dass ihnen irgendetwas einfiel, das vorgezeigt werden konnte oder Stoff für eine Unterhaltung hergab.

Vom Wintergarten ließ sich etwas hermachen, auch von dem großen Fernsehbildschirm. Väter fanden, das sei doch etwas. Mütter sagten, die Farne seien prächtig. Bald setzten sich alle an kleine Tische und aßen Eiscreme – dem sich nur die Teenager verweigerten, die vor Ekel starben. Frauen wischten den Sabber von zitternden alten Kinnen, und Männer sahen weg.

Dieses Ritual musste eine gewisse Befriedigung spenden, und vielleicht würden sogar die Teenager eines Tages froh sein, dass sie gekommen waren. Grant kannte sich mit Familien nicht aus.

Aubrey wurde offenbar weder von Kindern noch von Enkelkindern besucht, und da sie nicht Karten spielen konnten – denn die Tische wurden von den Eiscremefamilien in Anspruch genommen –, blieben er und Fiona dem Samstagsaufmarsch fern. Der Wintergarten war dann viel zu belebt für ihre intimen Gespräche.

Die konnten natürlich hinter Fionas geschlossener Tür stattfinden. Grant brachte es nicht fertig anzuklopfen, obwohl er eine Weile davor stand und die Disney-Rotkehlchen mit intensiver, wahrhaft bösartiger Abneigung anstarrte.

Oder sie konnten in Aubreys Zimmer sein. Aber er wusste nicht, wo das war. Je mehr er das Heim erkundete, desto mehr Korridore und Sitzecken und Rampen entdeckte er, und auf seinen Wanderungen konnte es ihm immer noch passieren, dass er sich verlief. Er nahm sich ein bestimmtes Bild oder einen Stuhl als Orientierungspunkt, und in der nächsten Woche schien der ausgesuchte Gegenstand umquartiert worden zu sein. Er mochte das Kristy gegenüber nicht erwähnen, damit sie nicht dachte, er litte selbst an Ausfallerscheinungen. Er nahm an, dieses ständige Umräumen geschah den Patienten zuliebe – damit ihre täglichen Gänge interessanter wurden.

Er erwähnte auch nicht, dass er manchmal von Ferne eine Frau sah, die er für Fiona hielt, was er dann aber wegen der Kleidung, die die Frau trug, als unmöglich abtat. Wann hatte Fiona sich je für leuchtend geblümte Blusen und stahlblaue Freizeithosen erwärmt? Eines Dienstags schaute er aus dem Fenster und sah Fiona – sie musste es sein – Aubrey über einen der gepflasterten Wege schieben, die jetzt von Schnee und Eis geräumt waren, und sie trug einen albernen Wollhut und eine Jacke mit blauen und violetten Kringeln, wie er sie im Supermarkt an Frauen aus dem Ort gesehen hatte.

Es musste daran liegen, dass man sich nicht die Mühe machte, die Kleidungsstücke der Frauen, die ungefähr dieselbe Größe hatten, auseinanderzusortieren. Und sich darauf verließ, dass die Frauen ihre eigenen Sachen ohnehin nicht wiedererkannten.

Man hatte ihr auch die Haare geschnitten. Man hatte ihren

engelhaften Heiligenschein abgeschnitten. An einem Mittwoch, als alles normaler war und die Kartenspiele wieder stattfanden und die Frauen im Werkraum Seidenblumen oder Trachtenpuppen anfertigten, ohne dass ihnen jemand über die Schulter guckte, um sie zu nerven oder zu bewundern, und als Aubrey und Fiona wieder in Erscheinung traten, so dass es Grant möglich war, mit seiner Frau eines dieser kurzen und freundlichen und in die Verzweiflung treibenden Gespräche zu führen, fragte er sie: »Warum hat man dir die Haare abgehackt?«

Fiona fasste sich prüfend an den Kopf.

»Ist mir noch gar nicht aufgefallen«, sagte sie.

Er kam auf den Gedanken herauszufinden, was im ersten Stock vorging, wo die Menschen verwahrt wurden, die, wie Kristy sich ausdrückte, es überhaupt nicht mehr packten. Diejenigen, die hier unten herumliefen und Selbstgespräche führten oder Entgegenkommenden merkwürdige Fragen stellten (»Hab ich meinen Pullover in der Kirche liegen lassen?«), packten es offenbar noch einigermaßen.

Waren noch nicht reif für den ersten Stock.

Es gab Treppen, aber sie führten zu verschlossenen Türen, und die Schlüssel dafür hatte nur das Personal. Der Fahrstuhl ließ sich nicht benutzen, es sei denn, jemand in der Anmeldung drückte auf einen Knopf, so dass er aufging.

Was machten sie, wenn sie es nicht mehr packten?

»Manche sitzen einfach nur da«, sagte Kristy. »Manche sitzen da und weinen. Manche schreien wie am Spieß. Aber so genau wollen Sie das gar nicht wissen.«

Manchmal packten sie es wieder.

»Man geht ein Jahr lang in ihr Zimmer, und sie kennen einen nicht. Dann eines Tages heißt es: Ach, Sie sind's, wann kommen wir nach Hause? Ganz plötzlich sind sie wieder völlig normal.«

Aber nicht lange.

»Man denkt, wunderbar, wieder normal. Und dann sind sie wieder weg.« Sie schnippte mit den Fingern. »Einfach so.«

In der Stadt, in der er früher gearbeitet hatte, gab es einen Buchladen, den er mit Fiona zusammen ein- bis zweimal im Jahr aufgesucht hatte. Nun fuhr er allein dorthin. Ihm war nicht danach, etwas zu kaufen, aber er hatte eine Liste aufgestellt und suchte sich ein paar Bücher darauf aus, und dann kaufte er noch ein anderes Buch, das ihm durch Zufall ins Auge fiel. Es war über Island. Ein Buch mit Aquarellen aus dem 19. Jahrhundert, angefertigt von einer Dame, die Island bereist hatte.

Fiona hatte nie die Sprache ihrer Mutter erlernt, und sie hatte nie viel Respekt vor den Sagen gehabt, die sich in dieser Sprache bewahrt hatten – die Sagen, die Grant in seinem Berufsleben gelehrt hatte und über die er immer noch schrieb. Ihre Helden nannte sie nur »den ollen Njal« oder »den ollen Snorri«. Aber in den letzten Jahren hatte sie Interesse für das Land selbst gezeigt und Reiseführer studiert. Sie las die Reiseberichte von William Morris und W. H. Auden. Sie hatte eigentlich gar nicht vor, dorthin zu fahren. Sie sagte, das Wetter sei zu schrecklich. Außerdem – sagte sie – sollte man einen Ort haben, an den man dachte und von dem man wusste und nach dem man sich vielleicht sehnte, den man aber nie zu Gesicht bekam.

Als Grant anfing, Angelsächsische und Nordische Literatur zu lehren, fanden sich in seinen Kursen die üblichen Studenten ein. Aber nach ein paar Jahren fiel ihm eine Veränderung auf. Verheiratete Frauen kehrten in den Hörsaal zurück. Nicht mit dem Vorsatz, sich für einen besseren Arbeitsplatz oder überhaupt für einen Arbeitsplatz zu qualifizieren, sondern einfach, um sich mit etwas Interessanterem als ihrer Hausarbeit und ihren Hobbys zu beschäftigen. Um ihr Leben zu bereichern. Und vielleicht folgte daraus ganz natürlich, dass die Männer, die ihnen diese Dinge beibrachten, Teil der Bereicherung wurden, dass diese Männer ihnen geheimnisvoller und begehrenswerter erschienen als die Männer, mit denen sie immer noch Tisch und Bett teilten.

Als Studienfächer wurden meistens Psychologie oder Kulturgeschichte oder Englische Literatur gewählt. Archäologie oder Linguistik wurden manchmal ausgesucht, aber fallengelassen, sobald sie sich als vertrackt erwiesen. Die, die sich für Grants Kurse einschrieben, mochten einen skandinavischen Hintergrund haben wie Fiona, oder sie mochten bei Wagner oder in historischen Romanen etwas über altnordische Mythologie erfahren haben. Es gab auch ein paar, die dachten, er unterrichte eine keltische Sprache, und für die alles Keltische einen mystischen Zauber besaß.

Mit solchen Hörerinnen sprach er von seiner Seite des Pultes aus recht ungnädig.

»Wenn Sie eine hübsche Sprache erlernen wollen, lernen Sie Spanisch. Das können Sie dann anwenden, wenn Sie nach Mexiko fahren.«

Manche nahmen die Warnung an und blieben fort. Andere schienen sich von seinem forschen Ton persönlich angesprochen zu fühlen. Sie arbeiteten mit Feuereifer und brachten in seine Sprechstunde, in sein geregeltes, zufriedenstellendes Leben, die große überraschende Blume ihrer reifen weiblichen Willigkeit, ihrer bebenden Hoffnung auf Anerkennung.

Er wählte die Frau, die Jacqui Adams hieß. Sie war das Gegenteil von Fiona – klein, pummelig, dunkeläugig und überschwänglich. Ironie war ihr fremd. Die Affäre dauerte ein Jahr, dann wurde ihr Mann versetzt. Als sie sich in ihrem Auto voneinander verabschiedeten, zitterte sie unkontrollierbar. Es war, als litte sie an Unterkühlung. Sie schrieb ihm ein paarmal, aber er fand den Stil ihrer Briefe gestelzt und konnte sich nicht entscheiden, wie er antworten sollte. Er ließ die Frist für eine Antwort verstreichen, gleichzeitig fing er märchenhafter- und unerwarteterweise etwas mit einem Mädchen an, das jung genug war, um ihre Tochter zu sein.

Denn eine weitere und noch schwindelerregendere Entwicklung hatte stattgefunden, während er mit Jacqui zugange war. Junge Mädchen mit langen Haaren und mit Sandalen an den bloßen Füßen kamen in seine Sprechstunde und erklärten sich nahezu unverhohlen zu Sex bereit. Die behutsamen Annäherungsversuche, die zarten Gefühlsandeutungen, die bei Jacqui erforderlich gewesen waren, konnte er sich an den Hut stecken. Ein Wirbelsturm erfasste ihn, wie so viele andere auch, der Wunsch wurde so unversehens Wirklichkeit, dass er sich fragte, ob nicht etwas fehlte. Aber wer hatte schon Zeit für Gewissensbisse? Er hörte von mehreren gleichzeitigen Liebschaften, von bösen und riskanten Zusammentreffen. Skandale explodierten spektakulär, mit dramatischen Folgen ringsum, aber irgendwie mit dem Gefühl, dass es besser so war. Es gab Disziplinarmaßnahmen – es gab Entlassungen. Aber die Entlassenen gingen fort, um an kleineren, toleranteren Colleges oder Fernhochschulen zu unterrichten, und viele der verlassenen Ehefrauen überwanden den Schock und machten sich die Kostümierungen und die sexuelle Verfügbarkeit der Mädchen zu eigen, die ihre Männer in Versuchung gebracht hatten. Akademische Partys, die sich früher in festen Bahnen bewegt hatten, wurden zu Minenfeldern. Eine Epidemie war ausgebrochen und griff um sich wie die Spanische Grippe. Nur dass diesmal die Menschen nach der Ansteckung lechzten und dass wenige zwischen sechzehn und sechzig davon verschont werden wollten.

Fiona jedoch schien fest gewillt, davon verschont zu bleiben. Ihre Mutter lag im Sterben, und ihre Erlebnisse im Krankenhaus führten sie von ihrer Routinearbeit in der Universitätsverwaltung zu ihrer neuen Tätigkeit. Grant selbst erlitt keinen Schiffbruch, zumindest nicht im Vergleich zu einigen seiner Kollegen. Er ließ keine Frau mehr so nah an sich heran wie Jacqui. Was er empfand, war hauptsächlich eine gewaltige Steigerung seines Wohlbefindens. Eine Neigung zur Dickleibigkeit, die er seit seinem zwölften Lebensjahr gehabt hatte, verschwand. Treppen lief er zwei Stufen auf einmal hinauf. Er genoss wie nie zuvor den Pomp zerrissener Wolken und winterlicher Sonnenuntergänge beim Blick aus seinem Bürofenster, den Charme der antiken Lampen, die zwischen den Wohnzimmmervorhängen seiner Nachbarn leuchteten, das Geschrei der Kinder im Park bei Dämmerung, weil sie keine Lust hatten, ihren Rodelhügel zu verlassen. Im folgenden Sommer lernte er die Namen von Blumen auswendig. In seinem Seminarraum, nach Nachhilfeunterricht von seiner nahezu ihrer Stimme beraubten Schwiegermutter (sie litt an Kehlkopfkrebs), wagte er sich an eine Rezitation und Übersetzung der majestätischen und blutrünstigen Ode, der »Haupteslösung«, der *Höfudslausn*, verfasst zu Ehren des Königs Erik Blutaxt von einem Skalden, den der König zum Tode verurteilt hatte. (Und der dann vom selben König – und durch die Kraft seiner Dichtkunst – freigelassen wurde.) Alle klatschten Beifall – sogar die Friedensaktivisten in seinem Kurs, die er vorher fröhlich angepflaumt und gefragt hatte, ob sie nicht lieber draußen im Flur warten wollten. Auf der Heimfahrt an jenem Tag oder an einem anderen ging ihm ein absurdes und blasphemisches Zitat im Kopf herum.

Und so wuchs er an Weisheit und Gestalt
Und in der Gunst Gottes und der Menschen.

Das beschämte ihn damals und jagte ihm einen abergläubischen Schauder über den Rücken. Wie auch heute noch. Aber solange niemand sonst davon wusste, ließ er es sich durchgehen.

Er nahm das Buch mit, als er das nächste Mal nach Wiesensee fuhr. An einem Mittwoch. Auf der Suche nach Fiona ging er zu den Kartentischen und konnte sie nicht entdecken.

Eine Frau rief ihm zu: »Sie ist nicht hier. Sie ist krank.« Sie klang wichtigtuerisch und aufgeregt – stolz auf sich, weil sie ihn erkannt hatte, wohingegen er nichts von ihr wusste. Vielleicht auch stolz auf all das, was sie über Fiona wusste, über Fionas Leben hier, überzeugt, dass sie wahrscheinlich mehr darüber wusste als er.

»Er ist auch nicht da«, sagte sie.

Grant begab sich auf die Suche nach Kristy.

»Eigentlich nichts«, sagte sie, als er fragte, was Fiona fehlte.

»Sie legt heute nur mal einen Tag im Bett ein, ist nur ein bisschen durcheinander.«

Fiona saß aufrecht im Bett. Ihm war bei seinen wenigen Aufenthalten in diesem Zimmer entgangen, dass es sich um ein Krankenhausbett handelte, das derart verstellt werden konnte. Sie trug eines ihrer hochgeschlossenen, jungfräulichen Nachthemden, und ihr Gesicht zeigte eine Blässe, die nicht an Kirschblüten erinnerte, sondern an Mehlteig.

Aubrey saß in seinem Rollstuhl neben ihr, so nah am Bett wie nur möglich. Statt seines üblichen unscheinbaren, am Hals offenen Hemdes trug er einen Anzug mit Schlips. Sein fescher Tweedhut lag auf dem Bett. Er sah aus, als sei er in wichtigen Geschäften unterwegs gewesen.

Bei seinem Anwalt? Seinem Finanzberater? Um Vorkehrungen für seine Beerdigung zu treffen? Was er auch getan hatte, es hatte ihn offensichtlich erschöpft.

Beide sahen zu Grant mit steinerner, leidvoller Vorahnung auf, die sich in Erleichterung, wenn auch nicht in Wiedersehensfreude verwandelte, als sie erkannten, wer er war.

Nicht die Person, die sie befürchtet hatten.

Sie hielten sich bei den Händen und wollten nicht loslassen.

Der Hut auf dem Bett. Der Anzug mit Schlips.

Nicht weil Aubrey unterwegs gewesen war. Es ging nicht darum, wo er gewesen war oder wen er aufgesucht hatte. Sondern darum, wohin er nun musste.

Grant legte das Buch aufs Bett neben Fionas freie Hand.

»Es ist über Island«, sagte er. »Ich dachte, vielleicht hast du Lust, es dir anzuschauen.«

»Danke schön«, sagte Fiona. Sie warf keinen Blick auf das Buch. Er legte ihre Hand darauf.

»Island«, sagte er.

Sie sagte: »Is-land.« In der ersten Silbe schwang ein Hauch von Interesse mit, aber die zweite Silbe fiel herunter. Jedenfalls musste sie ihre Aufmerksamkeit wieder Aubrey zuwenden, der seine große dicke Hand der ihren entzog.

»Was hast du?«, fragte sie. »Was hast du, liebes Herz?« Grant hatte diesen blumigen Ausdruck noch nie von ihr gehört.

»Ach ja«, sagte sie. »Hier hast du.« Und sie zog eine Hand voll Papiertaschentücher aus der Schachtel neben dem Bett.

Aubreys Problem war, dass er weinen musste. Seine Nase lief, und er war ängstlich bemüht, kein trauriges Schauspiel zu bieten, besonders nicht vor Grant.

»Schon gut, schon gut«, sagte Fiona. Sie hätte ihm selbst die Nase geputzt und die Tränen abgewischt – und wenn sie allein gewesen wären, hätte er es vielleicht zugelassen. Aber in Grants Gegenwart wollte er es nicht erlauben. Er griff sich die Kleenex, so gut er konnte, und wischte sich ein paarmal ungeschickt, aber mit Erfolg im Gesicht herum.

Während er beschäftigt war, wandte Fiona sich an Grant.

»Hast du hier zufällig einigen Einfluss?«, flüsterte sie. »Ich habe dich mit ihnen reden sehen …«

Aubrey gab ein Geräusch des Protestes oder der Erschöpfung oder der Entrüstung von sich. Dann kippte sein Oberkörper vornüber, als wollte er sich in ihre Arme werfen. Sie krabbelte halb aus dem Bett, fing ihn auf und umklammerte ihn. Es kam Grant ungehörig vor, ihr zu helfen, obwohl er es natürlich getan hätte, wenn er den Eindruck gehabt hätte, dass Aubrey drohte, zu Boden zu stürzen.

»Schsch«, sagte Fiona. »Ach, Liebling. Schsch. Wir werden uns sehen. Wir müssen. Ich komme dich besuchen. Du kommst mich besuchen.«

Aubrey gab mit dem Gesicht an ihrer Brust wieder dasselbe Geräusch von sich, und wenn Grant den Anstand wahren wollte, blieb ihm nichts übrig, als aus dem Zimmer zu verschwinden.

»Wenn seine Frau sich bloß beeilen und herkommen würde«, sagte Kristy. »Wenn sie ihn bloß endlich abholen und der Qual ein Ende machen würde. Wir müssen bald das Abendbrot bringen, und wie sollen wir sie dazu kriegen, irgendwas zu schlucken, solange er sich noch hier rumdrückt?«

Grant fragte: »Soll ich bleiben?«

»Wozu? Sie ist ja nicht krank.«

»Um ihr Gesellschaft zu leisten«, sagte er.

Kristy schüttelte den Kopf.

»Sie muss über so was allein hinwegkommen. Die meisten hier haben ja ein kurzes Gedächtnis. Das ist nicht immer so schlecht.«

Kristy war nicht hartherzig. Seit Grant sie kannte, hatte er einiges über ihr Leben in Erfahrung gebracht. Sie hatte vier Kinder. Sie wusste nicht, wo ihr Mann war, vermutete ihn aber in Alberta. Das Asthma ihres jüngsten Sohnes war so schlimm, dass er eines Nachts im Januar gestorben wäre, wenn sie ihn nicht rechtzeitig in die Notaufnahme gebracht hätte. Er nahm keine verbotenen Drogen, aber bei seinem Bruder war sie sich nicht so sicher.

In ihren Augen mussten Grant und Fiona und Aubrey Glück gehabt haben. Sie waren durchs Leben gekommen, ohne dass zu viel schiefgegangen war. Was sie jetzt im Alter zu leiden hatten, zählte kaum.

Grant ging, ohne in Fionas Zimmer zurückgekehrt zu sein. Ihm fiel auf, dass an diesem Tag ein warmer Wind wehte und die Krähen einen Heidenlärm machten. Auf dem Parkplatz holte eine Frau in einem karierten Hosenanzug einen zusammengeklappten Rollstuhl aus dem Kofferraum ihres Autos.

Die Straße, die er entlangfuhr, hieß Black Hawks Lane. Alle Straßen in diesem Viertel hießen nach Mannschaften in der alten Hockey-Oberliga. Es lag in einem Außenbezirk der Stadt in der Nähe von Wiesensee. Er hatte mit Fiona regelmäßig in dieser Stadt eingekauft, aber nichts weiter von ihr kennengelernt als die Hauptstraße.

Die Häuser sahen aus, als seien sie alle um dieselbe Zeit erbaut worden, vielleicht vor dreißig oder vierzig Jahren. Die Straßen waren breit und geschwungen und ohne Bürgersteige – was die Zeit in Erinnerung rief, als es für unwahrscheinlich gegolten hatte, dass irgendjemand je wieder zu Fuß gehen würde. Freunde von Grant und Fiona waren in solche Viertel gezogen, als sie Kinder bekamen. Anfangs entschuldigten sie sich für den Umzug. Sie nannten das ihren »Ausflug in die Barbecue-Wildnis«.

Junge Familien wohnten immer noch hier. Über Garagentüren hingen Basketballkörbe, und in den Auffahrten standen Dreiräder. Aber einige Häuser waren heruntergekommen und hatten nur noch wenig Ähnlichkeit mit den Familienheimstätten, als die sie einmal gedacht waren. Die Vorgärten waren von Reifenspuren durchpflügt, die Fenster waren mit Alufolie zugeklebt oder mit ausgeblichenen Fahnen verhängt.

Vermietete Häuser. Junge männliche Mieter – immer noch oder schon wieder alleinstehend.

Ein paar Häuser wurden offenbar so gut wie möglich von den Leuten instand gehalten, die einst in die Neubauten eigezogen waren – Leute, die nicht das Geld hatten oder vielleicht kein Bedürfnis verspürten, in eine bessere Gegend zu ziehen. Sträucher hatten sich zu voller Größe ausgewachsen, pastellfarbene Vinylverkleidungen hatten das Problem neuer Anstriche beseitigt. Säuberliche Zäune oder Hecken kündeten davon, dass die Kinder in diesen Häusern längst erwachsen geworden und ausgezogen waren und dass ihre Eltern nichts mehr damit im Sinn hatten, ihre Gärten als Auslaufgebiet für irgendwelche neuen Kinder der Nachbarschaft herzugeben.

Das Haus, das im Telefonbuch als das von Aubrey und seiner Frau aufgeführt wurde, gehörte dazu. Der Weg zum Haus war mit Steinplatten ausgelegt und wurde von Hyazinthen gesäumt, die steif wie Porzellanblumen ragten, abwechselnd rosa und blau.

Fiona war über ihren Kummer nicht hinweggekommen. Sie aß nichts von den Mahlzeiten, sondern täuschte es nur vor und versteckte das Essen in ihrer Serviette. Sie erhielt zweimal am Tag einen Nahrungsergänzungstrank – jemand blieb und passte auf, während sie ihn herunterschluckte. Sie stand aus dem Bett auf und zog sich an, aber sie wollte nichts weiter tun, als in ihrem Zimmer sitzen. Sie hätte sich nicht von der Stelle gerührt, wenn nicht Kristy oder eine der anderen Pflegerinnen und Grant in den Besuchszeiten mit ihr in den Fluren auf und ab gegangen wären oder sie ins Freie hinausgeführt hätten.

Sie saß in der Frühlingssonne auf einer Bank an der Mauer und weinte leise. Sie war immer noch höflich – sie entschuldigte sich für ihre Tränen und machte nie Einwände gegen einen Vorschlag oder weigerte sich je, eine Frage zu beantworten. Aber sie weinte. Ihre Augen waren vom Weinen rotgerändert und trübe. Ihre Strickjacke – wenn es ihre war – war verkehrt zugeknöpft. Sie hatte noch nicht das Stadium erreicht, in dem sie sich nicht mehr die Haare kämmte oder die Fingernägel saubermachte, aber das konnte bald kommen.

Kristy sagte, dass ihre Muskeln abbauten, und wenn sich ihr Zustand nicht bald besserte, dann musste sie eine Gehhilfe bekommen.

»Aber wissen Sie, sobald sie erst mal eine Gehhilfe haben, werden sie davon abhängig und laufen nicht mehr viel, nur noch das Nötigste.«

»Sie müssen stärker auf sie einwirken«, sagte sie zu Grant. »Sie müssen ihr Mut machen.«

Aber damit hatte Grant kein Glück. Fiona schien eine Abneigung gegen ihn gefasst zu haben, obwohl sie versuchte, es zu bemänteln. Vielleicht wurde sie jedes Mal, wenn sie ihn sah, an ihre letzten Minuten mit Aubrey erinnert, als sie ihn um Hilfe gebeten hatte und er ihr nicht geholfen hatte.

Er sah nicht viel Sinn darin, ihr jetzt zu sagen, dass sie verheiratet waren.

Sie wollte nicht mehr in die Halle hinunter, wo die meisten der bisherigen Leute immer noch Karten spielten. Und sie wollte nicht ins Fernsehzimmer oder in den Wintergarten.

Sie sagte, dass sie den großen Bildschirm nicht mochte, er täte ihren Augen weh. Und der Lärm der Vögel ginge ihr auf die Nerven, und warum konnte der Brunnen nicht wenigstens hin und wieder abgestellt werden?

Soweit Grant wusste, hatte sie nie einen Blick in das Buch über Island geworfen und auch nie in eines der – überraschend wenigen – anderen Bücher, die sie von zu Hause mitgenommen hatte. Es gab einen Leseraum, in den sie sich zum Ausruhen setzte, wahrscheinlich weil selten jemand dort war, und wenn er ein Buch aus den Regalen nahm, erlaubte sie ihm, ihr daraus vorzulesen. Er vermutete, sie tat das, weil es ihr seine Gesellschaft erträglicher machte – sie konnte dann die Augen schließen und wieder in ihren Gram versinken. Denn wenn sie ihren Gram auch nur eine Minute losließ, traf er sie umso heftiger, sobald sie wieder mit ihm zusammenstieß. Und manchmal, dachte er, schloss sie die Augen, um die wissende Verzweiflung darin zu verbergen, deren Anblick ihm nicht guttat.

Also las er ihr etwas vor aus einem der alten Romane über keusche Liebe und verlorene und wiedergewonnene Besitzungen, die wahrscheinlich vor Jahr und Tag aus der Bücherei einer Kleinstadt oder einer Sonntagsschule ausgemustert worden waren. Offenbar hatte es keinen Versuch gegeben, den Inhalt des Leseraums so auf den neuesten Stand zu bringen wie die meisten Dinge in dieser Einrichtung.

Die Einbände der Bücher waren weich, fast samten, mit eingeprägten Mustern aus Blättern und Blüten, so dass sie Schmuckkästchen oder Pralinenschachteln ähnelten. Damit Frauen – er nahm an, dass es Frauen gewesen waren – sie wie einen Schatz nach Hause tragen konnten.

* * *

Die Heimleiterin rief ihn in ihr Büro. Sie sagte, dass Fiona nicht so gedieh, wie alle gehofft hatten.

»Sie verliert trotz der Zusatznahrung ständig an Gewicht. Wir tun alles für sie, was in unserer Macht steht.«

Grant sagte, das sei ihm klar.

»Das Problem ist, wie Sie sicher wissen, dass wir Bettlägerige nicht auf längere Zeit im Erdgeschoss pflegen. Wir tun es vorübergehend, wenn jemand unpässlich ist, aber wenn die Patienten zu schwach werden, um sich frei bewegen zu können und für sich verantwortlich zu sein, müssen wir in Erwägung ziehen, sie nach oben zu verlegen.«

Er sagte, seines Wissens sei Fiona nicht oft im Bett geblieben und noch nicht bettlägerig.

»Nein. Aber wenn sie nicht bei Kräften bleibt, wird sie es. Im Moment ist sie ein Grenzfall.«

Er sagte, er habe gedacht, der erste Stock sei für geistig völlig Verwirrte.

»Das auch«, sagte sie.

Ihm war von Aubreys Frau nichts weiter in Erinnerung geblieben als der karierte Hosenanzug, in dem er sie auf dem Parkplatz gesehen hatte. Die Schöße der Jacke waren aufgeklappt, als sie sich über den Kofferraum des Autos gebeugt hatte. Ein breites Hinterteil war für ihn zu sehen gewesen, darüber die Andeutung einer schlanken Taille.

Heute trug sie nicht den Hosenanzug. Sondern eine braune Hose mit breitem Gürtel und einen rosa Pullover. Mit der Taille hatte er recht gehabt – der enge Gürtel zeigte, dass sie sie gern betonte. Das hätte sie vielleicht lieber nicht tun sollen, da sich über und unter dem Gürtel beträchtliche Wülste wölbten.

Sie mochte zehn oder zwölf Jahre jünger als ihr Mann sein. Ihre Haare waren kurz, lockig und rot gefärbt. Sie hatte blaue Augen – ein helleres Blau als das von Fionas Augen, ein stumpfes Blass- oder Türkisblau –, verengt von einem etwas aufgequollenen Gesicht. Und zahlreiche Runzeln, hervorgehoben von einem nussbraunen Make-up. Oder vielleicht war das ihre Florida-Bräune.

Er sagte, er wisse nicht recht, wie er sich vorstellen solle. »Ich habe Ihren Mann öfter in Wiesensee gesehen. Ich bin dort selbst ein regelmäßiger Besucher.«

»Ja«, sagte Aubreys Frau mit einer aggressiven Kinnbewegung.

»Wie geht es Ihrem Mann?«

»Gut«, sagte sie.

»Meine Frau und er haben sich recht eng angefreundet.«

»Davon habe ich gehört.«

»Deshalb wollte ich etwas mit Ihnen besprechen, wenn Sie kurz Zeit haben.«

»Mein Mann hat nicht versucht, etwas mit Ihrer Frau anzufangen, wenn Sie darauf hinauswollen«, sagte sie. »Er hat sie in keiner Weise belästigt. Dazu ist er gar nicht in der Lage, und er würde das sowieso nicht tun. Nach allem, was ich gehört habe, war es andersrum.«

Grant sagte: »Nein. Darum geht es gar nicht. Ich bin nicht hergekommen, um mich über irgendetwas zu beschweren.«

»So?«, sagte sie. »Na, tut mir leid. Ich dachte schon.«

Das war alles, was sie zu ihrer Entschuldigung zu sagen hatte. Und sie hörte sich nicht an, als täte es ihr wirklich leid. Sie klang enttäuscht und ratlos.

»Aber treten Sie doch näher«, sagte sie. »Es kommt kalt zur Tür rein. Draußen ist es heute nicht so warm, wie's aussieht.«

Und so war es für ihn schon so etwas wie ein Sieg, überhaupt hineinzugelangen. Er hatte nicht geahnt, dass es so schwer sein würde. Er hatte eine völlig andere Ehefrau erwartet. Ein aufgeregtes Hausmütterchen, erfreut über einen unerwarteten Besuch und geschmeichelt von einem vertrauensvollen Tonfall.

Sie führte ihn am Durchgang zum Wohnzimmer vorbei und sagte: »Wir müssen uns in die Küche setzen, wo ich Aubrey hören kann.« Grant erhaschte einen Blick auf zwei Schichten Wohnzimmergardinen, beide blau, die eine aus hauchdünnem, die andere aus seidigem Stoff, auf ein Sofa in passendem Blau, auf einen abschreckend bleichen Teppichboden, auf diverse blinkende Spiegel und anderen Zierrat.

Fiona hatte ein Wort für diese Art von gerafften Gardinen – sie benutzte es wie ein Witzwort, obwohl die Frauen, denen sie es abgelauscht hatte, es ernsthaft benutzten. Jedes Zimmer, das Fiona einrichtete, war kahl und hell – sie wäre erstaunt gewesen, so viel überflüssige Gegenstände auf so kleinem Raum versammelt zu sehen. Ihm fiel nicht mehr ein, wie das Wort lautete.

Aus einem Zimmer, das von der Küche abging – eine Art Veranda, obwohl die Rollos gegen die Helligkeit des Nachmittags heruntergezogen waren –, hörte er die Geräusche eines Fernsehers.

Aubrey. Die Antwort auf Fionas inständiges Flehen saß nur wenige Meter entfernt und sah sich etwas an, das sich nach einem Baseballspiel anhörte. Seine Frau schaute zu ihm hinein. Sie sagte: »Hast du alles?«, und schloss die Tür bis auf einen Spalt.

»Ich kann Ihnen ja einen Kaffee machen«, sagte sie zu Grant.

Er sagte: »Ja, gern.«

»Mein Sohn hat für ihn vor einem Jahr zu Weihnachten den Sportsender abonniert. Ich wüsste gar nicht, was wir ohne den anfangen sollten.«

Auf den Stellflächen der Küche befanden sich alle möglichen Elektrogeräte und Arbeitshilfen – Kaffeemaschine, Küchenmaschine, Messerschärfer und weitere Gerätschaften, deren Bezeichnungen und Funktionen Grant unbekannt waren. Alle sahen neu und teuer aus, als seien sie gerade aus ihrem Karton geholt worden und würden täglich geputzt.

Er kam auf die Idee, dass es vielleicht gut wäre, alles zu bewundern. Er bewunderte die Kaffeemaschine, die sie benutzte, und sagte, so eine hätten sich Fiona und er früher anschaffen wollen. Was absolut nicht stimmte – Fiona hatte auf ein europäisches Maschinchen geschworen, das nur zwei Tassen auf einmal produzierte.

»Die haben sie uns geschenkt«, sagte sie. »Unser Sohn und seine Frau. Sie wohnen in Kamloops, British Columbia. Sie schicken uns mehr Zeug, als wir gebrauchen können. Es könnte nicht schaden, wenn sie das Geld stattdessen dafür ausgeben würden, uns zu besuchen.«

Grant sagte philosophisch: »Sie haben wahrscheinlich genug mit ihrem eigenen Leben zu tun.«

»Sie hatten nicht genug damit zu tun, um letzten Winter nicht nach Hawaii zu fahren. Man könnte es ja verstehen, wenn wir jemand anderen in der Familie hätten, der näher wohnt. Aber er ist der Einzige.«

Als der Kaffee fertig war, goss sie ihn in zwei braungrüne Keramikbecher, die sie von den amputierten Ästen eines Keramikbaumstamms auf dem Tisch nahm.

»Die Menschen werden einsam«, sagte Grant. Er meinte jetzt seine Chance zu sehen. »Wenn man ihnen verwehrt, jemanden zu sehen, an dem sie hängen, dann werden sie traurig. Fiona zum Beispiel. Meine Frau.«

»Ich dachte, Sie hätten gesagt, Sie besuchen sie.«

»Das tue ich auch«, sagte er. »Aber darum geht es nicht.«

Dann wagte er den Sprung ins kalte Wasser und trug die Bitte vor, deretwegen er gekommen war. Könnte Sie in Erwägung ziehen, Aubrey vielleicht nur einmal in der Woche zu einem Besuch zurück nach Wiesensee zu fahren? Es war nur eine Fahrt von wenigen Kilometern, das dürfte bestimmt nicht allzu schwierig sein. Oder wenn sie ein wenig Freizeit haben wollte – Grant war das vorher nicht eingefallen, und es ärgerte ihn, sich das jetzt vorschlagen zu hören –, dann konnte er selbst Aubrey dorthin fahren, es würde ihm überhaupt nichts ausmachen. Er war sicher, das schaffen zu können. Und sie konnte eine Pause gut brauchen.

Während er sprach, bewegte sie die geschlossenen Lippen und ihre verborgene Zunge, als versuchte sie, einen merkwürdigen Geschmack zu identifizieren. Sie brachte ihm Milch für den Kaffee und einen Teller mit Ingwerkeksen.

»Selbstgebacken«, sagte sie, als sie den Teller hinstellte. Es klang eher nach Herausforderung als nach Gastfreundlichkeit. Sie sagte nichts weiter, bis sie sich hingesetzt, sich Milch in den Kaffee getan und umgerührt hatte.

Dann sagte sie Nein.

»Nein. Das kann ich nicht machen. Und der Grund ist, ich will ihn nicht durcheinanderbringen.«

»Würde ihn das durcheinanderbringen?«, fragte er ernst.

»Jawohl, das würde es. Das geht nicht. Ihn nach Hause holen und dann zurückbringen. Nach Hause holen und dann zurückbringen, das verwirrt ihn nur.«

»Aber er würde doch verstehen, dass es nur ein Besuch ist? Würde er sich nicht an die Regelmäßigkeit gewöhnen?«

»Er versteht alles ganz gut.« Sie sagte das, als hätte er über Aubrey etwas Beleidigendes geäußert. »Aber es ist trotzdem eine Unterbrechung. Und dann muss ich ihn zurechtmachen und ins Auto schaffen, und er ist ein großer Mann, es ist nicht so leicht, mit ihm fertigzuwerden, wie Sie vielleicht denken. Ich muss ihn ins Auto bugsieren und seinen Rollstuhl einpacken und so weiter, und wofür? Wenn ich mir schon all die Mühe mache, fahre ich lieber an einen Ort, der unterhaltsamer ist.«

»Selbst wenn ich das übernehme?«, sagte Grant in hoffnungsvollem und vernünftigem Ton. »Es stimmt, Sie sollten nicht die Mühe damit haben.«

»Das können Sie gar nicht«, sagte sie entschieden. »Sie kennen ihn nicht. Sie werden nicht mit ihm fertig. Er würde sich das gar nicht von Ihnen gefallen lassen. So viel Plackerei, und was hätte er davon?«

Grant fand es besser, Fiona nicht mehr zu erwähnen.

»Es wäre sinnvoller, mit ihm ins Einkaufszentrum zu fahren«, sagte sie. »Da bekommt er Kinder und alles Mögliche zu sehen. Wenn es ihm nicht ans Herz geht wegen seiner beiden Enkelkinder, die er nie zu Gesicht kriegt. Oder jetzt verkehren die großen Frachtschiffe wieder auf dem See, vielleicht hat er Spaß daran, die zu beobachten.«

Sie stand auf und holte ihre Zigaretten und ihr Feuerzeug vom Fensterbrett über der Spüle.

»Rauchen Sie?«, fragte sie.

Er sagte nein danke, obwohl er nicht wusste, ob ihm eine Zigarette angeboten wurde.

»Haben Sie nie geraucht? Oder haben Sie aufgehört?«

»Aufgehört«, sagte er.

»Wie lange ist das her?«

Er dachte nach.

»Dreißig Jahre. Nein – länger.«

Er hatte ungefähr um die Zeit, als er etwas mit Jacqui anfing, beschlossen aufzuhören. Aber er konnte sich nicht mehr erinnern, ob er zuerst aufgehört hatte, weil anschließend eine große Belohnung dafür auf ihn zukam, oder ob er es an der Zeit gefunden hatte aufzuhören, weil er jetzt eine so beanspruchende Ablenkung hatte.

»Ich habe mit dem Aufhören aufgehört«, sagte sie und zündete sich eine an. »Hab einfach beschlossen, mit dem Aufhören aufzuhören und Schluss.«

Vielleicht war das der Grund für die Runzeln. Jemand – eine Frau – hatte ihm gesagt, dass Frauen, die rauchten, eigentümlich viele Runzeln im Gesicht bekamen. Aber es konnte auch an der Sonne liegen oder einfach an ihrem Hauttyp – ihr Hals war ebenfalls ungewöhnlich faltig. Ein faltiger Hals, jugendlich volle und emporgestemmte Brüste. Frauen in ihrem Alter wiesen meistens diese Gegensätze auf. Die Vor- und Nachteile, das genetische Glück oder Pech, alles miteinander vermischt. Nur wenige bewahrten sich ihre Schönheit ganz, wenn auch überschattet, wie Fiona es getan hatte.

Und vielleicht stimmte das gar nicht. Vielleicht bildete er sich das nur ein, weil er Fiona gekannt hatte, als sie jung war. Vielleicht musste man, um diesen Eindruck zu gewinnen, eine Frau gekannt haben, als sie jung war.

Wenn also Aubrey seine Frau ansah, sah er dann eine spottlustige, freche Siebzehnjährige, deren blassblaue Augen einen anziehenden Silberblick hatten und deren feuchte Lippen sich um eine verbotene Zigarette schlossen?

»Ihre Frau ist also depressiv?«, sagte Aubreys Frau. »Wie heißt sie noch gleich? Ich hab's vergessen.«

»Fiona.«

»Fiona. Und wie heißen Sie? Ich glaube, das haben Sie mir noch gar nicht gesagt.«

Grant sagte: »Grant.«

Sie streckte unerwartet die Hand über den Tisch.

»Hallo, Grant. Ich heiße Marian.«

»Wo wir uns jetzt bei Namen kennen«, sagte sie, »hat es keinen Sinn, Ihnen nicht geradeheraus zu sagen, was ich denke. Ich weiß nicht, ob er immer noch so wild darauf ist, Ihre ... Fiona wiederzusehen. Oder nicht. Ich frage ihn nicht danach, und er sagt es mir nicht. Vielleicht nur eine vorübergehende Schwärmerei. Aber ich habe keine Lust, ihn dahin zurückzubringen, und dann stellt sich womöglich raus, es ist mehr als das. Ich kann mir nicht leisten, das zu riskieren. Ich will nicht, dass er zu schwierig wird. Ich will nicht, dass er durcheinanderkommt und sich anstellt. Ich habe so schon alle Hände voll mit ihm zu tun. Ich habe keine Hilfe. Ich bin hier ganz allein.«

»Haben Sie je in Betracht gezogen – Sie haben es wirklich sehr schwer –«, sagte Grant, »haben Sie je in Betracht gezogen, ihn auf Dauer dort unterzubringen?«

Er hatte seine Stimme fast zu einem Flüstern gesenkt, aber sie spürte keine Notwendigkeit, leise zu sprechen.

»Nein«, sagte sie. »Ich behalte ihn hier.«

Grant sagte: »Das ist sehr gut und edelmütig von Ihnen.«

Er hoffte, das Wort »edelmütig« hatte nicht sarkastisch geklungen. Jedenfalls hatte er es nicht sarkastisch gemeint.

»Finden Sie?«, sagte sie. »Edelmut ist nicht gerade das, woran ich denke.«

»Trotzdem. Es ist nicht einfach.«

»Nein, ganz und gar nicht. Aber in meiner Lage bleibt mir keine große Wahl. Wenn ich ihn da unterbringe, habe ich nicht das Geld, um dafür aufzukommen, außer ich verkaufe das Haus. Das Haus ist das Einzige, was uns ganz gehört. Ansonsten habe ich keinerlei Einkünfte. Nächstes Jahr kriege ich Rente, und dann habe ich seine Rente und meine Rente, aber nicht mal damit könnte ich mir leisten, ihn da unterzubringen und das Haus zu behalten. Und das Haus bedeutet mir nun mal sehr viel.«

»Es ist ein sehr schönes Haus«, sagte Grant.

»Es geht. Ich habe viel reingesteckt. Um es auf Vordermann zu bringen und instand zu halten.«

»Das haben Sie bestimmt. Das tun Sie bestimmt.«

»Ich will es nicht verlieren.«

»Nein.«

»Ich *werde* es nicht verlieren.«

»Ich kann Sie verstehen.«

»Die Firma hat uns auf dem Trockenen sitzen lassen«, sagte sie. »Ich kenne mich nicht so genau aus, aber im Grunde genommen wurde er rausgeschmissen. Am Schluss behaupteten sie, er schuldete ihnen Geld, und als ich versuchte dahinterzusteigen, hat er immer nur gesagt, das ginge mich nichts an. Wenn Sie mich fragen, hat er irgendeine Dummheit begangen. Aber ich durfte nicht nachfragen, also hielt ich den Mund. Sie waren verheiratet. Sie sind verheiratet. Sie wissen, wie es ist. Und als ich mittendrin war, das rauszukriegen, sollen wir diese Reise antreten, zusammen mit diesen Leuten, und kommen da nicht raus. Und auf der Reise wird er krank, fängt sich einen Virus ein, von dem noch keiner gehört hat, und fällt ins Koma. Damit ist *er* aus dem Schneider.«

Grant sagte: »Wirklich schlimm.«

»Ich will damit nicht sagen, dass er absichtlich krank geworden ist. Es ist einfach passiert. Er ist mir nicht mehr böse, und ich bin ihm nicht mehr böse. So ist eben das Leben.«

»Das ist wahr.«

»Das Leben ist unschlagbar.«

Ihre Zunge huschte mit katzenhafter Beiläufigkeit über ihre Oberlippe und holte sich die Kekskrümel. »Ich höre mich an wie ein weiser Philosoph, was? Die da draußen haben mir gesagt, Sie waren Universitätsprofessor.«

»Das ist schon eine ganze Weile her«, sagte Grant.

»Ich bin ja nicht groß intellektuell«, sagte sie.

»Ich weiß auch nicht, wie weit ich das bin.«

»Aber ich weiß, wenn mein Entschluss feststeht. Und der steht fest. Ich werde mich nicht von dem Haus trennen. Was bedeutet, dass ich ihn hierbehalte, und ich will nicht, dass er auf die Idee kommt, irgendwo anders hinzuwollen. Wahrscheinlich war es ein Fehler, ihn dahin zu bringen, damit ich mal weg konnte, aber es war eine einmalige Chance, also habe ich sie ergriffen. Ja, jetzt bin ich klüger.«

Sie schüttelte noch eine Zigarette aus der Schachtel.

»Ich wette, ich weiß, was Sie denken«, sagte sie. »Sie denken, der Person geht's nur ums Geld.«

»Ich fälle keine Urteile dieser Art. Es ist Ihr Leben.«

»Darauf können Sie Gift nehmen.«

Er dachte, sie sollten in neutralerem Ton enden. Also fragte er sie, ob ihr Mann als Schuljunge im Sommer immer in einem Eisenwarenladen gearbeitet hatte.

»Davon hab ich noch nie was gehört«, sagte sie. »Ich bin nicht von hier.«

* * *

Bei der Heimfahrt fiel ihm auf, dass die sumpfige Senke, die mit Schnee und den strengen Schatten der Baumstämme gefüllt gewesen war, von Stinklilien erhellt wurde. Die frischen, essbar aussehenden Blätter waren tellergroß. Die Blüten reckten sich auf wie Kerzenflammen und waren so zahlreich, von so reinem Gelb, dass sie an diesem wolkenverhangenen Tag von der Erde Licht ausstrahlten. Fiona hatte ihm erzählt, dass sie auch eigene Wärme produzierten. In einem verborgenen Winkel ihres Wissens stöbernd, sagte sie, dass man angeblich die Hand in das eingerollte Blütenblatt legen und die Wärme spüren konnte. Sie hatte es versucht, erzählte sie, war sich aber nicht sicher gewesen, ob sie tatsächlich Wärme gespürt oder es sich nur eingebildet hatte. Die Wärme lockte Insekten an.

»Die Natur spielt nicht herum, nur um hübsch zu sein.«

Er war bei Aubreys Frau Marian gescheitert. Er hatte damit gerechnet, scheitern zu können, aber er hatte nicht im mindesten mit diesem Grund gerechnet. Er hatte gedacht, er bekäme es lediglich mit der natürlichen sexuellen Eifersucht einer Frau zu tun – oder mit ihrem Trotz, den hartnäckigen Überresten sexueller Eifersucht.

Er war nicht auf den Gedanken gekommen, dass sie die Dinge derart sehen könnte. Und doch war ihm das Gespräch auf eine deprimierende Art vertraut gewesen. Denn es erinnerte ihn an Gespräche, die er mit Mitgliedern seiner eigenen Familie geführt hatte. Seine Verwandten, seine Onkel, wahrscheinlich sogar seine Mutter hatten so gedacht, wie Marian dachte. Sie hatten geglaubt, wenn andere Leute nicht so dachten, dann, weil sie sich etwas vormachten – sie waren zu weltfremd oder zu blöde, aufgrund ihres leichten und behüteten Lebens oder ihrer Bildung. Sie hatten den Anschluss an die Wirklichkeit verloren. Gebildete, Literaten, einige Reiche wie Grants sozialistische Schwiegereltern hatten den Anschluss an die Wirklichkeit verloren. Infolge eines unverdienten Glücksfalls oder einer angeborenen Beschränktheit. In seinem Fall, vermutete Grant, gaben sie wohl beidem die Schuld.

So sah ihn bestimmt auch Marian. Ein einfältiger Mensch, vollgestopft mit langweiligem Wissen und durch pures Schwein von der Wahrheit des Lebens abgeschirmt. Ein Mensch, der sich keine Sorgen um seinen Hausbesitz zu machen brauchte und herumspazieren und seinen komplizierten Gedanken nachhängen konnte. Frei, sich wunderbare und großmütige Pläne auszudenken, die seiner Meinung nach einen anderen Menschen glücklich machen würden.

Was für ein Trottel, dachte sie wohl jetzt.

Gegenüber einer solchen Person fühlte er sich mutlos, entnervt, schließlich nahezu alleingelassen. Warum? Weil er nicht sicher war, sich gegenüber dieser Person selbst treu bleiben zu können? Weil er Angst hatte, dass diese Menschen am Ende recht hatten? Fiona hätte solche Befürchtungen nicht gehabt. Niemand hatte sie in ihrer Jugend zurechtgestutzt und eingeengt. Seine Erziehung hatte sie belustigt, und deren strenge Vorstellungen fand sie kurios.

Trotzdem spricht auch einiges für diese Menschen. (Er hörte sich jetzt in einem Streitgespräch mit jemandem. Mit Fiona?) Diese enge Sichtweise hat auch ihre Vorteile. Marian würde sich wahrscheinlich in einer Krise bewähren. Im Überlebenskampf, fähig, etwas zu futtern herbeizuschaffen, und fähig, einem Toten auf der Straße die Schuhe auszuziehen.

Der Versuch, aus Fiona schlau zu werden, war immer frustrierend gewesen. Bisweilen war das, als folgte man einer Fata Morgana. Nein – als lebte man in einer Fata Morgana. Marian nahezukommen würde ein anderes Problem mit sich bringen. Es wäre, als bisse man in eine Litschifrucht. Das Fleisch mit seiner merkwürdig künstlichen Konsistenz, seinem chemischen Geschmack und Geruch, eine dünne Schicht über dem umfangreichen Kern, dem Stein.

* * *

Er hätte sie heiraten können. Man stelle sich vor. Er hätte so ein Mädchen heiraten können, wenn er dageblieben wäre, wo er hingehörte. Sie war damals bestimmt zum Anbeißen, mit ihrem knackigen Busen. Ein flotter Käfer. Die betonte Art, wie sie mit ihrem Hintern auf dem Küchenstuhl herumrutschte, ihr geschürzter Mund, die etwas gekünstelte Drohmiene – das war noch übrig von der mehr oder weniger unschuldigen ordinären Koketterie einer Kleinstadt-Schönheit.

Sie hatte sich bestimmt einige Hoffnungen gemacht, als sie sich Aubrey aussuchte. Sein gutes Aussehen, seine Vertreterstellung, seine Aufstiegschancen. Sie hatte bestimmt geglaubt, dass es ihr eines Tages wesentlich besser gehen würde, als es ihr jetzt ging. Aber wie es diesen praktisch denkenden Menschen so oft widerfuhr. Trotz ihrer Berechnungen, ihrer Überlebensstrategien kamen sie unter Umständen nicht so weit, wie sie es vernünftigerweise erwartet hatten. Ohne Zweifel fanden sie das ungerecht.

In der Küche sah er als Erstes das blinkende Lämpchen seines Anrufbeantworters. Er dachte das, was er jetzt immer dachte. Fiona.

Er drückte auf die Taste, noch bevor er den Mantel auszog.

»Hallo, Grant. Hoffentlich habe ich den Richtigen erwischt. Mir ist gerade was eingefallen. Am Samstag ist hier in der Stadt im Veteranenverein ein Tanzabend für Alleinstehende, und ich bin im Festkomitee, was bedeutet, dass ich umsonst einen Gast mitbringen kann. Da habe ich überlegt, ob Sie nicht vielleicht Lust dazu haben. Rufen Sie mich zurück, wenn's geht.«

Eine Frauenstimme nannte eine örtliche Telefonnummer. Dann erklang ein Piepton, und dieselbe Stimme redete weiter.

»Ich hab gerade gemerkt, ich hab ganz vergessen, zu sagen, wer ich bin. Sie haben mich wahrscheinlich schon an der Stimme erkannt. Hier ist Marian. Ich hab mich immer noch nicht richtig an diese Automaten gewöhnt. Und ich wollte sagen, mir ist klar, dass Sie nicht alleinstehend sind, und ich hab's nicht so gemeint. Jedenfalls, wo ich das jetzt alles gesagt habe, hoffe ich doch, dass ich tatsächlich mit Ihnen rede. Es hat sich wie Ihre Stimme angehört. Wenn Sie Interesse haben, können Sie mich ja anrufen, und wenn nicht, lassen Sie's einfach. Ich dachte nur, vielleicht freuen Sie sich über eine Gelegenheit, mal rauszukommen. Hier spricht Marian. Ich glaube, das hab ich schon gesagt. Also dann. Auf Wiederhören.«

Ihre Stimme auf dem Anrufbeantworter klang anders als die Stimme, die er noch vor kurzem in ihrem Haus gehört hatte. In der ersten Nachricht nur wenig, in der zweiten dann stärker. Er hörte Nervosität heraus, eine vorgetäuschte Unbekümmertheit, eine Hast, es hinter sich zu bringen, und ein Widerstreben loszulassen.

Etwas war mit ihr passiert. Aber wann war es passiert? Wenn es sofort passiert war, hatte sie es in der ganzen Zeit, die er bei ihr war, sehr erfolgreich verborgen. Doch wahrscheinlich war es allmählich über sie gekommen, vielleicht, nachdem er gegangen war. Nicht unbedingt als schlagartige Anziehung. Lediglich die Erkenntnis, dass er eine Möglichkeit war, ein alleinstehender Mann. Mehr oder weniger alleinstehend. Eine Möglichkeit, der sie durchaus nachgehen konnte.

Aber sie hatte Manschetten gehabt, als sie den ersten Zug machte. Sie hatte sich aufs Spiel gesetzt. Wie viel von sich vermochte er nicht zu sagen. Im Allgemeinen nahm im Laufe der Zeit, während die Dinge vorankamen, die Verletzlichkeit einer Frau zu. Am Anfang konnte man nur sagen, wenn sich jetzt schon eine Spur davon zeigte, war später mehr zu erwarten.

Es bereitete ihm Genugtuung – warum es leugnen? –, das bei ihr geweckt zu haben. Etwas wie ein Schimmern, ein Kräuseln an der Oberfläche ihrer Persönlichkeit hervorgerufen zu haben. In ihren gereizten breiten Vokalen diese schwache Bitte gehört zu haben.

Er holte Eier und Pilze heraus, um sich ein Omelett zu machen. Dann dachte er, er könnte sich auch einen Drink genehmigen.

Alles war möglich. Stimmte das auch – war alles möglich? Würde es ihm zum Beispiel, wenn er es wollte, gelingen, ihren Widerstand zu brechen, sie dazu zu bewegen, auf ihn zu hören und Aubrey zu Fiona zurückzubringen? Und nicht nur für Besuche, sondern für den Rest von Aubreys Leben? Wohin konnte dieses Herzflattern sie beide führen? Zu einem Umschwung bei Marian, zu einem Ende ihrer Sicherheitsbedürfnisse? Zu Fionas Glück?

Es wäre eine Herausforderung. Eine Herausforderung und eine lobenswerte Tat. Außerdem ein Witz, den er nie irgendjemandem anvertrauen konnte – dass er etwas Schlechtes tat und dadurch für Fiona etwas Gutes.

Aber eigentlich war er gar nicht fähig, darüber nachzudenken. Denn dann müsste er sich überlegen, was mit ihm und Marian werden sollte, nachdem er Aubrey bei Fiona abgeliefert hatte. Und das konnte nicht gutgehen – es sei denn, er fand darin mehr Befriedigung, als er voraussah, und entdeckte unter ihrem robusten Fruchtfleisch den Kern schuldfreien Eigeninteresses.

Man wusste nie genau, wie sich solche Dinge entwickelten. Man wusste es einigermaßen, aber man konnte sich nie sicher sein.

Jetzt saß sie bestimmt in ihrem Haus und wartete auf seinen Anruf. Oder saß wahrscheinlich nicht da, sondern werkelte herum, um etwas zu tun zu haben. Sie schien eine Frau zu sein, die immer etwas zu tun haben musste. Ihr Haus hatte jedenfalls deutlich von permanenter Pflege gekündet. Und da war Aubrey – der weiterhin wie sonst auch versorgt werden musste. Vielleicht hatte sie ihm schon früh das Abendbrot gebracht, seine Mahlzeiten dem Zeitplan von Wiesensee angepasst, damit er eher als sonst seine Nachtruhe antrat und sie die Pflichten des Tages hinter sich hatte. (Was fing sie mit ihm an, wenn sie zu einem Tanzabend ging? Konnte er allein bleiben, oder musste sie eine Pflegekraft bestellen? Würde sie ihm sagen, was sie vorhatte, ihren Begleiter vorstellen? Musste der Begleiter für die Pflegekraft aufkommen?)

Vielleicht hatte sie Aubrey gefüttert, während Grant die Pilze kaufte und nach Hause fuhr. Vielleicht brachte sie ihn jetzt zu Bett. Aber die ganze Zeit über dachte sie ans Telefon, an das Schweigen des Telefons. Vielleicht hatte sie sich ausgerechnet, wie lange Grant bis nach Hause brauchte. Seine

Adresse im Telefonbuch hatte ihr eine ungefähre Vorstellung davon gegeben, wo er wohnte. Sie hatte die Fahrtdauer überschlagen, dann Zeit für mögliche Einkäufe zum Abendbrot hinzugefügt (aus der Überlegung, dass ein alleinstehender Mann jeden Tag einkaufen würde). Dann eine gewisse Zeit, bis er dazu kam, seinen Anrufbeantworter abzuhören. Und während ihr Telefon beharrlich schwieg, grübelte sie bestimmt über andere Dinge nach. Andere Besorgungen, die er zu erledigen hatte, bevor er nach Hause fuhr. Oder vielleicht aß er im Restaurant, war verabredet, was bedeutete, dass er zur Abendbrotzeit gar nicht zu Hause sein würde.

Sie würde bis spät in die Nacht aufbleiben, die Küchenschränke putzen, fernsehen, mit sich selbst diskutieren, ob überhaupt noch eine Chance bestand.

Was bildete er sich eigentlich ein? Sie war vor allem eine vernünftige Frau. Sie würde zur üblichen Zeit zu Bett gehen und denken, dass er sowieso nicht wie ein annehmbarer Tänzer wirkte. Zu steif, zu professoral.

Er blieb in der Nähe des Telefons und schaute in Zeitschriften, nahm aber nicht ab, als es wieder klingelte.

»Grant. Hier ist Marian. Ich war unten im Keller und hab die Wäsche in den Trockner gesteckt, und dann hörte ich das Telefon, aber bis ich oben war, hatte der, der dran war, schon aufgehängt. Also hab ich gedacht, ich muss sagen, dass ich hier war. Wenn Sie es waren und wenn Sie zu Hause sind. Weil ich ja keinen Anrufbeantworter habe, also konnten Sie keine Nachricht hinterlassen. Also wollte ich nur einfach Ihnen Bescheid geben.

Tschüs.«

Es war jetzt fünfundzwanzig Minuten nach zehn.

Tschüs.

Er würde sagen, er sei gerade nach Hause gekommen. Es hatte keinen Sinn, ihr auszumalen, wie er hier saß und das Für und Wider abwog.

Draperien. Das wäre Fionas Wort für die blauen Vorhänge – Draperien. Warum auch nicht? Er dachte an die Ingwerkekse, so vollkommen rund, dass sie dazusagen musste, dass sie selbstgebacken waren, an die Keramikkaffeebecher auf ihrem Keramikbaum. Ein Plastikläufer schützte bestimmt den Teppichboden im Flur. Eine Hochglanzgenauigkeit und praktische Ordnung, die seine Mutter nie erreicht hatte, aber bewundert hätte – war das der Grund dafür, dass er diesen Stich absonderlicher und unzuverlässiger Zuneigung spürte? Oder lag es daran, dass er sich nach dem ersten Drink zwei weitere genehmigt hatte?

Die dunkle Bräune – er glaubte jetzt, dass es sich um Sonnenbräune handelte – von Gesicht und Hals setzte sich höchstwahrscheinlich bis in den Spalt zwischen ihren Brüsten fort, der sicher tief, ein wenig ledrig, wohlriechend und warm war. Daran musste er denken, als er die Nummer wählte, die er sich bereits notiert hatte. Daran und an die praktische Sinnlichkeit ihrer Katzenzunge. An ihre Edelsteinaugen.

Fiona war in ihrem Zimmer, lag aber nicht im Bett. Sie saß am offenen Fenster und trug ein der Jahreszeit angemessenes, aber sonderbar kurzes und helles Kleid. Durchs Fenster strömten ein warmer, berauschender Schwall Fliederduft und der Geruch der Frühjahrsdüngung auf den Feldern herein.

In ihrem Schoß lag ein aufgeschlagenes Buch.

Sie sagte: »Sieh mal, was für ein schönes Buch ich gefunden habe, es ist über Island. Man sollte nicht denken, dass sie wertvolle Bücher in den Zimmern herumliegen lassen. Die Leute, die hier übernachten, sind nicht unbedingt ehrlich. Und ich glaube, das Personal hat die Kleider durcheinandergebracht. Ich trage nie Gelb.«

»Fiona …«, sagte er.

»Du warst lange fort. Hast du denn jetzt alles erledigt? Können wir abreisen?«

»Fiona, ich habe dir eine Überraschung mitgebracht. Erinnerst du dich an Aubrey?«

Sie starrte ihn einen Augenblick an, als peitsche ihr böiger Wind ins Gesicht. Ins Gesicht, in den Kopf, und risse alles in Fetzen.

»Namen entfallen mir«, sagte sie schroff.

Dann ging der Augenblick vorüber, und sie gewann mühsam ein wenig neckischen Charme zurück. Sie legte das Buch behutsam hin, stand auf, hob die Arme und schlang sie um ihn. Ihre Haut oder ihr Atem gaben schwach einen neuen Geruch von sich, einen Geruch, der ihn an die Stängel von Schnittblumen erinnerte, die zu lange im selben Wasser gestanden hatten.

»Ich freue mich, dich zu sehen«, sagte sie und zupfte an seinen Ohrläppchen.

»Du hättest einfach wegfahren können«, sagte sie. »Einfach wegfahren, aller Sorgen ledig, und mich verlassen können.«

Er schmiegte das Gesicht an ihre weißen Haare, ihre rosa Kopfhaut, ihren schön geformten Schädel. Er sagte: Nie und nimmer.

BALD

ZWEI KÖPFE IM PROFIL sind einander zugewandt. Der eine ist der Kopf einer schneeweißen Färse mit besonders sanftem und liebem Ausdruck, der andere der eines grüngesichtigen Mannes, der weder alt noch jung ist. Er scheint ein kleiner Beamter zu sein, vielleicht ein Briefträger – er hat eine entsprechende Mütze auf. Seine Lippen sind blass, das Weiße seiner Augen glänzt. Eine Hand, wahrscheinlich seine, bringt am unteren Rand des Bildes einen kleinen Baum dar oder einen üppigen Zweig, der Juwelen als Früchte trägt.

Am oberen Rand des Bildes sind dunkle Wolken, und unter ihnen kauern einige kleine, windschiefe Häuser und eine Spielzeugkirche mitsamt Spielzeugkreuz auf dem gewölbten Erdkreis. Innerhalb des Erdkreises geht ein kleiner Mann (jedoch in größerem Maßstab gemalt als die Häuser) mit einer Sense über der Schulter seines Weges, und eine im selben Maßstab gemalte Frau scheint auf ihn zu warten. Aber sie hängt verkehrt herum in der Luft.

Es gibt auch noch anderes zu sehen. Zum Beispiel ein Mädchen, das eine Kuh melkt, innerhalb der Wange der Färse.

Juliet beschloss sofort, diesen Kunstdruck als Weihnachtsgeschenk für ihre Eltern zu kaufen.

»Weil er mich an sie erinnert«, sagte sie zu Christa, ihrer Freundin, die mit ihr aus Whale Bay zu einem Einkaufsbummel hergekommen war. Sie befanden sich im Andenkenladen der Vancouver Art Gallery.

Christa lachte. »Der grüne Mann und die Kuh? Sie werden sich geschmeichelt fühlen.«

Christa nahm anfangs nie etwas ernst, sie musste immer erst einen Witz darüber machen. Juliet störte sich nicht daran. Nach drei Monaten Schwangerschaft mit dem Baby, aus dem Penelope werden sollte, litt sie zum ersten Mal nicht mehr unter Übelkeit, und aus diesem oder einem anderen Grund neigte sie zu Anfällen von Euphorie. Sie dachte die ganze Zeit über an etwas Essbares und hatte ursprünglich gar nicht in den Andenkenladen gehen wollen, weil sie den Imbiss entdeckt hatte.

Sie liebte alles auf dem Bild, besonders aber die kleinen Gestalten und die windschiefen Häuser ganz oben. Den Mann mit der Sense und die Frau, die verkehrt herum in der Luft hing.

Sie sah nach dem Titel. *Ich und das Dorf.*

Das ergab auf subtile Weise Sinn.

»Chagall. Ich mag Chagall«, sagte Christa. »Picasso war ein Mistkerl.«

Juliet war so glücklich über ihren Fund, dass sie kaum hinhörte.

»Weißt du, was er gesagt haben soll? ›Chagall ist was für Ladenmädchen‹«, erzählte ihr Christa. »Was gibt es an Ladenmädchen auszusetzen? Chagall hätte sagen sollen, Picasso ist was für Leute mit schiefen Gesichtern.«

»Ich muss bei dem Bild an ihr Leben denken«, sagte Juliet. »Ich weiß nicht, warum, aber es ist so.«

Sie hatte Christa schon einiges von ihren Eltern erzählt – wie sie in einer seltsamen, aber nicht unglücklichen Zurückgezogenheit lebten, obwohl ihr Vater ein beliebter Lehrer war. Zum Teil lag das an Saras Herzkrankheit, aber auch daran, dass sie Zeitschriften abonniert hatten, die niemand um sie herum las, und sich Radiosendungen anhörten, denen niemand um sie herum Gehör schenkte. Daran, dass Sara ihre Kleider selbst – und manchmal ungeschickt – nach *Vogue*-Modellen schneiderte statt nach den handelsüblichen Schnittmusterbogen. Sogar daran, dass sie sich eine jugendliche Figur bewahrten, statt korpulent und krumm zu werden wie die Eltern von Juliets Schulkameraden. Juliet hatte Sam als jemanden beschrieben, der ihr selbst ähnlich sah – langer Hals, ein kleines Grübchen im Kinn, hellbraune, weiche Haare –, und Sara als eine zarte, blasse Blondine, eine grazile, unordentliche Schönheit.

* * *

Als Penelope dreizehn Monate alt war, flog Juliet mit ihr nach Toronto und nahm dann den Zug. Das war im Jahr 1969. Sie stieg in einer Stadt aus, die etwa zwanzig Meilen von dem Städtchen entfernt lag, in dem sie aufgewachsen war und in dem Sam und Sara immer noch lebten. Offenbar hielt der Zug dort nicht mehr.

Sie war enttäuscht, auf diesem ungewohnten Bahnhof aussteigen zu müssen und nicht sofort die vertrauten Bäume und Bürgersteige und Häuser zu sehen und dann, sehr bald, ihr eigenes Haus, Sam und Saras Haus, geräumig, aber schlicht, zweifellos immer noch mit demselben blasigen und verwitterten weißen Anstrich, hinter dem ausladenden Silberahorn.

Sam und Sara, hier in dieser Stadt, in der sie die beiden noch nie gesehen hatte, lächelten zwar, aber ängstlich, verunsichert.

Sara stieß einen merkwürdigen kleinen Schrei aus, als hätte sie etwas gestochen. Ein oder zwei Leute auf dem Bahnsteig drehten sich neugierig um.

Offenbar war es nur die Aufregung.

»Wir sind lang und kurz, aber wir passen immer noch zueinander«, sagte sie.

Anfangs verstand Juliet nicht, was sie meinte. Dann kam sie dahinter – Sara trug einen schwarzen Leinenrock, der ihr bis zu den Waden reichte, und eine dazu passende Jacke. Der Kragen und die Manschetten der Jacke waren aus glänzendem, limonengrünen Stoff mit schwarzen Punkten. Ein Turban aus demselben grünen Material bedeckte ihre Haare. Sie musste dieses Kostüm selbstgeschneidert haben oder eine Schneiderin dazu überredet haben, es ihr zu nähen. Die Farben schmeichelten ihrer Haut nicht, die aussah, als hätte sich feiner Kalkstaub darauf niedergelassen.

Juliet trug ein schwarzes Minikleid.

»Ich habe mich schon gefragt, was du von mir denken wirst, Schwarz im Sommer, als ob ich Trauer trage«, sagte Sara. »Und jetzt bist du passend dazu angezogen. Du siehst fesch aus, ich bin sehr für diese kurzen Kleider.«

»Und lange Haare«, sagte Sam. »Ganz wie ein Hippie.« Er beugte sich vor, um dem Baby ins Gesicht zu schauen. »Hallo, Penelope.«

Sara sagte: »Ach, ist das ein Püppchen.«

Sie streckte die Hände nach Penelope aus – obwohl die Arme, die aus ihren Ärmeln glitten, viel zu dünn und zerbrechlich waren, um eine solche Last zu tragen. Und das mussten sie auch nicht, weil Penelope, die sich beim ersten Ton der Stimme ihrer Großmutter versteift hatte, jetzt losschrie und sich abwandte und das Gesicht an Juliets Hals barg.

Sara lachte. »Bin ich so eine Vogelscheuche?« Wieder war ihre Stimme kaum unter Kontrolle, stieg in schrille Höhen auf und verhauchte, zog Blicke auf sich. Das war neu – wenn auch nicht völlig. Juliet kam der Gedanke, dass die Leute sich vielleicht schon immer zu ihrer Mutter umgedreht hatten, wenn sie lachte oder redete, aber früher wäre es ein fröhliches Aufjauchzen gewesen, das ihnen auffiel, etwas Mädchenhaftes und Anziehendes (obwohl das auch nicht allen gefallen hätte, sie hätten gesagt, sie versuche immer, Aufmerksamkeit zu erregen).

Juliet sagte: »Sie ist schrecklich müde.«

Sam stellte die junge Frau vor, die hinter ihm und Sara stand, sich ein wenig abseitshielt, als sei ihr daran gelegen, nicht dazuzugehören. Und es war Juliet auch wirklich nicht in den Sinn gekommen, dass sie dazugehörte.

»Juliet, das ist Irene. Irene Avery.«

Juliet streckte die Hand aus, so gut sie konnte, ohne Penelope und die Tüte mit Windeln loszulassen, und als deutlich wurde, dass Irene ihr nicht die Hand geben wollte – oder vielleicht ihre Absicht nicht bemerkte –, lächelte sie. Irene erwiderte das Lächeln nicht. Sie stand stockstill, wirkte aber, als wäre sie am liebsten davongelaufen.

»Hallo«, sagte Juliet.

Irene sagte: »Freut mich, Sie kennenzulernen«, gerade noch hörbar, aber völlig ausdruckslos.

»Irene ist unsere gute Fee«, sagte Sara, und da veränderte sich Irenes Gesicht. Es verfinsterte sich ein wenig, spürbar verlegen.

Sie war nicht so groß wie Juliet – die hochgewachsen war –, aber ihre Schultern und Hüften waren breiter, die Arme kräftig, das Kinn eigensinnig. Sie hatte dichte, lockige schwarze Haare, aus dem Gesicht gekämmt zu einem kurzen Pferdeschwanz, breite und ziemlich feindselige schwarze Augenbrauen und eine Haut, die rasch braun wird. Ihre Augen waren grün oder blau, eine überraschend helle Farbe bei dieser Haut, und tiefliegend, so dass es schwerfiel hineinzuschauen. Auch weil sie den Kopf leicht gesenkt hielt und das Gesicht zur Seite abwandte. Die Unzugänglichkeit schien trotzige Absicht zu sein.

»Für eine Fee leistet sie Schwerstarbeit«, sagte Sam mit seinem breiten strategischen Lächeln. »Daraus mache ich kein Geheimnis.«

Und jetzt fiel Juliet natürlich wieder ein, dass in den Briefen von einer Frau die Rede gewesen war, die im Haus aushalf, weil Saras Kräfte rapide nachließen. Aber sie hatte sich eine wesentlich ältere Frau vorgestellt. Irene war bestimmt nicht älter als sie selbst.

Das Auto war immer noch derselbe Pontiac, den Sam vor ungefähr zehn Jahren gebraucht gekauft hatte. Der ursprünglich blaue Lack war noch stellenweise zu sehen, aber sonst zu Grau verblichen, und die Wirkung des Streusalzes auf den winterlichen Straßen war an den Rostsäumen zu sehen.

»Die alte graue Stute«, sagte Sara, fast außer Atem nach den wenigen Schritten vom Bahnsteig herunter.

»Sie hat euch nicht im Stich gelassen«, sagte Juliet. Sie sprach bewundernd, wie offenbar von ihr erwartet wurde. Sie hatte vergessen, dass ihre Eltern das Auto so nannten, obwohl sie selbst sich diesen Namen ausgedacht hatte.

»Sie lässt uns nie im Stich«, sagte Sara, sobald sie mit Irenes

Hilfe auf dem Rücksitz Platz genommen hatte. »Und wir werden sie auch nie im Stich lassen.«

Juliet stieg vorn ein und wiegte Penelope, die wieder greinte. Die Hitze im Auto war ein Schock, obwohl es mit offenen Fenstern im spärlichen Schatten der Bahnhofspappeln gestanden hatte.

»Eigentlich denke ich daran …«, sagte Sam, während er aus der Parklücke zurücksetzte, »denke ich daran, sie abzustoßen für einen Lieferwagen.«

»Das ist nicht dein Ernst«, kreischte Sara.

»Fürs Geschäft«, fuhr Sam fort. »Das wäre ein ganzes Stück praktischer. Und wir machen jedes Mal ein bisschen Reklame, wenn wir die Straße runterfahren, nur durch den Namen auf der Tür.«

»Er will mich ärgern«, sagte Sara. »Wie soll ich in einer Kiste herumfahren, auf der *Frisches Gemüse* steht? Was soll ich sein, der Kohl oder der Kürbis?«

»Halt lieber die Luft an, Frauchen«, sagte Sam, »sonst hast du keine Puste mehr übrig, wenn wir nach Hause kommen.«

Nach nahezu dreißig Jahren als Lehrer an staatlichen Schulen des Landes – davon zehn an der letzten – hatte Sam plötzlich den Schuldienst quittiert und beschlossen, stattdessen Gemüse zu verkaufen. Er hatte sich schon immer einen großen Gemüsegarten gehalten, dazu Himbeersträucher, auf dem unbebauten Grundstück neben dem Haus, und sie hatten ihre Überschüsse an einige Leute in der Stadt verkauft. Aber jetzt wollte er damit offenbar für den Lebensunterhalt sorgen, sein Gemüse an Lebensmittelhändler verkaufen und vielleicht irgendwann an der Gartentür einen Marktstand einrichten.

»Ist es dir wirklich ernst damit?«, fragte Juliet leise.

»Darauf kannst du Gift nehmen.«

»Wird dir das Unterrichten nicht fehlen?«

»Nicht die Bohne. Ich hatte es satt. Es hing mir zum Hals raus.«

Juliet dachte daran, dass ihm in all den Jahren nie an irgendeiner Schule die Stelle des Rektors angeboten worden war. Sie vermutete, dass es das war, was ihm zum Hals heraushing. Er war ein ungewöhnlicher Lehrer, einer, an dessen Späße und dessen Energie sich alle erinnern würden, einer, dessen Abschlussjahr anders war als alle anderen Schuljahre im Leben seiner Schüler. Trotzdem war er übergangen worden, immer wieder, und wahrscheinlich aus eben dem Grund. Wenn man so wollte, konnte man von seinen Methoden behaupten, dass sie die Autorität untergruben. Also ließ sich denken, dass die Obrigkeit der Meinung war, er sei nicht der richtige Mann, um Autorität auszuüben, er richte an seinem Platz weniger Schaden an.

Er mochte die Arbeit unter freiem Himmel, es fiel ihm leicht, Leute anzusprechen, wahrscheinlich würde es ihm gut damit gehen, Gemüse zu verkaufen.

Aber Sara würde es abscheulich finden.

Juliet gefiel es auch nicht besonders. Falls sie sich jedoch auf eine Seite würde schlagen müssen, dann auf seine. Sie mochte auf keinen Fall als Snob dastehen.

In Wahrheit aber war sie der Überzeugung, dass sie – sie und Sam und Sara, aber besonders sie und Sam – allen anderen um sie herum überlegen waren. Was machte es also aus, wenn er Gemüse feilbot?

Sam sprach jetzt leiser, wie ein Verschwörer.

»Wie heißt sie denn?«

Er meinte das Baby.

»Penelope. Wir werden sie nie Penny rufen. Immer Penelope.«

»Nein, ich meine … ich meine, wie weiter.«

»Ach so. Na ja, wahrscheinlich Henderson-Porteous. Oder Porteous-Henderson. Aber vielleicht ist das ein zu langer Bandwurm, wenn sie schon Penelope heißt. Wir wussten das, aber wir wollten Penelope. Wir müssen uns irgendwie einigen.«

»Er hat ihr also seinen Namen gegeben«, sagte Sam. »Wenigstens was. Ich meine, das ist gut.«

Juliet war für einen Augenblick überrascht, dann nicht mehr.

»Natürlich hat er«, sagte sie. Und tat so, als begriffe sie nicht und fände es lustig. »Sie ist sein Kind.«

»Ja, schon. Aber unter den Umständen.«

»Ach, die Umstände. An die habe ich gar nicht gedacht«, sagte sie. »Wenn du damit meinst, dass wir nicht verheiratet sind, dann fällt das kaum ins Gewicht. Da, wo wir leben, bei den Leuten, die wir kennen, zerbricht sich niemand darüber den Kopf.«

»Mag sein«, sagte Sam. »War er mit der Ersten verheiratet?«

Juliet hatte ihnen von Erics Frau erzählt, von seiner Fürsorge in den acht Jahren, die sie nach ihrem Autounfall noch gelebt hatte.

»Ann? Ja. Ich weiß nicht genau. Aber doch. Ich glaube schon. Ja.«

Sara rief zu den Vordersitzen: »Wäre es nicht schön, für ein Eis anzuhalten?«

»Wir haben welches zu Hause im Kühlschrank«, rief Sam zurück. Und fügte, nur für Juliets Ohren bestimmt, leise, erschreckend hinzu: »Führ sie irgendwohin aus, und sie zieht eine Schau ab.«

Die Fenster waren noch heruntergekurbelt, der warme Wind blies durchs Auto. Es war Hochsommer – eine Jahreszeit, die nach Juliets bisherigen Erfahrungen nie bis zur Westküste vordrang. Die Laubbäume ballten sich an den fernen Enden der Felder zusammen und bildeten blauschwarze Schattenhöhlen, und die Kornfelder und Wiesen vor ihnen waren unter dem harten Sonnenlicht golden und grün. Kräftige junge Pflanzen, Weizen und Gerste und Mais und Bohnen – fast taten sie den Augen weh.

Sara sagte: »Worum dreht es sich in dieser Konferenz? Auf den Vordersitzen? Wir hören hier hinten nichts, durch den Wind.«

Sam sagte: »Nichts Besonderes. Hab Juliet nur gefragt, ob ihr Partner immer noch bei der Fischerei ist.«

Eric verdiente seinen Lebensunterhalt als Krabbenfischer, und das schon seit langer Zeit. Er hatte mal Medizin studiert. Doch dieses Studium hatte er abbrechen müssen, weil er bei einer Freundin (nicht seiner eigenen) eine Abtreibung vorgenommen hatte. Alles war gutgegangen, aber die Geschichte war irgendwie herausgekommen. Juliet hatte daran gedacht, ihren liberal gesinnten Eltern davon zu erzählen. Vielleicht weil sie ihn als gebildeten Mann hinstellen wollte, der nicht einfach nur ein Fischer war. Aber warum sollte das von Bedeutung sein, besonders jetzt, wo Sam Gemüsehändler werden wollte? Außerdem war auf ihre liberale Gesinnung womöglich nicht so viel Verlass, wie sie gedacht hatte.

* * *

Es gab mehr zu verkaufen als nur frisches Gemüse und Beeren. Marmelade, Saft in Flaschen und Relishes wurden in der Küche hergestellt. Am ersten Morgen von Juliets Besuch entstand gerade Himbeermarmelade. Irene waltete am Herd, ihre Bluse war nass vor Schweiß oder vom Dampf und klebte zwischen den Schulterblättern an ihrer Haut. Hin und wieder warf sie rasch einen Blick auf den Fernseher, der über den hinteren Flur zur Küchentür gerollt worden war, so dass man sich daran vorbeizwängen musste, um in die Küche zu gelangen. Eine Vormittagssendung für Kinder lief, und auf dem Bildschirm war ein Zeichentrickfilm über den dümmlichen Elch Bullwinkle zu sehen. Ab und zu lachte Irene laut über die Kapriolen der Zeichentrickfiguren, und Juliet lachte ein wenig mit, um kameradschaftlich zu sein. Irene nahm davon keine Notiz.

Einiges musste beiseitegeräumt werden, damit Juliet für Penelopes Frühstück ein Ei kochen und zerdrücken und für sich selbst Kaffee und Toast bereiten konnte. »Ist das genug Platz?«, fragte Irene, in ihrer Stimme schwang Zweifel mit, als sei Juliet ein Eindringling, dessen Ansprüche sich nicht voraussehen ließen.

Von nahem war zu sehen, dass auf Irenes Unterarmen zahlreiche feine schwarze Härchen wuchsen. Einige wuchsen auch auf ihren Wangen, direkt vor ihren Ohren.

Auf ihre verstohlene Art beobachtete sie alles, was Juliet tat, sah zu, wie sie an den Herdknöpfen herumdrehte (weil sie sich anfangs nicht erinnern konnte, zu welchen Flammen sie gehörten), sah zu, wie sie das Ei aus dem Kochtopf nahm und pellte (wobei die Schale sich nicht leicht wie sonst in großen Stücken entfernen ließ, sondern nur widerwillig in kleinen Splittern), und sah dann zu, wie sie sich eine Untertasse aussuchte, um das Ei darauf zu zerdrücken.

»Die darf sie aber nicht auf den Boden fallen lassen.« Das bezog sich auf die Porzellanuntertasse. »Haben Sie denn kein Plastiktellerchen für sie?«

»Ich werde aufpassen«, sagte Juliet.

Es stellte sich heraus, dass Irene auch Mutter war. Sie hatte einen dreijährigen Jungen und eine nicht ganz zwei Jahre alte Tochter. Sie hießen Trevor und Tracey. Deren Vater war im vergangenen Sommer bei einem Unfall auf der Hühnerfarm, bei der er arbeitete, ums Leben gekommen. Irene selbst war drei Jahre jünger als Juliet – zweiundzwanzig. Die Informationen über ihre Kinder und ihren Mann erhielt Juliet als Antwort auf ihre Fragen, und das Alter ließ sich aus dem errechnen, was sie als Nächstes äußerte.

Als Juliet sagte: »Oh, tut mir leid«, auf den Unfall bezogen, in dem Gefühl, dass ihre Neugier unhöflich gewesen war und dass ihr Beileid jetzt geheuchelt war, erwiderte Irene: »Tja. Gerade rechtzeitig zu meinem einundzwanzigsten Geburtstag«, als seien Unglücksfälle etwas, was man sammelte wie Amulette an einem Armband.

Nachdem Penelope so viel von dem Ei gegessen hatte, wie sie ohne Protest mochte, lud Juliet sie sich auf die Hüfte und trug sie nach oben.

Auf halbem Wege fiel ihr ein, dass sie die Untertasse nicht abgewaschen hatte.

Es gab keinen Ort, an dem sie die Kleine lassen konnte, die noch nicht lief, aber sehr flink umherkrabbelte. Auf keinen Fall durfte sie in der Küche auch nur fünf Minuten sich selbst überlassen bleiben, mit dem kochenden Wasser im Sterilisator und der heißen Marmelade und den Küchenmessern, und von Irene war es zu viel verlangt, auf sie aufzupassen. Außerdem hatte sie sich gleich als Erstes am Morgen wieder geweigert, sich mit Sara anzufreunden. Also trug Juliet sie zur Bodentreppe hoch, die sich hinter einer Tür verbarg, und setzte sie, nachdem sie die Tür wieder zugemacht hatte, zum Spielen auf den Stufen ab, um sich auf die Suche nach dem alten Laufställchen zu begeben. Zum Glück kannte Penelope sich mit Stufen bestens aus.

Das Haus war zweigeschossig, mit hohen, aber – so kam es Juliet jetzt vor – nur puppenstubengroßen Zimmern. Es hatte ein Steildach, so dass man in der Mitte des Dachbodens aufrecht umhergehen konnte. Was Juliet als Kind oft getan hatte. Sie war immer umherspaziert und hatte sich Geschichten erzählt, die sie gelesen hatte, mit gewissen Ergänzungen oder Abwandlungen. Hatte getanzt – auch das vor einem imaginären Publikum. Das reale Publikum bestand aus kaputten oder einfach ausrangierten Möbelstücken, alten Truhen, einem ungeheuer schweren Büffelfell, einem Nistkasten für Purpurschwalben (ein Geschenk von inzwischen längst erwachsenen Schülern von Sam, das niemals ein Brutpärchen von Purpurschwalben angelockt hatte), dem deutschen Soldatenhelm, den Sams Vaters angeblich aus dem Ersten Weltkrieg mitgebracht hatte, und einem unfreiwillig komischen Gemälde eines Sonntagsmalers vom Untergang der *Empress of Ireland* im Golf von St. Lorenz, mit Strichmännchen, die in alle Richtungen davonflogen.

Und dort, an die Wand gelehnt, stand *Ich und das Dorf*. Die Bildseite nach vorn – es war kein Versuch unternommen worden, es zu verstecken. Und es lag kaum Staub darauf, es stand also noch nicht lange da.

Nach kurzer Suche fand sie das Laufställchen. Es war ein hübsches, schweres Möbelstück, mit einem Boden aus Holz und Stäben in den Seitenwänden. Und den Kinderwagen.

Ihre Eltern hatten alles aufgehoben, in der Hoffnung auf ein weiteres Kind. Es hatte mindestens eine Fehlgeburt gegeben. Gelächter aus dem Ehebett, am Sonntagmorgen, hatte Juliet das Gefühl gegeben, im Haus mache sich eine heimliche, sogar unanständige, für sie selbst nicht günstige Störung breit.

Der Kinderwagen war ein Modell, das sich zu einem offenen Sportwägelchen zusammenklappen ließ. Etwas, was Juliet vergessen oder nicht gewusst hatte. Inzwischen schweißgebadet und mit Staub bedeckt, machte sie sich ans Werk, um diese Verwandlung zu bewirken. Solche Arbeit fiel ihr nie leicht, sie begriff nie auf Anhieb, wie die Gegenstände zusammengesetzt waren, und sie hätte das ganze Ding hinunterschleppen und in den Garten gehen und Sam zu Hilfe holen können, aber der Gedanke an Irene hielt sie davon ab. Irenes huschende blasse Augen, die indirekten, aber prüfenden Blicke, die tüchtigen Hände. Ihre Wachsamkeit, in der etwas lag, das nicht ganz Verachtung genannt werden konnte. Juliet wusste nicht, wie man es nennen sollte. Eine Haltung, gleichgültig, aber unnachgiebig, wie die einer Katze.

Sie schaffte es schließlich, den Sportwagen zu fabrizieren. Er war schwerfällig, um die Hälfte größer als der Wagen, den sie gewohnt war. Und natürlich schmutzig. Wie inzwischen sie selbst und noch mehr, auf den Stufen, Penelope. Und direkt neben den Händen des Babys lag etwas, das Juliet nicht einmal wahrgenommen hatte. Ein Nagel. Eins von den Dingen, denen man keine Beachtung schenkte, bis man ein Kleinkind im Von-der-Hand-in-den-Mund-Stadium hatte, und nach denen man dann ständig Ausschau halten musste.

Was sie nicht getan hatte. Alles hatte sie abgelenkt. Die Hitze, Irene, die Dinge, die ihr vertraut waren, und die Dinge, die ihr nicht vertraut waren.

Ich und das Dorf.

* * *

»Ach«, sagte Sara. »Ich hatte gehofft, es würde dir nicht auffallen. Nimm es dir nicht zu Herzen.«

Der Wintergarten war jetzt Saras Schlafzimmer. Bambusjalousien waren an allen Fenstern angebracht worden und füllten den kleinen Raum – früher Teil der Veranda – mit bräunlichgelbem Licht und gleichbleibender Hitze. Sara trug jedoch einen wollenen rosa Schlafanzug. Gestern, auf dem Bahnhof, mit den nachgezogenen Augenbrauen und dem himbeerroten Lippenstift, ihrem Turban und dem Kostüm, hatte sie für Juliet wie eine ältere Französin ausgesehen (nicht dass Juliet schon viele ältere Französinnen gesehen hätte), aber jetzt, mit ihren weißen Haaren, die in Strähnen umherflogen, ihren glänzenden, ängstlichen Augen unter nahezu nicht vorhandenen Augenbrauen, sah sie eher aus wie ein sonderbar altes Kind. Sie saß an die Kissen gelehnt, bis zur Taille zugedeckt. Als Juliet sie vorher ins Badezimmer gebracht hatte, war ihr aufgefallen, dass sie trotz der Hitze im Bett Socken und Hausschuhe trug.

Ein Stuhl war an ihr Bett gestellt worden, da dessen Sitzfläche für sie leichter zu erreichen war als ein Tisch. Darauf befanden sich Tabletten und Tropfen, Talkumpuder, Feuchtigkeitslotion, eine halbgetrunkene Tasse Tee mit Milch und ein Glas mit Spuren einer dunklen Flüssigkeit, wahrscheinlich einem eisenhaltigen Stärkungsmittel. Auf dem Bett lagen

Zeitschriften – alte Ausgaben von *Vogue* und dem *Ladies' Home Journal*.

»Tu ich nicht«, sagte Juliet.

»Wir hatten es aufgehängt. Im hinteren Flur neben der Esszimmertür. Dann hat Daddy es abgenommen.«

»Warum?«

»Er hat mit mir nicht darüber gesprochen. Er hat mir nicht gesagt, dass er es abhängen will. Eines Tages war es einfach weg.«

»Was könnte er für einen Grund gehabt haben?«

»Ach. Er hat sich wohl was dabei gedacht, weißt du.«

»Was hat er sich dabei gedacht?«

»Ach, ich glaube … weißt du, ich glaube, es hatte wahrscheinlich etwas mit Irene zu tun. Dass es Irene verstören könnte.«

»Aber niemand auf dem Bild ist nackt. Nicht wie der Botticelli.«

Denn im Wohnzimmer von Sam und Sara hing tatsächlich *Die Geburt der Venus* als Farbdruck. Das Bild war vor Jahren Gegenstand bemühter Scherze gewesen, wenn sie andere Leute zum Essen eingeladen hatten.

»Nein. Aber es ist *modern*. Ich glaube, es hat Daddy verunsichert. Oder es zu sehen und zu wissen, dass Irene es sieht … vielleicht hat ihn das verunsichert. Möglich, dass er Angst hatte, es würde sie veranlassen, uns … na ja, zu verachten. Du weißt schon … dass wir exzentrisch sein könnten. Er möchte nicht, dass Irene uns für solche Leute hält.«

Juliet sagte: »Solche Leute, die sich solch ein Bild hinhängen? Du meinst, ihm liegt so viel daran, was sie von unseren *Bildern* hält?«

»Du kennst doch Daddy.«

»Er hat noch nie Angst davor gehabt, sich mit anderen Leuten zu streiten. War das nicht sein Problem in der Schule?«

»Was?«, fragte Sara. »Ach so. Er kann streitbar sein. Aber manchmal ist er vorsichtig. Und Irene. Irene ist … er ist ihr gegenüber vorsichtig. Irene ist für uns sehr wertvoll.«

»Hat er gedacht, sie wird die Arbeit hinschmeißen, weil sie findet, wir haben ein exzentrisches Bild?«

»Ich hätte es hängen lassen, Liebling. Ich schätze alles, was von dir kommt. Aber Daddy …«

Juliet sagte nichts. Als sie neun oder zehn Jahre alt gewesen war, hatte es etwa fünf Jahre lang zwischen ihr und Sara eine stillschweigende Übereinkunft gegenüber Sam gegeben. *Du kennst doch Daddy.*

Das war die Zeit, in der sie zusammen Frauen waren. Heimdauerwellen wurden an Juliets widerspenstigen feinen Haaren ausprobiert, stundenlanges Schneidern brachte Kleider hervor, wie niemand anders sie trug, und wenn Sam wegen einer Konferenz in der Schule erst spät nach Hause kam, bestand das Abendessen ohne ihn nur aus Sandwiches mit Erdnussbutter, Tomaten und Mayonnaise. Geschichten wurden erzählt, immer wieder, über Saras alte Freunde und Freundinnen, die Streiche, die sie anderen gespielt hatten, und den Spaß, den sie gehabt hatten, in der Zeit, als Sara auch Lehrerin war, bevor ihr Herz zu schlecht wurde. Geschichten aus der Zeit davor, als sie mit rheumatischem Fieber im Bett lag und die imaginären Freunde Rollo und Maxine hatte, die Rätsel lösten, sogar Mordfälle, wie die Figuren in bestimmten Kinderbüchern. Schilderungen von Sams närrischem Liebeswerben, Katastrophen mit dem geliehenen Auto, der Tag, an dem er als Landstreicher verkleidet vor Saras Tür erschien.

Sara und Juliet, die zusammen Sahnebonbons machten und Zierbänder in ihre Petticoats einzogen, die beiden Unzertrennlichen. Und dann, von einem Tag auf den anderen, hatte Juliet keine Lust mehr dazu gehabt. Stattdessen wollte sie spätabends in der Küche mit Sam reden, ihn ausfragen über schwarze Löcher und die Eiszeit und Gott. Sie hasste es, wenn Sara diese Zwiegespräche mit großäugigen, naiven Fragen torpedierte, wenn sie immer wieder versuchte, sich selbst in den Mittelpunkt zu rücken. Deshalb mussten diese Gespräche spätabends stattfinden, deshalb war eine Übereinkunft notwendig, die beide mit keinem Wort erwähnten. *Warten wir, bis wir Sara los sind.* Natürlich nur zeitweise.

Damit einher ging eine Ermahnung. *Sei nett zu Sara. Sie hat ihr Leben aufs Spiel gesetzt, um dich zu bekommen, das darf man nie vergessen.*

»Daddy macht es nichts aus, sich mit Leuten zu streiten, die *über* ihm stehen«, sagte Sara und holte tief Luft. »Aber du weißt ja, wie er mit Leuten umgeht, die *unter* ihm stehen. Dann tut er alles, um sicherzugehen, dass sie ja nicht auf die Idee kommen, er sei anders als sie, er muss sich einfach auf ihr Niveau hinunterbegeben …«

Juliet wusste das natürlich. Sie wusste, wie Sam mit dem Jungen an den Zapfsäulen redete, welche Witze er in der Eisenwarenhandlung riss. Aber sie sagte nichts.

»*Er muss ihnen in den Hintern kriechen*«, sagte Sara, plötzlich in anderem Ton, am Rande der Bosheit, leise kichernd.

* * *

Juliet reinigte den Kinderwagen und Penelope und sich selbst und machte sich auf den Weg in die Stadt. Sie hatte die Ausrede, dass sie ein ganz bestimmtes mildes, desinfizierendes Waschmittel für die Windeln brauchte – wenn sie ein normales Waschmittel benutzte, bekam das Baby Ausschlag. Aber sie hatte andere Gründe, unwiderstehliche, wenn auch peinliche.

Das war der Weg, auf dem sie viele Jahre lang zur Schule gegangen war. Auch als sie schon aufs College ging und nur zu Besuchen nach Hause kam, war sie immer noch dasselbe – ein Mädchen, das zur Schule ging. Würde sie nie damit fertig sein, zur Schule zu gehen? Jemand fragte das Sam einmal, als sie gerade den landesweiten Collegepreis für Lateinübersetzungen gewonnen hatte, und er hatte geantwortet: »Fürchte, nein.« Er erzählte die Geschichte ohne diesen Zusammenhang. Möge Gott ihn davor bewahren, irgendwelche Preise zu erwähnen. Das konnte man getrost Sara überlassen – auch wenn Sara vergessen haben mochte, wofür der Preis denn nun eigentlich war.

Und nun war sie davon erlöst. Eine junge Frau wie viele andere, die ihr Baby schob. Und sich Gedanken über ein Windelwaschmittel machte. Außerdem war das nicht nur ihr Baby. Sondern ein Kind der Liebe. So sprach sie manchmal von Penelope, allerdings nur zu Eric. Er fasste es als Witz auf, und sie sagte es als Witz, denn sie lebten natürlich zusammen und taten das schon seit einiger Zeit und hatten das auch weiterhin vor. Die Tatsache, dass sie nicht verheiratet waren, bedeutete ihm nichts, jedenfalls soweit sie wusste, und sie selbst vergaß es oft. Aber gelegentlich – und besonders jetzt, hier zu Hause, war es gerade der Umstand, dass sie in wilder Ehe lebte, der sie in einen kurzen Erfolgsrausch versetzte, in einen albernen Glückstaumel.

* * *

»Du warst also heute im Städtchen«, sagte Sam. (Hatte er immer *Städtchen* gesagt? Sara und Juliet sagten *Stadt*.) »Jemanden getroffen, den du kennst?«

»Ich musste in den Drugstore«, sagte Juliet. »Also habe ich mit Charlie Klein geredet.«

Diese Unterhaltung fand in der Küche statt, nach elf Uhr abends. Juliet hatte entschieden, dass das die beste Zeit war, um Penelopes Fläschchen für den nächsten Tag zurechtzumachen.

»Klein-Charlie?«, sagte Sam – der immer diese Angewohnheit gehabt hatte, die ihr entfallen war, die Angewohnheit, Leute weiterhin bei ihren Spitznamen aus der Schulzeit zu nennen. »Hat er den Nachwuchs bewundert?«

»Ja, natürlich.«

»Das kann er auch.«

Sam saß am Tisch, trank Whisky und rauchte eine Zigarette. Dass er Whisky trank, war neu. Weil Saras Vater Trinker gewesen war – kein versoffenes Wrack, er hatte weiter als Tierarzt praktiziert, aber im Haus genug Schrecken verbreitet, um seiner Tochter einen Abscheu vor jeglichem Alkoholgenuss einzuflößen –, hatte Sam zu Hause nie auch nur ein Bier getrunken, jedenfalls, soweit Juliet wusste.

Juliet war in den Drugstore gegangen, weil das der einzige Ort war, wo sie das Windelwaschmittel kaufen konnte. Sie hatte nicht erwartet, Charlie zu treffen, obwohl das Geschäft seiner Familie gehörte. Als Letztes wusste sie von ihm nur, dass er Ingenieur werden wollte. Sie hatte das heute ihm gegenüber erwähnt, vielleicht taktlos, aber er war locker geblieben und hatte ihr gutgelaunt erzählt, dass daraus nichts geworden war. Er hatte um die Mitte herum zugenommen, und seine Haare waren dünn geworden, hatten etwas von ihrer lockigen Pracht und ihrem Glanz verloren. Er begrüßte Juliet überschwänglich, mit Schmeichelworten für sie selbst und auch für ihr Baby, und das verwirrte sie derart, dass sie in der ganzen Zeit, die er ihr widmete, mit heißem Kopf dastand und leicht schwitzte. In der Highschool hatte er keine Zeit für sie gehabt – außer, um ihr höflich Guten Tag zu sagen, da er schon immer Wert auf gute, demokratische Umgangsformen legte. Er hatte die begehrenswertesten Mädchen der Schule ausgeführt, und mit einem davon, erzählte er ihr, war er jetzt verheiratet. Mit Janey Peel. Sie hatten zwei Kinder, eins ungefähr in Penelopes Alter, das andere älter. Das war auch der Grund, sagte er mit einer Offenheit, die etwas mit Juliets eigener Situation zu tun haben mochte – das war auch der Grund, warum er nicht Ingenieur geworden war.

Er wusste also, wie er Penelope ein Lächeln und ein Glucksen abgewinnen konnte, und er plauderte mit Juliet wie Eltern untereinander, wie mit jemandem, der jetzt auf derselben Stufe stand. Sie fand es absurd, wie sehr sie das freute, wie sehr ihr das schmeichelte. Aber in seiner Aufmerksamkeit lag noch anderes – der kurze Blick auf ihre ungeschmückte linke Hand, der Witz über seine eigene Heirat. Und noch etwas. Er musterte sie verstohlen, taxierte sie, und vielleicht sah er sie jetzt als eine Frau, die ungeniert die Frucht eines ungezügelten Sexuallebens herzeigte. Ausgerechnet Juliet. Die verklemmte Streberin.

»Kommt sie nach dir?«, hatte er gefragt, als er sich hinhockte, um Penelope zu betrachten.

»Mehr nach ihrem Vater«, sagte Juliet beiläufig, aber von Stolz durchflutet, jetzt mit Schweißperlen auf der Oberlippe.

»Ist wahr?«, sagte Charlie und richtete sich auf, sprach jetzt in vertraulichem Ton. »Also das muss ich dir sagen. Ich fand es eine Schande …«

* * *

Juliet sagte zu Sam: »Er erzählte mir, er fand es eine Schande, was mit dir passiert ist.«

»Ach ja? Und was hast du darauf geantwortet?«

»Ich wusste nicht, was ich sagen sollte. Ich wusste nicht, was er meinte. Aber ich wollte nicht, dass er das mitbekommt.«

»Nein.«

Sie setzte sich an den Tisch. »Jetzt hätte ich gern etwas zu trinken, aber Whisky mag ich nicht.«

»Du trinkst jetzt also auch Alkohol?«

»Wein. Wir machen unseren Wein selber. Alle in der Bucht tun das.«

Daraufhin erzählte er ihr einen Witz, einen von der Sorte, die er ihr früher nie erzählt hätte. Es ging darin um ein Paar, das in einem Motel absteigt, und die Schlusszeile lautete: »Ist genau wie das, was ich immer den Mädchen in der Sonntagsschule sage – man braucht nicht zu trinken und zu rauchen, um seinen Spaß zu haben.«

Sie lachte, spürte aber, dass ihr Gesicht heiß wurde, wie bei Charlie.

»Warum hast du deinen Beruf aufgegeben?«, fragte sie. »Hat man dich meinetwegen gehen lassen?«

»Ach was.« Sam lachte. »Glaub ja nicht, dass du so wichtig bist. Man hat mich nicht gehen lassen. Man hat mich nicht rausgeschmissen.«

»Also gut. Du hast gekündigt.«

»Ich habe gekündigt.«

»Hatte es irgendetwas mit mir zu tun?«

»Ich habe gekündigt, weil ich es satthatte, den Hals ständig in der Schlinge zu haben. Ich war seit Jahren drauf und dran zu kündigen.«

»Es hatte nichts mit mir zu tun?«

»Also gut«, sagte Sam. »Ich habe mich gestritten. Es sind Worte gefallen.«

»Was für Worte?«

»Das brauchst du nicht zu wissen.«

»Und keine Sorge«, fügte er nach einem Augenblick hinzu. »Sie haben mich nicht rausgeschmissen. Sie konnten mich gar nicht rausschmeißen. Es gibt Vorschriften. Es ist, wie ich dir gesagt habe – ich wollte sowieso gehen.«

»Aber ist dir denn nicht klar«, sagte Juliet. »Ist dir das denn nicht klar? Du machst dir einfach nicht klar, wie *schlimm* das ist und was für ein widerwärtiger Ort zum Leben das ist, wo die Leute so etwas sagen, und wenn ich das den Leuten ins Gesicht sagen würde, dann würden sie mir nicht glauben. Sie würden es für einen Witz halten.«

»Tja. Leider Gottes leben deine Mutter und ich nicht da, wo du lebst. Wir leben eben hier. Ist dein Lebensgefährte auch der Meinung, dass es ein Witz ist? Ich will heute Abend nicht weiter darüber reden, ich geh ins Bett. Ich schau noch mal bei Mutter rein, und dann geh ich ins Bett.«

»Der Personenzug –«, sagte Juliet mit unverminderter Heftigkeit, sogar mit Verachtung, »der hält doch immer noch hier. Nicht wahr? Du wolltest nur nicht, dass ich hier aussteige. *Nicht wahr?*«

Ihr Vater, auf dem Weg hinaus, antwortete nicht.

Das Licht der letzten Straßenlaterne in der Stadt fiel jetzt auf Juliets Bett. Der große, schattige Ahornbaum war gefällt worden, statt seiner wuchs dort jetzt Sams Rhabarber. Gestern Nacht hatte sie die Vorhänge zugezogen, damit das Bett im Dunkeln lag, aber heute Abend hatte sie das Gefühl, die frische Luft zu brauchen. Also musste sie das Kissen ans Fußende des Betts verlagern, zusammen mit Penelope, die trotz des Laternenlichts auf ihrem Gesicht wie ein Engel geschlafen hatte.

Juliet wünschte, sie hätte etwas von dem Whisky getrunken. Sie lag da, starr vor Enttäuschung und Zorn, und verfasste im Kopf einen Brief an Eric. *Ich weiß gar nicht, was ich hier tue, ich hätte nicht herkommen sollen, ich kann es kaum erwarten, wieder zu Hause zu sein.*

Zu Hause.

* * *

Im Morgengrauen wachte sie vom Geräusch eines Staubsaugers auf. Dann unterbrach eine Stimme – Sams Stimme – das Geräusch, und sie musste wieder eingeschlafen sein. Als sie später wach wurde, dachte sie, es musste wohl ein Traum gewesen sein. Sonst wäre Penelope aufgewacht, war sie aber nicht.

Die Küche war an diesem Morgen kühler, nicht mehr erfüllt mit dem Geruch von köchelndem Obst. Irene brachte auf den vielen Gläsern Etiketten und Deckel aus kariertem Baumwollstoff an.

»Ich dachte, ich hätte Sie staubsaugen hören«, sagte Juliet, um Fröhlichkeit bemüht. »Aber das muss ich geträumt haben. Es war erst gegen fünf Uhr morgens.«

Irene antwortete erst nicht. Sie beschriftete ein Etikett. Sie

schrieb mit großer Konzentration, mit zusammengekniffe-
nem Mund.

»Das war sie«, sagte sie, als sie fertig war. »Sie hat Ihren
Vater aufgeweckt, und er musste hingehen und ihr sagen, sie
solle aufhören.«

Das schien unwahrscheinlich. Gestern hatte Sara ihr Bett
nur verlassen, um ins Badezimmer zu gehen.

»Er hat es mir erzählt«, sagte Irene. »Sie wacht mitten in
der Nacht auf und denkt, so, jetzt mache ich was, und dann
muss er aufstehen und ihr sagen, sie soll aufhören.«

»Da hat sie wohl einen Energieschub gehabt«, sagte
Juliet.

»Ja.« Irene nahm sich ein weiteres Etikett vor. Als das fertig
war, sah sie Juliet an.

»Will nur Ihren Vater aufwecken und auf sich aufmerksam
machen, weiter nichts. Er ist todmüde, und dann muss er aus
dem Bett raus und sich um sie kümmern.«

Juliet wandte sich ab. Sie mochte Penelope nicht absetzen –
als sei das Kind hier nicht sicher –, also trug sie sie auf der
Hüfte, während sie das Ei mit einem Löffel aus dem Topf
fischte, es klopfte und pellte und zerdrückte, alles mit einer
Hand.

Solange sie Penelope fütterte, hatte sie Angst, etwas zu sa-
gen, damit nicht ihr Tonfall das Baby beunruhigte und zum
Schreien brachte. Etwas hatte sich jedoch Irene mitgeteilt.
Sie sagte mit leiserer Stimme, aber mit trotzigem Unterton:
»So werden sie eben. Wenn sie so krank sind, können sie nicht
anders. Sie können nur noch an sich denken.«

* * *

Sara hatte die Augen geschlossen, schlug sie aber sofort auf. »Ach, meine Lieben«, sagte sie, als lachte sie über sich selbst. »Meine Juliet. Meine Penelope.«

Penelope schien sich an sie zu gewöhnen. Zumindest weinte sie an diesem Morgen nicht und wandte auch nicht das Gesicht ab.

»Hier«, sagte Sara und langte nach einer ihrer Illustrierten. »Setz sie ab und lass sie daran arbeiten.«

Penelope schaute einen Augenblick lang fragend drein, dann griff sie sich eine Seite und zerriss sie energisch.

»Da hast du's«, sagte Sara. »Alle Babys lieben es, Zeitschriften zu zerreißen. Das habe ich noch in Erinnerung.«

Auf dem Stuhl am Bett stand eine Schale mit Weizenkeimbrei, den Sara kaum angerührt hatte.

»Du hast dein Frühstück nicht gegessen?«, sagte Juliet. »Ist es nicht das, was du wolltest?«

Sara warf einen Blick auf die Schale, als sei ernsthafte Überlegung erforderlich, aber im Moment nicht möglich.

»Ich weiß es nicht mehr. Nein, wahrscheinlich wollte ich das nicht.« Sie bekam einen kleinen Anfall, der mit Gekicher begann und in Keuchen überging. »Wer weiß? Ging mir so durch den Kopf – sie könnte mich vergiften.«

»Ich mache nur Spaß«, sagte sie, als sie sich erholt hatte. »Aber sie ist eine Wilde. Irene. Wir dürfen Irene nicht … unterschätzen. Hast du die Haare auf ihren Armen gesehen?«

»Wie Katzenhaare«, sagte Juliet.

»Wie Stinktierhaare.«

»Wir können nur hoffen, dass keins davon in der Marmelade landet.«

»Hör auf … mich zum Lachen zu bringen …«

Penelope war so damit beschäftigt, Illustrierte zu zerreißen, dass Juliet sie für eine Weile in Saras Zimmer lassen konnte, um die Schale mit dem Weizenkeimbrei in die Küche zu bringen. Ohne ein Wort zu sagen, fing sie an, einen Eierflip zuzubereiten. Irene lief hin und her, trug Kartons mit Marmeladengläsern zum Auto. Auf der Hintertreppe spülte Sam mit dem Gartenschlauch die Erde von den frisch ausgegrabenen Kartoffeln ab. Er sang dabei vor sich hin – anfangs so leise, dass der Text nicht zu verstehen war. Dann, als Irene die Treppe heraufkam, lauter.

»Irene, gut' Nacht,
Irene, gut' Nacht,
Gut' Nacht, Irene, gut' Nacht, Irene,
Im Traum bist du wieder bei mir.«

Irene, die schon in der Küche war, fuhr herum und schrie: »Singen Sie nicht dieses Lied über mich.«

»Welches Lied über Sie?«, fragte Sam mit gespieltem Erstaunen. »Wer singt ein Lied über Sie?«

»Sie. Gerade eben.«

»Ach … das Lied. Das Lied über Irene? Das Mädchen im Lied? Potzdonner … hab ganz vergessen, dass das auch Ihr Name ist.«

Er fing wieder an, summte aber nur verstohlen. Irene stand da und lauschte, mit hochrotem Gesicht, schweratmend, darauf lauernd loszupoltern, falls sie auch nur ein Wort hörte.

»Sie sollen nicht über mich singen. Wenn mein Name drin vorkommt, dann ist es über mich.«

Plötzlich schmetterte Sam aus voller Kehle.

»Am Samstag war dann meine Hochzeit,
Meine Frau lag im Ehebett ...«

»Hören Sie auf. Hören Sie sofort auf«, rief Irene mit weitaufgerissenen Augen, wutentbrannt. »Wenn Sie nicht sofort aufhören, komm ich und spritze Sie mit dem Gartenschlauch
voll.«

* * *

Am selben Nachmittag lieferte Sam Marmelade aus, an diverse Lebensmittelgeschäfte und an ein paar Souvenirläden,
die Bestellungen aufgegeben hatten. Er forderte Juliet auf, ihn
zu begleiten. Er war zum Haushaltswarenladen gefahren und
hatte einen nagelneuen Kinderautositz für Penelope gekauft.

»Eine der wenigen Sachen, die wir nicht auf dem Dach-
boden haben«, sagte er. »Ich glaube nicht, dass es die Dinger
schon gab, als du klein warst. Aber egal. Wir hatten damals
sowieso kein Auto.«

»Der ist ja todschick«, sagte Juliet. »Ich hoffe bloß, der hat
kein Vermögen gekostet.«

»Ach was, ein Pappenstiel«, sagte Sam und hielt ihr mit
einer Verbeugung die Autotür auf.

Irene war im Garten und pflückte weitere Himbeeren.
Diesmal waren sie für Obstkuchen bestimmt. Sam hupte
zweimal und winkte, als sie losfuhren, und Irene beschloss,
den Gruß zu erwidern, und hob einen Arm, als verscheuchte sie eine Fliege.

»Das ist ein prachtvolles Mädel«, sagte Sam. »Ich weiß
nicht, wie wir ohne sie überlebt hätten. Aber dir kommt sie
wahrscheinlich ziemlich grob vor.«

»Ich kenne sie kaum.«

»Nein. Sie hat panische Angst vor dir.«

»Ist nicht wahr.« Juliet zerbrach sich den Kopf, um etwas Positives oder zumindest Neutrales über Irene zu sagen, und erkundigte sich schließlich, wie ihr Mann auf der Hühnerfarm ums Leben gekommen war.

»Ich weiß nicht, ob er ein Kleinkrimineller oder nur unreif war. Jedenfalls ist er mit ein paar Deppen, die einen Handel mit gestohlenen Hühnern aufmachen wollten, da eingestiegen, und natürlich haben sie es geschafft, den Alarm auszulösen, und der Farmer kam mit einem Gewehr heraus, und ob er nun vorhatte, ihn zu erschießen oder nicht, jedenfalls hat er's getan ...«

»Mein Gott.«

»Also sind Irene und ihre Schwiegereltern vor Gericht gezogen, aber der Kerl wurde freigesprochen. War ja klar. Muss aber für sie ganz schön hart gewesen sein. Auch wenn sie mit dem Mann nicht gerade das große Los gezogen hatte.«

Juliet pflichtete ihm bei und fragte ihn, ob Irene früher zu seinen Schülerinnen gehört hatte.

»Nein, nein, nein. Sie ist kaum zur Schule gegangen, soweit ich das mitbekommen habe.«

Er erzählte, dass ihre Familie weiter nördlich gelebt hatte, irgendwo in der Nähe von Huntsville. Ja. Irgendwo in der Gegend. Eines Tages fuhren sie alle in die Stadt. Vater, Mutter, Kinder. Und der Vater sagte ihnen, dass er was zu erledigen hätte und sich dann mit ihnen treffen würde. Er sagte ihnen, wann. Und wo. Sie liefen ohne einen Penny herum, bis es Zeit wurde. Und er tauchte einfach nicht auf.

»Hatte nie vor aufzutauchen. Hat sie sitzenlassen. Also mussten sie zur Wohlfahrt. Haben in einem Schuppen draußen auf dem Land gehaust, wo's billig war. Irenes ältere Schwester, die besser für alle gesorgt hat als die Mutter, nehme ich an, ist an einem geplatzten Blinddarm gestorben. Gab keine Möglichkeit, sie in die Stadt zu schaffen, es herrschte Schneesturm, und sie hatten kein Telefon. Irene wollte danach nicht wieder in die Schule, weil ihre Schwester sie beschützt hatte, wenn die anderen Kinder sie hänselten. Sie mag jetzt dickfellig wirken, aber ich denke mal, das ist sie nicht immer gewesen. Auch jetzt ist es vielleicht eher eine Tarnung.«

Und nun, sagte er, kümmerte sich Irenes Mutter um den kleinen Jungen und das kleine Mädchen, aber stell dir vor, nach all den Jahren ist der Vater wieder aufgetaucht und hat die Mutter zu überreden versucht, zu ihm zurückzukommen, und wenn das passiert, weiß Irene nicht, was sie machen soll, denn sie will nicht, dass die Kinder in seiner Nähe sind.

»Das sind wirklich süße Kinder. Das kleine Mädchen leidet an einer Gaumenspalte und hat schon eine Operation hinter sich, aber sie muss später noch mal operiert werden. Sie wird bestimmt gesund. Aber es ist eben noch so eine Sache.«

Noch so eine Sache.

Was war mit Juliet los? Sie empfand kein echtes Mitleid. Sondern tief in ihrem Innern regte sich gegen diese trostlose Litanei eine Rebellion. Es war zu viel. Als auch noch die Gaumenspalte hinzukam, hätte sie sich eigentlich am liebsten beschwert. *Das ist zu viel.*

Sie wusste, dass sie unrecht hatte, aber ihr Gefühl wollte nicht weichen. Sie hatte Angst, den Mund aufzumachen, damit er nicht ihr hartes Herz verriet. Sie hatte Angst, sie könnte zu Sam sagen:»Was ist eigentlich so wundervoll an all diesem Elend, macht es sie zu einer Heiligen?« Oder sogar, unverzeihlicherweise: »Ich hoffe, du hast nicht vor, uns jetzt solche Leute aufzuhalsen.«

»Glaub mir«, sagte Sam, »als sie damals kam, um bei uns auszuhelfen, wusste ich einfach nicht mehr weiter. Letzten Herbst war deine Mutter eine absolute Katastrophe. Und nicht, weil sie alles losgelassen hat. Nein. Wäre besser gewesen, wenn sie alles losgelassen hätte. Und nichts getan hätte. Aber was hat sie gemacht, sie hat was angefangen, und dann konnte sie nicht weiter. Immer und immer wieder. Nicht dass das etwas Neues war. Ich meine, ich musste schon immer hinter ihr herräumen und mich um sie kümmern und ihr beim Haushalt helfen. Du und ich, wir beide – weißt du noch? Sie war schon immer dieses reizende hübsche Mädchen mit dem schwachen Herz, und sie war es gewohnt, bedient zu werden. Manchmal ist mir in all den Jahren der Gedanke gekommen, sie hätte sich mehr Mühe geben können.

Aber dann wurde es richtig schlimm«, sagte er. »Ich kam nach Hause, und mitten in der Küche die Waschmaschine und der ganze Fußboden voller klatschnasser Sachen. Und aus dem Herd qualmte es, sie hatte etwas backen wollen und aufgegeben, alles völlig verkohlt. Ich hatte Angst, dass sie die Küche in Brand steckt. Dass sie das ganze Haus in Brand steckt. Ich hab ihr immer wieder gesagt, bleib im Bett. Aber nein, und dann eine Schweinerei nach der anderen und sie in Tränen aufgelöst. Ich habe mehrere Mädchen zu Hilfe geholt, und sie sind einfach nicht mit ihr fertiggeworden. Und dann – Irene.

Irene«, sagte er mit einem Stoßseufzer. »Ich segne den Tag. Das kann ich dir sagen. Ich segne den Tag.«

Aber wie alle guten Dinge, sagte er, musste auch das ein Ende haben. Irene wollte heiraten. Einen vierzig oder fünfzig

Jahre alten Witwer. Einen Farmer. Angeblich hatte er Geld, und um ihretwillen hoffte Sam, dass es stimmte. Denn der Mann hatte ansonsten nicht viel, was für ihn sprach.

»Bei Gott nicht. Soweit ich weiß, hat er nur einen einzigen Zahn im Mund. Schlechtes Zeichen, meiner Meinung nach. Zu stolz oder zu geizig, um sich ein Gebiss zu besorgen. Man stelle sich vor – ein bildhübsches Mädel wie sie.«

»Wann findet das Ereignis statt?«

»Im Herbst. Irgendwann im Herbst.«

* * *

Penelope hatte die ganze Zeit über geschlafen – sie war in ihrem Kindersitz fast gleich nach der Abfahrt eingeschlafen. Die vorderen Fenster waren heruntergedreht, und Juliet konnte das Heu riechen, das frisch gemäht und zu Ballen gepresst war – niemand machte mehr Heuschwaden. Einige Ulmen standen immer noch, inzwischen Naturwunder, in ihrer Vereinzelung.

Sie hielten in einem Dorf, das sich entlang einer Straße durch ein schmales Tal erstreckte. Muttergestein ragte aus den Hängen – der einzige Ort im Umkreis von vielen Meilen, an dem solche massiven Felsen zu sehen waren. Juliet konnte sich daran erinnern, schon einmal hier gewesen zu sein, in einem Park, für den man Eintritt zahlen musste. In dem Park gab es einen Springbrunnen, ein Teehaus, in dem man Erdbeerkuchen und Eiscreme bekommen konnte – und bestimmt noch andere Dinge, an die sie sich nicht mehr erinnerte. Höhlen in den Felsen hießen nach den sieben Zwergen. Sam und Sara hatten auf der Wiese beim Brunnen gesessen und Eiscreme gegessen, während sie losgerannt war, um die Höhlen zu erkunden. (Die sich als Enttäuschung herausstellten – überhaupt nicht tief.) Sie wollte damals, dass sie mitkamen, aber Sam sagte:»Du weißt doch, dass deine Mutter nicht klettern kann.«

»Lauf du nur«, hatte Sara gesagt.»Und dann erzähl uns davon.« Sie hatte sich feingemacht. Ein schwarzer Taftrock lag kreisförmig um sie ausgebreitet auf dem Rasen. Tellerrock sagte man dazu.

Es musste ein besonderer Anlass gewesen sein.

Juliet fragte Sam danach, als er aus dem Laden kam. Anfangs konnte er sich nicht erinnern. Dann doch. Der reine Beschiss, sagte er. Er wusste nicht mehr, wann alles verschwunden war.

Juliet vermochte entlang der Straße keine Spur von einem Springbrunnen oder einem Teehaus zu entdecken.

»Durch sie kehrten Ruhe und Ordnung ein«, sagte Sam, und es dauerte einen Augenblick, bis Juliet begriff, dass er immer noch von Irene redete.»Und sie packt alles an. Das Gras mähen und die Beete harken. Egal, was sie tut, sie gibt ihr Bestes, und sie verhält sich so, als sei die Arbeit eine Ehre für sie. Das erstaunt mich immer wieder.«

Was konnte der sorgenfreie Anlass gewesen sein? Ein Geburtstag, ein Hochzeitstag?

Sam sprach nachdrücklich, sogar feierlich, über die Geräusche des Wagens hinweg, der sich den Berg hinaufkämpfte.

»Sie hat mir meinen Glauben an die Frauen zurückgegeben.«

* * *

Sam stürzte sich in einen Laden nach dem anderen, sagte Juliet jedes Mal, er sei spätestens in einer Minute zurück, kam dann aber erst wesentlich später wieder heraus und erklärte ihr, warum er nicht weggekonnt hatte. Die Leute wollten mit ihm reden, die Leute hatten sich Witze aufgespart, um sie ihm zu erzählen. Ein paar folgten ihm hinaus, um seine Tochter mit dem Baby zu sehen.

»Das ist also das Mädchen, das Latein kann«, sagte eine Frau.

»Inzwischen ist es ein bisschen eingerostet«, sagte Sam. »Inzwischen hat sie alle Hände voll zu tun.«

»Na und ob«, sagte die Frau und reckte den Hals, um einen Blick auf Penelope zu werfen. »Aber sind sie nicht ein Segen, die süßen Kleinen?«

Juliet hatte gehofft, mit Sam über ihre Doktorarbeit reden zu können, die sie wieder in Angriff nehmen wollte – auch wenn das vorläufig nur ein Traum war. Solche Themen waren früher ganz von selbst zwischen ihnen zur Sprache gekommen. Nicht so mit Sara. Sara sagte immer: »So, jetzt musst du mir erzählen, was du gerade studierst«, und dann fasste Juliet es kurz zusammen, und es konnte sein, dass Sara sie fragte, wie sie es schaffte, all diese griechischen Namen auseinanderzuhalten. Sam dagegen hatte gewusst, wovon sie redete. Auf dem College hatte sie erzählt, wie ihr Vater ihr erklärt hatte, was *Thaumatologie* bedeutete, als sie im Alter von zwölf oder dreizehn Jahren auf das Wort gestoßen war. Sie wurde gefragt, ob ihr Vater Gelehrter sei.

»Ja«, sagte sie. »Er unterrichtet die sechste Klasse.«

Jetzt hatte sie das Gefühl, dass er unterschwellig versuchen würde, sie davon abzubringen. Oder vielleicht gar nicht so unterschwellig. Vielleicht würde er das Wort *verstiegen* benutzen. Oder behaupten, Dinge vergessen zu haben, die er ihrer Meinung nach bestimmt nicht vergessen hatte.

Aber vielleicht hatte er sie wirklich vergessen. Die Türen zu manchen Räumen in seinem Kopf waren verschlossen, die Fenster verdunkelt – weil das, was sich darin befand, ihm als zu nutzlos, zu fragwürdig galt, um weiterhin dem Tageslicht ausgesetzt zu werden.

Juliet sprach in schärferem Ton als beabsichtigt.

»Will sie überhaupt heiraten? Irene?«

Die Frage erschreckte Sam, zumal sie in diesem Ton gestellt wurde, nach längerem Schweigen.

»Weiß ich nicht«, sagte er.

Und einen Augenblick später: »Ich begreife es nicht.«

»Frag sie doch«, sagte Juliet. »Willst du doch sicher wissen, bei deinen Gefühlen für sie.«

Schweigend fuhren sie ein oder zwei Meilen weiter, bevor er etwas sagte. Es war klar, dass sie ihn gekränkt hatte.

»Ich weiß gar nicht, wovon du redest«, sagte er.

* * *

»Happy, Brummbär, Seppl, Schlafmütz, Hatschi«, sagte Sara.

»Chef«, sagte Juliet.

»Chef. Ja, *Chef*. Happy, Hatschi, *Chef*, Brummbär, Pimpel, Hatschi … Nein. Hatschi, Pimpel, Chef, Brummbär … *Schlafmütz*, Happy, Chef, Pimpel …«

Sie hatte an den Fingern mitgezählt und sagte: »Waren das nicht acht?«

»Wir sind mehr als einmal hingefahren«, fuhr sie dann fort. »Wir nannten es immer die Wallfahrt zum Erdbeerkuchen – ach, wie gerne möchte ich da mal wieder hin.«

»Heute ist nichts mehr da«, sagte Juliet. »Ich konnte nicht mal mehr sehen, wo es war.«

»Ich hätte es bestimmt gesehen. Warum bin ich nicht mitgefahren? Ein Sommerausflug. Wie viel Kraft braucht man für eine Fahrt im Auto? Daddy sagt immer, ich habe nicht die Kraft.«

»Du bist mitgekommen, um mich abzuholen.«

»Ja, das bin ich«, sagte Sara. »Aber er wollte es nicht. Ich musste Krach schlagen.«

Sie langte hinter sich, um die Kissen unter ihrem Kopf hochzuziehen, was ihr aber nicht gelang, also tat Juliet es für sie.

»Verflixt«, sagte Sara. »Was bin ich doch für ein nutzloses Frauenzimmer. Aber ein Bad würde ich, glaube ich, schaffen. Was, wenn Besuch kommt?«

Juliet fragte sie, ob sie jemanden erwartete.

»Nein. Aber was, wenn jemand kommt?«

Also brachte Juliet sie ins Badezimmer, und Penelope krabbelte ihnen hinterdrein. Dann, als das Wasser eingelassen und ihre Großmutter hineingehievt worden war, entschied Penelope, dass das Bad auch für sie da sein musste. Juliet zog sie aus, und das kleine Kind wurde zusammen mit der alten Frau gebadet. Obwohl Sara nackt kaum wie eine alte Frau aussah, sondern eher wie ein altes Mädchen – ein Mädchen, das seit langem an einer seltenen auszehrenden und austrocknenden Krankheit litt.

Penelope nahm die Nähe ihrer Großmutter ohne Protest hin, hielt aber an ihrem eigenen gelben Stück Seife in Entenform fest.

In der Badewanne konnte Sara sich schließlich dazu überwinden, sich auf Schleichwegen nach Eric zu erkundigen.

»Er ist bestimmt ein sehr netter Mann«, sagte sie.

»Manchmal«, sagte Juliet gleichmütig.

»Er war so gut zu seiner ersten Ehefrau.«

»Seiner einzigen Ehefrau«, verbesserte Juliet sie. »Bis jetzt.«

»Aber ich bin sicher, jetzt, wo du das Kind hast – ich meine, du bist glücklich. Du bist doch bestimmt glücklich.«

»So glücklich, wie mit einem Leben in Sünde vereinbar ist«, sagte Juliet und überraschte ihre Mutter damit, dass sie einen tropfnassen Waschlappen über deren eingeseiftem Kopf auswrang.

»Das meine ich doch«, sagte Sara, nachdem sie sich mit einem freudigen Juchzer geduckt und die Hände vors Gesicht geschlagen hatte. Dann: »Juliet?«

»Ja?«

»Du weißt, dass ich es nicht ernst meine, wenn ich über Daddy je etwas Hässliches sage. Ich weiß, dass er mich liebt. Er ist nur einfach unglücklich.«

* * *

Juliet träumte, sie sei wieder ein Kind und in diesem Haus, obwohl die Anordnung der Zimmer etwas anders war. Sie schaute aus dem Fenster eines der fremdartigen Zimmer und sah einen Bogen aus Wasser in der Luft funkeln. Das Wasser kam aus dem Gartenschlauch. Ihr Vater bewässerte mit dem Rücken zu ihr den Garten. Eine Gestalt bewegte sich zwischen den Himbeersträuchern und war nach einer Weile als Irene zu erkennen – wenn auch eine kindlichere Irene, quirlig und fröhlich. Sie wich dem Wasser aus dem Gartenschlauch aus. Sie versteckte sich, tauchte wieder auf, meistens erfolgreich, für einen Augenblick aber wurde sie immer erwischt, bevor sie wegrannte. Das Spiel sollte heiter und unbeschwert sein, aber Juliet hinter dem Fenster sah angewidert zu. Ihr Vater kehrte ihr immer nur den Rücken zu, trotzdem glaubte sie – irgendwie *sah* sie es –, dass er den Schlauch tief hielt, vor seinem Körper, und lediglich die Tülle hin- und herbewegte.

Der Traum war durchdrungen von Ekel und Entsetzen. Nicht die Art von Entsetzen, die sich von außen an die Haut drängt, sondern die Art, die sich durch die engsten Blutgefäße schlängelt.

Als sie erwachte, war dieses Gefühl noch lebendig. Sie fand den Traum beschämend. Durchsichtig, abgeschmackt. Ein Auswuchs ihrer schmutzigen Phantasie.

* * *

Mitten am Nachmittag wurde an die Haustür geklopft. Niemand benutzte die Haustür – Juliet stellte fest, dass sie ein wenig klemmte.

Der Mann, der draußen stand, trug ein gutgebügeltes gelbes Hemd mit kurzen Ärmeln und eine hellbraune Hose. Er war vielleicht ein paar Jahre älter als sie, hochgewachsen, aber eher schwächlich, etwas hohlbrüstig, trotzdem energisch in seiner Begrüßung, unnachgiebig in seinem Lächeln.

»Ich bin gekommen, um die Dame des Hauses zu besuchen«, sagte er.

Juliet ließ ihn stehen und ging in das Wintergartenzimmer.

»Da ist ein Mann an der Tür«, sagte sie. »Vielleicht will er etwas verkaufen. Soll ich ihn abwimmeln?«

Sara setzte sich mühsam auf. »Nein, nein«, sagte sie atemlos. »Mach mich ein bisschen hübsch, ja? Ich habe seine Stimme gehört. Es ist Don. Mein Freund Don.«

Don hatte schon das Haus betreten und war draußen vor der Tür zum Wintergarten zu hören.

»Keine Aufregung, Sara. Ich bin's nur. Sind Sie salonfähig?«

Mit ausgelassenem, strahlenden Gesichtsausdruck griff Sara fahrig nach der Bürste, dann gab sie es auf und fuhr sich mit den Fingern durch die Haare. Fröhlich rief sie:»So salonfähig wie nur irgend möglich. Kommen Sie herein.«

Der Mann erschien, eilte auf sie zu, und sie streckte ihm die Arme entgegen.»Sie riechen nach Sommer«, sagte sie. »Was ist das?« Sie befingerte sein Hemd.»Frisch gebügelt. Gebügelte Baumwolle. Das ist aber nett.«

»Hab ich selbst gebügelt«, sagte er.»Sally ist in der Kirche und werkelt an den Blumen herum. Gar nicht schlecht, wie?«

»Tadellos«, sagte Sara.»Aber Sie wären beinahe nicht reingelassen worden. Juliet hat Sie für einen Vertreter gehalten. Juliet ist meine Tochter. Meine liebe Tochter. Ich hab's Ihnen doch erzählt? Ich habe Ihnen erzählt, dass sie kommt. Don ist mein geistlicher Beistand, Juliet. Mein Freund und geistlicher Beistand.«

Don richtete sich auf und ergriff Juliets Hand.

»Gut, dass Sie hier sind — es freut mich sehr, Sie kennenzulernen. Und Sie hatten gar nicht so unrecht. Ich bin eine Art Vertreter.«

Juliet belächelte höflich den geistlichen Witz.

»Welcher Kirche gehören Sie an?«

Diese Frage brachte Sara zum Lachen.»O je — jetzt sind wir verraten und verkauft, was?«

»Ich bin Trinitarier«, sagte Don mit seinem unentwegten Lächeln.»Und von wegen verraten und verkauft — mir ist nicht neu, dass Sara und Sam keiner der Kirchen in der hiesigen Gemeinde verbunden sind. Ich komme einfach immer wieder vorbei, weil Ihre Mutter so eine bezaubernde Dame ist.«

Juliet wusste nicht mehr, ob die Trinitarier den Anglikanern oder eher den Unitariern zuzurechnen waren.

»Würdest du Don einen vernünftigen Stuhl besorgen, Schatz?«, sagte Sara. »Er muss sich über mich beugen wie ein Storch. Und eine kleine Erfrischung, Don? Wie wär's mit einem Eierflip? Juliet macht mir immer einen köstlichen Eierflip. Nein. Nein, das ist wohl zu schwer. Sie sind gerade aus der Hitze draußen hereingekommen. Einen Tee? Der ist auch heiß. Ingwerbier? Einen Fruchtsaft? Was für Fruchtsaft haben wir, Juliet?«

Don sagte: »Ich brauche wirklich nichts, höchstens ein Glas Wasser. Das wäre nett.«

»Keinen Tee? Wirklich nicht?« Sara war völlig außer Atem. »Aber ich hätte gern Tee. Sie trinken doch bestimmt eine Tasse mit. Juliet?«

* * *

Allein in der Küche – Irene war im Garten zu sehen, heute harkte sie die Bohnenbeete –, überlegte Juliet, ob der Tee eine List war, um sie für ein vertrauliches Zwiegespräch aus dem Zimmer zu schicken. Für ein Zwiegespräch, vielleicht sogar für ein Gebet? Die Vorstellung widerte sie an.

Sam und Sara hatten nie einer Glaubensgemeinschaft angehört, obwohl Sam einmal, zu Beginn ihres Lebens hier, zu jemandem gesagt hatte, sie seien Druiden. Es hatte sich herumgesprochen, dass sie einer Glaubensgemeinschaft angehörten, die in der Stadt nicht vertreten war, und diese Information hatte bewirkt, dass sie um einen Grad höher eingestuft wurden als ohne jede Religionszugehörigkeit. Juliet selbst war eine Weile lang zur Sonntagsschule der Anglikanischen Kirche gegangen, wenn auch hauptsächlich, weil sie mit einem anglikanischen Mädchen befreundet war. Sam hatte in der Schule nie dagegen rebelliert, jeden Morgen etwas aus der Bibel vorlesen und das Vaterunser beten zu müssen, ebenso wenig wie dagegen, »God Save the Queen« zu singen.

»Man muss eben abwägen, wann man sich auf die Hinterbeine stellt und wann nicht«, hatte er gesagt. »Wenn man sie auf der einen Ecke zufriedenstellt, dann schafft man's vielleicht auf der anderen, den Kindern was über die Evolution beizubringen.«

Sara hatte sich eine Zeitlang dem Bahaismus zugewandt, aber Juliet war der Meinung, dass Saras Interesse daran inzwischen erloschen war.

Sie kochte genug Tee für drei Personen und fand im Küchenschrank Vollkornkekse – außerdem das Messingtablett, das Sara immer für gehobene Anlässe benutzt hatte.

Don willigte in eine Tasse Tee ein und trank in großen Schlucken das Wasser mit Eiswürfeln, an das Juliet gedacht hatte, aber zu den Keksen schüttelte er den Kopf.

»Für mich nicht, danke.«

Er sagte das mit besonderem Nachdruck. Als verbiete es ihm die Frömmigkeit.

Er fragte Juliet, wo sie wohne, von welcher Beschaffenheit das Wetter an der Westküste sei und welcher Arbeit ihr Mann nachgehe.

»Er ist Krabbenfischer, aber er ist nicht mein Ehemann«, sagte Juliet freundlich.

Don nickte. Ah, ja.

»Raue See dort draußen?«

»Manchmal.«

»Whale Bay. Ich habe noch nie davon gehört, aber jetzt werde ich es mir merken. In welche Kirche gehen Sie in Whale Bay?«

»Wir gehen nicht. Wir gehen nicht in die Kirche.«

»Gibt es dort in der Nähe keine Kirche Ihrer Konfession?«

Lächelnd schüttelte Juliet den Kopf.

»Es *gibt* keine Kirche unserer Konfession. Wir glauben nicht an Gott.«

Dons Tasse klirrte etwas, als er sie auf der Untertasse absetzte. Er sagte, er bedaure, das zu hören.

»Ja, das bedaure ich sehr. Seit wann sind Sie schon dieser Meinung?«

»Ich weiß nicht genau. Seit ich darüber ernsthaft nachgedacht habe.«

»Und Ihre Mutter hat mir gesagt, dass Sie ein Kind haben. Sie haben ein kleines Mädchen, nicht wahr?«

Juliet bejahte die Frage.

»Und die Kleine ist nicht getauft worden? Haben Sie die Absicht, sie zu einer Heidin zu erziehen?«

Juliet antwortete, sie gehe davon aus, dass Penelope das eines Tages selbst entscheiden werde.

»Aber wir haben die Absicht, sie ohne eine Religion zu erziehen. Ja.«

»Das ist traurig«, sagte Don leise. »Für Sie selbst ist es traurig. Sie und Ihr – wie immer Sie ihn nennen – haben beschlossen, Gottes Barmherzigkeit abzulehnen. Nun ja. Sie sind erwachsen. Aber sie für Ihr Kind abzulehnen – das ist, als verweigerten Sie ihm die Nahrung.«

Juliet spürte, dass sie aus der Fassung geriet. »Aber wir *glauben* nicht daran«, sagte sie. »Wir glauben nicht an Gottes Barmherzigkeit. Wir verweigern ihm nicht die Nahrung, wir weigern uns, es mit Lügen zu erziehen.«

»Lügen. Das, woran Millionen Menschen überall auf der Welt glauben, nennen Sie Lügen. Meinen Sie nicht, dass es ein wenig vermessen von Ihnen ist, Gott eine Lüge zu nennen?«

»Millionen Menschen glauben nicht daran, sie gehen bloß in die Kirche«, sagte Juliet in immer hitzigerem Ton. »Sie denken einfach nicht nach. Wenn es Gott gibt, dann war er es doch, der mir den Verstand gegeben hat, und wollte er dann etwa nicht, dass ich ihn benutze?

Außerdem«, sagte sie und versuchte, einen kühlen Kopf zu bewahren. »Außerdem glauben Millionen Menschen an etwas anderes. Sie glauben zum Beispiel an Buddha. Wird also etwas nur darum wahr, weil Millionen Menschen daran glauben?«

»Christus lebt«, sagte Don prompt. »Buddha nicht.«

»Das lässt sich leicht sagen. Aber was bedeutet das? Jedenfalls sehe ich nirgendwo einen Beweis dafür, dass Jesus oder Buddha oder beide noch am Leben sind.«

»*Sie* nicht. Andere Menschen hingegen sehr wohl. Wissen Sie, dass Henry Ford – Henry Ford der Zweite, der alles hat, was man sich im Leben nur wünschen kann –, dass er trotzdem an jedem Abend, den Gott werden lässt, niederkniet und zu ihm betet?«

»Henry Ford?«, rief Juliet. »Henry Ford? Was geht *mich* das an, was *Henry Ford* tut?«

Das Streitgespräch nahm den Verlauf, den Gespräche dieser Art unweigerlich nehmen. Die Stimme des Geistlichen, die anfangs eher traurig als zornig geklungen hatte – obschon stets mit dem Unterton eiserner Überzeugung –, hörte sich jetzt scharf und schulmeisterlich an, und Juliet, die zu Beginn ihrer Meinung nach ein Hort der Vernunft gewesen war – gelassen, gescheit, geradezu aufreizend höflich –, hatte sich unversehens in kalte, schneidende Wut geredet. Beide waren bemüht, sich Entgegnungen einfallen zu lassen, die eher verletzen als überzeugen sollten.

Sara knabberte währenddessen an einem Vollkornkeks, ohne zu den beiden hochzusehen. Hin und wieder überlief sie ein Schauder, als träfen sie die Worte der beiden, die jedoch davon gar nichts bemerkten.

Was dann ihrem Disput ein Ende bereitete, das war das laute Geschrei von Penelope, die nass aufgewacht war und sich eine Weile lang leise beklagt hatte, dann energischer und schließlich ihrer Wut freien Lauf ließ. Sara hörte sie als Erste und versuchte, die beiden darauf aufmerksam zu machen. »Penelope«, sagte sie schwach, dann, mit mehr Anstrengung: »Juliet, Penelope.« Juliet und der Geistliche sahen sie beide unwirsch an, dann sagte der Geistliche, mit plötzlich gesenkter Stimme: »Ihr Baby.«

Juliet eilte aus dem Zimmer. Sie zitterte, als sie Penelope hochnahm, und stach sie beinahe, als sie die trockene Windel feststeckte. Penelope hörte auf zu weinen, nicht weil sie getröstet war, sondern weil diese raue Behandlung sie erschreckte. Ihre weitaufgerissenen nassen Augen, ihr erstaunter Blick drangen durch Juliets Geistesabwesenheit, und sie versuchte, sich zu beruhigen, redete, so sanft sie konnte, mit ihr, nahm sie dann auf den Arm und ging mit ihr im oberen Flur auf und ab. Penelope war nicht sofort besänftigt, aber nach ein paar Minuten verließ die Spannung allmählich ihren Körper.

Juliet spürte, dass es ihr genauso erging, und als sie meinte, dass sie beide wieder über ein gewisses Maß an Ruhe und Beherrschung verfügten, trug sie Penelope hinunter.

Der Geistliche war aus Saras Zimmer gekommen und wartete auf sie. In einem Tonfall, der zerknirscht sein mochte, aber eher ängstlich wirkte, sagte er: »Das ist ein hübsches Baby.«

Juliet sagte: »Vielen Dank.«

Sie dachte, dass sie sich jetzt in aller Form voneinander verabschieden konnten, aber etwas hielt ihn zurück. Er sah sie weiterhin an, er rührte sich nicht von der Stelle. Er streckte die Hand aus, als wollte er ihre Schulter ergreifen, dann ließ er sie fallen.

»Wissen Sie, ob etwas …«, sagte er, dann schüttelte er kurz den Kopf. Das *etwas* hatte wie *etfasch* geklungen.

»Schaff«, sagte er und fuhr sich mit der Hand an den Hals. Dann deutete er zur Küche.

Juliets erster Gedanke war, dass er betrunken sein musste. Sein Kopf schwankte leicht hin und her, seine Augen waren glasig. War er betrunken hergekommen, hatte er etwas in der Hosentasche mitgebracht? Dann erinnerte sie sich. Ein Mädchen, eine Schülerin in der Schule, in der sie ein halbes Jahr lang unterrichtet hatte. Dieses Mädchen, eine Diabetikerin, bekam jedes Mal eine Art Anfall, sprach undeutlich, war verwirrt und torkelte, wenn sie zu lange nichts gegessen hatte.

Sie verlagerte Penelope auf eine Hüfte, ergriff seinen Arm und führte ihn in die Küche. Saft. Den hatten sie dem Mädchen immer gegeben, das hatte er sagen wollen.

»Augenblick, Augenblick, gleich wird's besser«, sagte sie. Er hielt sich aufrecht, mit gesenktem Kopf, die Hände auf den Küchentisch gestützt.

Der Orangensaft war alle – ihr fiel ein, dass sie morgens den letzten Rest Penelope gegeben hatte und noch gedacht hatte, dass sie neuen besorgen musste. Aber eine Flasche Pampelmusenlimonade war da, die Sam und Irene gerne tranken, wenn sie von der Gartenarbeit hereinkamen.

»Da«, sagte sie. Mit einer Hand, wie sie es inzwischen gewohnt war, goss sie ihm ein Glas ein. »Da.« Und als er es trank, sagte sie: »Tut mir leid, Saft ist nicht da. Aber es ist der Zucker, nicht wahr? Sie brauchen den Zucker?«

Er leerte das Glas, er sagte: »Ja. Zucker. Danke.« Seine Aussprache wurde schon wieder deutlicher. Daran erinnerte sie sich auch, bei dem Mädchen in der Schule – wie rasch die Erholung vor sich ging, als geschehe ein Wunder. Aber bevor er sich ganz erholt hatte oder wieder ganz er selbst war, während er immer noch den Kopf schief hielt, sah er ihr in die Augen. Nicht absichtlich, so schien es, sondern rein zufällig. Der Ausdruck seiner Augen war nicht dankbar oder versöhnlich – eigentlich sogar unpersönlich, es war nur der wilde Blick eines zutiefst verstörten Tieres, das sich an alles klammert, was es finden kann.

Und innerhalb weniger Sekunden wurden die Augen, wurde das Gesicht wieder zu dem Gesicht des Mannes, des Geistlichen, der das Glas absetzte und ohne ein weiteres Wort das Haus fluchtartig verließ.

* * *

Sara schlief entweder oder stellte sich schlafend, als Juliet zu ihr hineinging, um das Tablett mit den Teesachen zu holen. Die Zustände des Schlafens, des Dösens und des Wachseins hatten bei ihr jetzt so feine und verschwimmende Grenzen, dass es schwerfiel, sie zu bestimmen. Jedenfalls sagte sie plötzlich etwas, wenn auch nur im Flüsterton: »Juliet?«

Juliet blieb an der Tür stehen.

»Du musst Don für ... einen ziemlichen Einfaltspinsel halten«, sagte Sara. »Aber er ist nicht gesund. Er ist Diabetiker. Es ist ernst.«

Juliet sagte: »Ja.«

»Er braucht seinen Glauben.«

»Als Schlupfloch«, sagte Juliet, aber leise, und vielleicht hörte Sara sie nicht, denn sie redete weiter.

»Mein Glaube ist nicht so einfach«, sagte Sara, wobei ihre Stimme stark zitterte (und, so kam es Juliet in diesem Augenblick vor, bewusst Mitleid heischte). »Ich kann ihn nicht beschreiben. Aber er ist ... ich kann nur sagen ... er ist *etwas*. Er ist ein ... wundervolles ... *Etwas*. Wenn es wirklich schlimm für mich wird ... wenn es so schlimm wird, dass ich ... weißt du, was ich dann denke? Ich denke, gut. Ich denke ... Bald. *Bald werde ich Juliet sehen.*«

Berüchtigter (Geliebter) Eric,
wo soll ich anfangen? Mir geht es gut, und Penelope geht es gut. Unter den Umständen. Sie läuft jetzt selbstsicher um Saras Bett herum, hat aber noch nicht die Traute, sich ohne Halt auf den Weg zu machen. Die Sommerhitze ist unglaublich, im Vergleich zur Westküste. Sogar wenn es regnet. Bloß gut, dass es regnet, denn Sam hat sich mit Leib und Seele auf den Gemüseanbau geworfen. Kürzlich bin ich mit ihm in seinem uralten Vehikel herumgefahren, um frische Himbeeren und Himbeermarmelade (zubereitet von einer Art wiedergeborener Ilse Koch, die unsere Küche bevölkert) und frisch ausgegrabene neue Kartoffeln auszuliefern. Er ist Feuer und Flamme.

Sara bleibt im Bett und döst vor sich hin oder schaut sich antiquari-
sche Modezeitschriften an. Ein Geistlicher kam sie besuchen, und
ich bin mit ihm in einen heftigen dummen Streit über die Existenz
Gottes oder irgend so ein heißes Thema geraten. Der Besuch verläuft
jedoch erträglich …

Das war ein Brief, den Juliet Jahre später fand. Eric musste
ihn rein zufällig aufbewahrt haben – im weiteren Leben hatte
der Brief keine besondere Rolle gespielt.

* * *

Sie war dann noch einmal in das Haus ihrer Kindheit zurückgekehrt, zu Saras Beerdigung, einige Monate, nachdem dieser Brief geschrieben worden war. Irene hatte sich nicht
mehr blicken lassen, und Juliet konnte sich nicht erinnern,
ob sie nach ihr gefragt hatte oder erfahren hatte, was aus ihr
geworden war. Höchstwahrscheinlich hatte sie geheiratet.
Wie Sam es tat, etwa zwei Jahre nach Saras Tod. Er heiratete
eine Lehrerkollegin, eine gutmütige, hübsche, tüchtige Frau.
Sie lebten in ihrem Haus – das Haus, in dem er mit Sara gewohnt hatte, riss Sam ab, um den Garten zu vergrößern. Als
seine Frau in den Ruhestand ging, kauften sie sich einen
Wohnwagen und unternahmen lange Winterreisen. Zweimal besuchten sie Juliet in Whale Bay. Eric nahm sie auf seinem Boot mit hinaus. Sam und Eric verstanden sich gut.
Blendend, wie Sam sagte.

Als Juliet den Brief las, zuckte sie zusammen, wie es jeder
tut, wenn er der erhalten gebliebenen, irritierenden Stimme
eines früheren, künstlich hergestellten Ichs wiederbegegnet.

Sie wunderte sich über den Frohsinn, mit dem sie alles zugeschüttet hatte und der sich nicht mit ihren schmerzlichen Erinnerungen vereinbaren ließ. Dann dachte sie, dass sich zu jenem Zeitpunkt ein Bewusstseinswandel ereignet haben musste, der ihr in Vergessenheit geraten war. Ein Bewusstseinswandel in Bezug darauf, wo sie zu Hause war. Nicht in Whale Bay bei Eric, sondern wieder da, wo sie früher zu Hause gewesen war, ihr früheres Leben lang.

Denn das geschieht, wenn man wieder im alten Zuhause ist, man versucht, es zu bewahren und zu beschützen, so gut man kann, so lange man kann.

Aber sie hatte Sara nicht beschützt. Als Sara gesagt hatte: »Bald werde ich Juliet sehen«, hatte Juliet darauf keine Antwort gewusst. Hatte sich wirklich keine finden lassen? Warum war ihr das so schwergefallen? Einfach Ja zu sagen. Sara hätte es sehr viel bedeutet – und sie selbst hätte es sehr wenig gekostet. Aber sie hatte sich abgewandt, hatte das Tablett in die Küche getragen und dort alles abgewaschen und abgetrocknet, die Tassen und auch das Glas, in dem die Pampelmusenlimonade gewesen war. Sie hatte alles weggeräumt.

ZU VIEL GLÜCK

Viele, die Mathematik nicht näher kennen,
verwechseln sie mit Arithmetik und halten sie
für eine trockene und langweilige Wissenschaft.
In Wirklichkeit verlangt diese Wissenschaft
die größte Einbildungskraft.

SOFIA KOWALEWSKAJA

I

AM ERSTEN JANUAR des Jahres 1891 gehen eine kleine Frau
und ein großer Mann über den Alten Friedhof in Genua.
Beide sind um die vierzig Jahre alt. Die Frau hat einen kind-
lich großen Kopf, mit einem Wust dunkler Locken, sie schaut
angespannt drein, fast ein wenig flehentlich. Ihr Gesicht zeigt
die ersten Spuren des Alters. Der Mann ist riesig. Er wiegt
zweieinhalb Zentner, verteilt über eine ungeheure Gestalt,
und da er Russe ist, wird er oft als Bär bezeichnet, auch als
Kosak. Im Augenblick beugt er sich über Grabsteine und
schreibt etwas in sein Notizbuch, sammelt Inschriften und
rätselt über Abkürzungen, die ihm nicht sofort klar sind, obwohl er Russisch, Französisch, Englisch und Italienisch spricht
und sowohl klassisches als auch mittelalterliches Latein einigermaßen beherrscht. Sein Wissen ist so umfangreich wie
sein Körper, und obwohl er auf Staatsrecht spezialisiert ist,
kann er Vorträge über den Machtzuwachs politischer Institu-

tionen in Amerika halten, über die Besonderheiten der Gesellschaft in Russland und im Westen und über die Gesetze und Praktiken antiker Weltreiche. Aber er ist kein Pedant. Er ist witzig und allgemein beliebt, in verschiedenen Gesellschaftsschichten zu Hause und kann sich ein Leben im Wohlstand leisten, dank seiner Besitztümer in der Nähe von Charkow. Eine Professur in Russland wird ihm jedoch verwehrt, weil er ein Liberaler ist.

Sein Name passt zu ihm. Maxim. Maxim Maximowitsch Kowalewski.

Die Frau bei ihm ist auch eine Kowalewski. Sie war mit einem entfernten Cousin von ihm verheiratet, ist aber jetzt Witwe.

Sie spricht schelmisch mit ihm.

»Du weißt, dass einer von uns sterben wird«, sagt sie. »Einer von uns wird in diesem Jahr sterben.«

Er hört nur mit halbem Ohr zu und fragt: »Wieso das?«

»Weil wir am ersten Tag des neuen Jahres auf einem Friedhof spazieren gehen.«

»Ah, ja.«

»Es gibt immer noch ein paar Dinge, die du nicht weißt«, sagt sie auf ihre kecke, aber fürsorgliche Art. »Ich wusste das schon, bevor ich acht Jahre alt war.«

»Mädchen verbringen mehr Zeit bei den Küchenmägden, Jungen dagegen mehr in den Pferdeställen – vermutlich deshalb.«

»Jungen hören in den Pferdeställen nichts vom Tod?«

»Nicht so viel. Im Mittelpunkt stehen andere Dinge.«

Es fällt Schnee an dem Tag, aber er ist weich. Die beiden hinterlassen auf ihrem Weg geschmolzene schwarze Fußabdrücke.

Sie ist ihm zum ersten Mal im Jahre 1888 begegnet. Er war nach Stockholm gekommen, um beratend an der Gründung einer Hochschule für Gesellschaftswissenschaften mitzuwirken. Ihre gemeinsame Staatsangehörigkeit, die bis zum gemeinsamen Familiennamen reichte, hätte sie zusammengeführt, auch wenn keine besondere Sympathie im Spiel gewesen wäre. Denn es hätte ihr oblegen, einen liberalen Gesinnungsgenossen, der zu Hause nicht mehr willkommen war, einzuladen und zu betreuen.

Aber das erwies sich überhaupt nicht als lästige Pflicht. Beide flogen aufeinander zu, als seien sie lang vermisste Verwandte. Eine Flut von Scherzen und Fragen folgte, ein unmittelbares Einvernehmen, ein reicher Schwall Russisch, als seien die Sprachen Westeuropas nur dürftige Käfige gewesen, in die sie zu lange gepfercht waren, oder armseliger Ersatz für die wahre menschliche Sprache. Auch ihr Benehmen setzte sich bald über Stockholmer Anstandsregeln hinweg. Er blieb bis spätnachts in ihrer Wohnung. Sie ging allein in sein Hotel, um dort mit ihm zu dinieren. Er verletzte sich bei einem Missgeschick auf dem Eis am Bein, sie half ihm dabei, die Wunde abzutupfen und zu verbinden, und, schlimmer noch, sie erzählte anderen davon. So sicher war sie sich ihrer und vor allem seiner. In einem Brief an einen Freund beschrieb sie ihn mit Anleihen bei de Musset.

Er ist stets frohgemut, dabei recht grüblerisch …
Unangenehmer Nachbar, ausgezeichneter Kamerad …
Außerordentlich leichtsinnig, und doch sehr betroffen …
Empörend naiv, trotzdem sehr blasiert …
Schrecklich aufrichtig, und dabei sehr verschlagen.

Und am Schluss schrieb sie: »Obendrein ist er ein echter Russe.«

Den dicken Maxim nannte sie ihn.

»Ich war noch nie so versucht, Liebesromanzen zu schreiben, wie mit dem dicken Maxim.«

Und: »Er nimmt zu viel Platz ein, auf dem Diwan und auch in den Gedanken. In seiner Gegenwart kann ich an nichts anderes denken als nur an ihn.«

Zur selben Zeit hätte sie Tag und Nacht an der Arbeit sitzen müssen, die sie für den Prix Bordin einreichen wollte. »Ich vernachlässige nicht nur meine Funktionen, sondern auch meine elliptischen Integrale und meinen starren Körper«, scherzte sie gegenüber einem Kollegen, dem Mathematiker Mittag-Leffler, der Maxim dazu überredete, dass es an der Zeit sei, eine Weile Vorlesungen in Uppsala zu halten. Sie riss sich von den Gedanken an ihn los, von den Tagträumen, kehrte zurück zur Bewegung starrer Körper und der Lösung des Problems der »mathematischen Nixe« durch die Anwendung von Thetafunktionen zweier unabhängiger Variablen. Sie arbeitete verbissen, aber glücklich, weil er ihr nie ganz aus dem Sinn ging. Als er zurückkehrte, war sie erschöpft, aber stolz auf ihren Triumph. Ihre zwei Triumphe – nicht nur war ihre Abhandlung bereit für den letzten Schliff und die anonyme Einreichung, auch ihr Liebster war murrend, aber fröhlich, ja ungeduldig aus seiner Verbannung zurück und gab deutlich zu erkennen, so meinte sie, dass er beabsichtigte, sie zur Frau seines Lebens zu machen.

Was der Prix Bordin vereitelte. Glaubte wenigstens Sofia. Sie selbst war anfangs völlig davon eingenommen, geblendet von all den Kronleuchtern und dem Champagner. Ihr wurde ganz schwindlig von den Komplimenten, der Bewunderung und den Handküssen, die vorübergehend bestimmte unbequeme und unveränderliche Wahrheiten zudeckten. Die Tatsache nämlich, dass man sie nie auf einen Posten berufen würde, der ihrer Begabung entsprach, sondern dass sie sich glücklich schätzen konnte, wenn sie an einer Mädchenschule in der Provinz unterrichten durfte. Während sie sich in ihrem Ruhm sonnte, machte Maxim sich aus dem Staub. Natürlich ohne ein einziges Wort über den wahren Grund – nur die Artikel, die er schreiben musste, sein Bedürfnis nach der Stille und dem Frieden von Beaulieu.

Er hatte sich übergangen gefühlt. Ein Mann, der es nicht gewohnt war, übergangen zu werden, und der wahrscheinlich noch nie, seit er den Kinderschuhen entwachsen war, einen Salon oder einen Empfang besucht hatte, wo ihm das widerfahren war. Auch in Paris trat das nicht ein. Nicht dass er in Sofias Glanz dort völlig unsichtbar blieb, allerdings fand er nur die übliche Aufmerksamkeit. Als ein Mann von soliden Verdiensten und beachtlichem Ruf, körperlich und intellektuell großzügig ausgestattet, dazu begabt mit flinkem Witz und gewandtem männlichen Charme. Während sie ein völliges Novum war, eine entzückende Abnormität, eine Frau mit mathematischer Begabung und weiblicher Schüchternheit, ganz bezaubernd, dabei mit einem unter ihren Locken höchst unkonventionell ausgestatteten Hirnkasten.

Er schrieb aus Beaulieu und lehnte mit kalten, unwirschen Entschuldigungen ihr Angebot ab, ihn zu besuchen, sobald der Trubel vorüber war. Eine Dame halte sich bei ihm auf, schrieb er, die er ihr unmöglich vorstellen könne. Die Dame sei in Not und brauche gegenwärtig seine Fürsorge. Sofia solle nach Schweden zurückkehren, schrieb er; sie müsse dort, wo ihre Freunde sie erwarteten, doch glücklich sein. Ihre Studenten würden sie brauchen, ebenso ihre kleine Tochter. (War das eine Stichelei, der vertraute Vorwurf, dass sie ihre Mutterrolle vernachlässigte?)

Und am Ende seines Briefes dieser eine schreckliche Satz.

»Wenn ich Dich lieben würde, hätte ich anders geschrieben.«

Das Ende von allem. Zurück aus Paris mit ihrem Preis und ihrem glitzernden, vergänglichen Ruhm, wieder bei ihren Freunden, die ihr plötzlich nicht mehr bedeuteten als ein Fingerschnippen. Wieder bei den Studenten, die ihr ein wenig mehr bedeuteten, aber nur, wenn sie vor ihnen stand und sich in ihr mathematisches Ich verwandelte, das ihr seltsamerweise immer noch zugänglich war. Und wieder bei ihrer angeblich vernachlässigten, aber unheimlich fröhlichen kleinen Fufu.

Alles in Stockholm bedrängte sie mit Erinnerungen.

Sie saß im selben Zimmer mit den Möbeln, die zu solch exorbitanten Kosten über die Ostsee herbeigeschafft worden waren. Mit demselben Diwan vor ihr, der noch vor kurzem seinen üppigen Leib getragen hatte. Und ihren dazu, als er sie geschickt in die Arme nahm. Trotz seiner Größe war er nie ein tapsiger Liebhaber.

Derselbe rote Damast, auf dem in ihrem alten verlorenen Zuhause bedeutende und unbedeutende Gäste gesessen hatten. Vielleicht hatte Fjodor Dostojewski in seinem beklagenswerten Nervenzustand dort gesessen und sich von Sofias Schwester Anjuta bezaubern lassen. Und natürlich Sofia selbst als das Kind, das der Mutter wenig Freude bereitete und wie üblich Missfallen erregte.

Derselbe alte Kabinettschrank, auch aus ihrem Heim in Palibino, mit den eingelassenen, auf Porzellan gemalten Porträts ihrer Großeltern.

Die Großeltern Schubert. Keinen Trost spendend. Er in Uniform, sie in einem Ballkleid, mit Mienen absurder Selbstzufriedenheit. Sie hatten alles erreicht, was sie wollten, mutmaßte Sofia, und hatten nur Verachtung für jene übrig, denen weniger Durchsetzungsvermögen oder Glück beschieden waren.

»Hast du gewusst, dass ich deutsches Blut in den Adern habe?«, hatte sie Maxim gefragt.

»Natürlich. Wie könntest du sonst solch ein Ausbund an Fleiß sein? Und den Kopf voller imaginärer Zahlen haben?«

Wenn ich dich lieben würde.

Fufu brachte ihr auf einem Tellerchen Marmelade und bat sie, ein Kinderkartenspiel mit ihr zu spielen.

»Lass mich in Ruhe. Kannst du mich nicht in Ruhe lassen?«

Später wischte sie sich die Tränen aus den Augen und bat das Kind um Verzeihung.

Aber es war nicht Sofias Art, ewig Trübsal zu blasen. Sie überwand ihren Stolz, besann sich auf ihre Stärken und schrieb ihm unbeschwerte Briefe, in der Hoffnung, sie könnten mit ihrer beiläufigen Erwähnung harmloser Vergnügungen – dem Schlittschuhlaufen, dem Reiten – und mit ihrem Eingehen auf die russische und französische Politik dazu angetan sein, ihn zu beruhigen und ihm vielleicht sogar das Gefühl geben, dass seine Warnung brutal und unnötig gewesen war. Es gelang ihr, eine weitere Einladung nach Frankreich zu ergattern, und so machte sie sich im Sommer, sobald ihre Vorlesungen beendet waren, auf den Weg nach Beaulieu.

Schöne Zeiten. Auch Missverständnisse, wie sie das nannte. (Später änderte sie das in »Gespräche«.) Frostige Phasen, ernste Zerwürfnisse, weniger ernste, plötzliche Herzlichkeit. Eine stürmische Reise durch Europa, auf der sie sich skandalöserweise ganz offen als Liebespaar zeigten.

Sie fragte sich manchmal, ob er wohl andere Frauen hatte. Sie selbst spielte mit dem Gedanken, einen Deutschen zu heiraten, der ihr den Hof machte. Aber der Deutsche war viel zu pedantisch, und sie hatte ihn im Verdacht, eine brave Hausfrau zu wollen. Außerdem war sie nicht in ihn verliebt. Ihr Blut kühlte sich merklich ab, als er die gesitteten deutschen Liebesworte sprach.

Sobald Maxim von diesem ehrenhaften Antrag hörte, sagte er, sie solle besser ihn selbst heiraten. Vorausgesetzt, sie könne sich mit dem abfinden, was er zu bieten habe. Dabei tat er so, als rede er über sein Geld. Sich mit seinem Reichtum abzufinden war natürlich ein Witz. Sich mit einem lauwarmen, höflichen Gefühlsangebot abzufinden, ohne Erwähnung der Enttäuschungen und Streitigkeiten, die meistens von ihr ausgegangen waren – das ließ sich ganz anders an.

Sie flüchtete sich in Neckereien, ließ ihn in dem Glauben, dass sie ihn nicht ernst nahm, und es wurde nichts entschieden. Aber als sie wieder in Stockholm war, ärgerte sie sich über ihre eigene Dummheit. Und so schrieb sie Julia, bevor sie sich zu Weihnachten nach Süden aufmachte, sie wisse nicht, ob sie in ihr Glück oder in ihr Unglück gehe. Sie meinte damit, sie werde erklären, dass es ihr ernst mit der Heirat sei, und herausfinden, wie ernst es ihm damit sei. Sie habe sich auf die demütigendste Enttäuschung vorbereitet.

Die blieb ihr erspart. Maxim erwies sich schließlich als Gentleman und hielt Wort. Sie würden im Frühjahr heiraten. Sobald das feststand, wurde ihr Umgang miteinander entspannter als je zuvor. Sofia beherrschte sich, schmollte nicht und bekam auch keine Wutausbrüche. Er erwartete von ihr einiges an Sittsamkeit, aber nicht die Sittsamkeit der braven Hausfrau. Er machte ihr nie Vorwürfe, wie es ein schwedischer Ehemann vielleicht getan hätte, wegen ihrer Zigaretten und ihrer ewigen Teetasse und ihrer politischen Brandreden. Und sie war gar nicht so ungehalten darüber, dass er, wenn ihn die Gicht plagte, genauso unvernünftig, unerträglich und voller Selbstmitleid sein konnte wie sie selbst. Sie waren schließlich Landsleute. Und sie langweilte sich – wenn auch schuldbewusst – bei diesen vernünftigen Schweden, die immerhin als einziges Volk in Europa bereit gewesen waren, eine Frau auf den Mathematiklehrstuhl ihrer neuen Universität zu berufen. Ihre Hauptstadt war zu sauber und ordentlich, ihre Gewohnheiten zu regelmäßig, ihre Feste zu förmlich. Sobald sie entschieden hatten, dass ein bestimmter politischer Kurs richtig war, folgten sie ihm stur, ohne diese belebenden und wahrscheinlich gefährlichen nächtelangen Streitgespräche, die in Sankt Petersburg und Paris kein Ende nehmen wollten.

Maxim würde ihrer eigentlichen Arbeit, nämlich nicht der Lehre, sondern der Forschung, nicht im Wege stehen. Er würde froh sein, dass sie etwas hatte, was sie beschäftigte, auch wenn sie den Verdacht hegte, dass er Mathematik zwar nicht gänzlich unbedeutend, aber etwas abwegig fand. Wie konnte ein Professor des Rechts und der Gesellschaftswissenschaft auch anders denken?

Es ist wärmer in Nizza, als er sie ein paar Tage später zu ihrem Zug bringt.

»Wie kann ich fahren, wie kann ich diese laue Luft verlassen?«

»Aber dein Schreibtisch und deine Differentialgleichungen erwarten dich. Im Frühjahr wirst du dich nicht losreißen können.«

»Meinst du?«

So durfte sie nicht denken – sie durfte nicht denken, dass er ihr damit durch die Blume sagen wollte, er wünsche, sie würden nicht im Frühjahr heiraten.

Sie hat Julia schon geschrieben, dass es doch auf Glück hinausläuft. Doch auf Glück. Glück.

Auf dem Bahnsteig kreuzt eine schwarze Katze schräg ihren Weg. Sie verabscheut Katzen, insbesondere schwarze. Aber sie sagt nichts und bezwingt ihren Schauder. Und als wolle er ihre Selbstbeherrschung belohnen, bietet er an, sie bis Cannes im Zug zu begleiten, falls ihr das genehm ist. Sie kann kaum antworten vor lauter Dankbarkeit. Auch vor einem katastrophalen Tränenschwall. Weinen in der Öffentlichkeit ist ihm ein Graus. (Nicht dass er es zu Hause erträglicher fände.)

Es gelingt ihr, die Tränen zurückzuhalten, und als der Zug Cannes erreicht, schließt er sie in seine voluminöse, gutgeschnittene Bekleidung mit ihrem Geruch nach Männlichkeit – einer Mischung aus Pelztieren und teurem Tabak. Er küsst sie züchtig, fährt aber kurz mit der Zunge über ihre Lippen, zur Erinnerung an privatere Gelüste.

Sie hat ihn natürlich nicht daran erinnert, dass ihre Arbeit die Theorie der *partiellen* Differentialgleichungen zum Thema hatte und bereits seit einiger Zeit fertig ist. Sie verbringt die erste Stunde ihrer einsamen Reise so, wie sie meistens die erste Zeit nach dem Abschied von ihm verbringt – mit dem Abwägen der Zeichen von Zuneigung gegen jene der Ungeduld, von Gleichgültigkeit gegen eine gewisse begrenzte Leidenschaft.

»Denk immer daran, wenn ein Mann aus dem Zimmer geht, lässt er alles darin hinter sich«, hat ihre Freundin Marie Mendelson ihr gesagt. »Wenn eine Frau hinausgeht, trägt sie alles, was in dem Zimmer geschehen ist, mit sich fort.«

Wenigstens hat sie jetzt Zeit festzustellen, dass ihr Hals entzündet ist. Sollte er sich angesteckt haben, so hat er hoffentlich nicht sie im Verdacht. Als Junggeselle von robuster Gesundheit betrachtet er die kleinste Infektion als Beleidigung, mangelnde Lüftung oder schlechten Atem als Angriffe auf seine Person. In mancher Hinsicht ist er wirklich recht verwöhnt.

Verwöhnt und sogar neidisch. Vor einer Weile hat er sie wissen lassen, dass einige seiner Schriften inzwischen ihr zugeschrieben werden, wegen der Namensgleichheit. Er erhielt einen Brief von einem Literaturagenten in Paris, der mit der Anrede begann: Verehrte gnädige Frau.

Leider habe er vergessen, sagte er, dass sie nicht nur Mathematikerin, sondern auch Schriftstellerin sei. Welch eine Enttäuschung für die Pariser, dass er weder das eine noch das andere ist. Nur ein Gelehrter und ein Mann.

Wirklich ein Witz.

II

Sie schläft ein, bevor im Zug die Lampen angezündet werden. Ihre letzten wachen Gedanken – unangenehme Gedanken – gelten Victor Jaclard, dem Ehemann ihrer toten Schwester, den sie in Paris besuchen will. Eigentlich ist es ihr junger Neffe Urij, der Sohn ihrer Schwester, den sie sehen möchte, aber der Junge lebt jetzt bei seinem Vater. Im Geiste sieht sie Urij im Alter von fünf oder sechs Jahren vor sich, engelhaft blond, vertrauensselig und sanft, ohne das Temperament seiner Mutter Anjuta.

Sie gerät in einen wirren Traum von Anjuta, aber von einer Anjuta lange bevor Urij und Jaclard die Bühne betraten. Anjuta unverheiratet, goldhaarig, schön anzuschauen und schlechtgelaunt, wieder auf dem Familienbesitz in Palibino, wo sie ihr Turmzimmer mit Ikonen ausschmückt und beklagt, dass dies nicht der richtige fromme Zierrat für das mittelalterliche Europa sei. Sie hat gerade einen Roman von Bulwer-Lytton gelesen und sich in Schleier gewandet, um Edith Schwanenhals zu ähneln, der Geliebten des Harold of Hastings. Sie plant, einen eigenen Roman über Edith zu schreiben, und hat schon auf einigen Seiten die Szene festgehalten, in der die Heldin den Leichnam ihres niedergemetzelten Liebsten anhand körperlicher Merkmale identifizieren soll, die nur sie kennen kann.

Dann ist Anjuta irgendwie in diesen Zug gelangt und liest ihr diese Seiten vor, und Sofia bringt es nicht über sich, ihr zu erklären, wie sich alles verändert hat und was seit jenen fernen Tagen im Turmzimmer geschehen ist.

Als Sofia aufwacht, ist ihr erster Gedanke, wie wahr das alles ist, Anjutas Begeisterung für mittelalterliche und inbesondere englische Geschichte – die sich mitsamt den Schleiern eines Tages in Luft auflöste, als habe es sie nie gegeben, und stattdessen schrieb eine ernsthafte und der Gegenwart verhaftete Anjuta über eine junge Frau, die auf Drängen ihrer Eltern und aus Gründen bürgerlicher Moral einen Studenten abweist, der anschließend stirbt. Nach seinem Tod erkennt sie, dass sie ihn liebt, also bleibt ihr keine Wahl, als ihm in den Tod zu folgen.

Sie schickte diese Erzählung heimlich an eine Zeitschrift, die von Fjodor Dostojewski herausgegeben wurde, und sie wurde abgedruckt.

Ihr Vater war entrüstet.

»Jetzt verkaufst du deine Erzählungen, und wann wirst du dich selbst verkaufen?«

In diesem Aufruhr erschien Fjodor selbst auf der Bildfläche, benahm sich auf einem Fest daneben, besänftigte aber Anjutas Mutter durch einen privaten Besuch und endete mit einem Heiratsantrag. Dass ihr Vater so entschieden dagegen war, brachte Anjuta fast dazu, den Antrag anzunehmen und durchzubrennen. Aber sie hatte schließlich doch eine zu große Vorliebe für ihr eigenes Rampenlicht und vielleicht eine Vorahnung, dass sie das mit Fjodor würde opfern müssen, also wies sie ihn ab. Er verewigte sie als Aglaja in seinem Roman *Der Idiot* und heiratete eine junge Stenographin.

Sofia nickt wieder ein und gleitet in einen weiteren Traum, in dem sie und Anjuta beide jung sind, aber nicht mehr so jung wie in Palibino, sie sind zusammen in Paris, und Anjutas Geliebter Jaclard – noch nicht ihr Ehemann – hat Harold of Hastings und Fjodor, den Romancier, von ihrem Heldenthron verdrängt, und Jaclard ist ein richtiger Held, wenn auch einer mit schlechten Manieren (er rühmt sich seiner bäuer-

lichen Herkunft), der von Anfang an untreu ist. Er kämpft irgendwo außerhalb von Paris, und Anjuta hat Angst, dass er
fallen wird, weil er so tapfer ist. In Sofias Traum hat sich Anjuta auf die Suche nach ihm gemacht, aber die Straßen, durch
die sie weinend und seinen Namen rufend irrt, sind in Sankt
Petersburg, nicht in Paris, und Sofia bleibt in einem riesigen
Pariser Krankenhaus zurück, umgeben von toten Soldaten
und blutüberströmten Bürgern, und einer der Toten ist ihr
eigener Mann Wladimir. Sie läuft vor den vielen Gefallenen
davon und will zu Maxim, der im Hotel Splendide unter-
gebracht ist, in Sicherheit vor den Straßenkämpfen. Maxim
wird sie aus allem herausholen.

Sie wacht auf. Draußen ist es dunkel, und es regnet, und
sie ist nicht allein im Abteil. Eine ungepflegt aussehende
junge Frau sitzt neben der Tür, mit einer Zeichenmappe in
den Händen. Sofia hat Angst, im Traum aufgeschrien zu haben, aber sie tat es wohl doch nicht, denn die junge Frau
schläft friedlich.

Angenommen, diese junge Frau sei wach gewesen und
Sofia habe zu ihr gesagt: »Verzeihen Sie mir, ich habe von
1871 geträumt. Ich war da, in Paris, meine Schwester war in
einen Kommunarden verliebt. Er geriet in Gefangenschaft
und hätte erschossen oder nach Neukaledonien verbannt
werden können, aber es ist uns gelungen, ihn herauszuholen.
Meinem Mann ist es gelungen. Meinem Mann Wladimir,
der überhaupt kein Kommunarde war und sich nur die Fossilien im Jardin des Plantes anschauen wollte.«

Die junge Frau wäre wahrscheinlich gelangweilt gewesen.
Vielleicht hätte sie die Höflichkeit gewahrt, aber trotzdem
durchblicken lassen, von ihr aus habe sich das Ganze ebenso
gut vor der Vertreibung von Adam und Eva aus dem Paradies

zutragen können. Vermutlich war sie nicht einmal Französin. Junge Französinnen, die es sich leisten konnten, erster Klasse zu fahren, reisten für gewöhnlich nicht allein. Amerikanerin?

Seltsamerweise stimmte es, dass Wladimir in der Lage gewesen war, einige jener Tage im Jardin des Plantes zuzubringen. Aber es stimmte nicht, dass er dabei ums Leben gekommen war. Inmitten des Aufruhrs legte er den Grundstein für seine einzige erfolgreiche Laufbahn, die eines Paläontologen. Und es stimmte auch, dass Anjuta Sofia in ein Krankenhaus mitgenommen hatte, aus dem die richtigen Krankenschwestern alle hinausgeworfen worden waren. Sie galten als Konterrevolutionäre und sollten durch Frauen und Kameraden aus der Kommune ersetzt werden. Die Frauen aus dem Volk fluchten darüber, weil sie nicht einmal wussten, wie sie Verbände anlegen sollten, und weil ihnen die Verwundeten wegstarben, obschon die meisten ohnehin gestorben wären. Es gab nicht nur Kriegsverletzungen, die behandelt werden mussten, es brachen auch Seuchen aus. Es hieß, dass die einfachen Leute sich inzwischen von Hunden und Ratten ernährten.

Jaclard und seine Revolutionäre kämpften zehn Wochen lang. Nach der Niederlage wurde er in Versailles eingekerkert, in einem unterirdischen Verlies. Mehrere Männer waren erschossen worden, weil man sie mit ihm verwechselt hatte. So hieß es jedenfalls.

Inzwischen war der General, der Vater von Anjuta und Sofia, aus Russland eingetroffen. Anjuta wurde nach Heidelberg gebracht, wo sie sich krank ins Bett legte. Sofia kehrte nach Berlin und zu ihren mathematischen Studien zurück, aber Wladimir blieb, ließ von seinen tertiären Säugetieren ab, um zusammen mit dem General Jaclards Freilassung zu betreiben. Die wurde durch Bestechung und Wagemut erreicht. Jaclard sollte, nur von einem Soldaten bewacht, in ein Pariser Gefängnis verbracht werden, durch eine bestimmte Straße, in der sich wegen einer Ausstellung eine Menschenansammlung befinden würde. Wladimir sollte ihn sich schnappen, während der Wachmann fortsah, wofür er bezahlt worden war. Und immer noch unter Wladimirs Führung sollte Jaclard in aller Eile durch die Menge in einen Raum gebracht werden, wo ihn Zivilkleidung erwartete, dann sollte er zum Bahnhof geleitet und mit Wladimirs Reisepass ausgestattet werden, damit er in die Schweiz fliehen konnte.

All das gelang.

Jaclard fand es nicht der Mühe wert, den Reisepass mit der Post zurückzuschicken, bis Anjuta bei ihm eintraf und es tat. Das Geld wurde nie zurückgezahlt.

Sofia schickte von ihrem Hotel in Paris aus Briefe an Marie Mendelson und Jules Poincaré. Maries Zofe antwortete ihr, ihre Herrin sei in Polen. Sofia schrieb in einem weiteren Brief, sie werde vielleicht im kommenden Frühjahr den Rat ihrer Freundin brauchen, bei »der Auswahl passender Kleidung für das Ereignis, das der Welt als das wichtigste im Leben einer Frau gilt«. In Klammern fügte sie hinzu, dass sie »in der Welt der Mode immer noch nicht fest Fuß gefasst« habe.

Poincaré suchte sie zu einer ungewöhnlich frühen Morgenstunde auf und beklagte sich sofort über das Verhalten des Mathematikers Weierstraß, Sofias altem Mentor, der zu den Juroren des neugeschaffenen Mathematikpreises des Königs von Schweden zählte. Poincaré war der Preis verliehen worden, aber Weierstraß hatte es für nötig befunden, dagegen

Einwände zu erheben, mit der Begründung, Poincarés Arbeit könne Fehler enthalten, weil ihm – Weierstraß – nicht genug Zeit geblieben sei, sie zu untersuchen. Er hatte einen Brief mit ausführlichen Fragen an den König von Schweden geschrieben – als könne solch eine hochgestellte Persönlichkeit überhaupt verstehen, wovon er redete. Und er hatte verlautbart, Poincaré werde man in Zukunft mehr wegen der negativen als der positiven Aspekte seines Werks schätzen.

Sofia besänftigte ihn und sagte ihm, sie sei im Begriff, Weierstraß zu besuchen, und werde dieses Thema zur Sprache bringen. Sie gab vor, nichts davon gehört zu haben, obwohl sie in Wirklichkeit ihrem alten Lehrer einen spöttelnden Brief geschrieben hatte.

»Ich bin überzeugt, seine Majestät hat seit dem Eintreffen Ihrer Mitteilung mit starken Störungen des königlichen Schlafs zu kämpfen. Bedenken Sie nur, wie sehr Sie den königlichen Verstand erschüttert haben, der bislang von Mathematik glücklich verschont blieb. Sehen Sie sich vor, sonst könnte er seine Großzügigkeit noch bedauern ...«

»Immerhin«, sagte sie zu Jules, »immerhin haben Sie diesen Preis und werden ihn für alle Zeit haben.«

Jules pflichtete ihr bei und fügte hinzu, dass sein eigener Name noch leuchten werde, wenn man Weierstraß schon vergessen habe.

Wir alle werden vergessen sein, dachte Sofia, sagte es aber nicht aus Rücksicht auf die Empfindlichkeiten von Männern – besonders von jungen Männern – in dieser Hinsicht.

Sie verabschiedete sich gegen Mittag von ihm, um Jaclard und Urij aufzusuchen. Die beiden wohnten in einem Armenviertel der Stadt. Sofia musste einen Hof durchqueren, auf dem Wäsche hing – der Regen hatte aufgehört, aber der

Tag war immer noch trüb –, und eine lange, etwas glitschige Außentreppe hinaufsteigen. Jaclard rief ihr zu, die Tür sei offen, und als sie eintrat, saß er auf einer umgestürzten Kiste und putzte ein Paar Stiefel. Er stand nicht zu ihrer Begrüßung auf, und als sie ihren Mantel ausziehen wollte, sagte er: »Lieber nicht. Der Ofen wird erst abends angemacht.« Er wies ihr den einzigen Sessel zu, ein zerschlissenes und speckiges Exemplar. Ein ganzes Stück schlimmer, als sie erwartet hatte. Urij war nicht da, hatte nicht auf sie gewartet.

Zweierlei wollte sie über Urij herausfinden. Wurde er Anjuta und der russischen Seite der Familie ähnlicher? Und war er mittlerweile gewachsen? Mit fünfzehn, letztes Jahr in Odessa, hatte er nicht älter als zwölf ausgesehen.

Bald stellte sie fest, dass alles eine Wendung genommen hatte, die solche Belange weniger wichtig machte.

»Urij?«, fragte sie.

»Nicht da.«

»Ist er in der Schule?«

»Schon möglich. Ich weiß wenig von ihm. Und je mehr ich von ihm erfahre, desto weniger interessiert es mich.«

Also hielt sie es für besser, ihn erst einmal zu besänftigen und das Thema später wieder aufzugreifen. Sie erkundigte sich nach seiner – Jaclards – Gesundheit, und er sagte, er habe es auf der Lunge. Er habe den Winter von 71 mit der Hungersnot und den Nächten im Freien einfach nicht verkraftet. Sofia konnte sich nicht daran erinnern, dass die Kämpfer der Kommune Hunger leiden mussten – eigentlich war es ihre Pflicht, etwas zu essen, damit sie kämpfen konnten –, aber sie sagte versöhnlich, sie habe gerade im Zug an diese Zeiten gedacht. Sie habe an Wladimir und die Rettung gedacht, die wie etwas aus einer komischen Oper gewesen sei.

Nicht komisch, sagte er, und auch keine Oper. Aber er belebte sich, als er davon redete. Er sprach von den Männern, die erschossen worden waren, weil man sie mit ihm verwechselt hatte, und von den verzweifelten Kämpfen, die zwischen dem zwanzigsten und dreißigsten Mai stattgefunden hatten. Als er gefangen genommen wurde, war die Zeit der Massenhinrichtungen vorbei, aber er rechnete immer noch mit seinem Tod nach einem Prozess, der nur eine Farce war. Wie ihm die Flucht gelungen war, das wusste Gott allein. Nicht dass er an Gott glaubte, fügte er hinzu, wie jedes Mal.

Und jedes Mal, wenn er die Geschichte erzählte, wurde die Rolle, die Wladimir – und das Geld des Generals – gespielt hatte, kleiner. Auch der Reisepass wurde nicht mehr erwähnt. Jaclards eigene Tapferkeit, seine eigene Flinkheit, die gaben nun den Ausschlag. Aber während er sprach, schien er seiner Zuhörerin geneigter zu werden.

Sein Name wurde immer noch genannt. Seine Geschichte wurde immer noch erzählt.

Und weitere Geschichten folgten, auch sie altvertraut. Er stand auf und holte eine Stahlkassette unter dem Bett hervor. Hier war das kostbare Dokument, das für seine Ausweisung aus Russland gesorgt hatte, als er sich mit Anjuta einige Zeit nach den Tagen der Kommune in Sankt Petersburg aufgehalten hatte. Er musste es ganz vorlesen.

»Gnädiger Herr Konstantin Petrowitsch, ich beeile mich, Ihnen zur Kenntnis zu bringen, dass der Franzose Jaclard, ein Mitglied der ehemaligen Kommune, solange er in Paris weilte, beständig in Verbindung mit Vertretern der Polnischen Partei des revolutionären Proletariats stand, dem Juden Karl Mendelson, und dank der russischen Beziehungen seiner Frau daran beteiligt war, dass Mendelsons Briefe nach

Warschau gelangten. Er ist ein Freund vieler herausragender französischer Radikaler. Von Sankt Petersburg aus sandte er höchst falsche und schädliche Nachrichten über die politischen Verhältnisse in Russland nach Paris, und seit dem ersten März und dem Attentat auf den Zaren haben diese Meldungen alle Grenzen der Geduld überschritten. Daher beschloss der Minister auf mein Insistieren hin, ihn unseres Reiches zu verweisen.«

Die Lebensfreude kehrte in ihn zurück, während er vorlas, und Sofia erinnerte sich an seine früheren Foppereien und Kapriolen, dank derer sie und sogar Wladimir sich nahezu geehrt gefühlt hatten, von ihm beachtet zu werden, und sei es nur als Zuhörer.

»Ah, zu schade«, sagte er. »Zu schade, dass sein Bericht nicht vollständig ist. Er erwähnt überhaupt nicht, dass ich von den Marxisten der Internationale in Lyon gewählt wurde, sie in Paris zu vertreten.«

In diesem Augenblick kam Urij herein. Sein Vater fuhr fort zu reden.

»Das war natürlich geheim. Offiziell wurde ich dem Lyoner Stadtrat für Öffentliche Sicherheit zugeteilt.« Er ging jetzt auf und ab, in freudig erregtem Ernst. »In Lyon hörten wir davon, dass Napoléon le neveu eingefangen wurde. Angemalt wie eine Hure.«

Urij nickte seiner Tante zu, zog die Jacke aus – offenbar spürte er die Kälte nicht – und setzte sich auf die Kiste, um die Arbeit seines Vaters an den Stiefeln fortzuführen.

Ja. Er sah wirklich aus wie Anjuta. Aber es war die Anjuta der späteren Tage, mit der er Ähnlichkeit aufwies. Die müde und missmutig gesenkten Augenlider, die skeptisch – und bei ihm verächtlich – geschürzten vollen Lippen. Keine Spur von dem goldhaarigen jungen Mädchen mit dem Hunger nach Gefahr, nach gerechtem Ruhm, mit ihren Ausbrüchen voll wüster Beschimpfungen. An dieses Geschöpf wird Urij sich nicht erinnern können, nur an die kranke Frau, unförmig, asthmatisch, von Krebs befallen, die sich lauthals nach dem Tod sehnte.

Jaclard hatte sie vielleicht anfangs geliebt, soweit er jemanden lieben konnte. Er nahm wahr, dass sie ihn liebte. In seinem naiven oder vielleicht einfach prahlerischen Brief an ihren Vater, der seinen Entschluss verkündete, sie zu heiraten, schrieb er, dass es ihm ungerecht erschien, eine Frau zu verlassen, die ihm so zugetan war. Er hatte andere Frauen nie aufgegeben, nicht einmal am Anfang seiner Beziehung zu Anjuta, die völlig verzückt davon war, ihn entdeckt zu haben. Und ganz bestimmt nicht während seiner Ehe. Sofia konnte sich vorstellen, dass er auf Frauen immer noch anziehend wirkte, obwohl sein Bart grau und ungepflegt war und obwohl er sich beim Reden manchmal so erregte, dass er ins Stottern geriet. Ein kampfesmüder Held, der seine Jugend geopfert hatte – so mochte er sich präsentieren, und das nicht ohne Wirkung. Und in gewisser Weise stimmte es. Er war körperlich tapfer, er hatte Ideale, er war als Bauernjunge geboren worden und wusste, was es heißt, verachtet zu werden.

Und auch sie hatte ihn gerade eben verachtet.

Das Zimmer war ärmlich, aber wenn man genau hinsah, entdeckte man, dass es so gut wie möglich sauber gehalten wurde. An Nägeln in der Wand hingen ein paar Kochtöpfe. Der Herd, in dem kein Feuer brannte, war geputzt worden, ebenso wie die Böden der Töpfe. Ihr kam der Gedanke, dass eine Frau bei ihm sein konnte, sogar gegenwärtig.

Er redete von Clemenceau und sagte, er stehe mit ihm auf

gutem Fuß. Er war jetzt bereit, dachte sie, mit der Freundschaft eines Mannes zu prahlen, den er früher ohne weiteres beschuldigt hätte, im Sold des britischen Außenministeriums zu stehen (auch wenn sie selbst diesen Vorwurf für aus der Luft gegriffen hielt).

Sie brachte ihn davon ab, indem sie die Sauberkeit der Wohnung lobte.

Er sah sich um, überrascht von dem Themenwechsel, dann lächelte er langsam und mit neuer Rachsucht.

»Es gibt eine Person, mit der ich verheiratet bin, sie sorgt für mein leibliches Wohl. Eine französische Dame, zum Glück, sie ist nicht so geschwätzig und faul wie die Russinnen. Sie ist gebildet, sie ist Gouvernante, wurde aber wegen ihrer politischen Neigungen entlassen. Ich fürchte, ich kann sie dir nicht vorstellen. Sie ist arm, aber anständig und legt immer noch Wert auf ihren guten Ruf.«

»Ah«, sagte Sofia im Aufstehen. »Ich wollte dir sagen, dass ich auch wieder heirate. Einen Herrn aus Russland.«

»Ich hörte, dass du mit Maxim Maximowitsch gehst. Von einer bevorstehenden Heirat habe ich nichts gehört.«

Sofia zitterte vom langen Sitzen in der Kälte. Sie wandte sich an Urij und sprach so fröhlich, wie sie konnte.

»Willst du deine alte Tante zum Bahnhof begleiten? Ich hatte keine Gelegenheit, mich mit dir zu unterhalten.«

»Ich hoffe, ich habe dich nicht gekränkt«, sagte Jaclard voller Gift. »Ich habe immer daran geglaubt, die Wahrheit zu sagen.«

»Nein, gar nicht.«

Urij zog seine Jacke an, die ihm zu groß war, wie sie jetzt sah. Wahrscheinlich auf einem Lumpenmarkt gekauft. Er war gewachsen, aber immer noch nicht größer als Sofia. Vielleicht hatte er in einer wichtigen Phase seines Lebens nicht die richtige Nahrung erhalten. Seine Mutter war groß gewesen, und Jaclard war es immer noch.

Obgleich Urij nicht besonders davon angetan schien, sie zu begleiten, begann er zu reden, noch bevor sie am Fuß der Treppe angelangt waren. Und er hatte sofort ihre Reisetasche genommen, bevor er darum gebeten wurde.

»Er ist zu geizig, um für dich auch nur Feuer anzumachen. Dabei ist im Kasten Feuerholz, sie hat heute Morgen welches raufgeholt. Und sie ist hässlich wie eine Kanalratte, deshalb wollte er nicht, dass du ihr begegnest.«

»So solltest du über Frauen nicht reden.«

»Warum nicht, wenn sie gleich sein wollen?«

»Ich hätte wohl sagen sollen, ›über andere Menschen‹. Aber ich möchte nicht über sie oder deinen Vater reden. Ich möchte über dich reden. Wie kommst du mit deinen Studien voran?«

»Ich hasse sie.«

»Du kannst sie nicht alle hassen.«

»Warum nicht? Es ist gar nicht schwer, sie alle zu hassen.«

»Kannst du mit mir Russisch sprechen?«

»Das ist eine barbarische Sprache. Warum kannst du nicht besser Französisch? Er sagt, dein Akzent ist barbarisch. Er sagt, der Akzent meiner Mutter war auch barbarisch. Russen sind Barbaren.«

»Sagt er das auch?«

»Ich bilde mir mein eigenes Urteil.«

Eine Weile gingen sie schweigend nebeneinanderher.

»Es ist ein bisschen trist in Paris zu dieser Jahreszeit«, sagte Sofia. »Weißt du noch, was für eine schöne Zeit wir in dem Sommer in Sèvres hatten? Wir redeten über alles Mögliche.

Fufu kann sich gut an dich erinnern und spricht immer noch von dir. Sie erinnert sich daran, wie sehr du damals kommen und bei uns leben wolltest.«

»Das war kindisch. Ich dachte zu der Zeit nicht realistisch.«

»Und das tust du jetzt? Hast du schon an ein Lebenswerk für dich gedacht?«

»Ja.«

Wegen einer höhnischen Zufriedenheit in seiner Stimme fragte sie nicht weiter. Er sagte es ihr auch ungefragt.

»Ich werde Omnibusschaffner und rufe die Stationen aus. Das habe ich schon gemacht, als ich zur Weihnachtszeit weggelaufen bin, aber er ist gekommen und hat mich zurückgeholt. Wenn ich erst ein Jahr älter bin, wird er das nicht mehr tun können.«

»Vielleicht wird es dich nicht auf Dauer glücklich machen, die Stationen auszurufen.«

»Warum nicht? Das ist sehr nützlich. Und immer notwendig. Mathematiker zu sein ist nicht notwendig, so wie ich das sehe.«

Sie schwieg dazu.

»Ich hätte keine Achtung vor mir«, sagte er. »Als Mathematikprofessor.«

Sie stiegen die Treppe zum Bahnsteig hinauf.

»Preise bekommen und viel Geld einstecken für Dinge, die keiner versteht oder wichtig nimmt und die keinem etwas nutzen.«

»Danke, dass du meine Tasche getragen hast.«

Sie gab ihm etwas Geld, wenn auch weniger, als sie beabsichtigt hatte. Er nahm es mit unangenehmem Grinsen, als wolle er sagen: Du dachtest wohl, ich bin zu stolz? Dann bedankte er sich bei ihr, hastig, als tue er es gegen seinen Willen.

Sie schaute ihm nach, als er ging, und dachte, höchstwahrscheinlich würde sie ihn nie wiedersehen. Anjutas Sohn.
Und wie ähnlich er Anjuta denn doch war. Anjuta, die fast
jede Familienmahlzeit in Palibino mit ihren hochtrabenden
Schmähreden sprengte. Anjuta, die auf den Gartenwegen
herumstiefelte, voller Verachtung für ihr gegenwärtiges Leben und Vertrauen in ihr Schicksal, das sie in eine ganz neue
und gerechte und unbarmherzige Welt führen werde.

Urij konnte sich natürlich noch ändern; das ließ sich nicht
voraussehen. Möglich sogar, dass er eines Tages eine gewisse
Zuneigung für seine Tante Sofia empfand, obwohl wahrscheinlich erst, wenn er so alt war wie sie jetzt und sie lange
tot.

III

Sofias Zug kam erst in einer halben Stunde. Sie hätte gern
einen heißen Tee und Halspastillen gehabt, aber sie sah sich
außerstande, Schlange zu stehen oder Französisch zu sprechen.
Ganz gleichgültig, wie gut man zurechtkommt, solange man
bei guter Gesundheit ist, es braucht nur ein wenig Niederge-
schlagenheit oder eine Vorahnung von Krankheit, damit man
Zuflucht zu der Sprache seiner Kindheit nimmt. Sie setzte
sich auf eine Bank und ließ den Kopf sinken. Sie konnte einen
Augenblick schlafen.

Länger als einen Augenblick. Auf der Bahnhofsuhr waren
fünfzehn Minuten vergangen. Viele Menschen hatten sich
inzwischen eingefunden, um sie herum herrschte geschäftiges
Treiben, Gepäckkarren rollten vorbei.

Als sie zu ihrem Zug eilte, sah sie einen Mann mit einem Pelzhut wie dem von Maxim. Einen großen Mann in einem dunklen Mantel. Sein Gesicht konnte sie nicht sehen. Er bewegte sich von ihr fort. Aber seine breiten Schultern, seine höfliche, aber entschiedene Art, sich den Weg zu bahnen, erinnerten sie stark an Maxim.

Eine hoch mit Gepäck beladene Karre fuhr zwischen ihnen durch, und der Mann war verschwunden.

Natürlich konnte es nicht Maxim sein. Was hätte er in Paris zu suchen? Zu welchem Zug oder welcher Verabredung könnte er eilen? Ihr Herz pochte unangenehm, als sie in ihren Zug stieg und sich einen Fensterplatz suchte. Es verstand sich von selbst, dass es in Maxims Leben auch andere Frauen gegeben hatte. Zum Beispiel die Frau, die er Sofia nicht vorstellen konnte, als er sich weigerte, sie nach Beaulieu einzuladen. Aber er war ihrer Überzeugung nach nicht der Mann für geschmacklose Verwicklungen. Noch viel weniger für Eifersuchtsanfälle, Tränenausbrüche und Vorwürfe. Er hatte ihr damals zu verstehen gegeben, dass sie keine Rechte, keinen Anspruch auf ihn hatte.

Was doch bestimmt bedeutete, dass er jetzt der Ansicht sein musste, sie habe einigen Anspruch, und es unter seiner Würde fand, sie zu betrügen.

Und als sie meinte, ihn zu sehen, war sie gerade aus einem unnatürlichen, ungesunden Schlaf erwacht. Sie hatte halluziniert.

Der Zug raffte sich mit dem üblichen Schnaufen und Rasseln auf und glitt langsam unter dem Bahnhofsdach hervor.

Wie sehr sie Paris immer geliebt hat. Nicht das Paris der Kommune, als sie beständig unter Anjutas erregten und manchmal unverständlichen Anweisungen stand, sondern das

Paris, das sie später besuchte, als erwachsene Frau, mit Empfehlungsschreiben an Mathematiker und politische Denker. In Paris, so hatte sie erklärt, gebe es nichts Derartiges wie Langeweile oder Dünkel oder Scheinheiligkeit.

Dann hatte man ihr den Prix Bordin verliehen, ihr die Hand geküsst und sie in elegant ausgestatteten, hell erleuchteten Räumen mit Reden und Blumen überhäuft. Aber man hatte die Türen verschlossen, als es darum ging, ihr einen Posten zu verleihen. Das kam ebenso wenig in Frage wie die Einstellung eines dressierten Schimpansen. Die Frauen der großen Wissenschaftler zogen es vor, ihr nicht zu begegnen und sie auch nicht zu sich einzuladen.

Ehefrauen hielten auf den Barrikaden Ausschau, bildeten die unsichtbare, widerständige Armee. Ehemänner zuckten über ihre Verbote traurig die Achseln, hielten sich aber daran. Männer, deren Gehirne überkommene Vorstellungen sprengten, waren immer noch die Leibeigenen von Frauen, in deren Köpfen sich nichts rührte als die Notwendigkeit von enggeschnürten Korsetts, Visitenkarten und Salongeplauder, das einem die Kehle mit einer Art von parfümiertem Nebel füllte.

Sie musste mit dieser Litanei des Grolls aufhören. Die Ehefrauen von Stockholm luden sie in ihre Häuser ein, zu den wichtigsten Festen und den Diners im Familienkreis. Sie rühmten sie und brüsteten sich mit ihr. Sie nahmen ihr Kind freundlich bei sich auf. Sofia mochte dort eine Kuriosität sein, aber eine, die sie guthießen. So etwas wie ein vielsprachiger Papagei oder eines von diesen Naturwundern, die einem, ohne zu zögern oder nachzudenken, sagen können, dass ein bestimmtes Datum im 14. Jahrhundert auf einen Dienstag fiel.

Nein, das war nicht gerecht. Sie hatten Achtung vor dem, was sie tat, und viele von ihnen waren der Überzeugung, dass mehr Frauen solche Dinge tun sollten und eines Tages tun würden. Warum also war sie ein wenig von ihnen gelangweilt und sehnte sich nach hochfliegenden Gesprächen bis spät in die Nacht? Warum störte es sie, dass sie sich entweder wie Pfarrersfrauen oder wie Zigeunerinnen kleideten?

Sie hatte entsetzlich schlechte Laune, und das lag an Jaclard und Urij und der anständigen Frau, der sie nicht vorgestellt werden konnte. Dazu die Halsschmerzen und das Frösteln, bestimmt war eine ausgewachsene Erkältung im Anmarsch.

Jedenfalls würde sie bald selbst eine Ehefrau sein, noch dazu die Frau eines reichen, klugen und kultivierten Mannes.

Der Teewagen ist gekommen. Das wird ihrem Hals helfen, auch wenn sie wünscht, es wäre russischer Tee. Bald hinter Paris fing es an zu regnen, und jetzt ist aus dem Regen Schnee geworden. Sie zieht Schnee dem Regen vor, weiße Felder dem dunklen und durchweichten Ackerboden, wie jeder Russe es tut. Wenn Schnee liegt, gestehen sich die meisten Menschen ein, dass Winter herrscht, und ergreifen mehr als nur halbherzige Maßnahmen, um ihre Häuser warm zu halten. Sie denkt an das Haus von Weierstraß, wo sie heute übernachten wird. Der Professor und seine Schwestern wollten von einem Hotel nichts hören.

Sein Haus ist immer gemütlich mit den dunklen Teppichen, den schweren gefransten Vorhängen und den tiefen Sesseln. Das Leben dort folgt einem strengen Ritual – es ist dem Studium geweiht, besonders dem Studium der Mathematik. Schüchterne, zumeist schlechtgekleidete Studenten gehen durch das Wohnzimmer ins Studierzimmer, einer nach dem anderen. Die beiden unverheirateten Schwestern des Professors begrüßen sie freundlich, während sie vorbeigehen, erwarten aber kaum eine Antwort. Sie sind mit ihrem Strickzeug, ihren Stopfsachen oder mit Teppichknüpfen beschäftigt. Sie wissen, dass ihr Bruder ein wunderbares Gehirn hat, dass er ein großer Mann ist, aber auch, dass er aufgrund seiner sitzenden Tätigkeit jeden Tag eine Portion Backpflaumen benötigt, dass er nicht einmal die feinste Wolle auf der Haut verträgt, weil er davon Ausschlag bekommt, und dass seine Gefühle verletzt sind, wenn ein Kollege es versäumt hat, ihn in einer Publikation anerkennend zu erwähnen (auch wenn er vorgibt, davon keine Notiz zu nehmen, weder in Gesprächen noch in seinen Schriften, in denen er gewissenhaft denjenigen würdigt, der ihn übergangen hat).

Diese Schwestern – Clara und Elisa – hatten sich am ersten Tag, als Sofia auf dem Weg zum Studierzimmer ihr Wohnzimmer betrat, erschrocken. Das Dienstmädchen, das sie eingelassen hatte, war nicht angewiesen, wählerisch zu sein, weil jene im Haus ein so zurückgezogenes Leben führten, auch weil die Studenten, die dorthin kamen, oft ärmlich und unmanierlich waren, so dass die Maßstäbe der achtbarsten Häuser nicht galten. Trotzdem hatte das Dienstmädchen ein wenig gezögert, bevor sie diese kleine Frau einließ, deren Gesicht fast ganz von einer dunklen Kappe verdeckt wurde und die sich ängstlich bewegte, wie ein schüchterner Bettelmönch. Die Schwestern konnten sich kein Urteil über ihr wahres Alter bilden, kamen aber – nachdem sie im Studierzimmer vorgelassen worden war – zu dem Schluss, sie könnte die Mutter eines Studenten sein, die gekommen war, um das Honorar herunterzuhandeln.

»Du meine Güte«, sagte Clara, deren Phantasie lebhafter war, »du meine Güte, wir dachten, was haben wir hier, ist das eine Charlotte Corday?«

Das alles wurde Sofia erst später erzählt, als sie sich mit ihnen angefreundet hatte. Und Elisa fügte trocken hinzu: »Zum Glück lag unser Bruder nicht gerade in der Badewanne. Denn wir hätten nicht aufstehen können, um ihn zu beschützen, weil wir in diese endlosen Schals verwickelt waren.«

Sie hatten Schals für die Soldaten an der Front gestrickt. Das war im Jahre 1870, bevor Sofia und Wladimir ihrer Studien halber nach Paris fuhren. So tief waren sie in anderen Dimensionen, vergangenen Jahrhunderten vergraben, so wenig beachteten sie die Welt, in der sie lebten, dass sie kaum etwas von dem Krieg, der gerade stattfand, gehört hatten.

Weierstraß war ebenso im Ungewissen über Sofias Alter und Ansinnen wie seine Schwestern. Er erzählte ihr hinterher, dass er sie für eine fehlgeleitete Gouvernante gehalten hatte, die sich seines Namens bedienen wollte, um ihren Referenzen die Mathematik hinzufügen zu können. Er dachte, er müsse das Dienstmädchen und seine Schwestern dafür tadeln, sie zu ihm vorgelassen zu haben. Aber er war ein höflicher und freundlicher Mann, also wies er ihr nicht sofort die Tür, sondern erklärte ihr, dass er nur fortgeschrittene Studenten mit anerkannten Examina annehme, von denen er zurzeit mehr als genug zu betreuen habe. Dann, als sie zitternd vor ihm stehen blieb, mit diesem lächerlichen Hut, der ihr Gesicht verschattete, mit Händen, die ihren Schal umklammerten, erinnerte er sich an eine Methode, einen Trick,

den er schon ein- oder zweimal benutzt hatte, um einen un-
geeigneten Studenten zu entmutigen.

»Was ich in Ihrem Falle tun kann«, sagte er, »ist, Ihnen eine
Reihe von Aufgaben zu stellen und Sie zu bitten, mir Ihre
Lösungen in einer Woche vorzustellen. Wenn sie zu meiner
Zufriedenheit ausfallen, werden wir das Gespräch fortset-
zen.«

Eine Woche später hatte er sie völlig vergessen. Natürlich
war er davon ausgegangen, dass er sie nie wiedersehen werde.
Als sie dann in sein Studierzimmer trat, erkannte er sie nicht,
vielleicht weil sie nicht mehr den Mantel trug, der ihre
schlanke Figur verborgen hatte. Sie musste mehr Mut gefasst
haben, oder vielleicht hatte sich das Wetter geändert. Ihr Hut
war ihm – anders als seinen Schwestern – nicht in Erinnerung geblieben, denn er hatte keinen Blick für weibliche
Accessoires. Aber als sie die Bogen aus ihrer Tasche zog und
ihm auf den Schreibtisch legte, fiel sie ihm wieder ein, und er
setzte sich seufzend die Brille auf.

Seine Überraschung war groß – auch das erzählte er ihr
zu einem späteren Zeitpunkt –, als er sah, dass alle Aufgaben
gelöst worden waren, und einige sogar auf völlig originelle
Weise. Aber er blieb ihr gegenüber misstrauisch und hatte
den Verdacht, dass sie die Arbeit eines anderen vorzeige, vielleicht die von einem Bruder oder einem Freund, der sich aus
politischen Gründen versteckt hielt.

»Setzen Sie sich«, sagte er. »Und jetzt erklären Sie mir jede
dieser Lösungen, jeden Schritt dahin.«

Sie begann zu reden und beugte sich vor, ihr Schlapphut fiel
ihr über die Augen, sie setzte ihn ab, und er landete auf dem
Fußboden. Ihre Locken kamen zum Vorschein, ihre leuchtenden Augen, ihre Jugend und ihre zitternde Erregung.

»Ja«, sagte er. »Ja. Ja. Ja.« Er sprach bedächtig und verbarg, so gut er konnte, sein Staunen, besonders über die Lösungen, deren Methode aufs Glänzendste von seiner eigenen abwich.

Sie erschütterte ihn in vieler Hinsicht. Sie war so schmächtig und jung und eifrig. Er hatte das Gefühl, sie beruhigen, sie behutsam halten zu müssen, damit sie lernte, mit dem Feuerwerk in ihrem Kopf umzugehen.

Sein ganzes Leben lang – es bereitete ihm Schwierigkeiten, das zuzugeben, da er sich stets vor zu viel Begeisterung hütete –, sein ganzes Leben lang hatte er darauf gewartet, dass solch ein Student sein Zimmer betrat. Ein Student, der ihm alles abverlangte und der nicht nur fähig war, seinen Geistesanstrengungen zu folgen, sondern sie vielleicht übertreffen konnte. Er musste sich in Acht nehmen zu sagen, was er wirklich glaubte – dass zu einem erstklassigen Mathematiker so etwas wie Intuition gehörte, ein Geistesblitz, der das erhellte, was die ganze Zeit über da gewesen war. Streng und genau musste man sein, ganz so wie ein großer Dichter.

Als er sich schließlich dazu überwand, Sofia all das zu gestehen, sagte er auch, dass es viele gab, die an dem Wort »Dichter« im Zusammenhang mit der Mathematik Anstoß nahmen. Und wieder andere, sagte er, griffen diesen Gedanken nur allzu bereitwillig auf, um Konfuses und Verschwommenes in ihrem eigenen Denken zu verteidigen.

Wie sie erwartet hatte, lag draußen vor den Abteilfenstern immer tieferer Schnee, je weiter der Weg nach Osten führte. Dies war ein Zug zweiter Klasse, recht spartanisch im Vergleich zu dem Zug, den sie in Cannes genommen hatte. Es gab keinen Speisewagen, aber kalte Brötchen – einige mit verschiedenen pikanten Wurstsorten belegt – waren vom Teewagen erhältlich. Sie kaufte sich ein mit Käse belegtes Brötchen, halb so groß wie ein Stiefel, und meinte, sie würde nie schaffen, das aufzuessen, aber dann gelang es ihr doch. Sie holte ihren schmalen Band Heine heraus, damit er ihr dabei half, sich die deutsche Sprache in Erinnerung zu rufen.

Jedes Mal, wenn sie den Blick zum Fenster hob, schien der Schnee dichter zu fallen, manchmal verlangsamte der Zug seine Fahrt und hielt fast an. Sie konnte von Glück sagen, wenn sie bei diesem Tempo Berlin um Mitternacht erreichte. Sie wünschte, sie hätte sich nicht ausreden lassen, in ein Hotel zu gehen, statt sich im Haus in der Potsdamer Straße einzufinden.

»Es wird dem armen Karl so guttun, Sie wenigstens für eine Nacht unter seinem Dach zu haben. In seiner Vorstellung sind Sie immer noch das junge Mädchen auf unserer Türschwelle, obwohl er Ihre Leistungen anerkennt und auf Ihren großen Erfolg sehr stolz ist.«

Mitternacht war sogar schon vorüber, als sie auf den Klingelknopf drückte. Clara kam im Morgenrock, da sie das Dienstmädchen zu Bett geschickt hatte. Ihr Bruder – sagte sie im Flüsterton – war vom Lärm der Droschke aufgestört worden, und Elisa war gegangen, um ihn zu beruhigen und ihm zu versichern, dass sie Sofia am Morgen sehen werde.

Das Wort »beruhigen« bereitete Sofia Sorgen. Die Briefe der Schwestern hatten nichts als eine gewisse Erschöpfung erwähnt. Und Weierstraß' eigene Briefe hatten keine persönlichen Nachrichten enthalten, hatten sich nur um Poincaré gedreht und um seine – Weierstraß' – Pflicht der Mathematik gegenüber, indem er dem König von Schweden ein Licht aufsteckte.

Als sie jetzt hörte, wie die Stimme der alten Frau sich bei der Erwähnung ihres Bruders ein wenig andächtig oder ängstlich senkte, als sie jetzt die einst vertrauten und wohltuenden, aber heute Nacht etwas abgestandenen und dumpfen Gerüche des Hauses einatmete, spürte Sofia, dass Neckereien vielleicht nicht mehr so angebracht waren wie früher, dass sie nicht nur kalte frische Luft hereingebracht hatte, sondern auch eine Hektik des Erfolges, einen Kraftschub, dessen sie sich gar nicht bewusst gewesen war und der ein wenig einschüchternd und verstörend wirken mochte. Sie war es gewohnt, mit Umarmungen und derben Scherzen empfangen zu werden (eine der Überraschungen, die die Schwestern bereithielten, war, wie drollig sie bei aller Bürgerlichkeit sein konnten), und sie wurde immer noch umarmt, aber mit alten, zitternden Armen und mit Tränen, die in verblassten Augen standen.

Aber warmes Wasser war in dem Krug in ihrem Zimmer, Brot und Butter standen auf ihrem Nachttisch.

Beim Ausziehen hörte sie schwach aufgeregtes Geflüster draußen auf dem oberen Flur. Es konnte um den Zustand des Bruders gehen oder um sie selbst oder um das Fehlen einer Abdeckung auf dem Brot und der Butter, das vielleicht erst bemerkt worden war, als Clara sie in ihr Zimmer führte.

Als sie mit Weierstraß arbeitete, hatte Sofia in einer kleinen, dunklen Wohnung gehaust, die meiste Zeit über zusammen mit ihrer Freundin Julia, die Chemie studierte. Sie gingen weder in Konzerte noch ins Theater – sie mussten mit wenig Geld auskommen und waren in ihre Arbeit vertieft.

Julia ging dazu allerdings außer Haus in ein privates Laboratorium, in dem sie sich Arbeitsmöglichkeiten gesichert hatte, die für eine Frau schwer zu erlangen waren. Sofia verbrachte Tag um Tag an ihrem Schreibtisch und stand manchmal erst von ihrem Stuhl auf, wenn die Lampe angezündet werden musste. Dann reckte sie sich und ging rasch von einem Ende der Wohnung zum anderen – eine nur allzu kurze Entfernung –, brach manchmal in den Laufschritt aus und redete dabei laut vor sich hin, wirres Zeug, so dass jeder, der sie nicht so gut kannte wie Julia, sich gefragt hätte, ob sie verrückt sei.

Weierstraß' Gedanken – und nun ihre – beschäftigten sich mit elliptischen und Abel'schen Funktionen und der Theorie der analytischen Funktionen aufgrund ihrer Darstellung als eine unendliche Folge. Die nach Weierstraß benannte Theorie behauptete, dass jede bestimmte unendliche Folge realer Zahlen eine konvergente Teilfolge hat. Darin schloss sie sich ihm an, stellte es später in Frage und eilte ihm sogar eine Zeitlang voraus, so dass beide von Lehrer und Schülerin zu Kollegen wurden, wobei sie oft die Anregungen zu seinen Untersuchungen gab. Aber diese Beziehung entwickelte sich erst im Laufe der Jahre, und beim sonntäglichen Abendessen – zu dem sie regelmäßig eingeladen wurde, weil er ihr inzwischen seine Sonntagnachmittage widmete – war sie wie eine junge Verwandte, ein strebsamer Schützling.

Als dann Julia eintraf, wurde sie ebenfalls eingeladen, und die beiden Mädchen bekamen Braten und Kartoffelpüree und leichte, köstliche Nachspeisen vorgesetzt, die alle ihre Vorstellungen von der deutschen Küche über den Haufen warfen. Nach dem Mahl saßen sie am Kamin und lauschten Elisa, die sehr lebhaft und ausdrucksvoll aus den Erzählungen des Schweizer Schriftstellers Conrad Ferdinand Meyer vorlas. Literatur war die wöchentliche Belohnung nach all dem Stopfen und Stricken.

Zu Weihnachten gab es für Sofia und Julia einen Baum, obwohl die Geschwister Weierstraß für sich selbst seit Jahren keinen mehr aufgestellt hatten. Es gab in glitzerndes Papier eingewickelte Fondants, Früchtekuchen und Bratäpfel. Für die Kinder, wie sie sagten.

Aber gar nicht lange und sie erlebten eine verstörende Überraschung.

Die Überraschung war, dass Sofia, die wie das Inbild eines schüchternen und unerfahrenen jungen Mädchens wirkte, einen Ehemann hatte. In den ersten paar Wochen ihres Unterrichts, bevor Julia eintraf, war sie an den Sonntagabenden an der Haustür von einem jungen Mann abgeholt worden, der den Geschwistern Weierstraß nicht vorgestellt wurde und den sie für einen Diener hielten. Er war groß und unattraktiv, mit dünnem roten Bart, großer Nase und nachlässiger Kleidung. Wären die Geschwister Weierstraß weniger weltfremd gewesen, hätten sie sich klargemacht, dass eine vornehme Familie, die auf sich hielt – wie die von Sofia eine war, das wussten sie –, niemals einen so ungepflegten Diener beschäftigen würde und dass er daher ein Freund sein musste.

Dann traf Julia ein, und der junge Mann verschwand.

Erst einige Zeit später gab Sofia preis, dass er Wladimir Kowalewski hieß und dass sie mit ihm verheiratet war. Er studierte in Wien und Paris, obwohl er bereits examinierter Jurist war und versucht hatte, in Russland seinen Weg als

Verleger von Lehrbüchern zu machen. Er war mehrere Jahre älter als sie.

Fast ebenso überraschend wie dieses Geständnis war die Tatsache, dass Sofia es vor Weierstraß ablegte und nicht vor den Schwestern. Dabei waren sie diejenigen, die in diesem Haushalt eher mit dem realen Leben zu tun hatten – und sei es nur durch ihren Umgang mit den Dienstboten und die Lektüre zeitgenössischer Romane. Aber Sofia hatte nicht in der Gunst ihrer Mutter oder ihrer Gouvernante gestanden. Die Unterhandlungen mit dem General waren nicht immer erfolgreich verlaufen, doch sie hatte Achtung vor ihm gehabt und gedacht, dass er vielleicht auch sie achtete. Also war es der Mann des Hauses, an den sie sich vertrauensvoll wandte.

Später merkte sie, dass sie Weierstraß in Verlegenheit gebracht haben musste – nicht dadurch, dass sie es ihm mitteilte, sondern dadurch, dass sie ihm aufbürdete, es seinen Schwestern mitzuteilen. Denn mit Sofias Ehe hatte es noch mehr auf sich. Sie war rechtmäßig verheiratet, aber es handelte sich um eine Weiße Heirat – etwas, wovon er noch nie gehört hatte und seine Schwestern ebenso wenig. Nicht nur, dass Ehemann und Ehefrau nicht am selben Ort lebten, sie lebten überhaupt nicht zusammen. Sie heirateten nicht aus den allgemein üblichen Gründen, sondern sie verpflichteten sich insgeheim, niemals so zu leben, niemals …

»Die Ehe zu vollziehen?« Vielleicht war es Clara, die das sagte. Resolut, sogar ungeduldig, um den peinlichen Moment zu überwinden.

Ja. Und junge Leute – junge Frauen –, die im Ausland studieren wollten, waren zu diesem Täuschungsmanöver gezwungen, denn keine russische Frau, die unverheiratet war, durfte ohne die Einwilligung der Eltern das Land verlassen.

Julias Eltern waren aufgeklärt genug, sie gehen zu lassen, aber die von Sofia nicht.

Was für ein barbarisches Gesetz.

Ja. Russisch. Aber einige junge Frauen fanden einen Weg, es zu umgehen, und zwar mit Hilfe von jungen Männern, die sehr idealistisch und mitfühlend waren. Vielleicht waren sie außerdem noch Anarchisten. Wer weiß?

Sofias ältere Schwester hatte einen dieser jungen Männer aufgetrieben und zusammen mit einer Freundin von ihr ein Treffen arrangiert. Die beiden hatten dafür vielleicht eher politische als intellektuelle Gründe. Gott weiß, warum sie Sofia mitnahmen, der Politik nicht am Herzen lag und die zu so einem Wagnis eigentlich nicht bereit war. Aber der junge Mann musterte die beiden älteren Mädchen – wobei die Schwester namens Anjuta bei aller Sachlichkeit ihre Schönheit nicht verbergen konnte –, und er sagte Nein. Nein, bei aller Wertschätzung für Sie, meine Damen, möchte ich mit Ihnen einen solchen Vertrag nicht eingehen, aber ich wäre dazu bereit mit Ihrer jüngeren Schwester.

»Vielleicht befürchtete er, die älteren könnten sich als schwierig erweisen« – Elisa mochte das gesagt haben, mit ihren Erfahrungen aus Romanen –, »besonders die Schönheit. Er hat sich eben in unsere kleine Sofia verliebt.«

Liebe hat doch darin gar nichts zu suchen, mag Clara eingewandt haben.

Sofia nimmt den Antrag an. Wladimir stattet dem General einen Besuch ab und bittet ihn um die Hand seiner jüngeren Tochter. Der General gibt sich höflich, ist sich bewusst, dass der junge Mann aus einer guten Familie kommt, sich jedoch bislang noch keinen Namen gemacht hat. Aber Sofia ist zu jung, sagt er. Weiß sie überhaupt etwas von diesen Absichten?

Ja, sagte Sofia, und sie liebe ihn.

Der General sagte, dass sie ihren Gefühlen nicht nachgeben durften, sondern einige Zeit, eine beträchtliche Zeit, damit verbringen mussten, einander in Palibino kennenzulernen. (Sie waren zu dem Zeitpunkt in Sankt Petersburg.)

Die Dinge waren an einem toten Punkt angelangt. Wladimir würde nie und nimmer einen guten Eindruck machen. Er gab sich nicht genug Mühe, mit seinen radikalen Ansichten hinter dem Berg zu halten, und er kleidete sich schlecht, gleichsam als tue er es mit Absicht. Der General war zuversichtlich, je mehr Sofia von diesem Freier sah, desto weniger würde sie ihn heiraten wollen.

Sofia jedoch schmiedete inzwischen eigene Pläne.

Es kam ein Tag, an dem ihre Eltern ein wichtiges Souper gaben. Sie hatten einen Diplomaten, Professoren und Kameraden des Generals aus der Artillerieschule eingeladen. Inmitten dieses Trubels gelang es Sofia, aus dem Haus zu schlüpfen.

Sie ging allein hinaus auf die Straßen von Sankt Petersburg, durch die sie noch nie ohne eine Dienerin oder ihre Schwester gelaufen war. Sie ging zu Wladimirs Unterkunft in einem Stadtviertel, wo arme Studenten wohnten. Die Tür wurde ihr sofort aufgetan, und sobald sie drinnen war, setzte sie sich hin und schrieb einen Brief an ihren Vater.

»Mein teurer Vater, ich bin zu Wladimir gegangen und werde hier bleiben. Ich bitte Euch, stellt Euch nicht länger gegen unsere Heirat.«

Alle hatten schon an der Festtafel Platz genommen, da erst wurde Sofias Abwesenheit entdeckt. Eine Dienerin fand ihr Zimmer leer vor. Anjuta, nach ihrer Schwester befragt, gab errötend zur Antwort, sie wisse nichts. Um ihr Gesicht zu verbergen, ließ sie ihre Serviette fallen.

Dem General wurde ein Briefchen gereicht. Er entschuldigte sich und verließ das Zimmer. Sofia und Wladimir sollten bald seine zornigen Schritte vor ihrer Tür hören. Er befahl seiner kompromittierten Tochter und dem Mann, für den sie ihren Ruf opfern wollte, ihn sofort zu begleiten. Sie fuhren nach Hause, alle drei ohne ein Wort zu sagen, und an der Festtafel sagte er: »Erlauben Sie mir, Ihnen meinen künftigen Schwiegersohn vorzustellen, Wladimir Kowalewski.«

Sofia hatte es geschafft. Sie war überglücklich, nicht weil sie Wladimir heiraten konnte, sondern weil sie es Anjuta recht machte, indem sie eine Lanze für die Emanzipation der russischen Frauen brach. Es gab eine herkömmliche und prächtige Hochzeit in Palibino, und danach fuhren die frischgebackenen Eheleute ab, um in Sankt Petersburg unter einem Dach zu leben.

Und sobald der Weg frei war, begaben sie sich ins Ausland und lebten nicht weiter unter einem Dach. Heidelberg, danach Berlin für Sofia, München für Wladimir. Er besuchte sie in Heidelberg, wenn er konnte, aber nachdem Anjuta und ihre Freundin Schanna sowie Julia dort eingetroffen waren – alle vier Frauen standen theoretisch unter seinem Schutz –, war dort nicht mehr genug Platz für ihn.

Weierstraß ließ die Frauen nichts davon wissen, dass er mit der Gemahlin des Generals in Briefwechsel gestanden hatte. Er hatte ihr geschrieben, als Sofia aus der Schweiz (in Wahrheit aus Paris) zurückkam und so erschöpft und angegriffen aussah, dass er um ihre Gesundheit fürchtete. Die Mutter hatte geantwortet und ihm mitgeteilt, dass nicht die Schweiz, sondern Paris in diesen höchst gefährlichen Zeiten am Zustand ihrer Tochter schuld war. Aber die politischen Unruhen, die ihre Töchter durchlebt hatten, schienen sie weniger zu bestürzen als die Entdeckung, dass die eine, obwohl unverheiratet, offen mit einem Mann zusammenlebte, während die andere, rechtmäßig verheiratete keineswegs mit ihrem Ehemann zusammenlebte. So wurde er ganz gegen seinen Willen zum Vertrauten der Mutter gemacht, noch bevor die Tochter sich ihm anvertraute. Und tatsächlich erzählte er Sofia nichts davon, bis ihre Mutter starb.

Und als er es ihr schließlich erzählte, berichtete er auch, dass Clara und Elisa sofort gefragt hatten, was nun zu tun sei.

Es scheine in der Natur der Frauen zu liegen, sagte er, stets zu denken, dass etwas getan werden müsse.

Er hatte ihnen sehr streng geantwortet: »Nichts.«

Am Morgen nahm Sofia ein sauberes, wenn auch zerknittertes Kleid aus ihrer Reisetasche – sie hatte nie gelernt, ordentlich zu packen –, ordnete ihre lockigen Haare, so gut sie konnte, um einige kleine graue Stellen zu verbergen, und kam zu den Geräuschen eines bereits geschäftigen Haushalts herunter. Ihr Platz war der einzige im Esszimmer, der noch gedeckt war. Elisa brachte den Kaffee und das erste deutsche Frühstück, das Sofia je in diesem Haus gegessen hatte – kaltes aufgeschnittenes Bratenfleisch, Käse und dick mit Butter bestrichenes Brot. Sie sagte, dass Clara oben sei, um den Bruder für sein Treffen mit Sofia herzurichten.

»Anfangs ließen wir den Barbier kommen«, sagte sie. »Aber dann hat Clara gelernt, es recht gut zu machen. Wie sich herausstellte, besitzt sie die Talente einer Krankenschwester, es ist ein Glück, dass eine von uns sie hat.«

Noch bevor sie das sagte, hatte Sofia gespürt, dass sie in

Geldnöten waren. Die Damastvorhänge und Tüllgardinen sahen vergraut aus, das silberne Besteck, das sie benutzte, war längere Zeit nicht mehr geputzt worden. Durch die offene Tür zum Wohnzimmer war eine grobschlächtige junge Frau zu sehen, offenbar das gegenwärtige Dienstmädchen, die Asche aus dem Kamin schaufelte und Staubwolken aufwirbelte. Elisa sah in ihre Richtung, als wolle sie sie auffordern, die Tür zu schließen, dann stand sie auf und tat es selbst. Sie kehrte mit gesenktem, errötetem Gesicht an den Tisch zurück, und Sofia fragte hastig, wenn auch recht unhöflich danach, woran denn Herr Weierstraß leide.

»Zum einen ist es eine Herzschwäche, und von der Lungenentzündung, die er im Herbst hatte, will er sich nicht recht erholen. Außerdem hat er ein Gewächs in den Fortpflanzungsorganen«, sagte Elisa mit gesenkter Stimme, aber mit der Freimütigkeit deutscher Frauen.

Clara erschien in der Tür.

»Er erwartet Sie jetzt.«

Sofia stieg die Treppe hinauf und dachte dabei nicht an den Professor, sondern an diese beiden Frauen, die ihn zum Mittelpunkt ihres Lebens gemacht hatten. Sie strickten Schals, besserten die Wäsche aus und bereiteten das Eingemachte und die Süßspeisen zu, die man keinem Dienstmädchen anvertrauen konnte. Sie besuchten die evangelischen Gottesdienste wie ihr Bruder auch – in Sofias Augen eine kalte und wenig unterhaltsame Konfession –, und all das, soweit man sehen konnte, ohne einen Augenblick der Meuterei oder ein Aufflackern der Unzufriedenheit.

Ich würde verrückt werden, dachte sie.

Sogar als Professor, dachte sie, würde ich verrückt werden. Studenten haben, ganz allgemein gesprochen, einen mittelmäßigen Geist, dem sich nur die offensichtlichsten, regelmäßigsten Muster aufprägen lassen.

Vor ihrer Beziehung mit Maxim hätte sie nicht gewagt, sich das einzugestehen.

Sie betrat das Schlafzimmer mit einem Lächeln auf dem Gesicht, vor Freude über ihr Glück, ihre kommende Freiheit, ihren künftigen Ehemann.

»Ah, da sind Sie ja endlich«, sagte Weierstraß ein wenig schwach und mühsam. »Das ungezogene Kind, dachten wir, sie hat uns verlassen. Sind Sie wieder auf dem Weg nach Paris, um sich zu amüsieren?«

»Ich komme gerade aus Paris«, sagte Sofia. »Ich kehre nach Stockholm zurück. Paris war überhaupt nicht amüsant, es war ungemein trübselig.« Sie gab ihm ihre Hände, damit er sie küssen konnte, eine nach der anderen.

»Ist etwa Ihre Anjuta krank?«

»Sie ist tot, mein lieber Professor.«

»Starb sie im Gefängnis?«

»Nein, nein. Das ist lange her. Zu der Zeit war nicht sie im Gefängnis, sondern ihr Mann. Sie ist an Lungenentzündung gestorben, aber sie war schon lange schwer leidend.«

»Ach, Lungenentzündung, die habe ich auch gehabt. Das muss traurig für Sie gewesen sein.«

»Mein Herz wird nie heilen. Aber ich habe Ihnen etwas Gutes zu erzählen. Ich werde im Frühjahr heiraten.«

»Lassen Sie sich von dem Geologen scheiden? Das wundert mich nicht, Sie hätten das längst tun sollen. Trotzdem ist eine Scheidung immer unangenehm.«

»Der ist auch schon tot. Außerdem war er Paläontologe. Das ist eine neue Wissenschaft, sehr interessant. Man gewinnt Erkenntnisse aus Fossilien.«

»Ja. Jetzt erinnere ich mich. Ich habe davon gehört. Er ist also jung gestorben. Ich wünschte mir, er würde Ihnen nicht im Weg stehen, aber ich habe mir wahrhaftig nicht seinen Tod gewünscht. Musste er lange leiden?«

»Das könnte man so sagen. Sie erinnern sich gewiss daran, wie ich ihn verließ und Sie mich Mittag-Leffler empfahlen?«

»In Stockholm. Ja? Sie verließen ihn also. Nun, das musste wohl getan werden.«

»Ja. Aber das ist jetzt vorbei, und ich werde einen Mann mit demselben Namen heiraten, mit dem ich aber nicht eng verwandt bin und der völlig anders ist.«

»Also ein Russe? Deutet er auch Fossilien?«

»Keineswegs. Er ist Professor der Jurisprudenz. Er ist sehr tatkräftig und sehr wohlgemut, außer wenn er sehr niedergeschlagen ist. Ich werde ihn mitbringen und Ihnen vorstellen, und Sie werden sehen.«

»Es wird uns ein Vergnügen sein, ihn zu Gast zu haben«, sagte Weierstraß traurig. »Das wird Ihrer Arbeit ein Ende setzen.«

»Überhaupt nicht, überhaupt nicht. Er wünscht es nicht. Aber ich werde keine Vorlesungen mehr halten müssen, ich werde frei sein. Und ich werde in einem angenehmen Klima im Süden von Frankreich leben, ich werde dort die ganze Zeit über gesund sein und umso mehr arbeiten.«

»Wir werden sehen.«

»Mein Lieber«, sagte sie. »Ich befehle Ihnen, sich für mich zu freuen.«

»Ich muss Ihnen sehr alt vorkommen«, sagte er. »Und ich habe ein geruhsames Leben geführt. Ich bin von Natur aus nicht so vielseitig wie Sie. Es hat mich sehr überrascht, dass Sie Romane schreiben.«

»Das hat Ihnen nicht gefallen.«

»Sie irren sich. Ich mochte Ihre Jugenderinnerungen. Sehr unterhaltsam zu lesen.«

»Das war eigentlich kein Roman. Das Buch, das ich jetzt geschrieben habe, würde Ihnen nicht gefallen. Manchmal gefällt es mir sogar selbst nicht. Es handelt von einer jungen Frau, die sich mehr für die Politik als für die Liebe interessiert. Aber Sie werden es nicht lesen müssen. Die russischen Zensoren werden es nicht drucken lassen, und die Welt draußen wird es nicht haben wollen, weil es so russisch ist.«

»Im Allgemeinen bin ich kein Freund von Romanen.«

»Die sind nur etwas für Frauen?«

»Es ist wahr, manchmal vergesse ich, dass Sie eine Frau sind. Für mich sind Sie so etwas wie …«

»Wie was?«

»Wie ein Geschenk, und zwar eines für mich ganz allein.«

Sofia beugte sich vor und küsste seine weiße Stirn. Sie hielt ihre Tränen zurück, bis sie sich von seinen Schwestern verabschiedet und das Haus verlassen hatte.

Ich werde ihn nie wiedersehen, dachte sie.

Sie dachte an sein Gesicht, so weiß wie die frisch gestärkten Kissen, die Clara ihm erst morgens unter den Kopf geschoben haben musste. Vielleicht hatte sie sie schon wieder weggenommen und ihn wieder in die weicheren, fadenscheinigeren darunter sinken lassen. Vielleicht war er sofort eingeschlafen, ermüdet von seinem Gespräch mit ihr. Vermutlich hatte er gedacht, dass sie sich zum letzten Mal begegneten, und hatte gewusst, dass auch ihr dieser Gedanke durch den Kopf ging, hatte aber nicht gewusst – das war ihre Schande, ihr Geheimnis –, wie erleichtert, wie frei sie sich jetzt trotz ihrer Tränen fühlte, freier mit jedem Schritt fort von diesem Haus.

War sein Leben, dachte sie, alles in allem denn nun so sehr viel erfüllter als das seiner Schwestern?

Sein Name würde eine Weile überdauern, in Lehrbüchern. Und unter Mathematikern. Allerdings nicht so lange, wie er vielleicht hätte überdauern können, wenn Weierstraß mehr Ehrgeiz darauf verwendet hätte, seinen Ruf zu festigen und sich an die Spitze jener erlesenen und eifersüchtigen kleinen Gemeinde zu setzen. Aber er nahm seine Arbeit wichtiger als seinen Namen, wo doch für so viele seiner Kollegen beides gleich wichtig war.

Sie hätte nicht von ihrer Schriftstellerei sprechen sollen. Für ihn eine Spielerei. Sie hatte die Erinnerungen an ihr Leben in Palibino mit glühender Liebe zu all dem Verlorenen niedergeschrieben, zu all dem, woran sie einst verzweifelt war, was ihr einst lieb und teuer war. Sie hatte sie weit fort von zu Hause niedergeschrieben, als es dieses Zuhause nicht mehr gab und ihre Schwester nicht mehr lebte. Und *Die Nihilistin* entsprang ihrem Schmerz um ihr Land, einer Aufwallung von Patriotismus und vielleicht einem Gefühl, dass sie dem zu wenig Beachtung geschenkt hatte, bei all ihrer Mathematik und den Tumulten in ihrem Leben.

Schmerz um ihr Land, ja. Aber in gewissem Sinne hatte sie diese Geschichte Anjuta zu Ehren geschrieben. Es war die Geschichte einer jungen Frau, die jede Aussicht auf ein normales Leben aufgibt, um einen politischen Häftling zu heiraten, der nach Sibirien verbannt worden ist. Auf diese Weise stellt sie sicher, dass sein Leben, seine Bestrafung etwas gemildert und er nach Süd- statt Nordsibirien verbannt wird, wie es die Regel für Männer war, die von ihren Ehefrauen begleitet wurden. Die Geschichte würde sicher von jenen verbannten Russen gelobt werden, denen es gelang, sie im Manuskript zu lesen. Einem Buch musste in Russland nur die Veröffentlichung verwehrt werden, um unter den politischen Exilanten Jubel hervorzurufen, wie Sofia sehr wohl wusste. *Die Geschwister Rajewski* – ihre Jugenderinnerungen – gefielen ihr besser, obwohl der Zensor das Buch genehmigt hatte und einige Kritiker es als nostalgisch abtaten.

IV

Sie hatte Weierstraß schon einmal enttäuscht. Und zwar nachdem sie ihren ersten Erfolg erzielt hatte. Sie musste es zugeben, auch wenn er es nie zur Sprache brachte. Sie hatte ihm und der ganzen Mathematik den Rücken gekehrt; sie hatte nicht einmal seine Briefe beantwortet. Im Sommer 1874 fuhr sie zurück nach Palibino, mit ihrer Doktorurkunde in einer mit Samt ausgeschlagenen Schatulle, die in einer Truhe landete, um monatelang, jahrelang vergessen zu werden.

Der Geruch der Wiesen und der Nadelwälder, die goldenen heißen Sommertage und die langen hellen Abende des nördlichen Russland berauschten sie. Es gab Picknicks und Liebhaberaufführungen, Bälle, Geburtstage und Besuche willkommener alter Freunde, außerdem war Anjuta da, glücklich mit ihrem einjährigen Sohn. Wladimir war ebenfalls anwesend, und in der entspannten Sommerstimmung, mit der Wärme, dem Wein und den langen fröhlichen Mahlzeiten, dem Tanzen und Singen, war es ganz natürlich, ihm nachzugeben, ihn nach all der Zeit als formeller Ehemann nun auch als Liebhaber anzunehmen.

Das geschah nicht, weil sie sich in ihn verliebt hatte. Sie war ihm seit langem dankbar und hatte sich fest eingeredet, dass es solch ein Gefühl wie Liebe im wirklichen Leben nicht gab. Es würde sie beide glücklicher machen, dachte sie, in das einzuwilligen, was er wollte, und für eine Weile tat es das auch.

Im Herbst begaben sie sich nach Sankt Petersburg, und das Leben wichtiger Vergnügungen ging weiter. Soupers, Theateraufführungen, Empfänge, und es gab alle Zeitungen und Zeitschriften zu lesen, die Klatschblätter und auch die seriösen. Weierstraß flehte Sofia in seinen Briefen an, die Welt der Mathematik nicht im Stich zu lassen. Er sorgte dafür, dass ihre Dissertationsschrift im *Crelle-Journal*, einer angesehenen mathematischen Fachzeitschrift, veröffentlicht wurde. Sie warf kaum einen Blick darauf. Er bat sie, eine Woche – nur eine Woche – darauf zu verwenden, ihrer Arbeit über die Saturnringe den letzten Schliff zu geben, damit auch die veröffentlicht werden konnte. Sie wollte nichts davon hören. Sie war viel zu beschäftigt, völlig in Anspruch genommen von all dem, was es zu feiern gab. Namenstage, Empfänge bei Hofe, neue Opern und Ballette, aber in Wahrheit, so schien es, feierte sie das Leben selbst.

Sie lernte recht spät, was viele Menschen um sie herum offenbar schon seit ihrer Kindheit wussten – dass das Leben auch ohne eine bedeutende eigene Leistung vollkommen zufriedenstellend sein kann. Es konnte randvoll mit Beschäftigungen sein, die einen nicht bis zur Erschöpfung auslaugten. Wenn man das erwarb, was für ein komfortables Leben nötig war, und danach ein unterhaltsames Gesellschaftsleben führte, dann war man nie gelangweilt oder müßig und hatte am Ende des Tages das Gefühl, genau das getan zu haben, was allen gefiel. Man musste sich nicht den Kopf zerbrechen.

Außer darüber, wie Geld zu beschaffen war.

Wladimir betrieb wieder seinen Verlag. Sie liehen sich Geld, wo sie nur konnten. Dann starben Sofias Eltern kurz nacheinander, und ihr Erbe wurde in öffentliche Bäder in Verbindung mit einem Gewächshaus, einer Bäckerei und einer Dampfwäscherei investiert. Sie hatten große Pläne. Aber das Wetter in Sankt Petersburg gestaltete sich wärmer als gewöhnlich, was den Leuten die Lust auf Dampfbäder nahm. Die Handwerker und andere betrogen sie, der Markt brach zusammen, und statt sich eine solide Grundlage für ihr Leben zu schaffen, gerieten sie immer tiefer in Schulden.

Und ihr Zusammenleben als normales Ehepaar hatte das übliche Ergebnis. Sofia bekam ein Kind, ein kleines Mädchen. Es erhielt den Namen seiner Mutter, wurde aber von allen Fufu genannt. Fufu hatte eine Amme und ein Kindermädchen und eine eigene Zimmerflucht. Die Familie beschäftigte auch eine Köchin und ein Dienstmädchen. Wladimir kaufte modische neue Kleider für Sofia und wundervolle Geschenke für seine Tochter. Er erhielt seinen Doktorgrad von der Universität Jena, und es gelang ihm, eine Assistenzprofessur in Sankt Petersburg zu ergattern, aber das genügte nicht. Außerdem warf der Verlag so gut wie nichts mehr ab.

Dann wurde der Zar ermordet, die politische Lage destabilisierte sich, und Wladimir versank in einer so tiefen Melancholie, dass er weder arbeiten noch denken konnte.

Weierstraß hatte vom Tod der Eltern Sofias gehört, und um ihren Kummer ein wenig zu lindern, wie er schrieb, schickte er ihr Einzelheiten über sein eigenes exzellentes neues Integralsystem. Aber statt sich wieder für die Mathematik zu begeistern, schrieb sie Theaterkritiken und populärwissenschaftliche Zeitungsartikel. Damit nutzte sie ein Talent, das sich besser vermarkten ließ und nicht so verstörend für andere und so anstrengend für sie selbst war wie die Mathematik.

Die Familie Kowalewski zog nach Moskau, in der Hoffnung auf eine Wendung zum Besseren.

Wladimir erholte sich, fühlte sich aber nicht in der Lage, wieder zu unterrichten. Er fand eine neue Spekulationsmöglichkeit, denn ihm wurde ein Posten in einer Gesellschaft angeboten, die aus einer Erdölquelle Naphta produzierte. Die Gesellschaft gehörte den Brüdern Ragozin, die an der Wolga eine Raffinerie und einen modernen Palast besaßen. Der Posten war an die Auflage gebunden, dass Wladimir eine bestimmte Summe Geldes investierte, die er sich dafür borgte.

Aber diesmal hatte Sofia kein gutes Gefühl. Die Ragozins mochten sie nicht, und sie mochte die Ragozins nicht. Wladimir geriet mehr und mehr unter ihren Einfluss. Das sind die neuen Männer, sagte er, Männer mit kühlem Kopf. Er zog sich von ihr zurück, gab sich barsch und überlegen. Nenne mir eine wahrhaft bedeutende Frau, sagte er. Eine, die wirklich die Welt bewegt hat, und zwar nicht nur durch die Verführung und Ermordung von Männern. Frauen sind von Natur aus rückständig und selbstsüchtig, und wenn sie irgendeine Idee in die Hand bekommen, irgendeine passable Idee, für die sie sich engagieren können, dann werden sie hysterisch und tun sich damit so wichtig, dass sie die Idee zugrunde richten.

Da sprechen die Ragozins, sagte Sofia.

Sie nahm nun ihre Korrespondenz mit Weierstraß wieder auf. Sie ließ Fufu bei ihrer alten Freundin Julia und machte sich auf den Weg nach Deutschland. Sie schrieb Wladimirs Bruder Alexander, Wladimir habe sich so bereitwillig von den Ragozins ködern lassen, dass es ganz danach aussehe, als führe er das Schicksal in Versuchung, ihm einen weiteren Schlag zu versetzen. Trotzdem schrieb sie ihrem Mann und bot ihm an, zu ihm zurückzukommen. Seine Antwort fiel nicht günstig aus.

Sie begegneten sich noch einmal, in Paris. Sofia lebte in bescheidenen Umständen, während Weierstraß sich bemühte, ihr eine Stellung zu besorgen. Sie war wieder in mathematische Probleme vertieft, ebenso wie die Leute, die sie dort kannte. Wladimir war den Ragozins gegenüber misstrauisch geworden, hatte sich aber zu fest an sie gebunden, um sich noch befreien zu können. Dennoch sprach er davon, in die Vereinigten Staaten zu gehen. Was er auch tat, aber er kam zurück.

Im Herbst 1882 schrieb er seinem Bruder, ihm sei jetzt klargeworden, dass er ein völlig wertloser Mensch sei. Im November berichtete er vom Bankrott der Ragozins. Er befürchtete, sie könnten ihn in ihre kriminellen Machenschaften mit hineinziehen. Zu Weihnachten sah er Fufu, die sich jetzt in Odessa bei der Familie seines Bruders befand. Es beglückte ihn, dass sie sich an ihn erinnern konnte, dass sie gesund und aufgeweckt war. Danach verfasste er Abschiedsbriefe an Julia, seinen Bruder und einige ausgewählte Freunde, aber nicht an Sofia. Auch einen Brief an das Gericht, das mit dem Ragozin-Bankrott befasst war, um einige seiner Handlungen zu erklären.

Er zögerte noch eine Weile. Erst im April band er sich einen Sack um den Kopf und atmete Chloroform ein.

Sofia in Paris weigerte sich, irgendetwas zu essen oder ihr Zimmer zu verlassen. Sie konzentrierte all ihre Gedanken auf die Nahrungsverweigerung, damit sie nicht das fühlen musste, was sie fühlte.

Sie wurde schließlich zwangsernährt und fiel in tiefen Schlaf. Als sie erwachte, schämte sie sich zutiefst dafür, wie sie sich aufgeführt hatte. Sie bat um Papier und Bleistift, damit sie an einem mathematischen Problem weiterarbeiten konnte.

Es war kein Geld mehr da. Weierstraß schrieb ihr und lud sie ein, bei ihm als eine weitere Schwester zu leben. Außerdem ließ er seine Beziehungen spielen und hatte schließlich Erfolg in Schweden bei seinem früheren Studenten und jetzigen Freund Mittag-Leffler. Die neugegründete Universität von Stockholm willigte ein, als erste Universität Europas eine Frau auf einen Lehrstuhl für Mathematik zu berufen.

Sofia holte ihre Tochter in Odessa ab und brachte sie zu Julia. Sie war wütend auf die Ragozins. In einem Brief an Wladimirs Bruder nannte sie die beiden »durchtriebene, bösartige Schurken«. Sie erreichte bei dem Richter, der dem Prozess vorsaß, dass er erklärte, alles Beweismaterial zeige, Wladimir sei vertrauensselig, aber ehrlich gewesen.

Dann nahm sie wiederum den Zug von Moskau nach Sankt Petersburg, auf dem Weg zu ihrer neuen und allseits vielbeachteten – und zweifellos auch beklagten – Berufung in Schweden. Von Sankt Petersburg aus setzte sie die Reise auf dem Wasser fort. Das Schiff glitt in einen überwältigenden Sonnenuntergang. Keine Dummheiten mehr, dachte sie. Von nun an werde ich ein ordentliches Leben führen.

Da war sie Maxim noch nicht begegnet. Und hatte auch noch nicht den Prix Bordin erhalten.

V

Sie verließ Berlin am frühen Nachmittag, kurz nach ihrem traurigen, aber erleichternden Abschied von Weierstraß. Der Zug war alt und langsam, jedoch sauber und gutgeheizt, wie man es von einem deutschen Zug erwartete.

Auf halbem Weg schlug der Mann ihr gegenüber seine Zeitung auf und bot ihr jedweden Teil davon zur Lektüre an.

Sie dankte ihm und lehnte ab.

Er wies mit einem Kopfnicken zum Fenster und zu dem feinen Schneetreiben draußen.

»Nun ja«, sagte er. »Was kann man schon erwarten?«

»Ja, was wohl?«, sagte Sofia.

»Sie fahren nach Rostock noch weiter?«

Ihm mochte ein Akzent aufgefallen sein, der nicht deutsch war. Sie hatte nichts dagegen, dass er sie ansprach und zu solch einer Schlussfolgerung kam. Er war ein ganzes Stück jünger als sie, anständig gekleidet, ein wenig unterwürfig. Sie hatte das Gefühl, dass er jemand war, den sie schon einmal gesehen hatte. Aber das konnte ohne weiteres geschehen, wenn man viel reiste.

»Nach Kopenhagen«, sagte sie. »Und dann nach Stockholm. Für mich wird der Schnee nur immer dichter.«

»Ich werde Sie in Rostock verlassen«, sagte er, vielleicht

um ihr zu verstehen zu geben, dass sie sich nicht auf ein langes Gespräch mit ihm einzulassen brauchte. »Sind Sie zufrieden mit Stockholm?«

»Ich verabscheue Stockholm zu dieser Jahreszeit. Ich hasse es.«

Sie staunte über sich selbst. Aber er lächelte erfreut und fing an, Russisch zu sprechen.

»Verzeihen Sie mir«, sagte er. »Ich hatte recht. Jetzt bin ich es, der für Sie wie ein Ausländer spricht. Aber ich habe einmal in Russland studiert. In Sankt Petersburg.«

»Sie haben meinen Akzent als russisch erkannt?«

»Nicht mit Gewissheit. Bis Sie das über Stockholm sagten.«

»Hassen alle Russen Stockholm?«

»Nein, nein. Aber sie sagen, sie hassen. Sie hassen. Sie lieben.«

»Ich hätte das nicht sagen sollen. Die Schweden sind sehr gut zu mir gewesen. Sie bringen einem alles Mögliche bei …«

Er schüttelte lächelnd den Kopf.

»Doch, wirklich«, sagte sie. »Sie haben mir das Schlittschuhlaufen beigebracht …«

»Sicherlich. Haben Sie das Schlittschuhlaufen nicht in Russland gelernt?«

»Dort ist man nicht so … so hartnäckig, einem etwas beizubringen wie in Schweden.«

»Auf Bornholm auch nicht«, sagte er. »Ich lebe jetzt auf Bornholm. Die Dänen sind nicht so … hartnäckig, das ist das richtige Wort. Aber natürlich sind wir auf Bornholm nicht einmal Dänen. Wir sagen jedenfalls, wir sind keine.«

Er war Arzt, auf der Insel Bornholm. Sie überlegte, ob es

sehr ungehörig sei, ihn zu bitten, sich ihren Hals anzusehen, der jetzt sehr weh tat. Doch, dachte sie dann, das ist ungehörig.

Er sagte, er habe noch eine lange und wahrscheinlich raue Überfahrt auf der Fähre vor sich, nachdem die dänische Grenze passiert war.

Die Leute auf Bornholm hielten sich nicht für Dänen, sagte er, denn sie hielten sich für Wikinger, die im 16. Jahrhundert in die Hanse aufgenommen worden waren. Ihre Geschichte war von zahlreichen Kämpfen geprägt, sie nahmen andere Seefahrer gefangen. Hatte sie je von dem verruchten Earl of Bothwell gehört? Einige Leute sagen, er starb auf Bornholm, obwohl die Leute von Seeland sagen, er starb dort.

»Er ermordete den Ehemann der Königin von Schottland und heiratete sie selbst. Aber er starb in Ketten. In geistiger Umnachtung.«

»Maria Stuart«, sagte sie. »Davon habe ich gehört.« Und das hatte sie wirklich, denn die schottische Königin war eine von Anjutas frühen Heldinnen gewesen.

»Oh, verzeihen Sie. Ich plappere.«

»Ihnen verzeihen?«, fragte Sofia. »Was habe ich Ihnen zu verzeihen?«

Er wurde rot. Er sagte: »Ich weiß, wer Sie sind.«

Er habe es nicht von Anfang an gewusst, sagte er. Aber sobald sie Russisch sprach, war er sich seiner Sache sicher.

»Sie sind die Professorin. Ich habe von Ihnen in einer Zeitschrift gelesen. Sie waren auch darin abgebildet, aber da sahen Sie viel älter aus als in Wirklichkeit. Es tut mir leid, dass ich mich Ihnen aufgedrängt habe, aber ich konnte nicht anders.«

»Ich schaute für die Aufnahme sehr streng drein, weil ich dachte, wenn ich lächle, wird man mir nicht trauen«, sagte Sofia. »Gilt das nicht in gewissem Maß auch für Ärzte?«

»Das kann sein. Ich bin es nicht gewohnt, von Fotografen aufgenommen zu werden.«

Eine gewisse Verlegenheit machte sich jetzt zwischen ihnen breit; es war an ihr, sie ihm zu nehmen. Bevor er es ihr gestanden hatte, war ihre Unterhaltung ungezwungener gewesen. Sie kehrte zum Thema Bornholm zurück. Es war steil und zerklüftet, sagte er, nicht sanft und wellig wie Dänemark. Die Leute kamen wegen der Landschaft und der klaren Luft dorthin. Wenn sie je den Wunsch hegen sollte, die Insel zu besuchen, so werde es ihm eine Ehre sein, sie herumzuführen.

»Es gibt dort höchst seltenes blaues Gestein«, sagte er. »Man nennt es blauen Marmor. Es wird zerkleinert und geschliffen, damit Damen es um den Hals tragen können. Wenn Sie je so ein Stück haben möchten …«

Er redete dummes Zeug, denn da war etwas, das er ihr sagen wollte, aber nicht konnte. Das merkte sie ihm an.

Sie näherten sich Rostock. Er wurde immer aufgeregter. Sie befürchtete schon, er werde sie bitten, ihm auf einem Blatt Papier oder in einem Buch, das er bei sich hatte, ein Autogramm zu geben. Es kam sehr selten vor, dass jemand sie darum bat, aber es machte sie stets traurig, sie wusste nicht, warum.

»Bitte hören Sie mir zu«, setzte er wieder an. »Ich muss Ihnen etwas sagen. Es soll nicht darüber geredet werden. Bitte. Fahren Sie auf Ihrem Weg nach Stockholm bitte nicht über Kopenhagen. Haben Sie keine Angst, ich bin bei klarem Verstand.«

»Ich habe keine Angst«, sagte sie. Aber ein wenig Angst hatte sie doch.

»Sie müssen den anderen Weg nehmen, den über die Inseln. Ändern Sie auf dem Bahnhof Ihre Fahrkarte.«

»Darf ich fragen, warum? Liegt ein Bann auf Kopenhagen?«

Sie war plötzlich sicher, er werde ihr von einer Verschwörung berichten, von einer Bombe.

War er etwa ein Anarchist?

»In Kopenhagen grassieren die Pocken. Es ist eine Epidemie ausgebrochen. Viele Menschen haben die Stadt verlassen, aber die Behörden sind bemüht, es geheim zu halten. Sie befürchten, dass eine Panik um sich greift oder dass einige hingehen und die Regierungsgebäude anzünden. Das Problem sind die Finnen. Die Leute sagen, dass die Finnen die Pocken eingeschleppt haben. Die Behörden wollen nicht, dass die Menschen sich gegen die finnischen Flüchtlinge erheben oder gegen die Regierung, die sie hereingelassen hat.«

Der Zug hielt, Sofia stand auf und überprüfte ihr Gepäck.

»Versprechen Sie es mir. Gehen Sie nicht fort, ohne es mir zu versprechen.«

»Nun gut«, sagte Sofia. »Ich verspreche es.«

»Sie werden die Fähre nach Gedser nehmen. Ich würde Sie begleiten, um die Fahrkarte zu ändern, aber ich muss weiter nach Rügen.«

»Ich verspreche es.«

War es Wladimir, an den er sie erinnerte? Der Wladimir der ersten Zeit. Nicht seine Gesichtszüge, aber seine flehentliche Fürsorge für sie. Seine stete, unterwürfige, hartnäckige und flehentliche Fürsorge.

Er streckte die Hand aus, und sie reichte ihm die ihre, aber der Händedruck war nicht seine einzige Absicht. Er legte ihr eine kleine Tablette in den Handteller, mit den Worten: »Die wird Ihnen ein wenig Ruhe verschaffen, wenn Sie die Reise zu anstrengend finden.«

Ich werde mit einem Verantwortlichen über diese Pockenepidemie reden müssen, beschloss sie.

Aber das tat sie nicht. Der Mann, der ihre Fahrkarte änderte, ärgerte sich schon genug darüber, so etwas Schwieriges tun zu müssen, und würde sich noch mehr ärgern, wenn sie danach mit noch anderem kam. Anfangs schien ihm nur Dänisch zu Gebote zu stehen, die Sprache ihrer Mitreisenden, aber als er mit allem fertig war, sagte er zu ihr auf Deutsch, dass die Reise nun wesentlich länger dauern werde, verstehe sie das? Da wurde ihr klar, dass sie immer noch in Deutschland war und er womöglich nichts von Kopenhagen wusste – wo hatte sie nur ihre Gedanken gehabt?

Er fügte missmutig hinzu, dass es auf den Inseln schneie.

Die kleine deutsche Fähre nach Gedser war gut geheizt, obwohl man auf Lattenbänken sitzen musste. Sie wollte schon die Tablette einnehmen, denn er konnte solche Sitze gemeint haben, als er von den Anstrengungen der Reise sprach. Doch dann beschloss sie, sie für den Fall von Seekrankheit aufzuheben.

Der Lokalzug, den sie bestieg, hatte normale, wenn auch harte Zweite-Klasse-Bänke. Aber es war kalt darin, mit einem qualmenden, fast nutzlosen Ofen am Ende des Waggons.

Der Schaffner war freundlicher als der Schalterbeamte und nicht so in Eile. Da ihr klar war, dass sie sich auf dänischem

Hoheitsgebiet befand, fragte sie ihn auf Schwedisch – das ihrer Einschätzung nach dem Dänischen näher war als das Deutsche –, ob es stimme, dass in Kopenhagen eine Krankheit herrsche. Er antwortete ihr, nein, dieser Zug fahre nicht nach Kopenhagen.

Sein Schwedisch schien sich auf das Wort »Kopenhagen« zu beschränken.

In diesem Zug gab es natürlich keine Abteile, nur die zwei Personenwagen mit ihren Holzbänken. Einige der Fahrgäste hatten sich Kissen, Decken und Umhänge mitgebracht, in die sie sich hüllten. Sie würdigten Sofia keines Blickes, geschweige denn, dass sie das Wort an sie richteten. Wozu auch? Sie konnte sie weder verstehen noch ihnen antworten.

Auch keinen Teewagen. In Ölpapier Eingewickeltes wurde ausgepackt, belegte Brote kamen zum Vorschein. Dicke Brotscheiben, streng riechender Käse, gekochter Schinken, irgendwo ein Hering. Eine Frau zog eine Gabel aus einer Tasche in den Tiefen ihrer Kleidung und aß Sauerkraut aus einem Einmachglas. Sofia musste an zu Hause denken, an Russland.

Aber dies hier sind keine russischen Bauern. Niemand von ihnen ist betrunken oder streitsüchtig oder lustig. Sie sind starr wie Bretter. Sogar das Fett, das einige von ihnen auf den Knochen tragen, ist starres Fett, gediegenes protestantisches Fett. Sie weiß nichts von ihnen.

Aber was weiß sie schon von russischen Bauern, von den Bauern in Palibino, streng genommen? Sie verstellten sich ja immer vor den Herrschaften.

Außer vielleicht das eine Mal, an dem Sonntag, als alle Leibeigenen und ihre Besitzer sich in der Kirche einfinden mussten, um die Verlesung des Dekrets zu hören. Hinterher war Sofias Mutter völlig verstört, weinte und jammerte: »Was soll jetzt aus uns werden? Was soll aus meinen armen Kindern werden?« Der General führte sie in sein Arbeitszimmer, um sie zu trösten. Anjuta setzte sich hin, um eins ihrer Bücher zu lesen, und Fjodor, der kleine Bruder, spielte mit seinen Bauklötzchen. Sofia spazierte umher und gelangte in die Küche, wo das Hausgesinde und sogar viele Leibeigene, die auf den Feldern arbeiteten, Pfannkuchen aßen und feierten – aber in sehr würdevoller Weise, als begingen sie ein Heiligenfest. Ein alter Mann, dessen einzige Aufgabe es war, den Hof zu fegen, lachte und nannte sie die kleine Dame.»Die kleine Dame ist gekommen, um uns alles Gute zu wünschen.« Dann brachten einige Hochrufe auf sie aus. Wie freundlich sie sind, dachte sie, obwohl sie verstand, dass die Hochrufe eine Art von Scherz waren.

Bald erschien die Gouvernante mit einem Gesicht wie eine schwarze Wolke und holte sie fort.

Danach ging alles so weiter wie bisher.

Jaclard hatte zu Anjuta gesagt, sie könne nie eine echte Revolutionärin sein, sie tauge nur dazu, ihre verbrecherischen Eltern um Geld anzugehen. Was Sofia und Wladimir anbelangte (Wladimir, der ihn den Fängen der Polizei entrissen hatte), so waren sie aufgeputzte Schmarotzer, die sich mit wertlosem Wissen vollstopften.

Ihr wird etwas übel von dem Geruch nach Sauerkraut und Hering.

Einige Zeit später hält der Zug an, und es heißt, alle müssen aussteigen. Zumindest schließt sie das aus dem Gebell des Schaffners und den Bewegungen widerwilliger, aber gehorsamer Körper. Die Fahrgäste landen in knietiefem Schnee, ohne dass eine Stadt oder ein Bahnhof in Sicht wären, nur glatte weiße Hügel sind ringsum durch den jetzt nur noch leichten Schneefall zu sehen. Vor dem Zug schaufeln Männer den Schnee weg, der sich in einer Senke auf den Gleisen gesammelt hat. Sofia geht umher, damit ihre Füße nicht in den leichten Stiefeletten erfrieren, die für Großstadtstraßen ausreichen, aber hier nicht. Die anderen Fahrgäste stehen still und verlieren kein Wort über die Lage der Dinge.

Nach einer halben Stunde oder vielleicht auch nach fünfzehn Minuten sind die Gleise frei, und die Reisenden klettern wieder in den Zug. Es muss ihnen allen, ebenso wie Sofia, ein Rätsel sein, warum sie überhaupt aussteigen mussten, statt auf ihren Plätzen zu warten, aber natürlich beschwert sich niemand. Der Zug fährt und fährt, die Dunkelheit ist hereingebrochen, und etwas anderes als Schnee treibt gegen die Fenster. Ein kratzendes, bösartiges Geräusch. Hagelkörner.

Dann die trüben Lichter eines Städtchens, einige Fahrgäste stehen auf, mummeln sich sorgfältig ein, greifen sich ihre Gepäckstücke, steigen aus und verschwinden. Die Fahrt geht weiter, aber nach kurzer Zeit müssen sie alle wieder den Zug verlassen. Diesmal nicht wegen Schneeverwehungen. Sie werden auf ein Schiff geleitet, eine weitere kleine Fähre, die auf das schwarze Wasser hinaustuckert. Sofias Hals tut jetzt so weh, dass sie sicher ist, nicht sprechen zu können, auch wenn sie müsste.

Sie hat keine Ahnung, wie lange diese Überfahrt dauert. Als sie anlegen, müssen sie sich in einen Schuppen mit nur drei Wänden begeben, in dem es wenig Schutz und keine Bänke gibt. Nach einer schier endlosen Wartezeit trifft ein Zug ein. Sofia ist nur noch dankbar, dass dieser Zug kommt, obwohl er auch nicht wärmer ist als der erste und nur die gleichen Holzbänke zu bieten hat. Die Wertschätzung geringster Bequemlichkeiten scheint davon abzuhängen, welche Not man zuvor durchlitten hat. Und ist das nicht, möchte sie jemandem sagen, eine traurige Moralpredigt?

Nach einer Zeit halten sie in einer größeren Stadt, wo es ein Bahnhofsrestaurant gibt. Sie ist zu müde, um auszusteigen und sich auf den Weg dahin zu machen, wie einige Reisende es tun, die mit dampfenden Kaffeetassen zurückkommen. Die Frau, die das Sauerkraut gegessen hat, kommt mit zwei Tassen zurück, und es stellt sich heraus, eine davon ist für Sofia. Sofia lächelt und tut ihr Bestes, um ihre Dankbarkeit auszudrücken. Die Frau nickt, als sei dieses Getue unnötig, sogar ungebührlich. Aber sie bleibt stehen, bis Sofia die dänischen Münzen hervorholt, die sie von dem Schalterbeamten erhalten hat. Die Frau nimmt sich seufzend zwei davon, mit ihren feuchten Handschuhfingern. Wahrscheinlich der Preis des Kaffees. Der Gedanke und das Bringen sind umsonst. So ist das hier. Ohne ein Wort kehrt die Frau an ihren Platz zurück.

Einige neue Fahrgäste sind eingestiegen. Eine Frau mit einem etwa vier Jahre alten Kind, dessen eine Gesichtshälfte bandagiert ist und das einen Arm in der Schlinge trägt. Ein Unfall, ein Besuch im Kreiskrankenhaus. Ein Loch in dem Verband zeigt ein trauriges dunkles Auge. Das Kind legt den Kopf mit der guten Wange nach unten in den Schoß der Mutter, und die breitet einen Teil ihres Umhängetuchs über den Körper des Kindes. Sie tut das auf eine Weise, die nicht besonders zärtlich oder besorgt ist, sondern ein wenig mechanisch. Etwas Schlimmes ist passiert, noch mehr Fürsorge wird ihr abverlangt, das ist alles. Dazu die Kinder, die zu Hause warten, und vielleicht noch eins in ihrem Bauch.

Wie schrecklich ist das, denkt Sofia. Wie schrecklich ist das Los der Frauen. Und was würde wohl diese Frau sagen, wenn Sofia ihr von den neuen Bestrebungen erzählte, vom Kampf der Frauen um das Wahlrecht und die Zulassung zu den Universitäten? Sie würde wohl sagen: Aber das ist nicht Gottes Wille. Und wenn Sofia sie drängte, sich von diesem Gott zu befreien und ihren Geist zu schärfen, würde sie dann nicht Sofia erschöpft und mit gleichsam störrischem Mitleid anschauen und sagen: Wie sollen wir denn ohne Gott durch dieses Leben kommen?

Sie überqueren wieder schwarzes Wasser, diesmal auf einer langen Brücke, und halten in einem weiteren Städtchen, wo die Frau mit dem Kind aussteigt. Sofia hat das Interesse an ihr verloren, schaut nicht hinaus, um zu sehen, ob jemand auf sie wartet, sondern versucht, die Uhr draußen auf dem Bahnsteig im Licht des Zuges zu erkennen. Sie erwartet, dass es auf Mitternacht geht, aber es ist erst kurz nach zehn.

Sie denkt an Maxim. Würde Maxim je im Leben in einen solchen Zug steigen? Sie stellt sich vor, wie ihr Kopf bequem an seiner breiten Schulter ruht – obwohl er in Wahrheit so etwas in der Öffentlichkeit nicht schätzt. Sein Mantel aus feinem, teurem Tuch, dessen Geruch nach Geld und Luxus. Er glaubt, er hat ein Recht auf die guten Dinge des Lebens und die Pflicht, sie zu bewahren, und das, obwohl er ein in seinem eigenen Land unwillkommener Liberaler ist. Dieses wunderbare Selbstvertrauen, das er hat und das auch ihr Vater hatte, du kannst es spüren, wenn du ein kleines Mädchen bist und dich in ihre Arme schmiegst, und du möchtest es dein ganzes Leben lang spüren. Noch wundervoller natürlich, wenn sie dich lieben, aber tröstlich sogar, wenn es nur eine Art von edlem Gelübde ist, das sie vor langer Zeit abgelegt haben, eine

Verpflichtung, dich zu beschützen, die sie selbstverständlich, wenn auch nicht begeistert eingegangen sind.

Es würde ihnen sehr missfallen, wenn irgendjemand sie fügsam nennen würde, doch in gewisser Weise sind sie es. Sie unterwerfen sich dem männlichen Verhaltenskodex und damit all seinen Risiken und Grausamkeiten, seinen komplizierten Bürden und bewussten Täuschungen. Seinen Regeln, von denen man als Frau in einigen Fällen profitiert, in anderen wiederum nicht.

Jetzt sieht sie ihn vor sich – Maxim, der sie überhaupt nicht beschützt, sondern durch den Bahnhof in Paris schreitet, wie es einem Mann mit Privatleben zukommt.

Seine achtunggebietende Kopfbedeckung, seine höfliche Selbstsicherheit.

So ist es nicht gewesen. Das war nicht Maxim. Ganz bestimmt nicht.

Wladimir war nie ein Feigling – man denke nur, wie er Jaclard gerettet hatte –, aber er besaß nicht die männlichen Gewissheiten. Deshalb konnte er ihr im Gegensatz zu jenen anderen einige Gleichberechtigung gewähren, ihr aber nie diese einhüllende Wärme und Sicherheit geben. Dann, gegen Ende, als er unter den Einfluss der Ragozins geriet und andere Saiten aufzog – verzweifelt, wie er war, und aus dem Gedanken, dass er sich retten könnte, indem er andere nachäffte –, gewöhnte er sich an, sie in einem wenig überzeugenden, sogar lächerlichen gebieterischen Stil zu behandeln. Er hatte ihr damit einen Vorwand geliefert, ihn zu verachten, aber vielleicht hatte sie ihn schon immer verachtet. Ob er sie nun anbetete oder beleidigte, sie konnte ihn einfach nicht lieben.

Wie Anjuta Jaclard liebte. Jaclard war selbstsüchtig und grausam und treulos, doch selbst während sie ihn hasste, liebte sie ihn.

Was für hässliche und verdrießliche Gedanken einem doch kommen, wenn man sie nicht unter Kontrolle hält.

Wenn sie die Augen schloss, meinte sie ihn – Wladimir – auf der Bank ihr gegenüber sitzen zu sehen, aber es ist nicht Wladimir, es ist der Arzt von Bornholm, es ist nur ihre Erinnerung an den Arzt von Bornholm, wie er sich, besorgt und eindringlich, auf diese sonderbar unterwürfige Weise in ihr Leben drängt.

Dann kam der Zeitpunkt – bestimmt ging es jetzt auf Mitternacht –, wo sie den Zug endgültig verlassen mussten. Sie hatten die Grenze von Dänemark erreicht. Helsingør. Zumindest die Landesgrenze – sie vermutete, dass die eigentliche Staatsgrenze sich irgendwo draußen im Kattegat befand.

Und da lag die letzte Fähre, erwartete sie, sah mit ihren vielen hellen Lichtern groß und einladend aus. Und da kam auch schon ein Dienstmann, trug ihr Gepäck an Bord, bedankte sich für ihre dänischen Münzen und eilte davon. An Bord zeigte sie dem Offizier ihre Fahrkarte, und er sprach mit ihr Schwedisch. Er versicherte ihr, dass sie auf der anderen Seite Anschluss an den Zug nach Stockholm haben werde. Sie werde den Rest der Nacht nicht in einem Warteraum verbringen müssen.

»Ich habe das Gefühl, in die zivilisierte Welt zurückgekehrt zu sein«, sagte sie zu ihm. Er sah sie ein wenig misstrauisch an. Ihre Stimme war ein heiseres Krächzen, obwohl der Kaffee ihrer Kehle gutgetan hatte. Das liegt daran, dass er Schwede ist, dachte sie. Unter Schweden ist es nicht notwendig, zu lächeln oder anerkennende Bemerkungen zu machen. Der höfliche Umgang kommt auch ohne derlei aus.

Die Überfahrt war ein wenig rau, aber sie wurde nicht seekrank. Ihr fiel wieder die Tablette ein, aber sie brauchte sie nicht. Und das Schiff musste geheizt sein, denn einige Passagiere hatten die oberste Schicht ihrer Winterkleidung abgelegt. Doch sie zitterte immer noch. Vielleicht war das Zittern notwendig, weil sich auf dem Weg durch Dänemark so viel Kälte in ihrem Körper angesammelt hatte. Sie war in ihr gespeichert, diese Kälte, und jetzt konnte sie sie durch das Zittern hinausbefördern.

Der Zug nach Stockholm wartete wie versprochen in der geschäftigen Hafenstadt Helsingborg, die um so vieles lebhafter und größer war als ihre Cousine ähnlichen Namens auf der anderen Seite des Wassers. Die Schweden mochten nicht lächeln, aber die Auskünfte, die sie einem erteilten, waren korrekt. Ein Dienstmann griff sich ihre Reisetaschen und wartete, während sie in ihrer Börse nach ein paar Münzen suchte. Sie nahm eine großzügige Anzahl heraus und legte sie ihm in die Hand, in der Meinung, sie seien dänisch; sie würde sie nicht mehr brauchen.

Sie waren dänisch. Er gab sie ihr zurück und sagte auf Schwedisch: »Die nehme ich nicht.«

»Aber die sind alles, was ich habe«, rief sie, wobei ihr zwei Dinge klarwurden. Ihrem Hals ging es besser, und sie hatte kein schwedisches Geld.

Er stellte die Taschen hin und ging fort.

Französisches Geld, deutsches Geld, dänisches Geld. Schwedisches hatte sie vergessen.

Der Zug stand schon unter Dampf, die Reisenden stiegen ein, während sie ratlos dastand. Sie konnte ihre Taschen nicht tragen. Aber zurücklassen konnte sie sie auch nicht.

Sie packte die vielen Griffe und fing an zu rennen. Sie taumelte, weil die Taschen gegen ihre Beine schlugen, sie keuchte vor Schmerzen in der Brust und in den Achselhöhlen. Stufen lagen vor ihr. Wenn sie stehen blieb, um Atem zu holen, würde sie zu spät kommen. Sie stieg hinauf. Mit Tränen des Selbstmitleids in den Augen flehte sie den Zug an, sich nicht in Bewegung zu setzen.

Und er tat es auch nicht. Erst als der Schaffner, der sich hinauslehnte, um die Tür zu schließen, ihren Arm ergriff, sich irgendwie ihre Taschen schnappte und alles zusammen in den Waggon zog.

Sobald sie gerettet war, fing sie an zu husten. Sie versuchte, etwas aus der Brust herauszuhusten. Den Schmerz in ihrer Brust. Den Schmerz und die Enge in ihrer Kehle. Aber sie musste dem Schaffner zu ihrem Abteil folgen, und zwischen den Hustenanfällen lachte sie triumphierend. Der Schaffner schaute in ein Abteil, in dem schon einige Leute saßen, dann führte er sie zu einem, das leer war.

»Sie haben recht. Mir eins zu geben, wo … ich nicht lästig falle«, sagte sie strahlend. »Ich hatte kein Geld. Schwedisches Geld. Alle anderen Sorten. Nur kein schwedisches. Ich musste rennen. Ich hätte nie gedacht, dass ich …«

Er sagte ihr, sie solle sich setzen und erst einmal still zu Atem kommen. Er ging fort und kam bald mit einem Glas

Wasser wieder. Als sie es trank, fiel ihr die Tablette ein, die sie erhalten hatte, und sie nahm sie mit dem letzten Schluck Wasser. Der Husten legte sich.

»Sie dürfen das nicht wieder tun«, sagte er. »Ihre Brust wogt. Rauf und runter.«

Schweden waren sehr freimütig, außerdem reserviert und pünktlich.

»Warten Sie«, sagte sie.

Denn es musste noch etwas anderes klargestellt werden, fast als könnte der Zug sie sonst nicht an den richtigen Ort bringen.

»Warten Sie einen Augenblick. Haben Sie davon gehört? Haben Sie gehört, dass die Pocken ausgebrochen sind? In Kopenhagen?«

»Nein. Nichts dergleichen«, sagte er. Er nickte ihr ernst, aber höflich zu und verließ sie.

»Danke sehr! Danke sehr!«, rief sie ihm nach.

Sofia ist noch nie in ihrem Leben betrunken gewesen. Wenn sie Arzneien nahm, die das Gehirn verwirren konnten, so wurde sie davon in Schlaf versetzt, bevor irgendeine solche Störung eintrat. Sie hat also nichts, mit dem sie es vergleichen kann, dieses außergewöhnliche Gefühl, das sie jetzt durchpulst, diese Veränderung der Wahrnehmung. Anfangs mag es nur eine Erleichterung gewesen sein, ein großartiges, wenn auch lächerliches Gefühl, auserwählt zu sein, weil sie es geschafft hat, ihre Taschen zu tragen und die Treppe hinaufzurennen und ihren Zug zu erreichen. Und dann hat sie den Hustenanfall und den Krampf in ihrem Herzen überlebt und irgendwie ihren schlimmen Hals verdrängt.

Aber da ist mehr, als dehne sich ihr Herz aus, erreiche wieder seinen normalen Zustand und fahre danach fort, leichter und frischer zu schlagen und ihr alles beinahe lustig aus dem Weg zu pusten. Sogar die Epidemie in Kopenhagen konnte jetzt so etwas wie die Pest in einer Ballade werden, Teil einer uralten Geschichte. Wie ihr eigenes Leben auch, dessen Rückschläge und Kümmernisse zu Einbildungen wurden. Ereignisse und Ideen nahmen eine neue Form an, erblickt durch das Fenster des klaren Verstandes, durch ein verwandelndes Glas.

Es gab ein Erlebnis, an das ihr Zustand sie erinnerte. Nämlich als sie im Alter von zwölf Jahren zum ersten Mal auf die Trigonometrie gestoßen war. Professor Tyrtow, ein Nachbar in Palibino, hatte das neue Lehrbuch, das er verfasst hatte, vorbeigebracht. Er dachte, es könne ihren Vater, den General, bei seinen Kenntnissen der Artillerie interessieren. Sie fand es im Arbeitszimmer vor und schlug es zufällig bei dem Kapitel über die Optik auf. Sie fing an zu lesen und die graphischen Darstellungen zu studieren und war überzeugt, dass sie binnen kurzem fähig sein werde, alles zu verstehen. Sie hatte noch nie etwas vom Sinus oder Cosinus gehört, aber indem sie den Sinus durch eine Bogensehne ersetzte und durch den glücklichen Umstand, dass bei kleinen Winkeln beide nahezu übereinstimmen, gelang es ihr, in diese neue und wunderbare Sprache einzudringen.

Sie war damals gar nicht sonderlich überrascht, nur ungeheuer glücklich.

Solche Entdeckungen geschahen immer wieder. Die Mathematik war ein Geschenk der Natur, wie die Nordlichter. Sie hatte mit nichts anderem auf der Welt zu tun, nicht mit Publikationen, Preisen, Kollegen oder Ernennungsurkunden.

Der Schaffner weckte sie, kurz bevor der Zug Stockholm erreichte. Sie fragte: »Welcher Tag ist heute?«

»Heute ist Freitag.«

»Gut. Dann werde ich meine Vorlesung halten können.«

»Achten Sie auf Ihre Gesundheit, gnädige Frau.«

Um zwei Uhr stand sie hinter dem Katheder und dozierte klar und schlüssig, ohne Schmerzen oder Husten. Das feine Summen, das ihren Körper durchlief wie einen Draht, beeinträchtigte ihre Stimme nicht. Und ihr Hals schien von selbst geheilt zu sein. Als sie geendet hatte, ging sie nach Hause, zog sich um und nahm eine Droschke zu dem Empfang, zu dem sie eingeladen war, im Haus der Guldens. Sie war guter Laune, sprach angeregt von ihren Eindrücken aus Italien und dem Süden Frankreichs, wenn auch nicht über ihre Rückfahrt nach Schweden. Dann verließ sie das Zimmer, ohne sich zu entschuldigen, und ging aus dem Haus. Sie war zu erfüllt von leuchtenden und außerordentlichen Ideen, um noch länger mit irgendjemandem plaudern zu können.

Draußen Dunkelheit, Schneefall, kein Wind, die Straßenlaternen schimmernd wie Weihnachtsbaumkugeln. Sie blickte sich nach einer Droschke um, aber es war keine zu sehen. Ein Omnibus kam, und sie winkte ihn heran. Der Fahrer sagte ihr, dass hier keine Haltestelle sei.

»Aber Sie haben gehalten«, erwiderte sie unbeeindruckt.

Sie kannte sich in den Straßen von Stockholm nicht besonders gut aus, deshalb dauerte es eine Weile, bis sie merkte, dass sie zu einem falschen Stadtteil fuhr. Sie lachte, als sie das dem Fahrer erklärte, und er ließ sie aussteigen, so dass sie durch den Schnee in ihrem Gesellschaftskleid, ihrem leichten Mantel und ihren dünnen Schuhen nach Hause gehen musste. Das Straßenpflaster war wundervoll still und weiß. Sie musste ungefähr eine Meile weit laufen, freute sich aber, dass sie sich zurechtfand. Ihre Schuhe waren bald durchnässt, dennoch war ihr nicht kalt. Sie dachte, das liege an der Windstille und an der Verzauberung ihres Körpers und ihres Geistes, die sie so noch nie erlebt hatte, aber auf die sie gewiss von nun an zählen konnte. Es mochte nicht sehr originell sein, das zu sagen, aber die Stadt war wie eine Stadt in einem Märchen.

Am nächsten Tag blieb sie im Bett und sandte ihrem Kollegen Mittag-Leffler ein paar Zeilen mit der Bitte, ihr seinen Arzt zu schicken, da sie keinen hatte. Er schaute auch selbst nach ihr, und während seines langen Besuchs berichtete sie ihm in großer Erregung von ihren Plänen zu einer neuen mathematischen Arbeit, kühner, wichtiger und schöner als alles, was ihr bis dahin eingefallen war.

Der Arzt meinte, sie habe es mit den Nieren, und ließ ihr eine Medizin da.

»Ich habe vergessen, ihn zu fragen«, sagte Sofia, als er fort war.

»Ihn was zu fragen?«, wollte Mittag-Leffler wissen.

»Herrscht die Pest? In Kopenhagen?«

»Sie träumen«, sagte Mittag-Leffler sanft. »Wer hat Ihnen das erzählt?«

»Ein blinder Mann«, sagte sie. Dann verbesserte sie sich:

»Nein, ich meinte verbindlich. Ein verbindlicher Mann.« Sie
wedelte mit den Händen, als versuche sie, eine Form zu bilden, die besser passte als Wörter. »Mein Schwedisch«, sagte
sie.

»Warten Sie mit dem Sprechen, bis es Ihnen bessergeht.«

Sie lächelte, dann zog sie ein trauriges Gesicht. Mit Nachdruck sagte sie: »Mein Ehemann.«

»Ihr Verlobter? Denn er ist ja noch nicht Ihr Ehemann.
Ich treibe meinen Spott mit Ihnen. Möchten Sie, dass er
kommt?«

Aber sie schüttelte den Kopf. Sie sagte: »Nicht der. Bothwell.«

»Nein. Nein. Nein«, sagte sie dann rasch. »Der andere.«

»Sie müssen sich ausruhen.«

Teresa Gulden und ihre Tochter Elsa waren gekommen, auch
Ellen Key. Sie wechselten sich bei ihrer Pflege ab. Nachdem Mittag-Leffler gegangen war, schlief sie eine Weile. Als
sie erwachte, war sie wieder redselig, sagte aber nichts von
einem Ehemann. Sie sprach von ihrem Roman und von dem
Buch mit ihren Jugenderinnerungen an Palibino. Sie sagte,
sie könne jetzt etwas viel Besseres machen, und fing an, ihre
Idee zu einer neuen Geschichte zu beschreiben. Sie kam
durcheinander und lachte, weil sie das nicht klarer ausdrücken konnte. Es gebe eine Bewegung vor und zurück, es
gebe einen Puls im Leben. Sie habe die Hoffnung, dass sie in
diesem Werk entdecken werde, was vorgehe. Etwas Grund-
legendes. Erfunden, aber auch nicht.

Was konnte sie damit meinen? Sie lachte.

Sie fließe über vor Ideen, sagte sie, von einer ganz neuen

Weite und Bedeutung und doch so natürlich und selbstverständlich, dass sie lachen müsse.

Am Sonntag ging es ihr schlechter. Sie konnte kaum sprechen, bestand aber darauf, Fufu in dem Kostüm zu sehen, das sie auf einem Kinderfest tragen sollte.

Es war ein Zigeunerkostüm, und Fufu tanzte darin, rund um das Bett ihrer Mutter.

Am Montag bat Sofia Teresa Gulden, sich um Fufu zu kümmern.

Gegen Abend fühlte sie sich besser, und eine Krankenschwester kam, damit Teresa und Ellen sich ausruhen konnten.

In den frühen Morgenstunden wachte Sofia auf. Teresa und Ellen wurden aus dem Schlaf geholt, und sie weckten Fufu, damit das Kind seine Mutter noch einmal lebend sehen konnte. Sofia vermochte nur ganz wenig zu sprechen.

Teresa meinte sie sagen zu hören: »Zu viel Glück.«

Sie starb gegen vier Uhr. Die Autopsie sollte ergeben, dass ihre Lunge von einer Entzündung völlig zerstört war und dass ihr Herz krankhafte Veränderungen aufwies, die mehrere Jahre zurückreichten. Ihr Gehirn war, wie alle erwarteten, groß.

Der Arzt von Bornholm las in der Zeitung von ihrem Tod, ohne dass es ihn überraschte. Er hatte gelegentlich Vorahnungen, verstörend für jemanden in seinem Beruf und nicht unbedingt zuverlässig. Er hatte gedacht, Kopenhagen zu meiden könne sie retten. Er fragte sich, ob sie wohl die Droge genommen hatte, die er ihr gegeben hatte, und ob sie ihr den Trost gespendet hatte, wie er ihn im Notfall von ihr empfing.

Sofia Kowalewskaja wurde auf dem Neuen Friedhof, wie er damals hieß, in Stockholm beerdigt, um drei Uhr am Nachmittag eines stillen, kalten Tages, so dass der Atem der Trauergäste und Zuschauer in der frostigen Luft Wolken bildete.

Ein Lorbeerkranz kam von Weierstraß. Er hatte zu seinen Schwestern gesagt, dass er gewusst habe, er werde sie nie wiedersehen.

Er lebte noch sechs Jahre lang.

Maxim kam aus Beaulieu, herbeigerufen von dem Telegramm, das Mittag-Leffler ihm vor ihrem Tod geschickt hatte. Er traf rechtzeitig ein, um auf der Beerdigung eine Trauerrede zu halten, auf Französisch sprach er von Sofia, als sei sie lediglich eine ihm bekannte Professorin gewesen, und dankte dem schwedischen Volk im Namen des russischen Volkes dafür, ihr eine Gelegenheit gegeben zu haben, ihren Lebensunterhalt als Mathematikerin zu verdienen (ihr Wissen in würdiger Weise zu nutzen, sagte er).

Maxim heiratete nicht. Es wurde ihm nach einiger Zeit gestattet, in sein Heimatland zurückzukehren und Vorlesungen in Sankt Petersburg zu halten. Er gründete die Partei für demokratische Reformen in Russland und setzte sich für eine konstitutionelle Monarchie ein. Die Zaristen fanden ihn viel zu liberal. Lenin jedoch brandmarkte ihn als Reaktionär.

Fufu praktizierte als Ärztin in der Sowjetunion und starb dort Mitte der fünfziger Jahre des 20. Jahrhunderts. An der Mathematik habe sie kein Interesse, sagte sie.

Ein Krater auf dem Mond ist nach Sofia benannt worden.

ZUG

DAS IST OHNEHIN ein langsamer Zug, und er hat vor der Kurve noch abgebremst. Jackson ist inzwischen der einzige Fahrgast, bis zum nächsten Halt in Clover sind es noch ungefähr zwanzig Meilen. Danach kommen Ripley, Kincardine und der See. Er hat also Glück, und das muss man nutzen. Schon hat er seine Fahrkarte aus dem Schlitz über seinem Platz herausgezogen.

Er wirft seine Tasche hinaus und sieht sie gut landen, zwischen den Gleisen. Jetzt bleibt ihm keine Wahl – langsamer wird der Zug nicht mehr.

Er ergreift die Gelegenheit. Ein junger Mann, gut in Form, so gelenkig, wie er je sein wird. Aber der Sprung, die Landung enttäuschen ihn. Er ist steifer, als er dachte, der abrupte Stillstand schleudert ihn nach vorn, seine Handflächen treffen hart auf den Schotter zwischen den Schwellen, er schrammt sich die Haut auf. Schlechte Nerven.

Der Zug ist nicht mehr zu sehen, er hört ihn hinter der Kurve etwas beschleunigen. Er spuckt auf seine schmerzenden Hände, polkt den Schotter heraus. Greift sich dann seine Tasche und läuft zurück in die Richtung, aus der er eben mit dem Zug gekommen ist. Wenn er dem Zug nachginge, würde er im Bahnhof von Clover lange nach Einbruch der Dunkelheit auftauchen. Aber er könnte immer noch behaupten, er sei eingeschlafen und ganz durcheinander aufgewacht, in der Meinung, er habe seine Station verschlafen, was gar nicht stimmte. Sei völlig verwirrt abgesprungen und musste dann laufen.

Man hätte ihm geglaubt. Von so weit fort nach Hause kommen, aus dem Krieg, das konnte einen durcheinanderbringen. Es ist noch nicht zu spät, er würde vor Mitternacht dort sein, wo er sein soll.

Aber während er das denkt, läuft er in die entgegengesetzte Richtung.

Er weiß nur von wenigen Bäumen, wie sie heißen. Ahornbäume, die kennt jeder. Fichten. Viel mehr nicht. Als er vom Zug sprang, dachte er, das wäre in einem Wald. War es aber nicht. Die Bäume stehen nur entlang der Gleise, dicht an dicht auf der Böschung, aber dahinter kann er Felder aufleuchten sehen. Grüne oder rostbraune oder gelbe Felder. Viehweiden, Mais, Stoppelfelder. So viel weiß er. Es ist immer noch August.

Und sobald das Geräusch des Zuges verstummt ist, merkt er, dass ihn, anders als erwartet, nicht vollkommene Stille umgibt. Viele kleine Störungen, hier und da, ein Rascheln des trockenen Augustlaubs, das nicht vom Wind kommt, der Lärm unsichtbarer Vögel, die ihn beschimpfen.

Vom Zug abspringen sollte eine Verweigerung sein. Man straffte seinen Körper und ging in die Knie, um in einen anderen Luftraum einzudringen. Man war gespannt auf die Leere. Und was bekam man dann? Eine unerhört vielfältige neue Umgebung, die einem so viel Aufmerksamkeit abverlangte, wie sie es nie tat, wenn man im Zug saß und nur aus dem Fenster schaute. Was machst du hier? Wohin gehst du? Ein Gefühl, beobachtet zu werden, ohne zu wissen, von wem oder was. Zu stören. Leben rundum kommt zu Schlüssen über dich von Aussichtspunkten, die du nicht sehen kannst.

Leute, denen er in den letzten paar Stunden begegnet war, dachten offenbar, wenn du nicht aus der Großstadt kamst, dann kamst du vom Land. Und das stimmte nicht. Es gab Unterschiede, die man übersehen konnte, wenn man nicht dort lebte, zwischen Stadt und Land. Jackson selbst war der Sohn eines Klempners. Er hatte nie im Leben einen Stall betreten oder Kühe gehütet oder Korn zu Garben gebunden. Oder war je wie jetzt auf Eisenbahngleisen entlanggestapft, die sich von ihrem normalen Daseinszweck, Menschen und Lasten zu tragen, zurückverwandelt hatten in ein Reich wilder Apfelbäume, dorniger Beerensträucher, wuchernder Ranken und Krähen – wenigstens die Vögel kannte er –, die von unsichtbaren Hochsitzen aus schimpften. Und gerade eben schlängelt sich zwischen den Gleisen eine Ringelnatter, vollkommen sicher, dass er nicht schnell genug ist, um sie totzutreten. Er weiß immerhin, dass sie harmlos ist, aber ihre Selbstsicherheit ärgert ihn.

Bei der kleinen Jersey-Kuh, die Margaret Rose hieß, konnte man sich eigentlich darauf verlassen, dass sie zweimal am Tag an der Stalltür zum Melken erschien, morgens und abends. Belle brauchte sie nicht oft zu rufen. Aber an diesem Morgen interessierte sie sich zu sehr für etwas unten bei der Mulde auf der Weide oder zwischen den Bäumen, die die Eisenbahngleise auf der anderen Seite des Zauns verdeckten. Sie hörte Belle pfeifen und dann rufen, kam widerwillig ein wenig heran. Beschloss aber dann, zurückzukehren und noch mal nachzuschauen.

Belle stellte den Eimer und den Schemel hin und machte sich auf den Weg durch das vom Morgentau nasse Gras.

»Kuh komm, Kuh komm.«

Halb lockte sie, halb schimpfte sie.

Etwas bewegte sich zwischen den Bäumen. Die Stimme eines Mannes rief, dass alles gut war.

Natürlich war alles gut. Dachte er, dass sie Angst vor ihm hatte? Er sollte lieber Angst vor der Kuh haben und vor ihren Hörnern.

Er kletterte über den Zaun des Eisenbahngeländes und winkte in einer Weise, die wohl beruhigend wirken sollte.

Das war zu viel für Margaret Rose, sie musste einen Tanz aufführen. Hierhin springen, dann dorthin. Die bösen kleinen Hörner schleudern. Nichts Großes, aber Jerseys können einen immer unangenehm überraschen, mit ihrer Schnelligkeit und ihren Temperamentsausbrüchen. Belle rief etwas, um mit ihr zu schimpfen und ihn zu beruhigen.

»Sie tut Ihnen nichts. Bleiben Sie einfach stehen. Das ist bloß Aufregung.«

Jetzt bemerkte sie die Tasche in seiner Hand. Das war also der Auslöser. Sie hatte gedacht, er lief einfach auf den Gleisen herum, aber er lief irgendwohin.

»Sie regt sich über Ihre Tasche auf. Wenn Sie sie einfach kurz abstellen könnten. Ich muss sie zur Scheune zurückbringen, um sie zu melken.«

Er tat wie geheißen und sah zu, rührte sich nicht vom Fleck.

Sie lenkte Margaret Rose dahin zurück, wo der Eimer und der Schemel standen, auf dieser Seite der Scheune.

»Sie können sie jetzt wieder nehmen«, rief sie. Und sprach

freundlicher, als er näher kam. »Solange Sie damit nicht vor ihr herumwedeln. Sie sind doch Soldat, nicht? Wenn Sie warten, bis ich sie gemolken habe, kann ich Ihnen Frühstück machen. Ein blöder Name, wenn man sie anbrüllen muss. Margaret Rose.«

Sie war eine kleine, stämmige Frau mit glatten Haaren, grau durchsetztes Blond mit kindlichem Pony.

»Ich bin dafür verantwortlich«, sagte sie, als sie sich niederließ. »Ich bin Royalistin. Oder war es. Ich habe Porridge gemacht, hinten auf dem Herd. Das Melken dauert nicht lange. Wenn's Ihnen nichts ausmacht, um die Scheune rumzugehen und zu warten, wo sie Sie nicht sehen kann. Bedaure, aber ich kann Ihnen kein Ei anbieten. Früher hatten wir Hühner, aber die Füchse haben sie immer wieder geholt, bis wir's leid waren.«

Wir. Früher hatten wir Hühner. Das bedeutete, sie war mit einem Mann zusammen.

»Porridge ist gut. Ich bezahle auch gerne dafür.«

»Brauchen Sie nicht. Verschwinden Sie einfach ein Weilchen. Sie ist zu abgelenkt, um ihre Milch herzugeben.«

Er ging um die Scheune herum. Sie war in schlechtem Zustand. Er spähte zwischen den Brettern hindurch, um zu sehen, was für ein Auto die Frau hatte, konnte aber nur eine alte, einspännige Kutsche ausmachen und irgendwelche verrosteten Gerätschaften.

Der ganze Hof zeigte ein gewisses Maß an Ordnung, zeugte aber nicht von Arbeitseifer. Am Haus blätterte weiße Farbe ab und wurde grau. Ein Fenster, dessen Scheibe zerbrochen sein musste, war mit Brettern vernagelt. Der verfallene Hühnerstall, aus dem die Füchse die Hühner geholt hatten. Ein Haufen Schindeln.

Wenn ein Mann auf dem Hof war, musste er ein Invalide sein oder ein ausgemachter Faulpelz.

Eine Straße führte daran vorbei. Eine kleine eingezäunte Wiese vor dem Haus, ein Schotterweg. Und auf der Wiese ein scheckiges, friedlich aussehendes Pferd. Er konnte verstehen, warum man sich eine Kuh hielt, aber ein Pferd? Sogar schon vor dem Krieg hatten die Farmer sie abgeschafft, die Zukunft gehörte den Traktoren. Und sie hatte nicht danach ausgesehen, als würde sie nur zu ihrem Vergnügen auf einem Pferd umherreiten.

Dann dämmerte es ihm. Die Kutsche in der Scheune. Das war kein altes Gerümpel, das war alles, was sie hatte.

Schon seit einer Weile hatte er ein sonderbares Geräusch gehört. Die Straße führte eine Anhöhe hinauf, und von der anderen Seite der Anhöhe kam ein Klick-klack, Klick-klack. Außer dem Klick-klack noch ein leises Zirpen oder Pfeifen.

Und dann. Über die Anhöhe kam eine Kiste auf Rädern, gezogen von zwei kleinen Pferden. Viel kleiner als das auf der Weide, aber unendlich viel lebhafter. Und in der Kiste saßen etwa ein halbes Dutzend kleine Männer. Alle schwarzgekleidet, mit ordentlichen schwarzen Hüten auf den Köpfen.

Das Geräusch kam von ihnen. Es war Gesang. Weiche, hohe, leise Stimmen, unsagbar lieblich. Die Männlein würdigten ihn keines Blickes, als sie vorbeifuhren.

Ein Schauder lief ihm über den Rücken. Im Vergleich dazu waren die Kutsche in der Scheune und das Pferd auf der Wiese gar nichts.

Er stand immer noch da und schaute hin und her, als er die Frau rufen hörte: »Alles fertig.« Sie stand neben dem Haus.

»Hier geht's rein und raus«, sagte sie an der Hintertür. »Die

Vordertür klemmt seit letztem Winter, will einfach nicht mehr aufgehen, als wär sie immer noch festgefroren.«

Sie gingen auf Brettern, die über unebenem Erdboden lagen, in der Dunkelheit, die das vernagelte Fenster spendete. Es war hier so frostig wie in der Mulde, in der er geschlafen hatte. Er war immer wieder aufgewacht, hatte versucht, sich so zusammenzukrümmen, dass ihm nicht kalt wurde. Die Frau fröstelte hier nicht – sie roch nach gesunder Anstrengung und wahrscheinlich nach Kuhfell.

Sie goss frische Milch in eine Schüssel und bedeckte sie mit einem Stück Gaze, das bereitlag, dann führte sie ihn in den Hauptteil des Hauses. Die Fenster hier hatten keine Gardinen, so dass das Licht hereinströmte. Der Herd, der mit Holz beheizt wurde, war gerade benutzt worden. Es gab ein Spülbecken mit einer Handpumpe, einen Tisch mit einer Wachstuchdecke darauf, die an einigen Stellen völlig durchgescheuert war, und ein Sofa, auf dem eine vielfach geflickte alte Patchworkdecke lag.

Auch ein Kissen, das etliche Federn verloren hatte.

So weit, nicht so schlecht, wenn auch alt und verrottet. Alles, was man sehen konnte, war nützlich und in Gebrauch. Aber schaute man hoch, dann stapelten sich auf Borden dicht an dicht Zeitungen oder Zeitschriften oder einfach irgendwelche Papiere bis hoch zur Decke.

Er musste sie fragen: Hatte sie nicht Angst, dass ein Feuer ausbrach? Beim Herd, zum Beispiel.

»Ach, ich bin immer hier. Ich meine, ich schlafe hier. Es gibt keine andere Stube, wo ich die Zugluft aussperren kann. Ich pass schon auf. Ich hab noch nicht mal einen Ofenrohrbrand gehabt. Ein paarmal ist es zu heiß geworden, da hab ich einfach Backpulver draufgeschüttet. Nichts passiert.

Meine Mutter musste sowieso hier sein«, sagte sie. »Gab keinen andren Platz, wo sie's gemütlich hatte. Ich hab immer aufgepasst. Natürlich hab ich dran gedacht, die Zeitungen alle ins Wohnzimmer zu räumen, aber da ist es wirklich zu feucht, die würden völlig verschimmeln.«

Dann sagte sie, sie hätte es erklären müssen. »Meine Mutter ist tot. Sie ist im Mai gestorben. Gerade als das Wetter anständig wurde. Sie hat noch im Radio vom Ende des Krieges gehört. Sie hat immer noch alles verstanden. Sprechen konnte sie schon lange nicht mehr, aber sie hat alles verstanden. Ich hab mich so an ihr Schweigen gewöhnt, dass ich manchmal denke, sie ist noch hier, aber das ist natürlich Quatsch.«

Jackson fühlte sich verpflichtet, ihr sein Beileid auszusprechen.

»Na ja. Es war abzusehen. Bloß gut, dass es nicht im Winter passiert ist.«

Sie tat ihm von dem Haferbrei auf und goss ihm Tee ein.

»Nicht zu stark? Der Tee?«

Mit dem Mund voll Brei schüttelte er den Kopf.

»Ich spare nie am Tee. Wenn man daran sparen will, warum nicht gleich heißes Wasser trinken? Aber wir hatten wirklich keinen mehr, als letzten Winter das Wetter so schlimm wurde. Das Wasser ging nicht mehr, und das Radio ging nicht mehr, und der Tee war alle. Ich hatte ein Seil an die Hintertür gebunden, an dem ich mich festhalten konnte, wenn ich zum Melken rausging. Ich wollte Margaret Rose in die Waschküche bringen, aber ich dachte mir, der Sturm wird sie zu sehr aufregen, und dann kann ich sie nicht mehr halten. Jedenfalls hat sie überlebt. Wir haben alle überlebt.«

Als er eine Lücke in ihrem Gesprächsfluss fand, fragte er, ob es hier in der Gegend irgendwelche Zwerge gab.

»Nicht dass ich wüsste.«

»Auf einem Karren?«

»Ah. Haben sie gesungen? Das müssen die kleinen Mennonitenjungen gewesen sein. Die fahren mit ihrem Karren zur Kirche, und sie singen den ganzen Weg über. Die Mädchen müssen in der Kutsche mit den Eltern sitzen, aber sie lassen die Jungen im Karren fahren.«

»Die taten, als würden sie mich gar nicht sehen.«

»So sind die. Ich hab immer zu Mutter gesagt, dass wir an der richtigen Straße wohnen, weil wir genau wie die Mennoniten sind. Das Pferd und die Kutsche, und wir trinken unsere Milch, ohne sie keimfrei gemacht zu haben. Das Einzige ist, wir können beide nicht singen.

Als Mutter starb, haben sie so viel vorbeigebracht, dass ich wochenlang zu essen hatte. Sie müssen gedacht haben, es gibt einen Leichenschmaus oder so was. Ich habe Glück, dass sie da sind. Aber dann sage ich mir, sie haben auch Glück. Denn sie sollen Gutes tun, und hier bin ich, praktisch auf ihrer Türschwelle und die beste Gelegenheit, Gutes zu tun.«

Er bot ihr Bezahlung an, als er fertig war, aber sie winkte ab.

Es gebe aber etwas, sagte sie. Wenn er, bevor er ging, den Pferdetrog reparieren könnte.

Wie sich herausstellte, lief das darauf hinaus, einen neuen Pferdetrog zu zimmern, und so musste er alles durchstöbern, um Material und Werkzeuge dafür zu finden. Er brauchte den ganzen Tag, und zum Abendbrot setzte sie ihm Pfannkuchen mit Ahornsirup von den Mennoniten vor. Sie sagte, wenn er nur eine Woche später gekommen wäre, hätte es frische Marmelade gegeben. Sie pflückte nämlich die wilden Beeren, die entlang der Bahngleise wuchsen.

Sie saßen auf Küchenstühlen draußen vor der Hintertür bis nach dem Sonnenuntergang. Sie erzählte ihm davon, wie sie hierhergelangt war, und er hörte nur mit halbem Ohr zu, weil er sich umschaute und dachte, dass der Hof auf dem letzten Loch pfiff, aber nicht völlig hoffnungslos war, wenn jemand Lust hatte, sich hier niederzulassen und alles in Ordnung zu bringen. Man musste einiges Geld hineinstecken, aber noch mehr Zeit und Energie. Es konnte eine Herausforderung sein. Fast bedauerte er, dass er weiterzog.

Ein weiterer Grund, warum er nur halb auf das hörte, was Belle – sie hieß Belle – ihm erzählte, war, dass er sich ihr Leben, so, wie sie es beschrieb, nicht gut vorstellen konnte.

Ihr Vater – sie nannte ihn ihren Daddy – hatte diesen Hof eigentlich nur für Sommeraufenthalte gekauft, aber dann beschlossen, mit der Familie das ganze Jahr über hier zu wohnen. Er konnte überall arbeiten, weil er sein Geld damit verdiente, eine Kolumne für die Zeitung *Toronto Evening Telegram* zu schreiben. Der Briefträger nahm seine Artikel mit und tat sie zu der Post, die der Zug beförderte. Er schrieb über alles Mögliche. Er brachte sogar Belle darin unter, als »Kätzchen«. Und gelegentlich auch Belles Mutter, die er aber Prinzessin Casamassima nannte, nach einem Buch, sagte sie, dessen Titel heute niemandem mehr etwas bedeutete. Ihre Mutter konnte der Grund dafür gewesen sein, warum sie das ganze Jahr über blieben. Sie war an der schrecklichen Grippe von 1918 erkrankt, an der so viele Menschen gestorben waren, und als sie die überstanden hatte, war sie sonderbar. Nicht wirklich stumm, denn sie konnte einige Wörter sagen, aber viele waren ihr abhandengekommen. Oder sie denen. Sie musste ganz von vorn lernen, wie man isst oder auf die Toilette geht. Außer den Wörtern musste sie lernen, ihre

Kleidung anzubehalten, wenn es heiß war. Denn man wollte ja nicht, dass sie in der Stadt auf den Straßen herumlief und zum Gespött wurde.

Belle war im Winter immer weg auf einer Schule. Die Schule hieß nach Bischof Strachan, und sie war überrascht, dass er noch nie davon gehört hatte. Sie buchstabierte den Namen. Die Schule war in Toronto und voll reicher Mädchen, aber es gab auch Mädchen wie sie, deren Schulgeld von Verwandten oder aus Nachlässen bezahlt wurde. Da wurde ihr beigebracht, ziemlich hochnäsig zu sein, sagte sie, und sonst nichts, womit sie ihren Lebensunterhalt verdienen konnte.

Aber das erledigte sich alles durch den Unfall. Bei einem Spaziergang auf den Bahngleisen, wie er ihn an Sommerabenden gern unternahm, war ihr Vater von einem Zug erfasst worden. Sie und ihre Mutter waren schon zu Bett gegangen, als es passierte, und Belle dachte, es musste eine Kuh sein, die auf die Gleise geraten war, aber ihre Mutter stöhnte entsetzlich und schien es sofort zu wissen.

Manchmal schrieb ihr eines der Mädchen, mit denen sie in der Schule befreundet gewesen war, und fragte, was in aller Welt sie denn da oben zu tun fand, aber was wussten die schon! Da waren das Melken und das Kochen und die Pflege ihrer Mutter, und sie hatte zu der Zeit auch noch die Hühner. Sie lernte, Kartoffeln zu zerschneiden, so dass jedes Teil ein Auge hatte, sie einzupflanzen und im nächsten Sommer auszugraben. Sie hatte nie Autofahren gelernt, und als der Krieg kam, verkaufte sie das Auto ihres Vaters. Die Mennoniten überließen ihr ein Pferd, das nicht mehr zur Feldarbeit taugte, und einer von ihnen brachte ihr bei, es vor die Kutsche zu spannen und damit zu fahren.

Eine ihrer alten Freundinnen namens Robin kam sie besuchen und fand ihre Lebensweise einen Witz. Sie wollte, dass Belle nach Toronto zurückkehrte, aber wo sollte ihre Mutter hin? Ihre Mutter war jetzt viel ruhiger und behielt ihre Kleidung an, außerdem hörte sie gerne Radio, die Oper am Sonntagnachmittag. Natürlich konnte sie das auch in Toronto, aber Belle mochte sie nicht entwurzeln. Robin sagte, dass sie von sich selbst sprach, dass sie selbst Angst vor Entwurzelung hatte. Sie – Robin – ging fort und meldete sich zum Militär für die sogenannte Frauenbrigade.

Das Erste, was er machen musste, war, außer der Küche andere Zimmer so herzurichten, dass man darin schlafen konnte, bevor das kalte Wetter einsetzte. Er musste einige Mäuse beseitigen und sogar einige Ratten, die jetzt, wo es kühler wurde, hereinkamen. Er fragte Belle, warum sie sich nie eine Katze zugelegt hatte, und bekam ein Beispiel ihrer eigentümlichen Logik zu hören. Sie sagte, dass eine Katze immer Tierchen tötete und hereinschleppte, um sie ihr vorzulegen, dabei wollte sie die gar nicht sehen. Er hielt die Ohren offen für das Zuschnappen der Fallen und leerte sie, bevor sie mitbekam, was passiert war. Dann hielt er ihr eine Strafpredigt über die Papierstapel in der Küche, deren Feuergefahr, und sie willigte ein, sie umzuräumen, falls das Wohnzimmer trockengelegt werden konnte. Das wurde zu seiner Hauptaufgabe. Er kaufte ein Heizgerät, reparierte die Wände und erreichte, dass sie fast einen ganzen Monat lang hinaufkletterte, die Zeitungen herunterholte, sichtete, ordnete und in den Regalen unterbrachte, die er angefertigt hatte.

Dann erzählte sie ihm, dass in den Zeitungen das Buch ihres Vaters abgedruckt war. Manchmal nannte sie es einen

Roman. Ihm kam nicht in den Sinn, ihr Fragen danach zu stellen, aber eines Tages erzählte sie ihm, dass es darin um zwei Menschen namens Mathilde und Stephan ging. Ein historischer Roman.

»Wissen Sie noch, was Sie in Geschichte gelernt haben?«

Er hatte fünf Jahre Highschool mit achtbaren Noten und sehr guten Leistungen in Mathematik und Erdkunde abgeschlossen, aber von Geschichte war kaum etwas hängengeblieben. In seinem letzten Schuljahr konnte er sowieso nur noch daran denken, dass er in den Krieg zog.

Er sagte: »Nicht so richtig.«

»Sie würden's wissen, wenn Sie auf die Bischof Strachan gegangen wären. Da wurde uns Geschichte eingetrichtert. Jedenfalls die englische.«

Sie sagte, dass Stephan ein Held gewesen war. Ein Mann von Ehre, viel zu gut für seine Zeit. Er war einer der wenigen Menschen, denen es nicht um sich selbst geht und die nicht danach trachten, ihr Wort zu brechen, sobald sich ihnen die Gelegenheit bietet. Infolgedessen war er letzten Endes nicht erfolgreich.

Und dann Mathilde. Sie war eine direkte Nachfahrin von Wilhelm dem Eroberer und so grausam und hochmütig, wie man es sich nur vorstellen kann. Obwohl es Leute geben mag, die dumm genug sind, sie zu verteidigen, weil sie eine Frau war.

»Wenn er ihn hätte beenden können, wäre es ein sehr guter Roman geworden.«

Jackson wusste natürlich, dass es Bücher gab, weil Leute sich hinsetzten und sie schrieben. Sie kamen nicht aus dem Nichts. Aber warum, war die Frage. Es gab doch schon Bücher, und zwar ziemlich viele. Zwei davon hatte er in der

Schule lesen müssen. *Eine Geschichte zweier Städte* und *Huckleberry Finn*, jedes davon in einer Sprache, die einen fertigmachte, wenn auch auf unterschiedliche Weise. Und das war begreiflich. Sie waren in der Vergangenheit geschrieben worden.

Was ihm Rätsel aufgab, obwohl er nicht vorhatte, das zuzugeben, war, warum irgendjemand sich hinsetzen und noch eins schreiben sollte, in der Gegenwart. Jetzt.

Eine Tragödie, sagte Belle munter, und Jackson wusste nicht, ob sie von ihrem Vater sprach oder von den Leuten in dem Roman, den er nicht beendet hatte.

Jedenfalls war er jetzt, wo dieses Zimmer bewohnbar war, in Gedanken beim Dach. Sinnlos, ein Zimmer herzurichten, wenn der Zustand des Daches es in ein oder zwei Jahren wieder unbewohnbar machte. Er hatte geschafft, es so zu flicken, dass sie zwei Winter lang Ruhe haben würde, aber für mehr konnte er nicht garantieren. Und er hatte immer noch vor, sich vor Weihnachten auf den Weg zu machen.

Die Mennoniten-Familien auf der benachbarten Farm hatten zwar viele Kinder, aber die älteren waren alle Mädchen, und die Jungen, die er gesehen hatte, waren noch nicht kräftig genug, um die schwereren Arbeiten zu übernehmen. Jackson war es gelungen, sich bei ihnen für die Herbsternte zu verdingen. Sie nahmen ihn mit ins Haus zur gemeinsamen Mahlzeit, und zu seiner Überraschung stellte er fest, dass die Mädchen ganz aufgekratzt waren, als sie ihm auftaten, sie waren überhaupt nicht so stumm, wie er erwartet hatte. Die Mütter hielten ein wachsames Auge auf sie, und die Väter hielten ein wachsames Auge auf ihn. Es freute ihn, dass er beide Elternteile zufriedenstellen konnte. Sie konnten sehen, dass sich bei ihm nichts rührte. Keine Gefahr.

Und zu Belle brauchte natürlich kein Wort gesagt zu werden. Sie war – das hatte er herausbekommen – sechzehn Jahre älter als er. Das zu erwähnen oder auch nur Witze darüber zu machen hätte alles verdorben. Sie war eben eine bestimmte Art von Frau, er eine bestimmte Art von Mann.

Die Stadt, in der sie einkauften, wenn sie etwas brauchten, hieß Oriole. Sie lag in der entgegengesetzten Richtung von der Stadt, in der er aufgewachsen war. Er band das Pferd im Stall der vereinigten Kirche dort an, da die Pferdepfosten auf der Hauptstraße natürlich verschwunden waren. Anfangs traute er sich nicht recht in den Eisenwarenladen oder zum Friseur. Aber bald begriff er etwas über Kleinstädte, was ihm eigentlich hätte klar sein müssen, weil er in einer aufgewachsen war. Die Bewohner der einen hatten nicht viel mit denen der anderen zu tun, außer bei Spielen im Baseballstadion oder in der Eishockey-Arena, wo eine künstlich hergestellte erbitterte Feindschaft herrschte. Wenn sie etwas kaufen mussten, was es in ihren eigenen Läden nicht gab, fuhren sie in eine Großstadt. Genauso, wenn sie einen anderen Arzt konsultieren wollten als die Ärzte, die ihre Stadt ihnen zu bieten hatte. Er begegnete niemandem, den er kannte, und niemand interessierte sich für ihn, obwohl es sein konnte, dass sie sich das Pferd etwas genauer ansahen. Aber in den Wintermonaten nicht einmal das, denn die Nebenstraßen wurden nicht geräumt, und Farmer, die ihre Milch zur Molkerei oder Eier zum Lebensmittelladen bringen wollten, mussten es mit Pferden tun, geradeso wie Belle und er.

Belle hielt immer an, um zu sehen, welcher Film lief, obwohl sie nie die Absicht hatte, ihn sich anzusehen. Ihre Kenntnisse von Filmen und Filmstars waren umfassend, stammten aber aus vergangener Zeit, so was wie Mathilde und Stephan. Zum Beispiel konnte sie einem sagen, mit wem Clark Gable im wahren Leben verheiratet war, bevor er Rhett Butler wurde.

Bald ließ Jackson sich die Haare schneiden, wenn es nötig war, und kaufte sich Tabak, wenn er keinen mehr hatte. Er rauchte inzwischen wie ein Farmer, drehte sich seine Zigaretten selbst und rauchte nie im Haus.

Gebrauchte Autos gab es noch eine Weile lang nicht zu kaufen, aber als es sie gab, weil die neuen Modelle endlich auf den Markt kamen und Farmer, die im Krieg gutes Geld verdient hatten, ihre alten Autos gegen neue eintauschten, führte er mit Belle ein Gespräch. Das Pferd namens Sommersprosse war Gott weiß wie alt und hatte einen starken Widerwillen gegen jede Steigung.

Er stellte fest, dass er dem Autohändler schon aufgefallen war, ohne dass der mit seinem Besuch gerechnet hatte.

»Ich hab immer gedacht, Sie und Ihre Schwester sind Mennoniten, aber welche, die sich anders kleiden«, sagte der Händler.

Das erschütterte Jackson ein bißchen, aber zumindest hielt der Händler sie nicht für ein Ehepaar. Ihm wurde schlagartig klar, wie sehr er über die Jahre hin gealtert war und sich verändert hatte und dass kaum jemand den Mann, der damals vom Zug abgesprungen war, diesen ausgemergelten, übernervösen Soldaten, heute in ihm wiedererkennen würde. Während Belle, jedenfalls in seinen Augen, an einem bestimmten Punkt im Leben haltgemacht hatte und ein großes Kind blieb.

Und ihr Gerede verstärkte diesen Eindruck, ihre Art, hin und her zu springen, in die Vergangenheit und zurück, so dass es schien, als gäbe es für sie keinen Unterschied zwischen ihrer letzten Fahrt in die Stadt und dem letzten Film, den sie mit ihren Eltern gesehen hatte, oder der komischen Situation, als Margaret Rose – die inzwischen tot war – ihre Hörner gegen einen eingeschüchterten Jackson gesenkt hatte.

Es war das zweite Auto in ihrem Besitz, natürlich ein gebrauchtes, das sie im Sommer 1962 nach Toronto brachte. Das war eine Fahrt, mit der sie nicht gerechnet hatten, und sie kam Jackson sehr ungelegen. Zum einen baute er für die Mennoniten, die alle bei der Ernte waren, einen neuen Pferdestall, und zum anderen stand er kurz vor seiner eigenen Ernte des Gemüses, das bereits an den Lebensmittelladen in Oriole verkauft war. Aber Belle hatte eine Geschwulst und sich schließlich dazu überreden lassen, sich darum zu kümmern, und sie hatte jetzt einen Termin für eine Operation in Toronto.

Wie sich alles verändert hat, sagte Belle immer wieder. Bist du sicher, dass wir noch in Kanada sind?

Das war, bevor sie Kitchener passiert hatten. Sobald sie auf die neue Autobahn gelangten, geriet Belle vollends in Panik, flehte ihn an, eine ruhige Landstraße zu suchen oder umzukehren und nach Hause zu fahren. Er merkte, dass er heftig darauf reagierte und sie anschnauzte – der Verkehr überraschte ihn auch. Sie blieb danach den ganzen Weg über still, und er hatte keine Ahnung, ob sie die Augen geschlossen hielt, weil sie aufgegeben hatte oder weil sie betete. Er hatte noch nie erlebt, dass sie betete.

Noch an diesem Morgen hatte sie versucht, ihn von der

Fahrt abzubringen. Sie behauptete, die Geschwulst werde kleiner, nicht größer. Seit die Krankenversicherung für alle eingeführt worden war, sagte sie, rannten alle nur noch zu den Ärzten und machten ihr Leben zu einem einzigen langen Drama aus Krankenhäusern und Operationen, was nur dazu beitrug, die Phase zu verlängern, in der sie am Ende ihres Lebens anderen zur Last fielen.

Sie beruhigte sich und wurde sogar fröhlich, sobald sie ihre Abfahrt erreicht hatten und in die Stadt gelangten. Sie fuhren die Avenue Road hinunter, und trotz ihrer Ausrufe, wie sich alles verändert hatte, erkannte sie ständig etwas wieder. Da war das Haus, in dem eine der Lehrerinnen aus der Bischof Strachan gewohnt hatte. Im Erdgeschoss war früher ein Laden, in dem man Milch, Zigaretten und die Zeitung kaufen konnte. Wäre es nicht witzig, sagte sie, wenn man da reingehen könnte und immer noch die *Telegram* finden würde, nicht nur mit dem Namen ihres Vaters drin, sondern auch mit einem verschwommenen Foto von ihm, aufgenommen, als er noch alle Haare hatte?

Dann ein kleiner Aufschrei, denn am Ende einer Seitenstraße hatte sie genau die Kirche gesehen – sie hätte schwören können, dass es genau die Kirche war –, in der ihre Eltern geheiratet hatten. Sie hatten sie dorthin mitgenommen, um sie ihr zu zeigen, obwohl sie nicht vor dem Altar geheiratet hatten. Sie gingen nämlich nicht in die Kirche, nie. Es war eine Art Witz. Ihr Vater sagte, sie hätten im Keller geheiratet, aber ihre Mutter sagte, in der Sakristei.

Ihre Mutter konnte damals ganz normal reden, sie war wie alle anderen.

Vielleicht gab es zu der Zeit ein Gesetz, dass man in der Kirche heiraten musste, oder es war sonst nicht gültig.

An der Eglinton sah sie ein U-Bahn-Schild.

»Stell dir vor, ich bin noch nie U-Bahn gefahren.«

Sie sagte das mit einer Mischung aus Kummer und Stolz.

»Wie kann man nur so hinter dem Mond sein.«

Im Krankenhaus wurde sie schon erwartet. Sie war weiterhin lebhaft, erzählte allen von ihren Angstzuständen im Verkehr und von den Veränderungen, fragte, ob das Warenhaus Eaton zu Weihnachten seine Schaufenster immer noch so schön schmückte. Und las irgendjemand noch die *Telegram*?

»Sie hätten durch Chinatown hereinfahren sollen«, sagte eine der Krankenschwestern. »Das ist erst was!«

»Dann freue ich mich darauf, das zu sehen, wenn ich wieder nach Hause fahre.« Sie lachte und sagte: »Falls ich je wieder nach Hause fahre.«

»Reden Sie keinen Unsinn.«

Eine andere Krankenschwester sprach mit Jackson darüber, wo er das Auto geparkt hatte, und erklärte ihm, wo er es abstellen sollte, damit er keinen Strafzettel bekam. Erkundigte sich auch, ob er über die Unterbringungsmöglichkeiten Verwandter von außerhalb Bescheid wusste, wesentlich billiger als jedes Hotel.

Belle würde jetzt zu Bett gebracht werden, hieß es. Ein Arzt würde sie sich ansehen, und Jackson konnte später wiederkommen und ihr Gute Nacht sagen. Es konnte sein, dass er sie dann ein wenig benebelt vorfinden würde.

Sie hörte das mit an und sagte, sie sei sowieso die ganze Zeit über benebelt, also werde ihn das nicht überraschen, was bei allen ein wenig Heiterkeit auslöste.

Die Krankenschwester wollte von ihm noch eine Unterschrift haben, bevor er ging. Er zögerte bei der Frage nach dem Verwandtschaftsgrad. Dann schrieb er »Freund«.

Als er am Abend wiederkam, bemerkte er tatsächlich eine Veränderung, obwohl er Belle nicht als benebelt beschrieben hätte. Man hatte sie in eine Art grünen Stoffsack gesteckt, der ihren Hals und den größten Teil ihrer Arme frei ließ. Er hatte sie selten so unbekleidet gesehen, und ihm fielen die hervortretenden Sehnen zwischen Kinn und Schlüsselbein auf.

Sie war wütend, weil ihr Mund trocken war.

»Die geben mir nichts, nur ein mieses Schlückchen Wasser.«

Sie wollte, dass er ihr eine Cola holte, etwas, das sie, soweit er wusste, noch nie in ihrem Leben getrunken hatte.

»Am Ende vom Flur steht ein Automat – da muss einer stehen. Ich sehe Leute mit einer Flasche in der Hand vorbeigehen, und das macht mich so durstig.«

Er sagte, er dürfe nicht gegen die Anweisungen verstoßen.

Tränen stiegen ihr in die Augen, und sie wandte sich enttäuscht ab.

»Ich will nach Hause.«

»Kommst du ja bald.«

»Du kannst mir helfen, meine Sachen zusammenzusuchen.«

»Nein, kann ich nicht.«

»Wenn du's nicht machst, mach ich's eben allein. Ich geh allein zum Bahnhof.«

»Es geht gar kein Zug mehr in unsere Richtung.«

Darauf schien sie abrupt ihre Fluchtpläne aufzugeben. Nach einigen Augenblicken fing sie an, sich an das Haus und all die Verbesserungen zu erinnern, die sie beide – oder überwiegend er – daran vorgenommen hatten. Die Außenwände leuchtend weiß, und sogar die Waschküche weißgetüncht und mit Bretterfußboden versehen. Das Dach neu gedeckt und die Fenster wiederhergestellt in ihrem schlichten alten

Stil und, als Allergrößtes, die Wasserleitungen, die im Winter solch eine Erleichterung waren.

»Wenn du nicht aufgetaucht wärst, wäre ich bald ins absolute Elend geraten.«

Darin hatte sie schon gesessen, seiner Meinung nach, aber er sprach es nicht aus.

»Wenn ich hier herauskomme, mache ich ein Testament«, sagte sie. »Alles deins. Deine Mühen sollen nicht umsonst gewesen sein.«

Er hatte natürlich daran gedacht, und man sollte erwarten, dass die Aussichten auf Eigentum ihm eine solide Befriedigung verschafften, auch wenn er der ehrlichen und freundschaftlichen Hoffnung Ausdruck gegeben hätte, dass nichts allzu bald passieren möge. Doch nicht jetzt. Es schien wenig mit ihm zu tun zu haben, schien ganz weit fort zu sein.

Sie überließ sich wieder ihrer Verärgerung.

»Ach, ich wünschte, ich wäre dort und nicht hier.«

»Du wirst dich viel besser fühlen, wenn du nach der Operation wieder aufwachst.«

Obwohl das nach allem, was er gehört hatte, eine faustdicke Lüge war.

Plötzlich fühlte er sich sehr müde.

* * *

Seine Vorhersage kam der Wahrheit näher, als er ahnen konnte. Zwei Tage nach der Entfernung der Geschwulst saß Belle aufrecht im Bett in einem anderen Zimmer, hatte ihn ungeduldig erwartet und störte sich überhaupt nicht an dem Stöhnen, das von einer Frau hinter dem Vorhang im nächsten Bett kam. Gestern noch hatte sie – Belle – sich mehr oder weniger so angehört, und er hatte sie nicht dazu bringen können, die Augen aufzuschlagen oder überhaupt von ihm Notiz zu nehmen.

»Kümmre dich nicht um die«, sagte Belle. »Die ist völlig weg. Spürt wahrscheinlich gar nichts. Morgen ist sie wieder munter wie ein Fisch im Wasser. Oder auch nicht.«

Ihre Worte klangen ein wenig nach sicherem Fachwissen, nach der Abgeklärtheit eines ehemaligen Frontkämpfers. Sie saß im Bett und trank etwas Orangegelbes durch einen bequem geknickten Strohhalm. Sie sah viel jünger aus als die Frau, die er erst vor so kurzer Zeit ins Krankenhaus gebracht hatte.

Sie wollte wissen, ob er genug Schlaf bekam, ob er einen Imbiss gefunden hatte, der ihm gefiel, ob das Wetter nicht zu heiß für Spaziergänge war, ob er Zeit gefunden hatte, das Königliche Museum von Ontario zu besuchen, wie sie ihm geraten hatte.

Aber sie konnte sich nicht auf seine Antworten konzentrieren. Sie schien in einem Zustand ständiger Verwunderung zu sein. Beherrschter Verwunderung.

»Ach, das muss ich dir erzählen«, sagte sie und unterbrach ihn mitten in seiner Erklärung, warum er nicht ins Museum gegangen war. »Nun schau nicht so besorgt drein. Du bringst mich zum Lachen, wenn du dieses Gesicht aufsetzt, und dann tut meine Naht weh. Warum in aller Welt soll ich überhaupt auf die Idee kommen zu lachen. Eigentlich ist es nämlich eine fürchterlich traurige Angelegenheit, eine Tragödie. Du weißt doch von meinem Vater, was ich dir von meinem Vater erzählt habe …«

Ihm fiel auf, dass sie Vater sagte und nicht Daddy.

»Mein Vater und meine Mutter …«

Sie schien nach Worten zu suchen und fing von vorn an.

»Das Haus war damals in besserem Zustand als bei deiner Ankunft. Ist ja klar. Wir haben das Zimmer oben im ersten Stock als Badezimmer benutzt. Natürlich mussten wir das Wasser rauf- und runtertragen. Erst später, als du kamst, habe ich das unten benutzt. Das mit den Regalen drin, weißt du, dass das die Speisekammer war?«

Wie konnte sie vergessen haben, dass er es war, der die Regale herausgenommen und das Badezimmer eingebaut hatte?

»Na, kommt ja nicht drauf an«, sagte sie, als hätte sie seine Gedanken gelesen. »Ich hatte mir also Wasser heiß gemacht, und ich trug es nach oben, um mich abzuseifen. Und ich zog mich aus. Musste ich ja. Über dem Waschbecken war ein großer Spiegel, weißt du, es hatte ein Waschbecken wie ein richtiges Badezimmer, nur dass man den Stöpsel rausziehen und das Wasser wieder in den Eimer laufen lassen musste, wenn man fertig war. Die Toilette war woanders. Jetzt hast du eine Vorstellung. Ich machte mich also daran, mich zu waschen, und ich war natürlich splitternackt. Es muss gegen neun Uhr abends gewesen sein, also noch hell. Es war im Sommer, hab ich das erwähnt? Das kleine Zimmer, das nach Westen geht?

Dann hab ich Schritte gehört, und natürlich war es Daddy. Mein Vater. Er war also damit fertig, Mutter zu Bett zu bringen. Ich hörte die Schritte die Treppe raufkommen, und mir fiel auf, dass sie schwerer klangen. Irgendwie ungewöhnlich. So voller Absicht. Oder vielleicht war das nur hinterher mein Eindruck. Man neigt dazu, die Dinge hinterher zu dramatisieren. Die Schritte hielten direkt vor der Badezimmertür an, und wenn ich überhaupt was dachte, dann dachte ich:

Ach, er muss müde sein. Ich hatte die Tür nicht abgeriegelt, weil es natürlich gar keinen Riegel gab. Man nahm einfach an, dass jemand drin war, wenn die Tür zu war.

Er stand also draußen vor der Tür, und ich dachte mir nichts dabei, und dann machte er die Tür auf und stand einfach da und sah mich an. Ich muss erklären, was ich meine. Er sah mich von oben bis unten an, nicht nur mein Gesicht. Ich schaute in den Spiegel, und er sah mich im Spiegel an und alles, was hinten war und was ich nicht sehen konnte. Es war überhaupt kein normaler Blick.

Ich werd dir sagen, was ich dachte, ich dachte: Er schlafwandelt. Ich wusste nicht, was ich tun sollte, denn man soll jemanden, der schlafwandelt, nicht erschrecken.

Aber dann sagte er: ›Entschuldige‹, und da wusste ich, dass er nicht schlief. Aber er sprach mit so einer komischen Stimme, ich meine, seine Stimme war so seltsam, ganz, als wäre er sauer auf mich. Oder wütend. Keine Ahnung. Dann ließ er die Tür auf und ging einfach den Flur hinunter. Ich hab mich abgetrocknet und mein Nachthemd angezogen, bin ins Bett gegangen und gleich eingeschlafen. Als ich am Morgen aufstand, war das Waschwasser immer noch da, und ich mochte nicht ran, aber schließlich hab ich's runtergebracht.

Doch alles schien ganz normal zu sein, er war schon auf und tippte. Er hat nur Guten Morgen gerufen und mich dann gefragt, wie man ein Wort buchstabiert. Wie er's oft gemacht hat, weil ich besser buchstabieren konnte. Also hab ich's ihm gesagt, und dann hab ich gesagt, er soll richtig buchstabieren lernen, wenn er Schriftsteller werden will, sonst wird das nichts. Aber später an dem Tag, als ich Geschirr abwusch, kam er und stellte sich dicht hinter mich, und ich bin erstarrt.

Er sagte nur: ›Belle, es tut mir leid.‹ Und ich dachte: Hätte er das bloß nicht gesagt. Es machte mir Angst. Ich wusste, er meinte es ehrlich, aber er brachte es so zur Sprache, dass ich reagieren musste. Ich sagte nur: ›Schon gut‹, aber ich brachte es nicht fertig, das mit ungezwungener Stimme zu sagen, als wäre es wirklich wieder gut.

Ich konnte es einfach nicht. Ich musste ihm zu verstehen geben, dass er uns verändert hatte. Ich ging raus, das Spülwasser wegschütten, dann machte ich mich wieder an die Arbeit, und kein Wort mehr. Später half ich Mutter von ihrem Schläfchen auf, und ich hatte das Abendessen fertig, und ich rief ihn, aber er kam nicht. Ich sagte zu Mutter, dass er spazieren gegangen sein musste. Das machte er oft, wenn er beim Schreiben nicht vorankam. Ich schnitt Mutter das Essen auf ihrem Teller klein, aber ich musste die ganze Zeit an widerwärtige Dinge denken. Vor allem an Geräusche, die ich manchmal aus dem Schlafzimmer hörte, wo ich mir dann die Ohren zuhielt, um sie nicht zu hören. Jetzt stellte ich mir Fragen über Mutter, die dasaß und ihr Abendbrot aß, und ich fragte mich, was sie darüber dachte oder überhaupt davon begriff.

Ich hatte keine Ahnung, wohin er gegangen war. Ich machte Mutter fertig fürs Bett, obwohl das seine Aufgabe war. Dann hörte ich den Zug kommen und ganz plötzlich den Lärm und das Kreischen, das waren die Bremsen, und ich muss gewusst haben, was passiert war, aber ich weiß nicht genau, ab wann ich's wusste.

Ich hab dir's schon erzählt. Ich hab dir erzählt, er wurde vom Zug überfahren.

Aber ich sag dir was, und ich sag's dir nicht, um dich zu quälen. Anfangs konnte ich es nicht ertragen, und so lange wie möglich redete ich mir ein, dass er zwischen den Gleisen ging und völlig in Gedanken war und den Zug überhaupt nicht hörte. So hieß es jedenfalls. Ich mochte nicht daran denken, dass es darin um mich ging, oder gar an das, worum es eigentlich ging.

Sex.

Jetzt weiß ich es. Jetzt habe ich es wirklich verstanden, und auch, dass niemand schuld war. Schuld daran war Sex, in einer tragischen Situation. Ich, die aufwuchs, und Mutter so, wie sie war, und Daddy natürlich so, wie er war. Nicht meine Schuld oder seine.

Man sollte das zugeben, meine ich nur, es sollte Orte geben, wo man hingehen kann, wenn man in so einer Situation ist. Und sich nicht schämen und deswegen Schuldgefühle haben muss. Wenn du denkst, dass ich Bordelle meine, hast du recht. Falls du an Freudenmädchen denkst, hast du wieder recht. Verstehst du?«

Jackson, der über ihren Kopf hinwegsah, sagte Ja.

»Ich fühle mich so befreit. Nicht dass ich die Tragödie nicht mehr empfinde, aber ich bin raus aus der Tragödie, das meine ich. Es sind nur die Fehler der Menschheit. Du darfst nicht denken, bloß weil ich lächle, dass ich kein Mitleid habe. Ich habe großes Mitleid. Aber ich muss sagen, ich bin erleichtert. Ich muss sagen, ich fühle mich irgendwie glücklich. Es ist dir doch nicht peinlich, dir das alles anzuhören?«

»Nein.«

»Dir ist klar, dass ich in einem Ausnahmezustand bin. Ich weiß, ich bin's. Alles so klar. Ich bin so dankbar dafür.«

Die Frau im Bett nebenan hatte währenddessen nicht mit ihrem regelmäßigen Stöhnen nachgelassen. Jackson hatte das Gefühl, der Rhythmus sei in seinen Kopf eingedrungen.

Er hörte die schmatzenden Schuhe der Krankenschwester auf dem Flur und hoffte, sie würden in dieses Zimmer kommen. Was sie taten.

Die Schwester sagte, dass es Zeit sei für die Schlaftablette. Er hatte Angst, es würde von ihm verlangt werden, Belle einen Gutenachtkuss zu geben. Ihm war aufgefallen, dass im Krankenhaus viel geküsst wurde. Er war froh, dass, als er aufstand, davon keine Rede war.

»Dann bis morgen.«

Er wurde früh wach und beschloss, vor dem Frühstück einen Spaziergang zu machen. Er hatte ganz gut geschlafen, sagte sich aber, er sollte sich eine Pause von der Krankenhausluft gönnen. Nicht dass er sich wegen Belles verändertem Wesen große Sorgen machte. Er dachte, es war gut möglich oder sogar wahrscheinlich, dass sie zu ihrem normalen Ich zurückkehrte, entweder heute oder in ein bis zwei Tagen. Vielleicht würde sie sich an die Geschichte, die sie ihm erzählt hatte, überhaupt nicht erinnern. Was ein Segen wäre.

Die Sonne stand schon so hoch, wie man es zu dieser Jahreszeit erwarten konnte, und die Busse und Straßenbahnen waren bereits ziemlich voll. Er ging ein Stück weit nach Süden, dann nach Westen in die Dundas Street, und nach einer Weile befand er sich im Chinatown-Viertel, von dem er gehört hatte. Karren, beladen mit bekannten und weniger bekannten Gemüsesorten, wurden in Läden geschoben, und kleine gehäutete, offenbar essbare Tiere hingen zum Verkauf bereit. Die Straßen standen voll mit falsch geparkten Lieferwagen und hallten wider von lauten, verzweifelt klingenden chinesischen Rufen. Chinesisch. Dieser hohe Stimmenlärm hörte sich an, als wäre ein Krieg im Gange, aber für sie war das wahrscheinlich nur Alltag. Trotzdem hatte er das Gefühl, Platz machen zu müssen, und er ging in ein Restaurant, das von Chinesen betrieben wurde, aber ein normales Frühstück mit Rühreiern und Schinken versprach. Als er wieder herauskam, hatte er vor, kehrtzumachen und zurückzugehen.

Doch stattdessen wandte er sich wieder nach Süden. Er gelangte in eine Wohngegend, in eine Straße, gesäumt von hohen und ziemlich schmalen Backsteinhäusern. Sie mussten erbaut worden sein, bevor die Anwohner es notwendig fanden, Garagen anzulegen, oder bevor sie auch nur Autos besaßen. Bevor es solche Dinge wie Automobile gab. Er lief weiter, bis er ein Schild zur Queen Street sah, von der er gehört hatte. Er wandte sich wieder nach Westen, und nach ein paar Querstraßen geriet er an ein Hindernis. Vor einem Donut-Laden hatte sich ein kleiner Auflauf gebildet.

Die Leute wurden von einem Rettungswagen aufgehalten, der quer auf dem Bürgersteig stand, so dass man nicht vorbeikonnte. Einige beschwerten sich über die Verzögerung und fragten laut, ob es überhaupt erlaubt war, einen Rettungswagen auf dem Bürgersteig zu parken, andere sahen ganz friedlich aus, während sie sich darüber unterhielten, was passiert sein konnte. Ein Todesfall wurde für möglich gehalten, manche erörterten verschiedene Kandidaten, andere sagten, das sei die einzig zulässige Rechtfertigung dafür, dass der Wagen da stand, wo er stand.

Der Mann, der schließlich auf einer Bahre herausgetragen wurde, war offenbar nicht tot, sonst hätte man sein Gesicht zugedeckt. Er war jedoch bewusstlos und seine Haut grau wie Beton. Er wurde nicht zur Tür des Donut-Ladens herausgetragen, wie einige scherzhaft vorausgesagt hatten – eine

Stichelei gegen die Qualität der Donuts −, sondern zur Haustür. Das Haus war ein solide aussehender, vier Stockwerke hoher Backsteinbau mit einem Waschsalon und eben dem Donut-Laden im Erdgeschoss. Der Name, der über der Haustür stand, deutete auf Stolz und auch ein gewisses Maß an Torheit in der Vergangenheit.

Bonnie Dundee.

Ein Mann, der keine Sanitäteruniform trug, kam als Letzter aus dem Haus. Er betrachtete verzweifelt die Menge, die sich nun langsam auflöste. Denn das Einzige, worauf sich jetzt noch warten ließ, war das laute Aufheulen des Rettungswagens, während er seinen Weg auf die Straße nahm und davonraste.

Jackson war einer von denen, die nicht sofort weitergingen. Er hätte nicht gesagt, dass Neugier ihn festhielt, eher, dass er nur auf die unvermeidliche Kehrtwendung wartete, um dorthin zurückzugelangen, von wo er gekommen war. Der Mann, der aus dem Haus getreten war, ging auf ihn zu und fragte ihn, ob er es eilig habe.

Nein. Nicht besonders.

Dieser Mann war der Hausbesitzer. Der Mann, den die Sanitäter im Rettungswagen fortgebracht hatten, war der Hausmeister und Portier.

»Ich muss ins Krankenhaus und sehen, was mit ihm los ist. Gestern noch kerngesund. Hat nie geklagt. Soweit ich weiß, keine Verwandten, an die ich mich wenden kann. Das Schlimmste, ich kann die Schlüssel nicht finden. Er hatte sie nicht bei sich, und sie sind nicht da, wo er sie sonst immer aufbewahrt. Also muss ich nach Hause und meine Ersatzschlüssel holen, und ich habe mich gerade gefragt, könnten Sie solange auf alles aufpassen? Ich muss nach Hause, und ich muss auch ins Krankenhaus. Ich könnte einen von den Mietern bitten, aber das möchte ich lieber nicht, wenn Sie verstehen, was ich meine. Ich will nicht gelöchert werden, was los ist, wo ich selber nicht mehr weiß als die.«

Er fragte wieder, ob Jackson das auch bestimmt nichts ausmachte, und Jackson sagte, nein, geht schon klar.

»Haben Sie einfach ein Auge auf jeden, der rein- und rausgeht, lassen Sie sich die Schlüssel zeigen. Sagen Sie ihnen, es ist ein Notfall, wird nicht lange dauern.«

Er wollte schon gehen, drehte sich aber noch einmal um.

»Sie können sich ebenso gut hinsetzen.«

Da war ein Stuhl, den Jackson noch nicht bemerkt hatte. Zusammengeklappt und aus dem Weg geräumt, damit der Rettungswagen Platz hatte. Es war nur einer von diesen Segeltuchstühlen, aber bequem genug und stabil. Jackson stellte ihn dankend an einer Stelle auf, wo er Passanten oder Hausbewohner nicht störte. Niemand nahm von ihm Notiz. Er wollte schon das Krankenhaus erwähnen und die Tatsache, dass er selbst bald dorthin zurückmusste. Aber der Mann hatte es eilig gehabt und schon genug Sorgen, und er hatte versichert, dass er so schnell, wie er konnte, wieder da sein würde.

Sobald Jackson sich hingesetzt hatte, merkte er, wie lange er schon auf den Beinen gewesen war auf seinem ziellosen Spaziergang.

Der Mann hatte ihm gesagt, er könne sich einen Kaffee oder etwas zu essen holen aus dem Donut-Laden, wenn ihm danach war.

»Sie brauchen denen bloß meinen Namen zu sagen.«

Aber diesen Namen wusste Jackson natürlich nicht.

Als der Hausbesitzer zurückkam, entschuldigte er sich für seine Verspätung. Der Mann, den der Rettungswagen fortgebracht hatte, war gestorben. Es gab vieles zu regeln. Ein neuer Satz Schlüssel wurde gebraucht. Da war er. Dann die Beerdigung und zuvor Benachrichtigungen an die im Haus, die schon lange hier wohnten. Dazu eine Anzeige in der Zeitung, falls noch jemand kommen wollte. Eine schwierige Zeit, bis das alles erledigt war.

Es würde das Problem lösen. Falls Jackson konnte. Vorübergehend. Es brauchte nur vorübergehend zu sein.

Jackson hörte sich sagen: Ja, einverstanden.

Wenn er ein bisschen Zeit benötigte, das ließ sich einrichten. So hörte er diesen Mann – seinen neuen Chef – sagen. Gleich nach der Beerdigung und der Entsorgung einiger Dinge. Dann konnte er ein paar Tage haben, um seine Angelegenheiten zu regeln und richtig einzuziehen.

Das war nicht notwendig, sagte Jackson. Seine Angelegenheiten waren geregelt, und alles, was ihm gehörte, trug er am Leib.

Natürlich weckte das Misstrauen. Jackson war nicht überrascht, als er ein paar Tage später hörte, dass sein neuer Arbeitgeber sich bei der Polizei erkundigt hatte. Aber offenbar war alles in Ordnung. Er war eben nur einer von diesen Einzelgängern, die sich vielleicht auf die eine oder andere Art in Schwierigkeiten gebracht, aber nie gegen irgendein Gesetz verstoßen hatten.

Außerdem sah es ganz so aus, als würde er von niemandem gesucht.

In der Regel war es Jackson lieber, ältere Leute im Haus zu haben. Die noch dazu alleinstehend waren. Allerdings keine stumpfsinnigen. Sondern Leute mit Interessen. Oder auch manchmal mit einer Begabung. Einem Talent, mit dem sie sich früher hervorgetan und Geld verdient hatten, auch wenn es sie nicht durchs ganze Leben getragen hatte. Ein Sprecher, dessen Stimme im Radio vor vielen Jahren während des Krieges vertraut gewesen war, dessen Stimmbänder jedoch inzwischen zerfetzt waren. Die meisten Leute hielten ihn wahrscheinlich für tot. Aber hier war er in seiner Junggesellenwohnung, hielt sich auf dem Laufenden und hatte *The Globe and Mail* abonniert, die er an Jackson weiterreichte für den Fall, dass etwas drinstand, was ihn interessierte.

Einmal stand tatsächlich etwas drin.

Marjorie Isabella Treece, Tochter von Willard Treece, langjähriger Kolumnist der *Toronto Evening Telegram*, und seiner Frau Helena (geborene Abbott) Treece, Jugendfreundin von Robin (geborene Shillingham) Ford, ist nach tapferem Kampf gegen den Krebs von uns gegangen. Bitte in Oriole-Lokalausgabe übernehmen. 18. Juni 1965.

Nichts davon, wo sie zuletzt gewohnt hatte. Wahrscheinlich in Toronto, nach dieser Erwähnung von Robin. Sie hatte also länger durchgehalten, als zu erwarten war, und sich vielleicht halbwegs wohlgefühlt, bis kurz vor dem Ende natürlich. Sie hatte viel Begabung dafür gezeigt, sich den Umständen anzupassen. Vielleicht mehr, als er selbst besaß.

Nicht dass er seine Zeit damit verbrachte, sich die Zimmer vorzustellen, die er mit ihr geteilt hatte, oder die Arbeit, die er in ihr Haus gesteckt hatte. Das brauchte er auch nicht – solche Dinge kamen oft in seinen Träumen vor, und er empfand dann kaum Sehnsucht, sondern eher Widerwillen, als müsste er sich sofort an etwas machen, das immer noch unerledigt war.

Im Bonnie Dundee waren die Mieter größtenteils allem

abgeneigt, was eine Verbesserung genannt werden konnte, aus der Befürchtung, das könnte zu einer Mieterhöhung führen. Es gelang ihm, sie mit respektvollen Manieren und vernünftigen Kalkulationen dazu zu überreden. Das Haus mauserte sich und wurde zu einem mit einer Warteliste. Der Besitzer klagte, es werde zu einer Heimstatt für Spinner. Aber Jackson sagte, sie seien überdurchschnittlich ordentlich und zu alt für Ungehörigkeiten. Da war eine Frau, die früher im Symphonieorchester von Toronto gespielt hatte, ein Erfinder, der mit seinen Erfindungen bislang kein Glück gehabt, die Hoffnung aber noch nicht aufgegeben hatte, und ein Schauspieler, ein ungarischer Flüchtling, dem sein Akzent im Weg stand, mit dem aber immer noch irgendwo auf der Welt ein Werbespot lief. Alle hatten sie gute Umgangsformen und kratzten irgendwie das Geld zusammen, um ins Restaurant Epikur zu gehen und den ganzen Nachmittag lang ihre Geschichten zu erzählen. Außerdem hatten sie ein paar Freunde, die wirklich prominent waren und durchaus einmal zu einem Besuch hereinschneien konnten. Und nicht zu verachten war die Tatsache, dass das Bonnie Dundee über einen hauseigenen Geistlichen verfügte, dessen Verhältnis zu seiner Kirche – welche es nun auch sein mochte – zwar etwas gestört war, der aber immer, wenn es erforderlich war, seines Amtes walten konnte.

Die Leute gewöhnten sich tatsächlich an zu bleiben, bis er ihnen die Sterbesakramente erteilen musste, aber das war immer noch besser, als die Miete schuldig zu bleiben und abzuhauen.

Eine Ausnahme dieser Art war das junge Paar namens Candace und Quincy, das nie Miete bezahlte und mitten in der Nacht abgehauen war. Der Hausbesitzer war zufällig da gewesen, als die beiden kamen und eine Wohnung suchten, und er entschuldigte sich für seine schlechte Wahl damit, dass im Haus ein frisches Gesicht nottat. Das von Candace, nicht das des Freundes. Der war ein Hallodri.

An einem heißen Sommertag hatte Jackson beide Flügel der Hintertür, der Lieferantentür, geöffnet, um so viel Luft wie möglich hereinzulassen, während er daran arbeitete, einen Tisch zu polieren. Es war ein hübscher Tisch, den er umsonst bekommen hatte, weil die Politur völlig abgenutzt war. Er dachte, er würde sich gut im Foyer machen, um die Post darauf abzulegen.

Er brauchte nicht im Büro zu sein, weil der Hausbesitzer darin saß und einige Mieten überprüfte.

Es klingelte kurz an der Haustür. Jackson wischte den Pinsel ab und wollte schon aufstehen, weil er sich dachte, der Hausbesitzer wollte mitten in seinen Zahlen vielleicht nicht gestört werden. Aber es hatte sich erledigt, er hörte, wie die Tür aufgemacht wurde und dann die Stimme einer Frau. Eine Stimme am Rande der Erschöpfung, doch fähig, etwas von ihrem Charme zu bewahren, von ihrer felsenfesten Überzeugung, ganz egal, was sie sagte, sie würde jeden für sich gewinnen, der in Hörweite war.

Das hatte sie wahrscheinlich von ihrem Vater, dem Prediger. Jackson dachte das, bevor ihn die volle Wucht der Bedeutung traf.

Dies war die letzte Adresse, sagte sie, die sie von ihrer Tochter hatte. Sie war auf der Suche nach ihr. Ihrer Tochter Candace. Die möglicherweise mit einem Freund unterwegs war. Sie, die Mutter, war aus British Columbia hierhergekommen. Aus Kelowna, wo sie und der Vater des Mädchens lebten.

Ileane. Jackson erkannte ihre Stimme ohne jeden Zweifel. Diese Frau war Ileane.

Er hörte sie fragen, ob sie sich vielleicht hinsetzen könnte. Dann den Hausbesitzer, der ihr seinen – Jacksons – Stuhl zurechtrückte.

Toronto war viel heißer, als sie erwartet hatte, obwohl sie Ontario kannte, denn sie war ja hier aufgewachsen.

Sie fragte, ob sie wohl um ein Glas Wasser bitten dürfte.

Sie musste den Kopf in die Hände gelegt haben, denn ihre Stimme wurde leiser und undeutlich. Der Hausbesitzer ging hinaus auf den Flur und warf Münzen in den Automaten für eine Flasche 7 Up. Vielleicht hielt er das für damenhafter als eine Cola.

Um die Ecke sah er Jackson und winkte, dass er – Jackson – übernehmen sollte, da er vielleicht eher an verstörte Mieter gewöhnt war. Aber Jackson schüttelte heftig den Kopf.

Nein.

Ihre Verstörung gab sich bald.

Sie bat den Hausbesitzer um Verzeihung, und er sagte, dass die Hitze einem schon zusetzen konnte.

Jetzt zu Candace. Die beiden waren noch im ersten Monat wieder verschwunden, das konnte drei Wochen her sein. Keine Nachsendeadresse.

»Wie in solchen Fällen üblich.«

Sie verstand den Wink.

»Ach, das regle ich natürlich …«

Einiges Gemurmel und Geraschel, während das erledigt wurde.

Dann: »Sie könnten mich wohl nicht sehen lassen, wo sie gewohnt haben …«

»Der Mieter ist gerade nicht da. Aber selbst wenn er da wäre, glaube ich, er wäre nicht einverstanden.«

»Natürlich. Dumm von mir.«

»Ist da was, woran Sie besonders interessiert sind?«

»Oh, nein. Nein. Sie waren sehr freundlich. Ich habe Ihre Zeit in Anspruch genommen.«

Sie war jetzt aufgestanden, und beide bewegten sich. Aus dem Büro hinaus, die Stufen zur Haustür hinunter. Dann wurde die Tür aufgemacht, und der Straßenlärm verschluckte ihre Abschiedsworte, falls es welche gab.

Wie groß die Enttäuschung auch gewesen sein mochte, sie hatte sich bestimmt mit Anstand aus der Affäre gezogen.

Jackson kam aus seinem Versteck, als der Hausbesitzer ins Büro zurückkehrte.

»Überraschung«, sagte er nur. »Wir haben unser Geld.«

Er war ein Mann, der im Prinzip nicht neugierig war, zumindest nicht in Hinsicht auf persönliche Angelegenheiten. Eine Eigenschaft, die Jackson an ihm schätzte.

Natürlich hätte Jackson sie gern gesehen. Jetzt, wo sie fort war, bedauerte er es fast, die Gelegenheit nicht genutzt zu haben. Er würde sich jedoch nie so weit erniedrigen, den Hausbesitzer zu fragen, ob ihre Haare immer noch dunkel waren, fast schwarz, ihr Körper rank und schlank mit sehr wenig Busen. Er hatte sich von ihrer Tochter kein genaues Bild machen können. Ihre Haare waren blond, aber sehr wahrscheinlich gefärbt. Nicht mehr als zwanzig Jahre alt, obwohl das heutzutage manchmal schwer zu sagen war. Sehr unter der Fuchtel ihres Freundes. Lauf von zu Hause weg, lauf vor deinen Rechnungen weg, brich deinen

Eltern das Herz, alles für ein mürrisches Exemplar wie diesen Freund.

Wo war Kelowna? Irgendwo im Westen. Alberta, British Columbia. Eine weite Reise, um jemanden zu suchen. Natürlich war die Mutter eine hartnäckige Frau. Eine Optimistin. Wahrscheinlich traf das immer noch auf sie zu. Sie hatte also geheiratet. Es sei denn, das Mädchen war unehelich geboren worden, was ihm sehr unwahrscheinlich vorkam. Sie wäre auf Nummer Sicher gegangen, beim nächsten Mal, sie hatte nichts für Tragödien übrig. Das Mädchen bestimmt auch nicht. Sie würde nach Hause kommen, wenn sie genug hatte. Möglich, dass sie ein Baby mitbrachte, aber das war ja heute so üblich.

Kurz vor Weihnachten im Jahr 1940 hatte es einen Tumult in der Highschool gegeben. Er hatte sogar den vierten Stock erreicht, wo das Geklapper der Schreib- und Rechenmaschinen sonst alle Geräusche von unten übertönte. Die ältesten Mädchen der Schule waren da oben – Mädchen, die im vorigen Jahr Latein und Biologie und europäische Geschichte gelernt hatten und jetzt Schreibmaschine schreiben lernten.

Eine von ihnen war Ileane Bishop, die seltsamerweise die Tochter eines Geistlichen war, obwohl es in der vereinigten Kirche ihres Vaters keine Bischöfe gab. Ileane war mit ihrer Familie hier angekommen, als sie in der neunten Klasse war, und fünf Jahre lang hatte sie aufgrund der alphabetischen Sitzordnung hinter Jackson Adams gesessen. Zu der Zeit hatten sich alle in der Klasse an Jacksons phänomenale Schüchternheit und Schweigsamkeit gewöhnt, aber ihr waren sie neu, und im Laufe der nächsten fünf Jahre bewirkte sie dadurch, dass es sie einfach nicht kümmerte, ein Auftauen. Sie borgte sich von ihm Radiergummis, Schreibfedern und Winkelmesser, weniger, um das Eis zu brechen, sondern weil sie von Natur aus schusselig war. Sie tauschten die Lösungen von Aufgaben aus und kontrollierten gegenseitig ihre Klassenarbeiten. Wenn sie sich auf der Straße begegneten, sagten sie Hallo, und für sie brachte er tatsächlich ein Hallo heraus, das nicht nur gemurmelt war – es bestand aus zwei Silben und hatte Nachdruck. Darüber hinaus lief wenig, außer ein paar gemeinsamen Witzen. Ileane war kein schüchternes Mädchen, aber intelligent, zurückhaltend und nicht besonders beliebt, und das konnte ihm gefallen haben.

Von ihrem Beobachtungspunkt oben an der Treppe, als alle herausgekommen waren, um sich den Krawall anzuschauen, sah Ileane zu ihrer Überraschung, dass einer der beiden Jungen, die ihn veranstalteten, Jackson war. Der andere war Billy Watts. Jungen, die noch vor einem Jahr über ihren Büchern gesessen hatten und gehorsam von einem Klassenzimmer ins andere geschlurft waren, hatten sich verwandelt. In der Armeeuniform sahen sie doppelt so groß aus wie vorher, und ihre Stiefel machten mächtigen Lärm, während sie umhersprangen. Sie verkündeten lauthals, dass die Schule für diesen Tag aus war, weil alle in den Krieg mussten. Sie verteilten überall Zigaretten, warfen sie auf den Fußboden, wo sie von den Jungen aufgehoben werden konnten, die sich noch gar nicht rasierten.

Unbekümmerte Krieger, johlende Angreifer. Sturzbetrunken.

»Ich bin kein Drückeberger«, brüllten sie immer wieder.

Der Rektor versuchte, sie hinauszubefördern. Aber da der Krieg erst vor kurzem angefangen hatte und es noch

Ehrfurcht und besondere Achtung vor den Jungen gab, die sich zur Front gemeldet hatten, brachte er es nicht fertig, sie so gebieterisch zu behandeln, wie er es ein Jahr später getan hätte.

»Aber, aber«, sagte er.

»Ich bin kein Drückeberger«, teilte Billy Watts ihm mit.

Jackson machte den Mund auf, um wahrscheinlich dasselbe zu sagen, aber in diesem Moment begegnete sein Blick dem Blick von Ileane Bishop und teilte ihr etwas mit.

Ileane Bishop verstand, dass Jackson wirklich betrunken war, dass dieser Zustand ihm aber erlaubte, betrunken zu spielen, und er seine zur Schau gestellte Trunkenheit im Griff hatte. (Billy Watts dagegen war einfach nur volltrunken.) Mit diesem Wissen ging Ileane die Treppe hinunter und nahm lächelnd eine Zigarette an, die sie unangezündet zwischen den Fingern hielt. Sie hakte beide Helden unter und marschierte mit ihnen zur Schule hinaus.

Sobald sie draußen waren, zündete sie sich ihre Zigarette an.

Darüber gab es später in der Gemeinde von Ileanes Vater Meinungsverschiedenheiten. Einige sagten, Ileane hätte die Zigarette nicht wirklich geraucht, sondern nur so getan, um die Jungen zu besänftigen, während andere sagten, doch, sie hätte sie geraucht. Die Tochter ihres Pfarrers hatte geraucht!

Was stimmte, war, dass Billy die Arme um Ileane legte und sie zu küssen versuchte, aber er geriet ins Stolpern, setzte sich auf die Stufen vor der Schule und krähte wie ein Hahn.

Keine zwei Jahre später war er tot.

Aber erst einmal musste er nach Hause geschafft werden, und Jackson zog ihn hoch, so dass sie sich seine Arme über die Schultern legen und ihn abschleppen konnten. Zum Glück war es von der Schule nicht weit bis zu seinem Haus. Dort ließen sie ihn vor der Haustür liegen, völlig weggetreten. Dann kamen sie ins Gespräch.

Jackson wollte nicht nach Hause. Warum nicht? Weil seine Stiefmutter da war, sagte er. Er hasste seine Stiefmutter. Warum? Kein Grund.

Ileane wusste, dass seine Mutter bei einem Autounfall ums Leben gekommen war, als er noch ganz klein war – das wurde immer erwähnt, um seine Schüchternheit zu erklären. Sie dachte, dass der Alkohol ihn wahrscheinlich zu Übertreibungen aufstachelte, aber sie versuchte nicht, ihn dazu zu bringen, weiter darüber zu reden.

»Na gut«, sagte sie. »Du kannst zu uns kommen.«

Zufällig war Ileanes Mutter gerade fort und pflegte Ileanes kranke Großmutter. Ileane besorgte zu der Zeit für ihren Vater und ihre beiden jüngeren Brüder aufs Geratewohl den Haushalt. Das war nach Meinung einiger ein Unglück. Nicht dass ihre Mutter Theater gemacht hätte, aber sie hätte acht auf das Kommen und Gehen gehabt und hätte wissen wollen, wer dieser Junge war. Zumindest hätte sie dafür gesorgt, dass Ileane weiter regelmäßig zur Schule ging.

Ein Soldat und ein Mädchen, plötzlich so nah beieinander. Wo sonst die ganze Zeit über nichts gewesen war als Logarithmen und Deklinationen.

Ileanes Vater kümmerte sich nicht um die beiden. Er interessierte sich mehr für den Krieg, als es sich nach Meinung einiger seiner Gemeindemitglieder für einen Pfarrer schickte, und das machte ihn stolz, einen Soldaten im Haus zu haben. Außerdem war er unglücklich darüber, seine Tochter nicht aufs College schicken zu können. Er musste sparen, damit eines Tages ihre Brüder aufs College konnten, denn sie würden einen guten Beruf brauchen. Das machte ihn nachsichtig gegenüber Ileane und allem, was sie tat.

Jackson und Ileane gingen nicht ins Kino. Sie gingen nicht tanzen. Sie gingen spazieren, bei jedem Wetter und oft nach Einbruch der Dunkelheit. Manchmal gingen sie in ein Restaurant und tranken Kaffee, mochten aber nie mit jemand anderem reden. Was war mit ihnen, waren sie dabei, sich zu verlieben? Wenn sie spazieren gingen, konnte es sein, dass ihre Hände sich streiften, und mit etwas Mühe gewöhnte er sich daran. Als Ileane dann vom Zufälligen zum Absichtlichen überging, fand er das anfangs ein wenig unangenehm, merkte aber, dass er sich auch daran gewöhnen konnte.

Er wurde gelassener und war sogar auf Küsse gefasst.

Ileane ging allein zu Jacksons Haus, um seine Tasche abzuholen. Seine Stiefmutter zeigte ihre leuchtend weißen falschen Zähne und versuchte dreinzuschauen, als sei sie zu Späßen aufgelegt.

Sie fragte, was Ileane mit Jackson vorhätte.

»Pass bloß dabei auf«, sagte sie.

Sie stand in dem Ruf, ein loses Maul zu haben. Sogar ein dreckiges.

»Frag ihn, ob er sich daran erinnert, dass ich ihm den Hintern abgeputzt habe«, sagte sie.

Ileane berichtete das und betonte, dass sie selbst besonders höflich, sogar herablassend gewesen sei, weil sie die Frau nicht ausstehen konnte.

Aber Jackson wurde rot, fühlte sich in die Ecke getrieben und verzweifelt, wie früher, wenn man ihm in der Schule eine Frage stellte.

»Ich hätte gar nicht von ihr anfangen sollen«, sagte Ileane. »Aber es wird einem zur Gewohnheit, andere zu parodieren, wenn man in einem Pfarrhaus lebt.«

Er sagte, es sei schon gut.

Wie sich herausstellte, war das Jacksons letzter Tag, bevor es an die Front ging. Sie schrieben einander. Ileane berichtete, dass sie ihren Kurs in Steno und Schreibmaschine abgeschlossen und eine Stellung in der Stadtverwaltung angenommen hatte. Sie behandelte alles entschieden satirisch, stärker als zuvor in der Schule. Vielleicht dachte sie, dass jemand im Krieg Aufheiterung brauchte. Und sie bestand darauf, nun Bescheid zu wissen. Wenn der Vater eilige Eheschließungen vornehmen musste, schrieb sie von der »jungfräulichen Braut«.

Und wenn sie vom Besuch eines anderen Geistlichen im Pfarrhaus berichtete, der im Gästezimmer schlief, dann überlegte sie, ob die Matratze ihm wohl »gewisse Träume« bescheren würde.

Er berichtete von den Menschenmassen auf der *Île de France* und den Ausweichmanövern, um den U-Booten zu entgehen. Als er in England ankam, kaufte er sich ein Fahrrad und erzählte ihr von Orten, zu denen er geradelt war, falls sie nicht im Sperrgebiet lagen.

Diese Briefe, obwohl prosaischer als ihre, waren immer unterschrieben mit »In Liebe«. Als der Tag der Landung in der Normandie kam, entstand ein, wie sie es nannte, unerträgliches Schweigen, doch sie verstand den Grund dafür, und als er wieder schrieb, war alles gut, auch wenn keine Einzelheiten erlaubt waren.

In diesem Brief schrieb er, wie sie es schon getan hatte, von Heirat.

Und schließlich der Tag des Sieges der Alliierten und die

Heimreise. Schwärme von Sternschnuppen, schrieb er, am ganzen Himmel.

Ileane hatte nähen gelernt. Sie schneiderte sich ein neues Sommerkleid zu Ehren seiner Heimkehr, ein Kleid aus lindgrüner Kunstseide mit weitem Rock und kurzen Glockenärmeln, getragen mit einem schmalen Gürtel aus goldfarbenem Kunstleder. Sie wollte sich noch einen Streifen aus demselben grünen Stoff um ihren Sommerhut winden.

»Diese ganze Beschreibung dient dazu, dass Du mich siehst und weißt, ich bin's, und nicht mit einer anderen schönen Frau davonläufst, die zufällig auf dem Bahnsteig steht.«

Er gab seinen Brief an sie in Halifax auf, teilte ihr mit, dass er am Samstag im Abendzug sitzen werde. Er schrieb, dass er sich sehr gut an sie erinnerte und nicht in Gefahr stand, sie mit einer anderen Frau zu verwechseln, selbst wenn an dem Abend der Bahnsteig davon wimmeln sollte.

Am letzten Abend vor seiner Abreise hatten sie bis spät in die Nacht in der Küche des Pfarrhauses gesessen, wo ein Foto von König Georg VI. hing, das man in dem Jahr überall sah. Ebenso wie die Worte, die darunter standen.

Und ich sagte zu dem Mann, der das Tor zum neuen Jahr hütete:
»Gib mir ein Licht, dass ich sicher ins Unbekannte ausschreiten kann.«
Und er antwortete: »Geh hinaus in die Dunkelheit und lege deine Hand in die Hand Gottes. Das wird für dich besser sein als Licht und sicherer als ein bekannter Weg.«

Dann stiegen sie sehr leise die Treppe hinauf, und er ging im Gästezimmer zu Bett. Dass sie zu ihm kam, mussten sie miteinander vereinbart haben, aber vielleicht hatte er nicht ganz verstanden, wozu.

Es war ein Fiasko. Aber so, wie sie sich verhielt, bekam sie es vermutlich gar nicht mit. Je länger das Fiasko dauerte, desto wilder machte sie weiter. Unmöglich, sie von weiteren Versuchen abzubringen oder es ihr zu erklären. Konnte es sein, dass ein Mädchen so wenig wusste? Sie trennten sich schließlich, als wäre alles gutgegangen. Und verabschiedeten sich am nächsten Morgen in Gegenwart ihres Vaters und ihrer Brüder. Kurze Zeit darauf begannen die Briefe.

Er betrank sich und versuchte es noch einmal, in Southampton. Aber die Frau sagte: »Das reicht, Kleiner, du bringst es nicht.«

Es gefiel ihm gar nicht, wenn Frauen oder Mädchen sich herausputzten. Handschuhe, Hüte, raschelnde Röcke, alles eine Forderung und dann Scherereien. Aber wie sollte sie das wissen? Lindgrün. So sah man doch nur nach einer schweren Magenverstimmung aus.

Dann kam ihm der Einfall, dass jemand sich einfach nicht einfinden konnte.

Würde sie sich selbst oder irgendjemand anderem sagen, dass sie sich im Datum geirrt haben musste? Er konnte sich einreden, dass sie sich bestimmt eine Lüge ausdenken würde. Sie war schließlich erfinderisch.

Jetzt, wo sie auf die Straße hinausgegangen ist, verspürt Jackson den Wunsch, sie zu sehen. Er hätte den Hausbesitzer nie fragen können, wie sie aussah, ob ihre Haare dunkel oder grau waren und ob sie schlank oder inzwischen mollig war. Ihre Stimme hatte sogar unter Druck wunderbar unverändert geklungen. Alle Aufmerksamkeit auf sich ziehend, auf ihre Musikalität, und gleichzeitig alle Entschuldigungen vorwegnehmend.

Sie war von weither gekommen, aber sie war eine hartnäckige Frau. Konnte man wohl sagen.

Und die Tochter würde zurückkommen. Zu verwöhnt, um wegzubleiben. Jede Tochter von Ileane wäre verwöhnt, würde sich die Welt und die Wahrheit ganz nach ihren Bedürfnissen zurechtrücken, als könnte nichts sie lange aus der Bahn werfen.

Wenn sie ihn gesehen hätte, hätte sie ihn erkannt? Er meinte, ja. Ganz egal, wie sehr er sich verändert hatte. Und sie hätte ihm verziehen, jawohl, auf der Stelle. Um sich ihr Selbstbild für immer zu bewahren.

Am nächsten Tag hatte sich jede Erleichterung darüber, dass Ileane aus seinem Leben fortgegangen war, verflüchtigt. Sie kannte dieses Haus, sie konnte zurückkommen. Sie konnte sich für eine Weile hier einnisten, die Straßen hier abgehen, auf der Suche nach einer Spur, die noch warm war. Mit gespielter Bescheidenheit bei den Leuten Erkundigungen einholen, mit dieser sich einschmeichelnden, aber verwöhnten Stimme. Es war möglich, dass sie ihm direkt vor dieser Haustür begegnete. Nur für einen Augenblick überrascht, als hätte sie ihn immer erwartet. Ihm die Möglichkeiten des Lebens entgegenhielt, wie sie es zu können vermeinte.

Dinge konnten beendet werden, das erforderte nur einige Entschlossenheit. Als er erst sechs oder sieben Jahre alt war, hatte er die Spielereien seiner Stiefmutter, das, was sie ihre

Spielereien oder Neckereien nannte, beendet. Er war nach Einbruch der Dunkelheit auf die Straße hinausgelaufen, und sie hatte ihn zurückgeholt, aber sie sah ein, er würde ernsthaft weglaufen, wenn sie nicht aufhörte, also hörte sie auf. Und sagte, dass er ein Spielverderber war, weil sie nie zugeben konnte, dass jemand sie hasste.

Er verbrachte drei weitere Nächte in dem Haus namens Bonnie Dundee. Er schrieb für den Hausbesitzer einen Bericht über jede Wohnung mit Angaben über die Fälligkeit der Renovierung und deren Umfang. Er behauptete, er sei abberufen worden, ohne anzugeben, warum oder wohin. Er räumte sein Bankkonto leer und packte die wenigen Dinge, die ihm gehörten. Am Abend, spät am Abend, stieg er in den Zug.

Im Laufe der Nacht nickte er immer wieder ein, und im Kurzschlaf sah er die kleinen Mennonitenjungen auf ihrem Karren vorbeifahren. Er hörte den Gesang ihrer hohen Stimmen.

Am Morgen stieg er in Kapuskasing aus. Er konnte die Sägewerke riechen, und die kühlere Luft munterte ihn auf. Hier gab es bestimmt Arbeit, in einer Stadt mit Holzindustrie.

DIE DIMENSIONEN
EINES SCHATTENS

Eine frühe Erzählung

MISS ABELHART KAM ALLEIN aus der Kirche. Ihre Schritte klangen auf den Betonstufen eilig, hart und bestimmt – nicht das leichte Klacken von Pumps, sondern festere, schwerere Tritte. Miss Abelhart trug Schnürschuhe. Sie trug auch einen hellen Tweedmantel von gerade geschnittener, hässlicher Machart und einen lächerlichen, kleinen schwarzen Hut. Die meisten ihrer Kleidungsstücke waren wegen ihrer Hässlichkeit oder ihrer Lächerlichkeit ausgewählt worden, und sie trug sie mit einem gewissen Trotz, als hätte sie in ihnen stolz eine Unansehnlichkeit erkannt, die ihrer eigenen glich.

Sie war an sich weder hässlich noch lächerlich, nur ein wenig vertrocknet und eingefallen, mit strohigen, geschmacklos eng am Kopf gewellten Haaren und etwas rauer Haut, als wäre sie lange Zeit einem schneidenden Wind ausgesetzt gewesen. Ihre Wangen waren blutleer, und auf ihrem Gesicht lag etwas wie Staub. Leute, die sie sahen, wussten, sie war alt und schon immer alt gewesen. Sie war dreiunddreißig.

Die schrille Stimme einer Frau erscholl aus dem hellen Kirchenportal: »Miss Abelhart, Miss Abelhart, wir haben unten ein Abstinenzlertreffen!«

Miss Abelhart blieb stehen und wandte sich halb um. Ihre blassen Augen verengten sich, blickten listig und ängstlich.

»Miss Abelhart!«, rief die Stimme wieder. »Sie kommen doch, Miss Abelhart?«

Miss Abelhart zögerte. Dann sagte sie laut und deutlich: »Nein.«

»Wie? Sie kommen doch?«

»Nein. Nein, ich komme nicht.« Miss Abelhart ging raschen Schritts weiter und fühlte sich anfangs hochgestimmt und siegessicher, dann überkam sie Angst. Abstinenzlertreffen, Betkreise und Sonntagsgottesdienste bildeten für sie den schwachen Abglanz des Lebens, banden sie ein in den geordneten Alltag der Kleinstadt. Aber letztlich war es unklug, Bande zu zerreißen und ins Nichts zu gehen. So wohltuend es war, für einen Augenblick frei zu sein, so schrecklich war es dann, endlos lange allein zu sein.

»Nein«, sagte Miss Abelhart halblaut. »Nein. Ich komme nicht ...« Ihre Stimme wurde unsicher und verlor sich. Dann riss Miss Abelhart sich zusammen, schürzte die Lippen und blickte sich verstohlen um. In letzter Zeit ertappte sie sich oft dabei, dass sie Selbstgespräche führte.

Es war Juni, und die Nacht war noch nicht hereingebrochen. Der Himmel verbarg sich hinter blassen, weichen Wolken, die Regen versprachen, und die Luft war warm und still. Die staubigen, rasch wechselnden Gerüche des Tages kamen darin nicht mehr vor, nur die schwere Süße von Flieder, der schon verblühte, und der betörende Duft der Pfingstrosen. Pfingstrosen neigten an der Kirchhofpforte die Köpfe, ihr tiefes Rot noch dunkler, die Blütenblätter zusammengefaltet, denn sie gehörten zum Tag. Alle edlen Gartenblumen gehörten zum Tag; wenn es Nacht wurde, schwebten nur noch ihre zarten Düfte in der Luft und vergingen. Vielleicht gab es auf den Hügeln draußen vor der Stadt Nachtblumen, wild und ohne Duft, Sterne, vergraben im langen Gras – aber die würde Miss Abelhart nie zu Gesicht bekommen.

Sie ging jetzt langsamer und hütete sich wie ein Kind davor, auf die Spalten im Pflaster zu treten. Das Pflaster, dachte sie, ist in Vierecke unterteilt, und die Vierecke bilden ein Quadrat, eng und fest, und die Quadrate bilden ein regelmäßiges Muster. Die Stadt hat ein im Dunkeln verborgenes Muster. Miss Abelhart betrachtete die Häuser auf beiden Seiten der Straße – Häuser aus Ziegeln oder Naturstein, wohlanständig mit Veranda, Vortreppen und Fensterläden. Verschlossene Häuser, die unter gesenkten Lidern hervor heimlich alles beobachteten und ihren Platz im Muster kannten. Doch einige von ihnen hatten helle Lampen in den Fenstern …

Drei Mädchen standen in dem gelben Kreis unter einer Straßenlaterne. Sie sahen Miss Abelhart an, sagten Hallo und lächelten kurz und nichtssagend, wie sie es Lehrern gegenüber taten. Miss Abelhart sah die Klarheit ihrer Gesichter und die Anmut ihrer jungen Körper und wandte den Blick von ihnen ab. Sie straffte die Schultern und ging aufrechter, bewusster, spürte im Rücken die Blicke der Mädchen.

Sie dachte an den Jungen. Der Gedanke an ihn war ihr nie fern, wie ein Schatten schwebte er ständig über ihrem Bewusstsein. Mädchen wie diese waren für ihn bestimmt. Ihre langen, schlanken Glieder, ihre weichen Münder und die zarte Fülle ihrer Wangen waren nur zu seinem Vergnügen da. Sie lächelten ihm zu und folgten ihm mit ihren Blicken; sie warteten auf ihn und verlangten nach ihm. Eine von ihnen würde er wählen.

Aber er sieht sie nicht so an, wie er mich ansieht. Sie sind jung und gewöhnlich und bereit …

Sehr deutlich sah sie das Bild des Jungen vor sich. Er saß im Lateinunterricht; die dunklen Haare verwuschelt, die Stirn in verwirrte Falten gelegt, die langen Beine nachlässig in den Mittelgang gestreckt. Dann hob er langsam den Kopf und lächelte, seine braunen Augen blitzten, und er zog einen Mundwinkel hoch, so dass er aussah wie ein schelmischer, schöner, kleiner Junge. Er war schön, auf merkwürdige und unvollkommene Art. Sein magerer Körper war zu zart, sein unordentliches Haar zu malerisch und sein Lächeln zu charmant, aber er war schön. Wenn Miss Abelhart an ihn dachte, empfand sie große Zärtlichkeit und Besorgnis.

Dies war die zweite Juniwoche. In vier Tagen endete das Schuljahr, und er würde fort sein.

Sie merkte, dass sie sich auf dem Weg zur Schule befand. Früher war der Sonntag ein Tag gewesen, um Konjugationen und Konjunktive und Vergil zu vergessen, ein Tag, um frische Luft zu schöpfen, Luft ohne Kreidestaub und den Hauch von menschlicher Langeweile. Jetzt war er ein leerer Tag, der sich endlos erstreckte und nach dem Montag sehnte, wenn die Tage voller Bedeutung und Möglichkeiten wieder begannen. Tag für Tag, fünf Tage lang, von Montag bis Freitag, saß er vierzig Minuten lang an einem Pult vor ihr, brütete über der Grammatik oder stolperte durch eine Übersetzung. Jeden Tag stand er bei der Morgenandacht vor ihr und begegnete ihr ein- oder zweimal auf den Fluren, ging vielleicht mit ihr den Hügel hinunter, durch Zufall, um vier Uhr – und beobachtete sie und verbarg hinter seinen Worten geheime Dinge.

Wieder überkam sie die vertraute kalte Furcht: *Ich denke mir das aus; es kann nicht wahr sein. Es ist unmöglich. Wenn ich so*

weitermache, werde ich wahnsinnig … Aber es ist wahr. Ich bilde mir
das nicht ein. Bitte, Gott, ich werde nicht verrückt …

Sie überquerte die Straße und stand vor der Schule. Die
Schule scharte die beginnende Dunkelheit um sich, wurde
grau und unscharf. Nur die blinden Schlitze der Fenster und
die langen Finger des Efeus hoben sich schwarz vom Grau ab.
Nachts war die Schule verlassen. Bald würde sie den ganzen
Sommer über verlassen sein – für immer verlassen, denn der
Junge würde nicht mit den anderen im Herbst zurückkom-
men. Die kleine, hartnäckige Angst wich einer Leere, und
Miss Abelhart mochte die Schule nicht länger anschauen. Sie
wandte sich ab.

Dann sah sie ihn. Der Junge stand völlig reglos am Ende
des Weges und beobachtete sie. Er trug einen graubraunen
Regenmantel, seine Haare waren wirr, und er hatte die Hände
in den Taschen vergraben. Als er merkte, dass sie ihn ansah,
sagte er: »Hallo, Miss Abelhart«.

»Hallo«, sagte sie leise.

Er ging auf sie zu. Er lächelte.

»Was machen Sie hier oben?«, fragte er.

»Ich gehe einfach spazieren.« Sie zitterte. Es war äußerst
seltsam, ihm außerhalb der Sicherheit des Klassenzimmers zu
begegnen, außerhalb des engen, kleinen Lebenskreises in der
Schule. Ihr fiel ein, dass sie ihn bisher nur bei Tageslicht gesehen hatte. Im Dunkeln war sein Gesicht fahl und ein wenig
unwirklich.

»Ich hab die Schule betrachtet«, sagte er. »Ich weiß nicht,
ich hab angefangen nachzudenken, und ich stand einfach da
und hab sie betrachtet.«

»Worüber hast du nachgedacht?«, fragte Miss Abelhart.
»Ach, ich dachte, dass mir nur noch vier Tage hier bleiben.

Wenn ich mein Jahr kriege, komme ich nicht zurück, wissen Sie.«

»Ja, ich weiß.«

»Kommt mir komisch vor, nach fünf Jahren. Ich meine, es wird mir komisch vorkommen. Ich hab mich so daran gewöhnt.« Er schwieg einen Augenblick lang, dann sprach er langsam, als könnte er kaum Worte finden für das, was ihm durch den Kopf ging.

»Dieses letzte Jahr – es kommt mir länger vor als die ganze übrige Zeit, wichtiger oder was. Vielleicht, weil ich älter bin. Ich weiß nicht.«

Dann sagte er plötzlich: »Dieses Jahr war das erste Jahr, in dem Sie da waren.«

Die unglaublichen Worte waren ausgesprochen worden. Doch, wirklich. Einen Augenblick lang glaubte Miss Abelhart, sie nicht gehört zu haben, dann, als sie wusste, sie hatte sie gehört, durchlief ein Schauder ihren ganzen Körper. Sie war beglückt und empfand gleichzeitig Angst. Da war er also; er sah sie an und redete mit ihr, und er war es selbst, nicht der unruhige, geliebte Schatten, der an den Grundfesten ihres Verstandes nagte.

»Ja«, sagte sie, »es kommt mir auch wie eine lange Zeit vor.« Seltsam, wie sehr er wie der Junge im College aussah – auch ein wenig wie der Junge zu Hause. Vielleicht lag es nur daran, dass in der Dunkelheit sein Gesicht undeutlich war – oder vielleicht lag es an seinem arroganten und verlegenen Gesichtsausdruck, dem jugendlichen Ausdruck, der auch auf ihren Gesichtern gelegen hatte. Jetzt würde er es ihr sagen.

»Ich habe heftig für Sie geschwärmt«, sagte er. »Ist Ihnen bestimmt aufgefallen. Hat das ganze Jahr über angehalten. Ich konnte einfach nicht anders …«

»Ja.« Sie sah ihn unverwandt an, ohne Scham oder Überraschung; ihre Wangen erwärmten sich ein wenig von ihren
langsamen, schweren Herzschlägen.

»Sie haben es gewusst, nicht?«, fragte er.

»Ja.«

»Anfangs konnte ich es nicht glauben. Ich fand es schrecklich.«

»Ach ja?«

»Ich meine, man erwartet, für ein Mädchen zu schwär-
men, aber – verdammt, Sie sind Jahre älter als ich. Vielleicht
so alt wie meine Mutter, ich weiß nicht.«

»Nein, so alt nicht.«

»Verzeihung. Aber Sie sind nicht hübsch, Sie sind nicht –
ach, verflucht, ich weiß nicht, was ich meine!«

»Du meinst«, sagte Miss Abelhart, »dass ich geschlechtslos
bin. Wie ein Stück Holz, wie ein Maiskolben.«

»Nein!« Der Junge wurde rot und geriet ins Stottern.
»Nein, nein, sind Sie nicht.«

»Aber für andere bin ich es. Unfruchtbar, steril und nutzlos.« Die Dinge, die im Dunkeln verborgen gelegen hatten,
erhielten Laut und Form und schwebten als gefrorene Worte
in der Luft.

»Ich weiß nicht«, sagte der Junge. »Darauf kommt es nicht
an. Aber Sie sind so klug. So klug möchte ich gar nicht sein.
Sie wissen Dinge, die niemand sonst weiß, und alle haben
Angst vor Ihnen.« Er lächelte. »Ich brauche mir keine Sorgen
zu machen, was? Ich bin nicht mal klug genug, um das große
Latinum zu schaffen.«

»Ich kann nichts dafür, wirklich nicht«, sagte Miss Abelhart
ernst. »Ich bin überhaupt nicht klug. Es ist diese Stadt. Wenn
du wüsstest, was ich alles mache, was ich alles versuche, um

wie andere Leute zu sein, die Versammlungen, zu denen ich gehe, die Dinge, die ich sage …«

»Aber das nützt nichts. Die Leute wissen, dass Sie nicht so sind wie alle. Die lachen Sie aus.«

»Du hast eben noch gesagt, sie hätten Angst vor mir.«

»Haben sie auch manchmal. Dann wieder lachen sie. Ich hätte nie gedacht, dass ich mich in jemanden verknalle, den alle auslachen …« Miss Abelhart fragte beherrscht: »Gibt es kein anderes Wort dafür als ›verknallen‹? Das hört sich so grob an, so – kindisch.«

»Aber genau das war es. Ich hab mich deswegen gehasst. Ich hatte eine Riesenangst, dass die anderen in der Klasse es herausbekommen. Ich habe lauter über Sie gelacht als alle anderen, damit die nicht …«

Sie war wieder sehr blass, aber sie verzog keine Miene. Sie sagte nur: »Ach ja? Das war schlau.«

Der Junge war durcheinander. »Nein, überhaupt nicht! Das machte es nur noch schlimmer. Ich konnte nicht anders. Es wurde immer schlimmer … Ich will damit nur sagen, ich konnte es nicht verstehen – warum Sie es waren. Ich konnte nicht erkennen, was das an Ihnen war.«

»Vielleicht war gar nichts an mir«, sagte Miss Abelhart. »Hast du je daran gedacht, dass eine Frau einmal in ihrem Leben das Recht hat, von jemandem angesehen zu werden, der nichts an ihr sieht, sondern nur sie selbst? Jede Frau hat das Recht, ganz egal, wie alt oder wie hässlich sie ist. Von jemandem geliebt zu werden, sogar weil sie hässlich ist.«

»Das ist nicht Liebe. Ich weiß nicht, was es ist. Ich dachte immer wieder, es würde weggehen. Solche Sachen dauern nicht ewig.«

»Erzähl mir, wie es angefangen hat«, sagte Miss Abelhart ruhiger. »Komm ein Stück mit und erzähl mir davon.«

Sie gingen nebeneinanderher, ohne sich anzuschauen, ohne sich zu berühren, durch die stillen Straßen der Stadt. Die Rathausuhr schlug neun. Sie liefen an einer Straßenlaterne vorbei, und ihre Schatten wirbelten um ihre Füße. Miss Abelharts Schatten war schwarz und massiv und fest umrissen, aber der des Jungen war lang und dunstig, kräuselte sich wie Rauch über den Bürgersteig und den Rasen. »Ich kann nicht erklären, wie es angefangen hat«, sagte der Junge mit derselben müden, gequälten Stimme. »Ich glaube, es war im Herbst. Nicht gleich nachdem Sie gekommen sind. Da sind Sie mir gar nicht aufgefallen, ich dachte nur, Sie wissen alles über Latein.«

»Und sonst nichts?«

»Glaub kaum.«

»Stimmt nicht. Alles weiß ich nicht. Weiter.«

»Dann haben wir dieses Stück aufgeführt, *Wie es euch gefällt*. Sie haben es gekürzt, den Schluss geändert, und Sie sind gekommen und haben bei den Proben zugeschaut.«

»Ja, du warst Orlando.«

Der junge Orlando, in einem Trikot und einem selbstgeschneiderten Kostüm, für das jeder andere Junge sich geschämt hätte, obendrein hätte jeder andere darin unbeholfen und lächerlich ausgesehen. Aber er, ritterlich, schlank und hübsch, bewegte sich wie ein wildes Tier auf einer kleinen Bretterbühne.

»Dann hab ich angefangen, mit Ihnen zu reden und da vorbeizugehen, wo Sie saßen, ich hab sogar manchmal darauf geachtet, ob Sie zuhören, wenn ich meinen Text sage …«

Steif, schrecklich, wie Schuljungen immer Shakespeare aufsagen. Aber du hast gelächelt und dir die Locken aus der Stirn geschüttelt,

und draußen ging die Sonne unter, und der Rauch von verbrennen-
dem Laub zog zum Fenster herein.

»Dann hab ich im Winter immer unten gewartet, den ganzen Vormittag über, bis Latein dran war. Ich saß da, hab Sie beobachtet und Ihnen zugehört, und ich hab in alles, was Sie gesagt haben, etwas hineingelegt. Als redeten Sie zu mir in einer
Weise, die keiner sonst versteht. Wissen Sie, was ich meine?«

»Ja. Ja, ich weiß.«

»Ich hab mir aber nichts anmerken lassen. Ich hab Sie bei
der Morgenandacht beobachtet. Manchmal dachte ich, Sie sehen mich an. Ich hab jedes Mal aufgepasst, ob Sie an der Tür
zu Ihrem Klassenzimmer stehen, wenn ich daran vorbeigehen
musste. Wenn Sie nicht da waren, hab ich so getan, als hätt ich
ein Buch oder so vergessen, und ich bin umgekehrt, so dass Sie
vielleicht da sein würden, wenn ich wieder dran vorbeiging.

Ich weiß gar nicht mehr, was ich alles gemacht habe«, fuhr
der Junge rasch fort. »Das blödeste, verrückteste Zeug. Eines
Tages sind Sie mittags in den Aufenthaltsraum gekommen, als
ich für die anderen Klavier gespielt hab, und Sie haben mich
gebeten, etwas zu spielen. Ich hab das Stück danach eine Woche lang gespielt. Ich hätt es im Schlaf spielen können. Wissen Sie noch?«

»Ja.«

Der Aufenthaltsraum mittags, das ist Lärm und Rauch und Ge-
lächter und die leisen, blechernen Töne des Klaviers und die Mäd-
chen mit langen Beinen und lauten Stimmen, die tanzen. Aber du
hast nicht für sie gespielt. Du hast mich angesehen, als du gespielt
hast, und du hast langsam, heimlich gelächelt …

»Wenn ich die Gelegenheit bekam, mit Ihnen zu reden,
hab ich nichts herausgebracht«, sagte er. »Jedes Mal, wenn Sie
etwas zu mir gesagt haben, hat sich alles in mir gedreht, sogar

wenn es nur etwas über Horaz war. Was hab ich mich geschämt! Ich wusste nicht, wie das passieren konnte, und jetzt weiß ich nicht, wie das aufhören soll ...«

Sie blieben stehen. Sie waren an das Ende der Straße gelangt. Die Stadt hörte plötzlich auf, und es gab kein Muster mehr, nur das leere, holperige, im Dunkeln weglose Land. Sie kehrten um und gingen zurück in die Stadt, zurück zu Miss Abelharts Pension. Miss Abelharts Schritte waren das einzige Geräusch in der Nacht. Der Junge lief geräuschlos. Einen Moment lang dachte Miss Abelhart, er sei still verschwunden, aber als sie sich umschaute, war er immer noch dicht neben ihr.

»Ich weiß nicht, wie das aufhören soll«, wiederholte der Junge. »Ich weiß nicht, was ich tun soll.«

Miss Abelhart schaute ihn an und sah sein bleiches Gesicht, zerbrochen vor Schmerz und Verwirrung. Sie wollte ihm mit den Fingern zärtlich über die Haare streichen und seinen Kopf sanft in den Händen halten. Sie berührte ihn nicht. Sie blickte ihn unverwandt an, fasziniert, fast ungläubig.

»Du bist es also, ja?«, flüsterte sie. »Du bist hier?«

»Wieso sagen Sie so was?«

»Manchmal sehe ich dich an, und dein Gesicht verschwimmt; gerade so, als wärst du unter Wasser, und du scheinst dich von mir zu entfernen ... weiter und weiter ... wahrscheinlich ist mir schwindlig.«

»Ja.«

»Mir kommt es fast so vor, als wärst du nicht real.«

»Warum?«

»Wie du geredet hast – was du mir erzählt hast ...«

»Hab ich doch gerade gesagt. Weil ich es Ihnen irgendwann sagen musste.«

Miss Abelhart schüttelte den Kopf.

»Die anderen«, sagte sie, »die anderen haben es mir nie gesagt. Ich ging weiter und weiter, und sie haben mich angesehen und geredet, aber sie haben es mir nie gesagt. Dann sind sie weggegangen. Ich habe sie nie wiedergesehen.«

»Welche anderen?«

»Ach, die kanntest du ja gar nicht. Habe ich ganz vergessen. Es spielt ohnehin keine Rolle.« Sie legte ihm die Hand auf den Arm, damit er innehielt, damit er auf das Wichtige hörte.

»Ich glaube nicht, dass sie mich je wirklich geliebt haben«, sagte sie. »Nein, haben sie nie. Ich habe es mir nur eingebildet. Ich habe es mir ausgedacht und dann ständig darauf geachtet, ob sie mich ansehen, und mir alles eingeprägt, was sie gesagt haben … vielleicht mochten sie mich nicht einmal. Ich habe ihnen leidgetan, oder sie fanden mich ungewöhnlich. Vielleicht haben sie mich ausgelacht – darüber habe ich bis jetzt noch nie nachgedacht.«

»Wer hat Sie ausgelacht?«

»Du auch. Hast du mir gesagt. Aber jetzt nicht. Ich sehe deinen Augen an, dass du mich nicht auslachst. Du … liebst mich.«

Der Junge zuckte zusammen, und sein Mund straffte sich, aber er sagte nichts.

»Nicht wahr?« Miss Abelharts Stimme wurde scharf. »Nicht wahr? Nicht wahr?«

»Ich weiß nicht … doch, ja. Ja.«

Er war geschlagen. Miss Abelhart wurde ruhiger und schwieg einen Augenblick.

»Es ist so seltsam«, sagte sie traurig. »Keiner von den anderen hat es getan, und jetzt tust du es. Auf die kommt es nicht an. Es hätte sein können, dass ich mir das mit dir auch nur eingebildet habe, weißt du. Ich hätte es nicht ertragen können, wenn es so gewesen wäre. Ich habe so oft gewartet. Ich hätte nicht länger warten können. Es betrübt mich«, sagte sie, »weil es zu spät geschehen ist. Obwohl das eigentlich nichts ausmacht. Es wäre immer zu spät gewesen. Man muss etwas haben«, sagte sie. »Eine Frau muss etwas haben, sogar eine Scheuche wie ich eine bin. Ich wusste immer, dass eine Frau etwas haben muss, und jetzt habe ich …«

»Sie reden, als wären Sie froh«, brach es aus dem Jungen heraus.

»Das ist grausam von mir. Aber ich hatte nie etwas anderes. Du tust mir eigentlich nicht einmal leid. Ich habe immer gelitten. Niemand sonst hat so gelitten. Nie habe ich gesehen, dass jemand mich so anschaute, um meiner selbst willen …«

Der Junge stieß einen tiefen, wütenden Laut aus, fast wie ein Schrei, und Miss Abelhart verstummte plötzlich. Sie nahm sein Gesicht in die Hände.

»Ach, ich bin grausam! Du musst das vergessen. Du wirst das vergessen, ja?«

Er entwand sich ihr. »Schauen Sie mich nicht so an!«, flüsterte er heiser. »Schauen Sie mich nicht so an!«

»Es macht mir nichts aus, wenn du es vergisst«, sagte sie. »Es macht mir nichts aus, wenn ich für den Rest meines Lebens nichts habe. Ach, das verstehst du nicht, wie?«

Er antwortete nicht. Er bewegte nicht einmal den Kopf.

»Du bist so jung«, sagte sie sanft. Dann: »Geh jetzt nach Hause. Ich werde den Rest des Weges allein gehen.«

Die drei Mädchen, die sie früher am Abend gesehen hatte, kamen an ihnen vorbei. Sie kicherten zusammen und warfen verstohlene Blicke aus den Augenwinkeln. Der Junge sah sie nicht einmal an.

»Geh nach Hause«, sagte Miss Abelhart. »Ist alles gut jetzt. Leb wohl.«

Der Junge verabschiedete sich nicht. Er drehte sich um und ging fort. Einen Augenblick später konnte sie ihn nicht mehr sehen. Sein Körper hatte sich in der Dunkelheit aufgelöst.

Miss Abelhart ging zögernd die Straße hinunter zu ihrer Pension. Sie weinte, und die dichte, süße Nacht umschloss sie so fest, dass Schwäche und Übelkeit sie überkamen. Die Nacht war voller giftigem Wohlgeruch und wirbelnder, zergehender Schatten, und ihr wurde schwindlig, sehr schwindlig. Die Mädchen vor ihr lachten und schauten sich um; ihre schrillen, aufgeregten Stimmen strudelten durch ihr Gehirn.

»Sie hatte die Hände ausgestreckt. Genau so. Als würde sie versuchen, etwas festzuhalten.«

»Sie dachte, sie würde mit jemandem reden. Sie hat gesagt, geh nach Hause, oder so was.«

»Du bist so jung, hat sie gesagt. Sie hat vor sich hin gestarrt, als wär da jemand …«

»Verdammt! Das ist es! Sie hat sich eingebildet, da wäre jemand direkt neben ihr!«

Aus drei Mündern kam ein Laut des Entsetzens. Die Mädchen schauten sich an, für einen Augenblick stumm; dann brachen sie in hohes, nervöses Gelächter aus.

Miss Abelhart geriet ins Stolpern und lehnte sich an einen Laternenpfahl. Sie presste die Hände an den Kopf und starrte in die Finsternis. Die Nacht war schwarz, die Farbe des Wahnsinns. Das Gelächter der Mädchen wurde unerträglich laut und gellte ihr in den Ohren, dann ebbte es ab. Miss Abelhart war allein in unergründlicher Stille.

Aus jedem ihrer Sätze kann man lernen

Alice Munro ist zwanzig, als sie – froh und verliebt – heiratet. Eine hübsche junge Frau mit dunklen Locken, die das beunruhigende Gefühl nicht verlässt, anders zu sein als die anderen Mädchen. In der autobiographisch geprägten Geschichte »Die Schiene« aus dem Band ›Wozu wollen Sie das wissen?‹ heißt es: »Mein Mann war der erste feste Freund, den ich je gehabt hatte. Meine Aussichten waren nicht rosig gewesen. Im selben Herbst reparierten mein Vater und mein Bruder den Deckel auf dem Brunnen in unserem Hof, und mein Bruder sagte: ›Wir müssen das ordentlich machen. Denn wenn dieser Jüngling reinfällt, findet sie nie wieder einen anderen.‹

Und das wurde ein Lieblingswitz in der Familie. Natürlich lachte ich auch. Aber die Besorgnis derer um mich herum war zumindest zeitweilig auch eine meiner Sorgen gewesen. Was gab es an mir auszusetzen? Mein Aussehen war es nicht. Etwas anderes. Etwas anderes, schrill wie eine Warnglocke, verscheuchte die möglichen Freunde und potentiellen Ehemänner. Ich vertraute jedoch darauf, dass es, was es auch sein mochte, sich legen würde, sobald ich von zu Hause fort war und fort aus dieser Stadt.«

Frauen und Mädchen, die anders sind als die anderen. Die mehr vom Leben, von der Liebe wollen. Das wird ein Motiv ihres Werks. »Ich konnte auch dann und wann Stunden vor dem Spiegel verbringen, mir qualvoll die Augenbrauen zupfen, mein Profil betrachten, mein Gesicht mit dunklem oder hellem Puder tönen, um die vorteilhaften Stellen zu betonen [...]. Es war die ausdauernde Aufmerksamkeit, zu der ich nicht fähig war, obwohl alles [...] mir sagte, dass ich es unbedingt, *unbedingt*, würde lernen müssen. Für Nichtenthaarte gibt es keine Liebe.« (aus »Kleine Aussichten«).

Alice Munro zieht mit ihrem Mann nach Vancouver, sie arbeitet in der Bibliothek, erst halb-, dann ganztags, muss diese Stelle jedoch aufgeben, als sie schwanger wird. Mit zweiundzwanzig bringt sie ihre erste Tochter, Sheila, zur Welt, mit vierundzwanzig eine zweite Tochter, die zwei Tage später stirbt, bei der Geburt von Tochter Jenny ist sie sechsundzwanzig Jahre alt. Sheila Munro wird später an die eigene Müdigkeit als Mutter eines Babys denken und sich (in ihrem Buch ›Lives of Mothers & Daughters – Growing Up With Alice Munro‹, 2008) wundern, wie ihre Mutter das alles schaffen konnte: drei Schwangerschaften, zwei kleine Kinder – und schreiben. Denn geschrieben hat Alice Munro immer. Sie hatte kein eigenes Zimmer, arbeitete lange Jahre an einem kleinen Tisch im Schlafzimmer oder in der Küche. Wenn die Kinder nach Hause kamen, räumte sie Stift und Papier weg. Die Tochter der amerikanischen Schriftstellerin Grace Paley sagte einmal über ihre Mutter: »She was a kitchenwriter.« Das war auch Alice Munro. 1961 erschien ein Zeitungsartikel über sie mit der Titelzeile: »Hausfrau findet Zeit, Geschichten zu schreiben«. Und noch bei der Bekanntgabe des Nobelpreises 2013 bemerkte ein ignoranter deutscher Fernsehmann, das sei doch diese schreibende kanadische Hausfrau.

Alice Munro ist eine Meisterin der Kurzgeschichte. Mehr als 150 hat sie geschrieben. Immer wieder wurde sie mit Anton Tschechow verglichen. Sie wird von Kollegen bewundert, die ihre Fähigkeit rühmen, Lebensgeschichten zu komprimieren, andauernde Empathie zu wecken. Die nur wenige Jahre jüngere englische Schriftstellerin A. S. Byatt betonte, sie würde als Autorin von Alice Munro herausgefordert, denn es gäbe in jedem ihrer Sätze etwas Neues zu lernen.

Alice Munro lebte mit ihrer Familie Anfang der 1950er Jahre in Nord-Vancouver und litt dort offensichtlich heftig unter den ordentlichen Nachbarinnen. Auch da war sie wieder anders als die anderen. Sie erzählt davon in der Geschichte »Jakarta«, nennt sie die »Monicas«. Sie führen das kleinbürgerliche Frauenregiment der Nachbarschaft, die guten Hausfrauen, die morgens unangemeldet auf einen Kaffee vorbeikommen und plappern, wo man die besten Sonderangebote kriegt, die ihre Figur zugunsten einer allgegenwärtigen Mütterlichkeit verloren, ihre Weiblichkeit, ihre Hoffnungen auf ein aufregendes Leben aufgegeben haben. Munros Tochter schreibt: »In einem Interview hat sie unsere Nachbarinnen in Nord-Vancouver einmal als ihre Gefängniswärterinnen bezeichnet. Sie waren jedenfalls sicher der wichtigste Grund für meine Eltern, nach nur drei Jahren ins wohlhabendere West-Vancouver umzuziehen. Dort waren die Grundstücke größer, die Zäune höher, und die Privatsphäre wurde mehr geachtet. Das war wichtig, denn meine Mutter war nicht der Mensch, der sagen konnte ›Tut mir leid, ich bin gerade beschäftigt‹, wenn die Nachbarin vor der Tür stand. Sie konnte nicht sagen ›Schau, ich schreibe gerade, kannst du später wiederkommen‹. Mein Vater hat das nie verstanden, es hat ihn unglaublich geärgert. ›Warum kannst du nicht sagen, dass du beschäftigt bist?‹, beschwor er sie. ›Sag, du hast eine Verabredung.‹ Aber für sie war solch ein Akt der Selbstbehauptung undenkbar, es hätte irgendeines ihrer Familientabus gebrochen, aber vor allem hätte es das empfindliche Gleichgewicht gestört, das es ihr erlaubte, in zwei Welten zu leben: in der Welt ihrer sichtbaren Existenz und der ihres Schreibens.«

Die junge Mutter in »Jakarta« lebt auch in zwei Welten, sie hat ein Baby und einen ordentlichen Mann, hat also die weibliche Grundprüfung bestanden, ist verheiratet, hat im richtigen Abstand zur Hochzeit das erste Kind bekommen. Aber sie liest immer noch Bücher, liebt die Geschichten von Katherine Mansfield und D. H. Lawrence, schlägt sich mit den Wünschen herum, mit den Leidenschaften, von denen da die Rede ist; und sie raucht manchmal beim Stillen, wünscht sich selbstsüchtig, ihr Bauch möge bald wieder flach werden. Vor allem aber kann sie nicht wie die Freundin sagen, dass ihr Glück ganz und gar von ihrem Ehemann abhinge. Sie will das auch keinesfalls empfinden. Vielleicht ist das ein Grund für das Scheitern dieser Ehe. Oder sind dafür doch grundsätzlichere Unterschiede zwischen Kath und Kent verantwortlich? Sie wollte damals, in jenem Sommer – als ihre beste Freundin und deren kommunistischer Oberlehrer-Ehemann wegzogen –, eher zu den Unangepassten gehören, schämte sich für ihren Krawatten tragenden, den Kapitalismus verteidigenden Mann. Später – wie immer liegt auch in dieser Munro-Geschichte die Kunst nicht zuletzt in der Auslassung, in den dramaturgisch perfekt gesetzten Zeitsprüngen – wird sich der Mann an jenes Abendessen erinnern, an dem er als Einziger einen Schlips trug und seine Frau abgetragene Jeans.

Zwischen dem ersten Kapitel, das vom Leben mit dem Baby, den existentiellen Gefühlen und Strandgesprächen mit der Freundin, und dem zweiten, das vom Besuch des alten Mannes bei der ebenso alt gewordenen, einsamen Freundin seiner ehemaligen Frau erzählt, liegen Jahrzehnte. Die eine Ehe hat ebenso wenig gehalten wie die andere, und die Tochter, die damals ein frisch geborenes Baby war, ist auch längst wieder geschieden. ›Liebes Leben‹: So heißt der letzte Band von Alice Munro, nach dessen Erscheinen (2012) sie sagte, es bliebe auch ihr letzter, weil sie keine Kraft mehr zum Schreiben habe. Und dieser (im Deutschen wunderbar doppeldeutige) Titel könnte über all ihren Geschichten stehen, denn das Leben mit seinen Versprechungen und Hoffnungen vergeht so schnell, die große Liebe ist so flüchtig, dass ein Absatz ausreicht, um die Leser über Jahrzehnte zu tragen. Alice Munro braucht nicht mehr als ein Bild, einen nebenbei gesprochenen Satz, einen scheinbar unwichtigen Gedanken, um darauf zu verweisen, welchen Verlauf ein Leben nehmen, wie eine Existenz zerbrechen oder ein Aufbruch stattfinden, eine vielversprechende Liebe nicht halten wird. Die unterschiedliche Kleidung zum Abendessen bei ihren Freunden markiert eben mehr als die oberflächlichen Unvereinbarkeiten eines Paares. Sie trägt ein Hemd und Jeans, die mit Sicherheitsnadeln zusammengehalten werden, er einen Anzug. Und doch wird der alt gewordene, inzwischen zum dritten Mal verheiratete Mann sich noch Jahrzehnte später fragen, was die Mutter seiner Tochter wohl macht und wie sie lebt. Vielleicht war sie doch die große Liebe.

Alice Munro erzählt zugewandt und genau vom Allerschwersten, von dem, was zwischen den Menschen passiert, was in ihnen vorgeht. Das Ende bleibt häufig offen. Biographien gewinnen in ihren Geschichten nicht in erster Linie durch Handlung an Bedeutung, vielmehr durch Stimmungen, schnell aufflammende Gefühle, mühsame Erkenntnisse und Wendungen. Fasziniert gerät man in den Sog dieser lakonisch betrachteten Liebes- und Lebensgeschichten, die ganz und gar unsentimental vom Leiden und Genießen handeln, von der Stunde der ersten und der letzten Empfindung, von den Ritualen zwischen den Geschlechtern (egal, ob es Ehe- oder Ehebruchpartner sind), und vor allem davon, dass jede Generation »Dinge für unumstößlich gehalten hatte, die nur zufällig und vorläufig waren« (aus »Äpfel und Birnen«) – und sich im Besitz der Wahrheit glaubt. In »Jakarta« geht es ja nicht zuletzt um eine Generation, die sich sexuelle Freizügigkeit auf die Fahnen geschrieben hatte, die voller Herablassung auf bürgerliche Konventionen schaute (»Alle verachteten sie damals ihre Eltern für irgendetwas«), deren Liebeskonzept die Menschen nicht glücklicher machte. Alice Munro, die sich 1973 von ihrem ersten Mann trennte, erinnerte sich später daran, dass viele Ehen in diesen Jahren auseinandergingen, weil die Verhältnisse sich änderten. Die Frauen wurden mutiger, die sexuelle Revolution hinterließ Spuren.

Ihr erster Band mit Erzählungen wird 1968 veröffentlicht: ›Tanz der seligen Geister‹, und – wie auch ihre folgenden Bücher – sofort wahrgenommen und ausgezeichnet.

Munros Geschichten erzählen von all dem, was unser Leben bestimmt: Familie, Kinder, Beruf, Liebe und Ehe, das Verhältnis zwischen Müttern und Töchtern und Freundinnen, es geht ums Alter und um Sex, um die Unterschiede zwischen den Geschlechtern, um das, was in Erinnerung bleibt, und das, was aus ihr verschwindet. Um das unvermeidliche Leid, das unsere Handlungen verursachen – anderen Menschen und uns selber.

Eine ihrer großartigsten Geschichten erzählt von solch gewaltigen, nicht auslöschbaren Schmerzen. In »Die Kinder bleiben hier« verlässt die junge Frau ihren Ehemann und die beiden kleinen Töchter, weil ihre Liebe zu einem Pseudo-Künstler ihr scheinbar keine andere Wahl lässt. Sie geht auf und davon, von einem Augenblick auf den anderen ändert sie ihr Leben, folgt der Leidenschaft, die ihr so herausragend und unausweichlich erscheint. Sie wird »zu einer Frau, die unbegreiflicher- und erschreckenderweise alles aufgab. Aus Liebe, würden Beobachter süffisant sagen. Und Sex meinen. Das wäre alles nicht passiert, ginge es nicht um Sex.«

Der überraschte Ehemann lässt sie gehen, stellt allerdings die folgenschwere und entscheidende Bedingung: »Die Kinder bleiben hier.« Sie lässt sie zurück, ahnt schon, dass das ein furchtbar hoher Preis für die Freiheit ist, aber erst viel später wird sie das Ausmaß des Verlusts und des Schmerzes begreifen.

Alice Munro macht einen harten Schnitt in dieser Geschichte eines Aufbruchs: Eben waren da noch die matte Ferienstimmung, das schöne Wetter, die anstrengenden Schwiegereltern und der ewig flachsende Ehemann, es ging um kurze Augenblicke des Alleinseins, um das Amateurtheaterstück, um Orpheus und Eurydike, den unvergleichlichen Sex, die fraglose Entscheidung, die unausweichliche Liebe zu dem anderen Mann und dann eine Seite später – dreißig Jahre sind vergangen – die Rückschau, die Betrachtung der Folgen: der Verlust der Kinder, der Lebensschmerz. »Sage dir: Du verlierst sie sowieso. Sie werden groß. Auf eine Mutter wartet immer diese ein wenig lächerliche Verlassenheit. Sie werden diese Zeit vergessen, dich auf die eine oder andere Art verstoßen. Oder kleben bleiben, bis du nicht weißt, was du mit ihnen anfangen sollst [...]. Und dennoch, welcher Schmerz. Den sie herumtragen und an den sie sich gewöhnen muss, bis sie nur noch um die Vergangenheit trauert und nicht um irgendeine mögliche Gegenwart.«

An dieser Stelle macht Alice Munro einen Absatz. Wir halten inne und fragen uns, ob die Verliebtheit in den sich allzu wichtig nehmenden Regisseur, ob die Leidenschaft all das lohnte. Hätte die Frau nicht den freundlichen Ehemann und die Schwiegereltern ertragen sollen. Hätte sie das nicht in Kauf nehmen, sich daran gewöhnen müssen, um ihrer Kinder willen. Schließlich hatte sie sich von dem Mann, ohne den sie nicht leben zu können meinte, sowieso bald wieder getrennt. War es das also wert? Aber die Autorin urteilt nicht, es geht nicht um das Abwägen der Folgen. Eine junge Frau entscheidet sich für ein neues Leben, dafür muss sie einen Preis zahlen: »Ihre Kinder sind groß geworden. Sie hassen sie nicht. Dafür, dass sie fortgegangen oder fortgeblieben ist. Sie vergeben ihr auch nicht. Vielleicht hätten sie ihr ohnehin nicht vergeben, aber dann wegen etwas anderem.«

Das Leben ist weitergegangen. Die große Leidenschaft dauerte nur kurz. Die Narben sind verheilt. Am Ende bleibt von der mutigen Flucht der Frau nur eine alberne Pointe, die der verlassene Mann seinen Töchtern erzählt hatte, wenn die nach der Mutter fragten. Das ist es, was bleibt. Vom Liebesleben, überhaupt vom lieben Leben und seinen Aufregungen und folgenschweren Entscheidungen. Alice Munro ist eine lebens- und empfindungskluge Autorin, die ihren Figuren auf allen schwierigen Wegen folgt. Sie hat einmal gesagt: »Ich denke, nichts ist leicht, nichts ist einfach.«

Jonathan Franzen, einer ihrer großen Verehrer, hat über die bewunderte Kollegin – lange bevor sie mit dem Nobelpreis ausgezeichnet wurde – geschrieben: »Wenn ich Munro lese, stellt sich jener Zustand stiller Reflexion ein, in dem ich über mein eigenes Leben nachdenke, über die Entscheidungen, die ich getroffen habe, über die Dinge, die ich getan oder unterlassen habe, darüber, was für ein Mensch ich bin, über meinen Tod.« Und: Wofür andere (und er) viele Romankapitel brauchten, das schaffe sie auf wenigen Seiten: von einem ganzen Leben zu erzählen. Was das Werk dieser Autorin auszeichnet, ist – wie Joyce Carol Oates es einmal ausdrückte – eine unglaubliche Dichte, die moralische, emotionale, manchmal historische Dichte. Und: eine Dramaturgie, in der jeder Satz stimmt. Sie feilt – wie man an den verschiedenen Fassungen ihrer Geschichten sehen kann – an jedem ihrer Sätze. Sie ändert immer wieder, überarbeitet und – vor allem – sie kürzt, verschlankt ihre Sätze, bis sie die Essenz einer Begegnung, einer Empfindung, einer Stimmung enthalten. Oder eines Charakters. In »Der Bär kletterte über den Berg« denkt der Held der Geschichte, als er gefragt wird, wann er denn mit dem Rauchen aufgehört habe, darüber nach, ob das vor oder während einer dreißig Jahre zurückliegenden Affäre war. Dieser fürsorgliche, scheinbar allein um das Wohl seiner dementen Frau besorgte Mann war eben nicht nur ein freundlicher Aufsteiger, der es durch die Eheschließung geschafft hatte, ein sorgenfreies Leben zu führen, er war vor allem auch ein notorischer Ehebrecher.

Geboren wurde Alice Munro am 10. Juli 1931 als Alice Ann Laidlaw im Süden Kanadas in Wingham, Ontario. Sie wächst auf einer Farm für Silberfüchse auf, ihre Mutter war vor der Hochzeit Lehrerin gewesen, ihr Vater war ein eigenbrötlerischer Mann, der die Natur liebte. Die beiden hofften, von der Pelzzucht auskömmlich leben zu können, aber die Weltwirtschaftskrise machte ihnen einen Strich durch die Rechnung. Alice Munros Kindheit ist von Armut geprägt, sie hat zwei jüngere Geschwister. Als sie zwölf Jahre alt ist, erkrankt ihre Mutter an Parkinson.

Abwechslungen gibt es in diesem Kinderleben nicht viele, die Schule ist kein Ort des Glücks. Den findet sie in den Büchern. Sheila Munro schreibt: »Ich weiß nicht, ob meine Mutter Schriftstellerin geworden wäre, wenn sie nicht so isoliert aufgewachsen wäre. Ihre Kindheit ist ein klassischer Fall fürs Lehrbuch. Soziale Benachteiligung kann, wenn sie an Lektüre, an Bücher gekoppelt ist, für künstlerische Imagination ungemein förderlich sein.«

Die junge Provinzlerin bekommt ein Stipendium, studiert an der University of Western Ontario. Ihre erste, schon erstaunlich reife Geschichte »Die Dimensionen eines Schattens« wird 1950 in der Zeitschrift *Folio* veröffentlicht. Einen der Studenten, der sich im Umfeld dieses Literaturmagazins bewegt, Gerry Fremlin, bewundert sie erfolglos, lernt aber bald einen anderen klugen jungen Mann kennen, mit dem sie sich rasch verlobt: James Armstrong Munro. Für ein drittes Jahr auf dem College bekommt sie kein Stipendium, aber das ist nicht der einzige Grund für die rasche Eheschließung.

»Meine Mutter hatte sich nie ein Leben ohne Ehe und Kinder vorgestellt. Für sie ging es immer um beides: Sie wollte das eine und das andere, kein Entweder-oder. [...] Sie wollte ein konventionelles Leben, das Mann und Kinder einschloss; darüber hinaus brauchte sie auch Schutz – und Tarnung, damit sie ihren besonderen Ehrgeiz vor dem Rest der Welt verstecken konnte [...]. Außerdem war meine Mutter glücklich, weil sie einen Mann getroffen hatte, der nicht nur Bücher las und die Literatur bewunderte, sondern sie auch verstand und darin unterstützte, Schriftstellerin zu werden. Es gab damals nicht viele solcher Männer.«

Mit James Munro wird sie lange Jahre eine Buchhandlung betreiben (die es heute noch gibt, in Victoria auf Vancouver Island), 1966 eine weitere Tochter, Andrea Sarah, bekommen, von ihm wird sie sich 1973 trennen. 1973 bis 1975 gibt sie an verschiedenen Universitäten Creative-Writing-Kurse, sie trifft Gerry Fremlin wieder, heiratet ihn und bleibt bis zu seinem Tod 2013 mit ihm zusammen. Und immer – immer wird sie Geschichten schreiben, langsam, oft nicht mehr als zwei im Jahr. Sie verwirft und überarbeitet Satzkonstruktionen, denkt lange und immer wieder über das richtige Ende nach, ist eine extrem selbstkritische, skrupulöse Autorin. Sie ist stets auf der Suche nach dem, was sie die »Seele einer Geschichte« nennt.

Lange Zeit findet man sie auf der Liste der Literaturnobelpreiskandidaten auf den hinteren Plätzen, bis sie die Auszeichnung 2013 endlich und überraschenderweise bekommt. Sie fühlt sich zu schwach, um nach Oslo zu reisen, schickt ihre jüngste Tochter, um den Preis entgegenzunehmen.

Die Biographie von Catherine Sheldrick Ross aus dem Jahr 1992 trägt den Titel ›Alice Munro – A Double Life‹, und Sheila Munro geht in ihrem Buch über die Mutter vor allem der Frage nach, wie sie das Leben der obsessiven Schriftstellerin mit dem Familienleben verbinden konnte. Alice

Munro selbst hat dazu einmal souverän einen Satz von Flaubert zitiert: »Lebe ein ordentliches Leben wie ein Bürger, damit du leidenschaftlich und originell in deinem Werk sein kannst.«

Dieses Leben hat sie geführt – und den Kampf ums Werk haushoch gewonnen.

Manuela Reichart

Bibliographische Notiz

Die in diesem Band versammelten Erzählungen stammen aus Alice Munro, ›Family Furnishings: Selected Stories, 1995–2014‹, Alfred A. Knopf, New York 2014 (ausgenommen *Die Dimensionen eines Schattens*).
Die Erzählung *Die Dimensionen eines Schattens* wurde erstmals in deutscher Übersetzung veröffentlicht im ZEITmagazin Nr. 50/2013. Sie liegt hier zum ersten Mal in Buchform vor.

Einzelnachweise

Die Dimensionen eines Schattens
© Alice Munro 1950. Für die deutsche Ausgabe:
© 2016 S. Fischer Verlag GmbH, Hedderichstr. 114,
D-60596 Frankfurt am Main

Jakarta aus: ›Die Liebe einer Frau‹
© Alice Munro 1998. Für die deutsche Ausgabe:
© 2000 S. Fischer Verlag GmbH, Hedderichstr. 114,
D-60596 Frankfurt am Main

Alice Munro
Zu viel Glück
Zehn Erzählungen
Aus dem Englischen von Heidi Zerning
365 Seiten. Gebunden

Zu viel oder zu wenig – für das Glück gibt es kein Maß, nie trifft man es richtig. Alice Munros Heldinnen und Helden geht es nicht anders, sie haben das Zuviel und das Zuwenig erlebt: Sie kennen die Namen der Bäume, die Last ungeschriebener Briefe. Sie wissen, wie es sich anfühlt, wenn man den Mann, der die gemeinsamen Kinder getötet hat, in der Anstalt besucht.

Alice Munro ist die Meisterin des Nachhalls, der einem Leben seinen besonderen Klang gibt – die Spannung und Vibration, die unserer Existenz ihre Farbe verleiht. Wie wir sie nehmen und verstehen, entscheidet, ob wir zuviel oder zuwenig Glück messen: Alice Munro macht ihre Leser zu Komplizen dieser schwierigen Mission.

»Wäre es zuviel, einer so zeitgemäßen Autorin wie Munro das Glück des Nobelpreises zu wünschen?«
Britta Heidemann, Westdeutsche Allgemeine Zeitung

»Was für Geschichten, was für ein Werk!«
Bernhard Schlink, Die Welt

S. Fischer

Alice Munro
Liebes Leben
Erzählungen
Aus dem Englischen von Heidi Zerning
368 Seiten. Gebunden

Das neue Buch der Nobelpreisträgerin Alice Munro

Niemand erzählt eindringlicher davon, wie es wäre, ein neues
Leben zu beginnen, als die große kanadische Autorin Alice
Munro. »Dir diesen Brief schreiben ist wie einen Zettel in ei-
ne Flasche stecken und hoffen, er wird Japan erreichen«,
schreibt Greta in der ersten Geschichte und schickt diese
Zeilen an Harris, den Zeitungsreporter, der sie nach einer
Party fast geküsst hätte. Aber eben nur fast. Auf wenigen
Seiten kondensiert Alice Munro die geheimen Träume ihrer
Figuren. Vierzehn neue brillante Erzählungen, die mit einem
furiosen Finale enden: vier Geschichten, in denen sie so persönlich wie nie (»die ersten und die letzten Dinge, die ich über
mein Leben zu sagen habe«) von sich selbst erzählt.

»Munro ist die schonungsloseste Autorin,
die ich kenne, zugleich die zärtlichste, ehrlichste und
aufmerksamste. Ich bin unglaublich glücklich darüber,
dass ihr der Nobelpreis zugesprochen wurde.«
Jeffrey Eugenides

Das gesamte Programm gibt es unter
www.fischerverlage.de

fi 1-048832 / 1